湛庐CHEERS

与最聪明的人共同进化

HERE COMES EVERYBODY

天生就会跑 2.0

[美] 克里斯托弗 · 麦克杜格尔 著
Christopher McDougall
宋明蔚 译

THE DONKEY
WITH THE HEART OF
A HERO

RUNNING WITH SHERMAN

浙江教育出版社 · 杭州

——

以谢尔曼之名，
谨以此书献给三位将欢乐与冒险
带到我生活中的女性：
米卡　马娅　苏菲

——

成大事需要两个条件：
一个计划和一个时间不足的截止日期。

——伦纳德·伯恩斯坦
美国著名指挥家、作曲家

你了解这些关于跑步的冷知识吗

扫码鉴别正版图书
获取您的专属福利

扫码获取全部测试题及答案，
了解更多关于跑步的知识

- 畅销书作家克里斯托弗·麦克杜格尔曾学习塔拉乌马拉人的赤脚跑法后，脚伤不治自愈。这是真的吗？（ ）

  A. 对

  B. 错

- 亲近动物能帮助人们有效地降低焦虑，提高注意力和控制冲动行为的能力吗？（ ）

  A. 能

  B. 否

- 在马拉松精英选手与动物共同参加跑步比赛时，他们也总能遥遥领先，这是真的吗？（ ）

  A. 真

  B. 假

扫描左侧二维码查看本书更多测试题

目 录

第一部分 一场并肩作战的疯狂冒险 001

它曾被人虐待过，被人遗弃过，这种遭遇会让一只动物心生绝望感。你需要给这只动物一个目标。你得给它找点事做。

第二部分 释放奔跑的天性 047

以后不管走到哪里，它都要面对可怕的新事物，现在最好忘掉未来的漫漫长路，一次专注于搞定一件可怕的事。

第三部分 欢迎来到赛驴跑的世界 171

如果你在开始之前就知道自己已经失败了，你还是要毅然去做，并且无论如何都要坚持到底。你很少会赢，但总有赢的时候。

RUNNING WITH SHERMAN

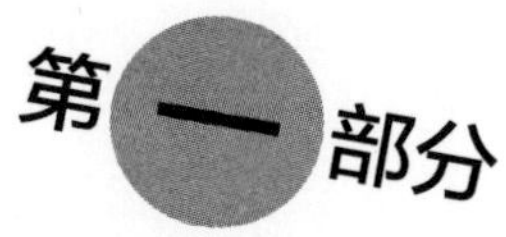

一场并肩作战的疯狂冒险

它曾被人虐待过，被人遗弃过，这种遭遇会让一只动物心生绝望感。你需要给这只动物一个目标。你得给它找点事做。

1

黑暗中的颤抖身影

皮卡车开进了我们家的私人车道里，我感觉有些不太对劲儿。我已经等了韦斯（Wes）一个多小时了，此刻，在他站在我面前之前，他的眼神提醒我要做好心理准备。

“它看起来不太好啊，”韦斯一边说着，一边从皮卡车里钻出来，“比我预想的还要糟。”我和韦斯相识超过 10 年了，从我和妻子自费城搬到宾夕法尼亚州的这个阿米什人[①]聚集的小农场之时起，我几乎从来没见他这么严肃过。我们俩一起绕到皮卡车后，拉开了拖车门。

我往里看了一眼，马上从口袋里掏出手机。庆幸的是，立即锁定了要找的电话号码。

“斯科特（Scott），你必须赶紧来一趟。它真的快不行了。”

---

① 阿米什人：美国门诺派教徒的一支，一个拒绝电力、汽车等现代科技产品，通常以马车代步，过着简朴田园生活的族群。——译者注

“好，”斯科特说，“你先让它舒服一点，我明天一早就过去。”

“那可不行。我觉得你最好马上过来，呃，是必须马上——”我停顿了一秒，捋直了我的舌头。斯科特可是专家，而我不是，但是我估计它坚持不到明天早上了。我又试着和斯科特沟通了一次，告诉他，我此刻目睹的情况有多糟糕。

拖车里是一头灰色的驴子。它的皮毛沾满了粪便和污垢，白色的腹部脏兮兮的。在那几块毛皮被扯掉的地方，几乎可以肯定它的皮肉处有寄生虫。由于疏于照料，它通身肿胀，口腔里也是一团糟，其中一颗牙齿烂掉了，似乎一碰就掉。最严重的是蹄子部分，它的蹄子如怪物般野蛮生长，看起来就像女巫的利爪。

“斯科特，我是认真的，你必须来看看。”

“没关系，”斯科特说，“我之前已经看过了，明儿一早就来找你。”

初遇谢尔曼

这头驴子为韦斯所在教会的一名教徒所有。韦斯为人和善，作为一名门诺派[①]教徒，他立志帮助任何需要帮助之人——在这个故事中，那个“人”是一只动物。韦斯发现，他的一位教友是个动物囤积者[②]，这个人经常把一些山羊和驴子肆意圈养在破败不堪的谷仓里。这名动物囤积者处于失业状态，他的家人也对他的这个癖好不堪负担。动物饲料费用、养殖场地租金等，让他们的支出如流水。韦斯和几位年长的教徒曾试图劝服他，不要再圈养这些动物了，但

① 门诺派：当代基督教中的一个派别，因其创始人门诺·西蒙斯（Menno Simons）而得名。——译者注

② 动物囤积者：患有动物囤积症的人，即具有囤积超过常规数量的动物，却没有能力照顾好这些动物的病态行为的人。——译者注

是他不听劝。最终，韦斯深吸一口气，决定将他那能融化钢铁般的热忱发挥到极致。他问那名动物囤积者："如果让我们把动物们带走饲养两年呢？只要两年。把它们送到一些好心人家饲养，让它们健健康康的，这样在此期间你也可以攒些积蓄。"这并不算是撒谎，韦斯如此安慰自己。这更像是一种期待——期待两年的漫长时光之后，这名动物囤积者能忘掉那些可怜的动物，继续过好他自己的小日子。

"要不试试？"韦斯坚持道。

"好吧，"动物囤积者说，"但是它们必须被送到一个好心人家里。"

韦斯立即开始操办这件事。山羊倒是好安置，在兰开斯特，谁不想有一"只"免费的"割草机"呢？但是驴子就不太好办了。它们可是出了名的倔脾气，以乱咬、乱踹闻名，而且对于农场来讲没有丝毫利用价值。它们不能产奶，不能屠宰，甚至在大多数情况下也不能骑。把它们安置在草堆里用干草饲养比较费钱，这还没考虑要为它们的口腔护理、驱虫护理、接种疫苗等买单。

那么，为什么我还想要头驴子呢？

其实没有想要。直到我看到它的第一眼，我才下定决心。作为从城里搬到乡下定居的人，我们已经很适应乡村生活了。我和妻子开始试着养些动物，并乐在其中。最开始养的是一只偶然出现在我家后门的迷路黑猫，在我们的照顾下，它活过来、能自己溜达；之后，我们又继续在后院里养了些小鸡。接着，我们从阿米什邻居那里领养了一只山羊，看看我们能不能养得了它；还有幼儿园小朋友从课堂上拿回来，周末暂存在家里的宠物龟。韦斯的农场就在我们的隔壁，他跟我说他想要救一头驴子，我就想，为什么不试试呢？我们可以把它放在一处野地里遛遛，让孩子们喂它苹果核。在见到它之前，我并没有做出什么承诺，韦斯也没在意。他说，驴子的主人和我一样，都是"刺儿头"。

不久后的一个下午，我和两个小女儿去往动物囤积者的家里，落实一些手续——这是我们之间的小秘密。在上车之前，我和女儿们就已经下定决心，除非这是头疯驴，否则我们一定会把它带回家。在开车去的路上，我们就已经盘算着怎么让她们的妈妈也参与进来，开始研究到底给我们的新宠起个什么名字。

“骷髅头？”

“不行！”

“侠客佐罗？”

“不！其实……也还可以。”

但是等我们开到那里时，愉快的聊天就结束了。动物囤积者的谷仓陷在一片泥泞中，看起来一个喷嚏就能把它吹倒。我们在黑暗中竭力辨认周遭的一切，把我们的靴子从黏腻的淤泥中拔出，艰难地跋涉过去。前一天下了一场大雨，冲毁了其中一个羊圈，两只山羊必须站在草堆之上，不然就会淹泡在水中。隔壁是另一个羊圈，看起来又黑又小，像个地牢一样。

在里面，还有一只动物靠着后墙，几乎看不见它。动物囤积者手里拿着一把饲料，吹了声口哨召唤它。

慢慢地，一个影子从黑暗中走出。它的长耳朵竖起来，紧张地颤抖着，挣扎着向我们走近一步。那头驴子陷在粪肥和腐烂的稻草里，膝盖几乎都被淹没了，在狭窄的马厩里挤得很难转身。动物囤积者把饲料倒在我女儿手里。她伸出小手，驴子凑过头来，轻柔地舔舐着女儿的手掌。我和女儿看着它，沉默着。我们不再想着养什么宠物了。我们只想把它救出来。

动物囤积者同意把它交给我们。但过了一晚之后，他改变了主意。第二天早上，韦斯开着拖车来了，动物囤积者却说：“不行，这头驴子是我的家人。家人就要待在一起。”

“别忘了，等它康复了我们就送回来。就两年。”韦斯一遍又一遍地重复着，到最后，动物囤积者终于心软了，打开了谷仓的门。就在那时，韦斯发现这头驴的蹄子因疏于照顾，几乎不能走路。韦斯和动物囤积者一起努力，一步一步地把这只生病的动物从黑暗的谷仓里拖出来，拖到阳光下，去往它的新家。

从地下室拖出来的发霉玩具

“如果它不会走路，我们怎么把它从拖车上弄下来？”我问韦斯，担心他可能真的给出一个解决方案。我屏住呼吸，默默地祈祷，希望他会说他也没有办法，必须火速把这头驴弄到某处避难所，抑或是紧急动物护理中心，总之是任何专门处理疑难杂症的地方。

“慢慢地弄吧。”韦斯回道。他抓住驴子头上那条破旧的绿色缰绳，非常轻柔地向前拉去。我该怎么做，绕到后面推吗？这似乎显得有些攻击性。而且，在我对驴子为数不多的认知中，硬推它可能会将我置于危险之中，它的一记怒踹会踢到我的膝盖骨。也许我可以把它抬起来一点？

我伸出双臂搂住驴背，用双手托起它的肚子，笨拙地想把它那双病蹄抬起来，给它减轻负担。我准备好了，如果它踢我，我就跳开，但它似乎没有任何开战的意思。它看起来头昏眼花，更像是一个从地下室拖出来的发霉玩具，而不是一只活生生的动物。它小心翼翼地迈了一步又一步。我们一催它，它就动；我们不催它，它就停；仿佛它已记不起自己曾是一头能“思考”或者能行动的驴子了。我们把它从车梯上弄了下来，它甚至也没有想要咀嚼美味青草的欲望；它僵住了，像一只吃饱了的动物，低着头，一动不动。

韦斯必须走了。还有 150 头奶牛在等他回家挤奶，而他与动物囤积者的最后一轮谈判，已经超过了他预计的时间。韦斯祝我一切顺利，并答应第二天再来探望它的情况。我把一桶清水和几捆干草放在驴子的面前。它还是没有动。我看了看表，我的女儿们很快就要放学回家了。为了迎接她们回来，我希望想出一个计划，让她们看到驴子的状态时不会过于震惊，也让她们相信这头驴子最终会好起来的，但我还没有一点头绪。我们本来想的是帮助那些需要帮助的动物，但这只动物，以及它需要帮助的程度，已经远远超出了我的想象。

谢尔曼驾到。（图片经 Christopher McDougall 授权使用）

2

想让它活下来，得给它找点事做

第二天一早，我们的救星斯科特在车道上下了车。“别担心，”前一天晚上我安慰过两个姑娘，“斯科特知道该怎么处理。”果然，斯科特露出自信的笑容，从卡车上跳了下来，但笑容很快就消失了。

“再严重的伤势我都见识过，”他说，“但从没见过这么严重的。”

白天，斯科特是邓肯公司（Dansko）的销售代表。邓肯公司是宾夕法尼亚州的一家公司，专门制作厨师和舞者爱穿的那种厚底木屐。晚上，他不再研究人的足部，而是关注动物的蹄子，后者才是他真正的热爱所在。斯科特在纽约北部长大，依靠给马匹定做马蹄铁赚取学费。他搬到我们兰开斯特郡社区，即美国最大的阿米什社区之后，成为当地农民随叫随到的小帮手，专门给那些做重活的骡子和拉车的马匹看病。

有的周末，斯科特和他的妻子塔尼娅（Tanya）会以民间动物保护者的身份在马匹拍卖交易会上闲逛。每当他们发现需要帮助的马儿时，就会去救它一命。有一次，塔尼娅跳到了一辆正开往屠宰场的拍卖拖车前，她在车后发现了一头小驴，当场就掏出了钱包，让司机随便开个价。小驴已经快不行了，那个司机索性免费送给她了。而塔尼娅觉得能救活它。不久后，塔尼娅和斯科特驾着马车出去兜风之时，小驴玛蒂尔达已经可以小跑了。但是此刻，这头出现在我家车道上的驴子，比玛蒂尔达当时的情况还要糟糕。

钢锯手术

“哥们儿，这是怎么搞的啊？”斯科特问。

“动物囤积者弄的。”我回道。

“天呢，这……”斯科特开始行动。他停下来想了几秒，“这样吧，最人道主义的办法就是现在给它一个痛快。”

他解释道，对这头驴子来说，它蹄子的伤势好比是给它判了死刑。为了觅食，驴子通常会在崎岖的路面上走上几公里路，它们的蹄子自然会被磨平。但如果你把它们圈养在潮湿的草堆里，甚至一直把它们放养在草原上，它们的蹄子最终会像印度苦行僧的指甲一样蜷曲。它们的蹄子一旦变形，将是不可逆的，并且它们会疼痛难忍直到死去：因为驴子的胃非常小，靠着行走在崎岖的路面上促成肠胃蠕动，如果让它们一直跛行，它们迟早会因杂食阻塞住内脏，身体内部被撑爆而死。

“这是一种可怕的死法，除非……”他顿了顿，想了一下说，“你有钢锯吗？”

我跑到仓库里拿了一把钢锯。斯科特把驴子的缰绳拴在栅栏桩上。“嗨，兄弟，”他抚摸着驴子的耳朵说，“以前见过这种东西吗？”他把钢锯举到驴子的鼻子下，让它嗅一嗅。“现在我们要做的是……”斯科特开始向驴子解释将要执行的手术细节。我听得毛骨悚然，但这头驴子的耳朵转向斯科特，好像在专心致志地听着。

“在我们开始之前，我希望它能习惯我的声音，”斯科特告诉我，“驴比马的防御性更强。它们可不喜欢惊喜。”斯科特心中想的是将要打一场硬仗：这台紧急手术是最后一搏，我们要抓住每只蹄子，一个接一个地，像锯树枝一样把它们锯断。如果斯科特能把每只蹄子至少切掉一半，他就能试着用钢剪刀和粗糙的锉刀来修剪蹄子。试想一下：你有四颗蛀牙要去看牙医，发现每颗牙齿必须钻不止一次，而是连续钻三次，这会是什么感觉？除非你这辈子从来没有看过牙医，否则据我所知，拿着电钻的家伙就和掐着你下巴的疯子是同一群人。这就是我将要扮演的角色和驴子将要面对的事情。

“准备好了吗？”斯科特问道。

“在说我呢，还是在说驴？”

“说你们两个呢。抓住那条腿，抓紧了。”

我们要开始了。我倚在驴子的一侧，把它牢牢地压在我的身体和栅栏之间，而斯科特则跨坐在驴腿上，用膝盖夹住它的第一个蹄子。他用锯子缓慢而小心地把它锯开。切出一个凹槽后，他倾身向前，推拉那只硬得像汽车轮胎一样的蹄子。汗珠开始从斯科特的脸上滚落。尽管他已经气喘吁吁，却仍然用平静而亲昵的语气与驴子说话。

“还可以吧，兄弟？”他说，“我们就快搞定第一个了。”驴子身上的每一块肌肉都绷得紧紧的，好像随时都会爆发一样，但令人惊讶的是，它站得很稳。斯科特终于放下锯子，直起身子，擦了擦满是汗水的额头。

“你觉得这个怎么样？”他问道。他举起一截蹄子，差不多有我的脚那么大。这气味令人作呕，和驴蹄挨着的脚部似乎都已经开始腐烂了。

“我不敢相信它会让你这么做，”我说，“它一定是被你之前的举动吓蒙了。”

“也许是吧。不过它真是个乖孩子，”斯科特一边说着，一边揉了揉驴子脑袋上的毛发，“我们说话的时候，看到它的耳朵怎么动的了吗？”果然，每次我们一张嘴说话，驴子的耳朵就从我这边转向斯科特那边。有时，它甚至把耳朵朝相反的两个方向分开，一只耳朵指着我，另一只耳朵指着斯科特，就像警察指挥交通一样。

“它正全神贯注地思考。它想清楚了，知道我们是在帮它，”斯科特说着，跪下来开始锯另一只前蹄，“不要放弃，现在手术刚要进入关键阶段。”

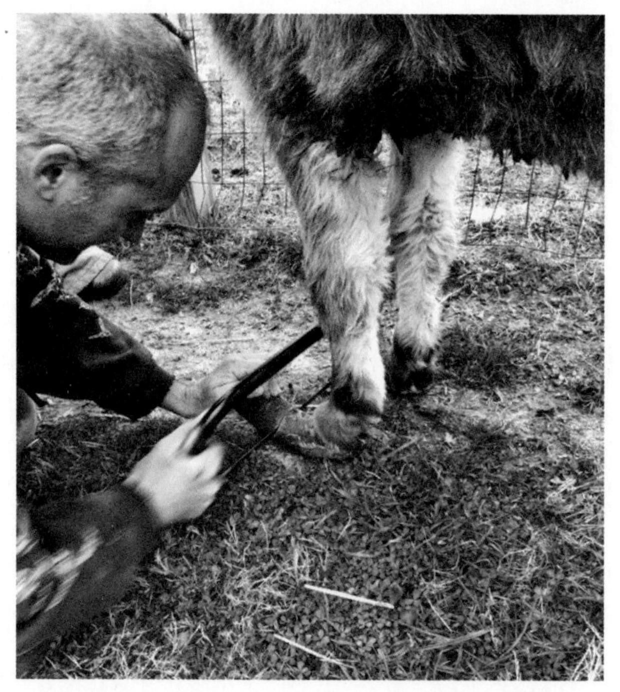

斯科特在锯谢尔曼的蹄子。（图片经 Christopher McDougall 授权使用）

接下来，我们必须搞定后蹄。斯科特告诉我，世界上没有一头驴子喜欢它后方站着人。“这是它们与生俱来的最大恐惧。”斯科特说。在野外，驴子是很难被捕杀的。它们是群居动物，对群体非常忠诚，所以任何想要吃上一顿驴肉的狩猎者，都要掂量一下自己能不能活着回来。狩猎者需要面对的可是一群踢来踢去、咬来咬去、重达300多千克、会把狮子踩死的野兽。但是驴子仍然容易被偷袭：任何一头掉队的驴子，只要稍稍离驴队远点去吃草，就有可能被野狗突然跳到背上，咬破喉咙。这头灰色的小毛驴虚弱多病，但在它的基因深处，有着一万年前的生存本能，就像游骑兵一样敏锐，总是警惕自己的后方，并且拼命踢踹任何它看不到的活物。

斯科特拿起了锯子。他轻轻地把另一只手搭在驴的后腿上。“好孩子！”他刚一开口，驴子迅速出腿，锯子被踹了出去。

“我说什么来着？”他说着，弯腰去捡掉在地上的锯子，“在你还没有看清它的动作之前，它就能把你的腿踹断。”有一次他的小毛驴玛蒂尔达为了对付一只疯狗，踹废了那条狗的腿，最后狗被截肢了。

“抱紧它，我们再试一次。”斯科特说。我把胸口贴在驴子的肋骨上，尽可能地把它压在栅栏上。斯科特安慰似的摸了摸驴子的脑袋，然后顺着它的身体往下摸，一点一点地抓着它的背部按摩，直到摸到它的腰部，最后才慢慢将手伸向驴蹄。这头驴看起来像是一个被抢劫的受害者，它的耳朵竖立着，就像被人用枪指着一样，但它仍然一动不动。斯科特慢慢地抬起后蹄。不管我们成功与否，斯科特的专业态度都给我留下了深刻的印象。他像铁匠一样累得汗流浃背，随时都有可能肋骨骨折，但他还是继续对着驴子低声哼唱，仿佛他是在给驴子一个鲜美多汁的苹果，而不是在挥舞钢锯。

终于，最后一大块驴蹄被锯掉了。斯科特喘了口气，擦去脸上的污垢，但这场酷刑还没有结束。斯科特从他的侧袋里拿出一把硕大无比的钢剪刀，看上去就像人皮脸[①]为他这次“谋杀”量身打造的一样。斯科特拿着钢剪刀在空中演练了几下，做了做热身，然后向后靠向谢尔曼，开始以专家般的精度快速切

① 人皮脸：恐怖电影《德州电锯杀人狂》中的经典角色。——译者注

割，尽他最大的努力把驴蹄削成一只健康动物该有的蹄子形状。他削完每只蹄子后，都会拿出一把 30 厘米长的金属锉刀，做最后的修匀工作。

“搞定！”斯科特宣布。他筋疲力尽地倒在草地上，深深地吸气、呼气。他刚到的时候，身上穿的 T 恤和牛仔裤一尘不染，现在看起来就像从沼泽地里刨出来的一样。等他缓过来时，他总感觉有些不太对劲儿，因为他观察到谢尔曼的反应是——

没有任何反应。

“不太妙啊，”斯科特说，“不太妙。”我们给它做了相当于两小时的牙科手术，本来这头小灰驴白天就没有休息过，一直站在原地一动不动。现在它的蹄子都治好了，它可以走了，为什么不丢下我们跑路呢？

我们俩看着驴子，心里催促它快点走两步，但过了好长一段时间，它一步也没迈出。“我不知道，”斯科特说，他的声音听起来疲惫又无奈，“如果明天它还不走路，我们唯一能做的就是在它死之前，尽量让它过得舒服一点儿。”

给心生绝望的动物一个大胆的目标

让驴子舒服起来的工作交给了斯科特的妻子。没过多久，塔尼娅就开着她那辆风尘仆仆的旧 SUV 呼啸而至，停在我们家的车道上。她拿着药箱和剪刀冲了过来，翻来覆去地转着脑袋，一边对着驴子低吟，一边对我吼着。

“乖驴儿——”她嘴里咕哝着。“乖，”她顿了一下，问我，“它叫什么名字？”

“呃……”起名这事儿风险太大，我可不想搞砸了。以前我们就在这个环节搞砸过，我还为此付出了代价。我们最早养的两只山羊，是以我女儿当时在书中读到的两个词语命名的：骗骗羊和跑跑羊。尽管骗骗羊和跑跑羊有将近两公顷的茂盛草地任它们玩耍，有美味的野草任它们大快朵颐，它们还是成了逃跑大师，整天在栅栏边走来走去，寻找通往自由之路。几个月的反复“越狱”成功之后，它们甚至不在铁丝网下挣扎了，而是一跃而起，跳过一米多高的围栏，无视周围 80 公顷的玉米田，大大方方地，径直朝着公路走去。在那里，它们会在路边的校车前后溜达，这事儿害得我心脏病发作。

最后，我认输了，把跑跑羊和它的妹妹露露羊卖给了一个农民，让他的孙子孙女们继续饲养，把骗骗羊给了我们的阿米什邻居。第二天早上，我们向窗外望去，发现骗骗羊在盯着我们看。它从新主人身边溜走了，沿路小跑了不到一公里，跑回了我们的院子。女儿们都很高兴，她们喜欢骗骗羊，想要把它留下来，但是我已经累到极点了，像马戏团小丑一样围着它们团团转。幸运的是，阿米什的小孩子们钻研出了防止它逃跑的方法，因为当我把骗骗羊带回去之后，它就再也没有逃跑过。几天后，我顺道拜访了他们，请教他们是如何与骗骗羊斗智斗勇的。他们一脸茫然地看着我。

“哦，你是说弗雷德啊，”其中一个孩子说，“我们现在就是这么叫它的。”

是的，弗雷德，这个名字，就和大部分在酒吧里睡午觉的男人名字一样。为什么给骗骗羊起一个这样酷酷的新名字，它就能变成一只全新的酷山羊？我不知道这是什么原理，但你一定以为我下次起名字时会小心谨慎。

事实上并没有。恰恰相反，我们给一只流浪猫起了个名字叫“机智喵”，并目睹着这只真正的流浪猫是如何一步步变成一只天才猫的，它会在我们全家出门旅行的时候冲进屋里，然后消失在装满袜子的抽屉里。机智喵陪伴我们度过了它美好而漫长的一生，当它死后，它被“邪恶眼”取代。这是另一只流浪猫，名字源于它那令人害怕的撒旦毒蛇般的眼神。它算是被迫接受了这个名字。邪恶眼一直以来都很坏。我们家其他猫咪都是半野的流浪猫，每次都要等邪恶眼吃完了、吃饱了、走远了，它们才敢靠近三只猫粮碗中的其中一只。

所以在给这头病驴起名的时候，我可不想浪费时间。对它来说，单单是活下去就已经很艰难了，它不需要我再通过起名改运的方式给它帮倒忙。前一天晚上，女儿们倒是给了我一个名字，我从各个方面细细思虑了一番，觉得还是不要冒险吧。我决定让塔尼娅来定夺名字的事情。

“嗯，我们正想叫它谢尔曼，这名字怎么样？”我说。我们最近看了电影《大梦想家》（*Saving Mr. Banks*），从电影主题曲作曲者谢尔曼兄弟那里找了些灵感。谁不喜欢《关于梦想》（*Let's Go Fly a Kite*）这首歌呢？

塔尼娅一点儿也不关心迪士尼电影和伏都巫术。她已经进入了急诊手术状态，对她来说，名字只是手术中的一种手段而已。“乖，谢尔曼！”她低吟着，用大剪刀咔嚓咔嚓地剪着。她开始将那头臭气熏天、乱蓬蓬的毛发捋成一绺一绺的。每过一会儿，她就会头也不回地指挥我们去取些家用品：“抹布！婴儿洗发水！再拿一个水管！”

“等会儿我一弄完，你就把它浸在水中，从鼻子到尾巴都打上洗发水，”她命令道，“好好地给它洗个澡。开始它可能会扑腾一会儿，但你要坚持住。你要一直给它洗，把它身上的脏东西都洗掉。”突然，塔尼娅“咔嚓”一声收起剪刀，转过身来面对着我。

“听着，”她说，“如果它活下来了，你不能只是在它的尾巴上绑一根丝带，让它像小驴屹耳①似的在田里呆站着。它曾被人虐待过，被人遗弃过，这会让一只动物心生绝望感。你需要给这只动物一个目标。你得给它找点事做。”

找点事做？一头驴子能用来做什么，勘探金矿还是西部拓荒？但在我问她是什么意思之前，我突然冒出了一个想法。不，那太扯了，我暗自想道，然后闭上了嘴。我不可能把这件事告诉塔尼娅，那会让她觉得我比以前更无助、更无能为力。尽管如此，她越是关心行尸走肉般的谢尔曼，我就越异想天开。我无法抑制大脑中的想法，我明白这是因为：沉浸于一个美丽的童话故事，总要比狠狠打脸的丑陋现实更让人感到快乐。

---

① 屹耳：Eeyore，《小熊维尼》中的角色，是一头自怨自艾、消沉悲观的灰色小驴。——译者注

就在那时，我才意识到，我的孤陋寡闻也并非一无是处：它有弊也有利。正是因为我不知道谢尔曼病得有多严重，所以我也不知道它能有多坚强。据我所知，谢尔曼还可能是一名战士，深藏在内心深处、凶猛的勇士精神潜伏着，积蓄着，开始在它的血管里涌动。如果谢尔曼能回归正常生活，也许我能给它比工作更有价值的东西：一场与我并肩作战的疯狂冒险。

但首先，我们得让它活下去。

3

没人喜欢我们，但我们不在乎

“哦，糟糕！”塔尼娅突然发现已经快下午3点了，“接孩子们放学要迟到了。”

她抓起剪刀和工具，片刻之后，汽车扬起一阵尘土，塔尼娅开着车，风一般消失在车道上。每天早晨和下午，塔尼娅都要开车接送当地的阿米什孩子们上学和放学，那所学校里只有一间教室。孩子们住的地方离学校太远了，无法步行上学。每天她把孩子们送回家后，都要忙整整一个晚上，就是和她的动物们一起做家务。她家里有三头驴子、两匹拉车的马儿、一只山羊、一头猪、占满浅水池的小鸭子，以及一匹从屠宰场救出来的马。有了这匹马，她就可以教她的小邻居骑马了。她只有等到明早才能抽空再来看望谢尔曼。

“我们现在怎么办？”我的妻子米卡（Mika）问道。我们站在栅栏边，想看看谢尔曼还能不能动两下。

它纹丝不动。

“它要么还在康复中，要么……”我环顾四周，确保孩子们听不到，“要么就是快不行了。塔尼娅说过，现在我们也无能为力了。”

无能为力。说出这几个字时，我很难受，因为我一生中只有为数不多的几次真正意义上的无能为力。没有人可以求助，没有治疗手段可以尝试，没有朋友可以寻求建议。一分钟前我感受到的那团希望之火已经熄灭了，取而代之的是那种在冰上开车侧滑时在劫难逃的揪心感。谢尔曼孤零零地身处在这命运之廊，它要么依靠自己从另一个尽头走出去，要么就会永远地消失在这黑暗中。

我真希望能体悟到它此刻在想些什么。如果没能把它从鬼门关前拉回来，至少我们可以带着仁慈和关爱，让它安详地离开。可如果我们都不知道它在想什么，又怎么能给它带来平静呢？它是在为生命而奋战，还是已经放弃了呢？它是把我当作朋友，还是把我当作另一个折磨它的人？治疗的第一原则就是“不伤害”，但是谢尔曼让我意识到自己对动物知之甚少，我不知道自己对它来说是安慰，还是恐惧。

我也曾历经险境

米卡和我对这种窘境一点儿也不惊讶。我们只是还没彻底适应这里的乡村生活。

我在费城郊外的工人区长大，那里的交通轨道和费城西部的联排公寓，已经被贵族豪门和上达比区的小后花园所取代。我对乡村生活的唯一认知来自书本。我非常着迷于《山居岁月》（*My Side of the Mountain*）这本书。9 岁的时候，我拿着一枚威猛奥牌的回旋镖从家跑出来冒险，满心希望能住在丛林中的一棵空心树里，像《山居岁月》的小主人公萨姆·格里布利（Sam Gribley）那样与老鹰为伍，一起去打猎。凌晨一点左右，州警察于斯普林菲尔德购物中心附近的一片树林里发现了我，那里离家约 10 公里远。他们把我逮回来，带到我父母面前教训一顿。这顿训斥之猛堪称史诗级，断绝了我今后出去玩的任何可能性。

自那晚之后，我就与150万名市民为伴，从没离开过城里。后来，我去了北费城上高中，成了一个“街头小子”，课余时间都和朋友一起在城市里闲逛，看到什么玩什么。大学毕业后，我因工作奔波于城市之间，之后毅然决定出国，去西班牙的马德里体验真正的生活。我教了一段时间英语，也学会了西班牙语，并在美联社得到了一份新闻工作的面试机会。我没有任何新闻工作经验，但马德里新闻站的站长——苏珊·林妮（Susan Linnee）是一名身经百战的新闻人，她很瞧不上纽约总部派来的那些编辑，他们就像温室里娇生惯养的花儿一样。她更崇尚自己独有的识人之道，用她的话说，就是“实践出英才”。

“你的上一任，他最大的特点就是长得像食人族乐队的主唱。”苏珊对我说道。幸运的是，“食人族哥们儿”在一年之内就顺利地被招募到波斯尼亚，成为一名战地记者。必须有人立即接替他的位置，这就是我得到面试机会的唯一原因。苏珊盘问了我将近一个小时。毫无新闻经验的我在她面前暴露得一览无余，尴尬极了。她突然站了起来，宣布面试结束。

“我了解了。”她伸出手来说道。

“好吧，”我表示理解，准备好被拒绝，“如果你后悔……”

“你将在这里接受为期一周的培训，”她已经开始盘算着她的计划了，“之后，那里真的需要你。”

“那里？”

的确，她提到过的那个“食人族哥们儿”，是她曾经在葡萄牙里斯本的通讯记者。我还以为通讯社会从马德里调来一个人填补空缺，先把我留在马德里本部熟悉情况。我从来没有去过葡萄牙，对那里的语言也一窍不通，但这不是重点。重点是，安哥拉刚刚重新燃起战火，这看起来似乎与我无关，但我的新老板解释道，作为葡萄牙前殖民地，安哥拉当然与我有关，因为此刻，我们已经握手谈妥了。

一个月后，我在非洲南部反抗军的阵线后方，尽我最大的努力活下去，并假装知道自己正在做什么。我与吉尔赫梅（Guilherme）一起工作，他是一名会讲西班牙语的葡萄牙摄影师。大多数时候，我从安哥拉士兵那里收集信息的唯一途径是通过这台“人肉翻译器”：我用西班牙语提问，吉尔赫梅会把我的问题给士兵翻译成葡萄牙语，然后再把他们的回答翻译成西班牙语，这样我就可以用英语记录下来。吉尔赫梅有他自己的本职工作，真的没时间帮我做这些无聊的事情，所以他通常会在听完士兵催人泪下的长篇传奇故事后，将其总结为“他们射杀了许多坏人”。

“就这些？”

“重点就是这些。”

好吧，这些就这些吧。信息量越小，我就能越快搞定。我每天都要四处侦察，采访难民、救援人员和前线的士兵，然后把他们的信息浓缩成美联社的新闻报道，我需要在日落之前把这些信息传到纽约。日落后黑暗降临，就是我的截稿期限。向前线传送信息的唯一工具，是一台带轮手提箱那么大的卫星电传。我可不希望在半夜提着它在山上搜寻信号。对于一个忍不住开枪练手、四处游荡的反抗军士兵来说，黑暗天空下唯一可见的就是我那电传操作台的绿色闪光，好像在撩拨他们:“来，射死我吧！”为了自保，我一按下“发送”按钮，就要“砰”的一声关上盖子迅速逃走。

为了能充分熟悉这里的工作，我想方设法尽可能地留在这里。两年后（即1994年），当卢旺达发生内战时，我被派往图西族反抗军所在地做报道。他们正越过边境，努力从凶残的民兵手中救出平民。我们只是和图西族人一起的一小部分记者，但我们的队伍规模一天比一天小。一名美国通讯记者被空运走了，子弹射穿了她随行摄影师的双腿，她不得不徒手帮他止血。一名法国电台记者患上了脑型疟疾，险些丧命。我和吉尔赫梅走进一所学校，发现了几十具被砍死的儿童尸体之后，第二天早上，他发现他的手还在颤抖。于是，我的摄影师也离开了。图西族人最终把凶手赶到刚果境内，战争逐渐平息下来。此时的我非常渴望休息，但事实却是，我整夜无法入睡。

是时候回家了。

遇见挚爱米卡

离开里斯本，放弃一份在美丽的海滨城市的理想工作，这或许是个糟糕的主意。事实证明，我并不是唯一犯这种错误的人。回到费城，我辞去了美联社的工作，以自由撰稿人的身份勉强糊口。一天下午，我和美联社费城分社的朋友珍一起出去跑步。她告诉我，有位从夏威夷来的记者在这里轮岗一年。这位夏威夷姑娘并不喜欢她在费城的新家，珍无需向我解释其中的原委，我明白：费城会让人感受到世态炎凉的滋味，这还只是人情世故方面。你知道吗？我们这里还有座费城史上最残忍的警察局局长弗兰克·里佐（Frank Rizzo）的纪念碑；圣诞老人出现在费城老鹰队的比赛现场时，我们会向他欢乐摇摆的大屁股里塞雪球；费城老鹰队的球迷以及老鹰球队队员会高唱“我们来自费城，去他的费城，没人喜欢我们，但我们不在乎”。自从 2018 年费城队赢得超级碗之后，对于陌生的游客而言，这里就不再是最热情、最让人沉醉的旅行目的地了。对于一个想家的夏威夷人来说，适应这里的生活并不容易。珍告诉我，这位夏威夷姑娘正在学非洲舞蹈，我想给她拿些我从安哥拉带回来的 CD，好让她听了之后能更积极快乐一些。

周末，珍邀请我参加一场晚餐派对。我带着 CD 到了那儿，扫视了一下客厅，寻找那位身材魁梧的太平洋岛民。正当我目光搜寻之际，一个美得让人窒息的女人，面带温暖热情的微笑走过来，恍若人间仙子，携一串珍珠浮于大溪地群岛的海面之上。我结结巴巴地打了个招呼，因为此时脑海中有两个念头在搅动着我的思绪：

- 只带着几盘 CD 就来了，你可真行。
- 永远不要暴露你的刻板印象，不要让她知道在你心中所有的夏威夷人都长得像美国橄榄球前锋似的[①]。

她说她叫米卡，然后我们之间的谈话就结束了。我把 CD 送给她，待在一个离她尽可能远的位置。那晚余下的时光里，我缩在一个角落里欣赏摄影师朋友姆珀斯（M’poze）的摄影作品集。我本来就没有给米卡留下完美的第一印象，把礼物递给米卡的行为又让这种挫败感达到了峰值。我根本配不上这位女子，我的任何言谈举止都会吓到她。过了一会儿，米卡拿给我一盘吃的，我微微回头简单谢了谢她，又转过来继续看姆珀斯的摄影集。我尽可能盯着那本书看了很久，到最后，连姆珀斯也觉得有些无聊。但如果他都看不下去自己的摄影集，那么，我也没法再装了。我开始努力把自己的注意力转移到史蒂夫的道家学说上。

我最近看了一部独立电影，它提出了一个理论，即吸引人的最佳方式是遵循禅宗，以及克己自律。两大代表人物分别是史蒂夫 · 麦奎因（Steve McQueen）和电影《无敌金刚》（*The Six Million Dollar*）的主人公史蒂夫 · 奥斯汀（Steve Austin）。“史蒂夫之道”可不是搭讪艺术之类的东西，它更像是一个控制自我冲动的指南，告诉你只有当人不再有欲望时，才能得到自己想要的东西。当你遇到一个让自己心跳加速的人，你应该遵循以下三个步骤：

- 克制欲望。
- 变得优秀。
- 顺其自然。

---

① 我不想给自己的浅薄找任何借口。唯有一个弱弱的理由，那就是我的一个夏威夷朋友曾让我有了这种刻板印象。他第一次来纽约看到自由女神像后，很失望地说：“我知道有比它更大个的萨摩亚人。”

前两点我做得还不错，但纯粹是因为运气好。刚到这里的时候，我看起来像个英雄，如果我不想搞砸了，就得闭上嘴，趁米卡还觉得我为人善良又安静的时候赶紧离开。聚会已接近尾声，一场可怕的冬季风暴袭来。米卡让我们坐她的皮卡车顺路送我们回家，我却拒绝了米卡的邀请（是的，这位记者来自异国他乡，却载着夏威夷冲浪板车在费城自驾转了一圈。我就说我配不上她吧！）。另外两个家伙高兴地钻进皮卡车里，米卡问我："真的不上车了吗？"

"是的，我就不坐车了。"我说。我在冷冷的雨中跋涉，希望自己看起来不像个笨蛋。在那趟徒步回北费城的痛苦之旅中，某一瞬间我突然意识到，其实所有的道家学说，包括史蒂夫的故事，最后都没有完满的结局。就像"顺其自然"这招儿令我反受其苦一样，我失策了。

几天后，事情有了进展。米卡从珍那里知道了我的电话号码，打电话感谢我送她的 CD。我说西费城有些卖非洲食品的店铺，说不定她会感兴趣。很快我们就一起出去玩了。事实上，我听说米卡是非洲裔美国人和中国人或泰国人混血。她自己也搞不清楚，她的母亲在读大学时与一名交换生有过一段短暂的恋情，这名交换生在米卡出生之前突然跑了。不久之后，米卡的母亲嫁给了她的真爱，一位名叫戴夫（Dave）的军队护士。戴夫被派往全美各地工作，但他都会带着家人一起前往。米卡辗转于一个又一个城市，总是觉得自己哪里都融入不了，哪里人都不像，直到有一天他们来到了夏威夷。人生中第一次，人们不再盯着她长长的卷发和卡布奇诺式的肤色盘问："你来自哪里？你是做什么的？"夏威夷成了她的家，因为夏威夷像家人一样接纳了她。

米卡从未打算离开火奴鲁鲁，但她的男友当时正在中国香港学习酒店管理，她决定在美国大陆待一年。也许我还沉浸在道家学说的"顺其自然"中，所以无论是她的男友，还是嘀嗒作响的离别倒计时，都没有让我知难而退。我和米卡在一起玩得很开心，我们一起逛了二手书店，还试着如法炮制我记忆中的乌干达炖羊肉，不过味道实在不怎么样。我把我的未来计划告诉了米卡，告诉她我要重返非洲，骑摩托车沿着传说中的开普敦－开罗路线，一路穿越整个非洲大陆。她特别感兴趣，询问能否跟我一起去冒险。我前所未有地感受到了她的某种暗示，或许某一天，我们俩可以走到一起。

后来有一天，我们在西弗吉尼亚的农舍里聊起结婚的事。对我们来说，这是一个谁都没有预料到的转折，但我们可以感觉到，我们正慢慢过渡到一起生活的节奏中。我们必须想清楚，如果在一起，我们的生活将会是什么样子。这是不是意味着我们将告别凯卢阿海滩，告别我们对“骑着摩托车呼啸地驶向非洲塞伦盖蒂平原上的日落”那种未来的畅想。此前，米卡已经处理好了最艰难的环节，她和男友分手了。男友曾直接从中国香港飞过来，跑到机场试着挽回一切。米卡说她签了一份在费城长期工作的合约，而我的大部分自由工作内容都要在费城这里完成。但在我们开始规划未来的生活之前，米卡提出了一项终极考验：她建议我们离开这座城市，花一周时间完全独处，像荒岛求生一样与世隔绝，看看在没有朋友、远离灯红酒绿的大都市，我们还会不会过得一样快乐。

她选对了地方。从费城开了四个小时的车后，我们在阿巴拉契亚郊外偏僻的土路上隆隆前行。我们终于开到了一座树林里的隐蔽旧农舍，离我们最近的邻居也有好几公里远。推开那扇嘎吱作响的陈旧大门，我们面前出现了一个设施完备的精美小屋，里面有铸铁的柴炉，还有一间由暖房改造成的热水浴缸房。刚开始的几天感觉有点不适应，没有地方可去，看不到任何人，甚至在夜晚也没有轰隆而过的公交车震动着窗户伴我们入眠。但到了周末，感觉就像待在家里似的。我可以在溪谷中慵懒地度过一个上午，还可以用小木屋里吱吱作响的拨号网络向费城发回一篇篇文章。这时，我们面对彼此问道：“为什么一定是度假？为什么我们的生活不能如此惬意呢？”

要论工作期间开小差去研究那些不实用的东西，我可是个专家（你可以了解一下我当年修理古董钢笔的故事）。所以，一回到费城，我就马上开始看房，尽管我知道自己并不会买。首先，我看了看之前相中的那儿套位于西弗吉尼亚的房子是否能用宽带网络，还有它们是不是都在售卖中，结果并不理想。后来，我们把网撒得更大了。我和米卡开始在费城和纽约之间的“靓马之乡”闲逛，缠着房地产经纪人，提出了一长串疯狂的诉求：或许，大概，有那么一间便宜又舒适的溪边小屋，同时大家碰巧都没注意到它。我们想要的是一栋古朴但可以重新装修的，一栋与世隔绝但可以乘火车抵达的，一栋田园风但要有宽带网络的房子。当然，为了和我这么一位蹩脚作家的收入相匹配，它的价格还要和 1870 年的价格差不多。

大女儿马娅（Maya）出生后，我们就更一筹莫展了。此时，我们还没有找到中意的房子，只能按照自己的想法继续寻找。我们一路听了几个小时的威尔格斯乐队和埃尔默的歌，带着马娅从一处地狱之所辗转到另一处噩梦之地。其中就包括特拉华河附近一块湿地上被烧毁的房子，残存的几面墙上画满了巨大的污秽涂鸦。“在你们能接受的价格范围里，”我们的房地产经纪人说，“这套房子就算不错了。”

找了两年，我们已经彻底没辙了。一天深夜，我正刷着手机，一件神奇的事情发生了。我坐在黑暗中，盯着房子的照片，喃喃自语道：“这不可能。”这是一间占地超过 1.6 公顷的人工搭建的小木屋，木屋自带一根卵石烟囱，旁边有条小溪，溪中流动着潺潺泉水，一条通往萨斯奎汉纳河的山野小径，四周农田辽阔。离费城市中心只有 90 分钟的路程，而且每月的租金竟然比我们租的公寓还便宜？非常完美！

除了……

“你知道这是哪里，是吧？”第二天早上，当我打电话给房地产经纪人时，他小心谨慎地提醒我，并把自己撇得一干二净，声明对此不负任何责任。整个山谷里只有两座房子，方圆上百公顷之内，皆是开阔的农田。“桃花谷”里没有警察，没有地方政府，甚至连一家杂货店也没有。20 多公里内唯一能买到食物的地方，就是阿米什农场后面的一家小商铺。他忠告我说，如果我们搬到那里去，我们将完全自力更生。这就是为何尽管它在照片上看起来很赞，但在过去一年多的时间里却无人问津。

无所谓。总比住在凶宅强，对吧？但是在驶离费城的时候，房地产经纪人的忠告开始应验了。我们就像穿越了几个世纪，而不是几公里。才开了一个多小时，200 多年来的人类文明在眼前逐渐消失：大豪宅和小购物中心通通让位给了红色的谷仓和风车；没有行人，只有马儿、马车和干草车。我们知道兰开斯特郡以阿米什社区而闻名，但并没有意识到我们正在深入一个比这更原始的中心地带：南方边境（Southern End）。即使在兰开斯特郡当地人看来，“南方边境”也像是另一个完全不同的世界。这个地方的邮局门前会有拴马桩，这个地方的孩子们会开拖拉机去上学，这个地方的学生们在狩猎季的第一天不上课。房子后面没有秋千，而是一个射击靶场。

当我们找到这栋出售中的小木屋时，我们都惊呆了。即使是 19 世纪美国著名画家温斯洛·霍默（Winslow Homer），也一定会爱上这里。我们把车开进碎石和泥土铺成的车道，马儿在围栏边吃草，西洋菜在小溪边茂盛地生长，一位阿米什农民开着钢轮马车、载着朗姆酒从我们身边驶过。如果此时有位挤奶女工突然出现，肩上扛着桶泡沫奶油，我也不会过于惊讶。我们打开车门，沉醉在这美景之中。突然，我在余光中发现一丝异样。难道是我的幻觉？我猛地转过头，却只看到午后耀眼的阳光。奇怪，我心中暗想，他看起来就像是……

突然，他又出现了。就在那儿，一位孤独的骑士正在马路对面的山坡上望着我们。他头戴斯泰森毡帽，披着约瑟·威尔士式的披肩，马鞍上挂着弯刀和来复枪。我举起手挥了挥，但他调转马身，蹬了下马镫，便疾驰而去。

“扎克（Zach）又出去打猎了。”来迎接我们的房东解释道（特别说明：住在山上的那名 13 岁男孩，骑马穿过玉米地，是去打土拨鼠的）。“别担心，他不会在这里开枪的。除非是你自找的。”这天余下的时间里，我只见到了这位孤独的猎手和一位阿米什农民，这是我们眼中唯一的人类活动迹象。如果我们搬到这里，真的像是自愿参加人类登陆火星计划似的。假如房子被大雪封住，又停电了，我们怎么活下去？最近的医院在哪里？学校是什么样的？

这些都是比较现实的问题。但在把房地产经纪人拉到一边出价之前，我们从没想过要问这些问题。几周后，我们离开费城前往“南方边境”。

阴差阳错入住阿米什社区

孤独，将是我们最大的问题。至少在我听到米卡的尖叫之前，我一直都是这么认为的。当时我正在地下室拆箱子，听到叫声后立刻扔掉箱子跑过去。我看到米卡在屋后的门廊上，怀里抱着两岁大的马娅。一条近两米长的黑蛇在她脚边扭动，米卡正悄悄地把脚从黑蛇旁边挪走。她正在给植物浇水，从一排植物走到另一排时，蛇从门廊的屋顶上掉了下来，刚好落在米卡一秒钟前站着的地方。

我拿起铁锹，想把那怪物掀走，但它开始顺着门廊柱子向屋顶爬去。我用铲子猛敲蛇头，想把它赶回来。可事与愿违，黑蛇滑过铁锹，消失在屋檐下。现在该怎么办？如果有什么比在房子外发现一只巨大食肉爬行动物更糟糕的事，那一定是你不小心把它赶进了家里。尤其是你家里还有一个刚学会走路的孩子，你一会儿就要哄她上床睡觉。这个问题必须在天黑之前解决，我穿过家后面的玉米地，又去打扰离我们最近的邻居：一位首字母缩写是“AK”的阿米什老农民（不排除他想通过这个机智的玩笑和陌生人熟络起来，不过他应该不会自称：我的外号是 AK[①]）。

刚搬进来没几天，我就已经拜访过 AK 家，请教怎么修理家里那口坍塌的井，还借了张桌子，买了把二手电锯。他不仅把这些东西都卖给了我，还教我如何使用。我这次又上门请教驱蛇之道，他却不太能理解我为何如此大

① “外号”在英文中可用 AKA 来表示，是 as known as 的缩写。此处英文原文是“AKA, AK”。作者意指 AKA 和邻居名字首字母缩写 AK 两者之间的玩笑。——译者注

惊小怪。“你真幸运，”他说，“那是条食鼠蛇。它只吃老鼠，而且会离你远远的。”

我们家有老鼠？这我可真没想到啊！过会儿我就会把这个好消息告诉米卡，我们有了新邻居蛇先生。“我宁可它是只老鼠。”我对 AK 说。“那好吧，”他半开玩笑道，“食鼠蛇也很难吃掉所有的老鼠哦！”

在离开之前，我以自己一贯的方式感谢了 AK，表示愿尽绵薄之力尽可能地帮助他，任何事都可以。这一次，他接受了我的好意。他让我帮他一个忙，在接下来的几个月里，这个忙将改变我的生活轨迹。他问：“你能载我去趟五金店吗？”

帮 AK 的这个忙也顺便让我见识到，在当地阿米什人的行为准则中，存在着巧妙的漏洞。每一个阿米什社区都有自己的规矩：有些允许使用脚踏滑板车，但不允许使用自行车；有些允许开车，但只能开灰色或黑色的车。在“南方边境”这里，阿米什人更加守旧，他们不能开车，但可以乘车。早在加勒特 · 坎普（Garrett Camp）设计出打车应用软件优步（Uber）之前，一些非阿米什族的邻居就想出了一个绝妙的商业模式，他们自己去做出租车司机，开车送那些守旧派的家庭去马车抵达不了的地方。

“没问题。”我对 AK 说，不过我并不确定米卡知道她和一条蛇共处一室，我却在外面驾车兜风时会做何感想。我和 AK 步行穿过玉米地，走向我的野马车座驾。他用幽默风趣的方式恭喜米卡，从此家里不会再有老鼠出没了，虽然米卡之前并不知道家里竟然还有老鼠，但至少这让她和我开始相信那条蛇也许并不算是个麻烦。我和 AK 上了车，沿着蜿蜒曲折的农场道路开了几公里，就到了一个我自己永远也找不到的地方：某谷仓后狭长的白色地堡。在平路上可看不见它。我把车挤进两辆四轮马车之间的停车位，然后穿过一扇门，走进了 19 世纪。

地堡屋内，煤气灯嘶嘶作响，明明灭灭地照亮了阿米什五金店。身穿黑色西装、头戴草帽的男人们在货架间搜寻绵羊睾丸清洁剂、手摇冰激凌机和备用手推车把手。找不到你需要的东西？没关系，柜台后面的老绅士有个漏斗组装的对讲机，这个漏斗连着长长的塑料水管，管子延伸到商店后面的另一个漏斗。他会按下自行车喇叭呼叫储货助手，然后他们两个像玩纸杯电话的孩子一样，在漏斗里来来回回地大喊大叫。整个场景就像漫步在亨利·福特的传记片片场，只不过此情此景中的设备没有那么奢华而已。

我找到了一把锤斧。在结账时，老绅士看着我手中的信用卡，摇了摇头。从没有人会特意在门上贴“只收现金”的牌子，因为但凡能找到这个地方的人，他们就已经清楚：一，不好意思，不用电就意味着不能刷卡；二，守旧派的阿米什人从不赊账，他们只买自己能支付得起的东西，因此他们不需要信用卡。我准备把锤斧放回去，但 AK 又帮我了一把。他把现金递给我之时，甚至还翻了个白眼。

结识新朋友

几天后，我接到 AK 的儿子阿莫斯（Amos King，小 AK）的电话。我知悉阿莫斯想要什么后，十分激动。我整个早上都囿于地下室的办公桌前，忙于已经拖稿的杂志文章，生怕编辑打来催稿电话，所以我非常想找个借口逃出去。很快，阿莫斯就和我坐上车驶向另一个隐藏在谷仓后面的热闹之处。这次，他带我去了离我家不到 4 公里远的一处农场。正门前没有张贴任何标志，但那些了解内情的人都知道，后面的棚屋其实是一家半正式的肉铺。理论上，阿米什人不能买卖肉类，但你可以使用肉铺的屠宰服务。你带上自己的家畜，请他们帮你宰杀，在箱子里装满牛排、排骨、香肠、牛肉干和红肠，塞满自家地下室里的冰箱。

阿莫斯运气不错，他想要给狗狗弄一些免费的骨头，肉铺的小伙子们和他一起用两个垃圾桶装满了血淋淋的动物尸体。在开车回家的路上，一种诡异的感觉油然而生：条条往生之路，为什么我偏偏就选择拉着一车牛骨头和一个说古老德语、不使用拉链的家伙到处闲逛呢？阿莫斯开始和我闲聊，讲述着彼此的身世。结果我发现，我们俩的共同语言比我想象的还要多。他刚过而立之年，和我一样，还在适应初为人父和一家之主的生活。他讲了很多精彩的故事，尤其是他弟弟的故事。他弟弟在严酷的隆冬时节划着独木舟，一路划过萨斯奎汉纳河去找女友。我和阿莫斯玩得很开心，于是计划第二天早上再聚在一起砍柴。

从那以后，阿莫斯成了我在“南方边境”的探险向导。每隔几天，他就会给我打电话，叫上我一起去探索，而我则会立刻合上笔记本电脑，直接出门。我人生中第一次和阿莫斯一起体验了“泥巴义卖”，这是当地消防站在每年春天花开、万物解冻时举办的一次募捐活动。我见识到了周二晚上的家禽拍卖会，我本来是去买母鸡的，却阴差阳错买了 17 只大公鸡。电力公司常在偏僻的小径上砍伐树木。由于我们两家也靠烧柴取暖，阿莫斯敏锐地觉察到了路上有砍倒的树木，我们俩便一起用电锯把木头锯好，赶在他们之前把木头装进我的卡车里。

2 月，一个寒冷的下午，阿莫斯打来电话，告诉了我们一个紧急消息：他弟弟那里有三头野猪想处理掉，如果我们晚上把猪宰了，就能捞到一批便宜又新鲜的猪肉。恰逢米卡的家人来访，时至今日，我都不知道当时我怎么就认定她爸爸会喜欢这个场面。午夜过后，可怜的阿莫斯正瑟瑟发抖，他的整个下半身都沾满了猪血。在只有头灯照明的冰冷谷仓里，我们帮阿莫斯用锯子肢解这些庞大的动物。他小心翼翼的，生怕砍掉自己已经冻僵的手指。我们回到家时已近黎明，浑身是猪血，脏兮兮的，活像《蝇王》（*Lord of the Flies*）里那些没能逃出小岛的孩子。

米卡和阿莫斯的妻子凯蒂（Katie）成了朋友。凯蒂告诉米卡，对于乳糖不耐受的人来说，羊奶是一个不错的选择。

米卡和她的小绵羊。（图片经 Matt Roth 授权使用）

米卡就从那时开始和凯蒂一起做奶酪。阿莫斯和凯蒂要生第五个孩子时，是米卡开车送她去接生婆那里的。我们有了自己的第二个女儿后，我们两家会聚在一起吃饭，孩子们在一旁涂鸦和下棋。一天晚上，我出门慢跑时经过 AK 家，AK 挥手让我过去。“你要不要这些剩下的生奶油？”他建议说，“你可以把奶油装在两个半空的罐子里，这样你跑步时，奶油就会随着步伐被打成黄油。”我们正在谈话时，阿莫斯欢天喜地地出现了。他打了三只鹿，还有很多可以和大家一起分享的东西。我的双手都被占满了，所以只能把他给我的东西塞到运动短裤的后腰处。我到家时，姑娘们正准备坐下来吃晚饭。我从门口走了进来，血和黏糊糊的东西顺着腿流淌，但那个时候，姑娘们已经习惯了“南方边境”的种种怪事，对此早已见怪不怪了。

有一天，三个陌生人经过我家门前，我心想这几个人到底是谁。或许从那天起，我就已经从一个城里人彻底变成了乡下人。他们不像阿米什人那样安静地冲我挥手打招呼，也不像其他人那样驾着马车。他们坐在一辆大轮马车上，两头打扮得漂漂亮亮的驴儿拉着车，迈着稳重的步伐前进。这可能是伊丽莎白女王在参观白金汉宫时才会用的马车。“吁——吁——吁！”手持缰绳的女人挥舞着一根长鞭，扬声喊道。

一个男人坐在她旁边的长椅上，另一个像男仆的人坐在后挡泥板上保持平衡。他们喊叫、挥鞭。如果他们没有发现我，我早就躲得远远的了。然而事实却是，我用口型说了声“嗨”，勉强点了点头，然后溜进了屋里。在这之后的几个月里，我一直和他们一起行动，通常是我在河边的土路上跑步，他们驾车在我身边转来转去。他们总是三个人——挥鞭女和她的两个伙伴，他们的谈笑风生和老练骑术让我心生警惕。我不知道他们怎么适应“南方边境”的生活。他们看起来就像是……不属于这里的人。

我尽量与他们保持距离，直到有一天在树林里碰到他们。米卡、姑娘们、我，还有一些朋友，在附近的康内斯托加小径（Conestoga Trail）上，艰难地走在号称“落基山脉以东最难爬的16公里”崎岖山路上。当我们回到小径起点时，听到后面有马蹄声。我们躲开了，这时两名骑马的车夫从树林里冲了出来。他们身后是骑着驴的挥鞭女。我以前从来没见过有人骑驴，只见过有人扮演麦当娜或墨西哥强盗时才会骑驴。所以我心存疑虑，忍不住要凑过去仔细看看。

“我的屁股要摔成两瓣了！”挥鞭女骂骂咧咧的。她翻身下来，拍了拍屁股。“今天‘南方边境’这地儿可害惨我了。”孩子们被驴子吸引住了。我必须承认，挥鞭女真有范儿！她不仅毫不忌讳地拿屁股开玩笑，还在介绍自己之前先介绍了驴儿“松饼”，然后立即忙着教我那害羞的小女儿如何把马粮塞进驴子的嘴里。“干得漂亮，姑娘！”她喝彩道。

“我是塔尼娅。”她终于告诉我们她的名字。而这两个男人分别是她的丈夫斯科特以及他们的马戏搭档保罗。我第一次见到他们时，塔尼娅和斯科特刚从村外搬到这里。他们买了一处比我们那个小农场还难找的小农场。保罗是一名工程师，住的地方离这里有 3 小时的路程，但几乎每个周末他都会驾车来找斯科特和塔尼娅驯马。两家都没有孩子，却致力于精进马车比赛的技术。至于塔尼娅，她几乎收留了每一个她遇到的小动物。她从小就被一对英国夫妇收养，而且她很早就发现，与动物们相处时，不必抑制自己自然流露出的天性。当你拥抱狗狗时，它们不会寒冷；不管你给马刷多少次毛，它们都能洋溢着同样的爱与感激。幸运的是，她的养父母任由她发挥天性。从 11 岁起，塔尼娅就有了自己的马，后来，她继续在大学和兽医学院学习马科动物科学。

塔尼娅·麦基恩，"南方边境" 最好的驯驴师。（图片经 Christopher McDougall 授权使用）

此刻，我觉得自己就像个傻瓜，因为我一直在躲着塔尼娅和她的朋友。主要是他们很有趣，但确实也有一部分原因是"松饼"太有明星范儿。近距离看，驴子浑身散发着魅力。是的，它们矮胖的身材和兔八哥似的耳朵看起来很好笑，但这双会让它们那拉丁情人般的眼睛看起来更暖心。我们说话的时候，马儿来回踱步，用蹄子刨着地面，但松饼却安静地站在那里，紧紧地吸引着我们的目光，仿佛它想真诚且深情地和我们的心联结在一起，或者只是想骗走我们手里的燕麦卷。不管怎样，松饼绝对比那些马儿更好。塔尼娅和小伙子们装好车，上车离开了。我们都有些不舍。

在回家的路上，米卡和女儿们向我说起一件事。这件事太有冲击力了，即便我先勉强答应下来，在内心深处仍然知道永远不可能。我最小的女儿苏菲对松饼还是念念不忘。她想要一头像松饼一样的驴子当作 10 岁生日礼物。我们可以在后院饲养它，这样她想什么时候骑就什么时候骑，她可以系上马鞍，骑着它穿过牧场。她甚至还想骑着驴儿去上学，之后我就可以“顺便”跑到学校，把驴儿领回家！

我没理由说不啊！总有一天，我们家真的应该养一头驴子。

总有一天。

4

谢尔曼的新朋友

“我简直不敢相信它还活着，”我给纽约北部牧羊的朋友发了张谢尔曼的照片，她看到后惊呆了，“我们这里的农民都把动物养得很好。”

继斯科特的钢锯手术、塔尼娅的洗剪吹之后，谢尔曼安静地度过了这一天。我们紧张地等待着，想看它能不能走路，它却一整天都窝在棕色小谷仓边上，耷拉着脑袋，看上去像是要在那里被处决似的。我们还是不知道它到底是害怕，是痛苦，还是迷惑。

现在天渐渐黑了，也就是说，这件事越来越棘手了。

我把那一小群山羊和绵羊转移到了另一片草地上，心想如果谢尔曼能独自寻找新窝，它会更容易安定下来。太阳一落山，羊群就在门口“咩——咩——”地叫，急着要回羊圈过夜。等它们冲进来后发现院子里出现个邋遢的陌生家伙，不知道会做何反应。此时的谢尔曼，不能再承受任何肉体上的伤害了。我们的动物都很温顺，除了一只傻憨憨的羊和两只公山羊，从科学角度讲，它们就是一群傻蛋。它们对新来者的常规问候方式就是，后腿直立、对准目标、直冲过去、怒撞脑袋，但它们并不坏。我看了太多次它们怒撞脑袋，后来才知道，这就是它们“击掌”欢迎的方式。话说回来，不管它们是为了好玩还是为了别的，今晚我绝不会让它们靠近谢尔曼。

我很难只让这群羊与谢尔曼擦肩而过，且不让其中任何一只与它发生肢体接触，只希望等到天黑的时候，它们一口气就冲进羊圈，忽略谢尔曼的存在。一夜之后，羊群就会习惯它的气味，但愿它们在天亮前就能适应这个奇怪的新生物。这并不是一个完美的计划，但事实证明，绵羊和山羊都挺买我的账。我打开了大门，它们从谢尔曼身边飘然而过，直奔羊圈中央。

突然，有一只羊走着走着就僵住了。我透过黑暗窥视着，希望它不是……

真是它——劳伦斯。

调皮捣蛋的山羊劳伦斯

那些我用来对付跑跑羊和骗骗羊的小伎俩，在劳伦斯身上都不管用。我现在才意识到这是一个错误，但换作你，你也会做出同样的事情：3 月的一个星期六早上，我开车去阿米什朋友伊拉姆（Elam）的农场，送还他借给我们的公羊，用阿米什人的话说，是为我们的两只母羊“换个血统”。多年来，我们发展了一个小的交换圈，当地的牧羊者每年交换种羊，以防止畜群近亲繁殖。伊拉姆的公羊以生双胞胎而闻名，我们可以预料到，不出几个月就会有四个新生命在草地上蹦蹦跳跳。这也意味着，不管伊拉姆再卖给我们的动物有多可爱，我们都没有地方饲养了。米卡千叮咛万嘱咐，送还公羊的时候只需要做一件事，就是把它送下车。

“绝对没问题。”我表示同意。

我来到伊拉姆家，花了好长时间才在谷仓后面找到他。他从半开的羊圈门往外看。

“它们漂亮吗？”他问我，“当我知道它们的品种时，我就沦陷了。”

每周五晚，兰开斯特郡郊区的农贸市场都会举行牲畜拍卖会。伊拉姆是这里的常客。他总是带着一些千奇百怪的战利品回来，比如卡塔丁羊。它们的羊毛不是被剪掉的，而是像狗一样掉毛；还有田纳西昏倒羊，每当它们害怕的时候就会瞬间石化为一尊活的雕塑。有一次，他甚至弄到了一只美洲驼，把它当作家里的看门狗，以防捕猎者侵害羊群。但这一次，他竟然找到了一对——

“瞪羚[①]？”我脱口而出，“你弄来了一对瞪羚？”

“看起来很像，是吧？”伊拉姆说，“事实上，它们是奥伯哈斯利（Oberhasli）奶山羊，一种高山山羊，在这里很难找到。它们是出了名的产奶能手，而且很容易相处。”

羊圈里的羊妈妈和小羊宝宝，都是美丽的巧克力褐色，长着奇妙的宽角，脊背上有一条黑色的条纹，看起来高贵而充满野性，就像刚从非洲大草原漫步归来。

“羊宝宝怎么了？”我问道，同时发现它的上半只耳朵不见了，就像被剪刀剪掉了一样。

“还记得几周前的寒潮吗？主人说它在深夜里出生，但到了早上才被找到。羊妈妈尽量护着它，让它全身保暖，除了耳朵。它的耳朵就冻掉了。”

在回家的路上，我开始编各种借口：“看看我在街上发现了什么！我以为伊拉姆会吃了它们……不，它们会赚回本儿的。”就在我把车开进车道的时候，我才恍然，我手中其实已经握着一张不需要撒谎就能赢的王牌。那两只棕色的山羊太可爱了，最好的办法就是保持沉默，且等米卡发现它们。幸运的是，这招奏效了。在见到它们的一瞬间，这只耷拉着耳朵的羊宝宝就萌化了我的妻子和女儿，她们也发现了羊妈妈原来是只性情温和、产奶能力惊人的奥伯哈斯利

① 瞪羚：羚羊科的一种。外表酷似我国青藏高原上的藏羚羊。——译者注

奶山羊。但风险还是存在的。羊宝宝是只公羊，这意味着它很容易调皮捣蛋，我们充分吸取给骗骗羊取名失败的教训，不能再给它起一个像什么阴间大法师①或麦康纳②之类的名字了，这样会释放它内心的邪恶力量。我们决定，最保险的办法就是叫它劳伦斯。这个名字取自电影《摇滚学校》（*School of Rock*）中演奏键盘的四年级学生劳伦斯。他性情温和，甚至有点书呆子气。

完美。我如释重负。

劳伦斯。（图片经 Christopher McDougall 授权使用）

① 阴间大法师：出自美国导演蒂姆·波顿于 1988 年执导的奇幻电影《阴间大法师》。——译者注

② 即演员马修·麦康纳（Matthew McConaughey），曾扮演过恐怖电影《德州电锯杀人狂 4》中的杀人狂。——编者注

不久后的一天，早晨5点，刺耳的刹车声吵醒了我们，接着响起了邻居愤怒的敲门声，他们差点开车撞上了马路中央毛茸茸的小呆瓜。短短几周，劳伦斯就长成了一只瘦骨嶙峋、四肢瘦长的小家伙，流线型的身材让它能够蹦跳自如。我拖着疲惫的身体走出家门，睡眼惺忪，满脸歉意，光着脚把劳伦斯赶回羊圈里。一开始，我把这一切怪罪到它的命名。毕竟在电影里，最开始劳伦斯确实加入了一些对杰克·布莱克（Jack Black）的反抗，并对鼓手斯巴兹·麦吉（Spazzy McGee）冷嘲热讽。[①] 但后来，我研究了一下《现代农夫》（*Mordern Farmer*）杂志，才知道奥伯哈斯利山羊有好的一面：

> 它们就像是山羊界的狗狗一样，安静，与人类友好相处。

也有坏的一面：

> 这并不意味着它们不会潜逃。凭着强有力的后腿，奥伯哈斯利山羊可以轻松跳过栅栏或跳上车顶。

换句话说，劳伦斯的基因就决定了它注定渴望拥抱，并挣脱任何试图阻止它的东西。在雷雨交加的时候，我们会被突如其来的砸门声吓一跳，然后才想起那其实是劳伦斯。它孤独了，想要进屋。幸运的是，我们最好的阿米什朋友凯蒂和阿莫斯想出了一个主意，把劳伦斯和他们的波尔羊放在一起饲养，进而孕育出一群非常温和且多肉多奶的超级品种。带着劳伦斯一起出门很容易。我在它脖子上系了皮带扣，像遛狗一样走了不到一公里。我把它和阿莫斯家的一群雌山羊放在一起，与它道别，它兴冲冲地跑去与那些雌山羊们见面。两周后，一辆拖拉机开上了车道，后面是个狗笼，里面是劳伦斯。它被狼狈地送回来了。阿莫斯家的羊圈栅栏比我们家的高，上面还安装了电击线，但在奥伯哈斯利山羊的弹跳力面前，这都不是问题。凯蒂只能一次又一次地冲出家门，把劳伦斯赶出她家的院子，这已经够糟心的了，而压倒他们的最后一根稻草是

① 杰克·布莱克、斯巴兹·麦吉：两者皆源自2003年美国电影《摇滚学校》。前者为电影中主角喜剧演员的名字，后者为电影中鼓手的名字。——译者注

"电话簿事件"。阿米什人会把电话放在谷仓外面，通常放在一个看起来像户外厕所的小棚子里。一天清晨，凯蒂出去打了个电话，发现劳伦斯正在里面大口咀嚼厚厚的本子，里面记录着他们家这辈子积攒下来的电话号码。

不管劳伦斯有多让人恼火，我不会总生它的气。我会在黎明时分冲出门，把它从马路上带回家，却发现它正向我飞奔而来，好像已经等了我一整个早上似的。对它来说，挣脱不仅是为了自由，更是为了友谊。尽管劳伦斯已经变得又高又壮，但在它的内心深处，它仍然是耳朵上挂满冰霜的小毛球，来到这个世界的第一个夜晚，还在妈妈身边瑟瑟发抖。

它嗅出了谢尔曼的悲伤

和往常一样，羊群回来过夜时，劳伦斯走在最后一排，天黑后，它总是最后一个离开草场。它突然转过身来，高昂着头，提高警惕。它嗅了嗅空气，瞄向那只静静倚靠在谷仓墙壁毛发蓬乱的奇怪动物。谢尔曼已经被逼到了角落里。即使它突然有力气动一动，也没有空间让它能逃避接下来要发生的任何事情。

尽管劳伦斯和我亲密无间，但我最不希望看到的，就是它靠近那只晕头晕脑、饱受创伤的驴子。谢尔曼的蹄子严重受伤，在狭小的棚子里被关了几个月，几乎动弹不得，成了没有行动能力、病恹恹的活靶子。劳伦斯的"热烈欢迎"把小驴和第一次见到驴子的其他动物都吓了一跳，主要是它们不明白，为什么这个头上顶着两根如长矛般犄角的疯子，突然全速冲向它们。我没办法及时赶到劳伦斯身边，这样我会吓着它，让事态更严重。我冷静下心神，希望劳伦斯发现羊群已经把它甩在后面了，它就会改变主意，赶紧离开。结果，它做了件我以前很少看到它会做的事情：它变得从容不迫。

劳伦斯慢慢地、小心翼翼地走近谢尔曼，仿佛踮起脚尖走路似的。看到它变得这么紧张，我觉得有些奇怪，我知道一定还有别的事情：劳伦斯走近谢尔曼，把鼻子顶在驴子的侧腹上，开始从头到脚仔细而又好奇地嗅着它。谢尔曼一动也不动，当劳伦斯的犄角直指它的脸时，它也没有畏缩。

我焦急地注视着它们，只要那只笨羊表现出一点儿生气的样子，我就准备一跃而起，加入战斗。劳伦斯不停地嗅着，一路顺着谢尔曼的侧腹往下嗅，一直嗅到它尾巴后面的高危地带，绕过谢尔曼，消失在它的另一侧。谢尔曼低下头，它终于又出现了。巡视结束。不知道劳伦斯的鼻子到底嗅出了什么，反正它变得很难过，因为它做了一件事，这件事在一瞬间就抵过了它毁掉的每一个花坛，弥补了它吓坏过的每一个司机，弥补了我费力换掉的每一处破栅栏。

劳伦斯在生病的谢尔曼旁边躺下，把腿蜷在身下，安顿下来过夜。

是时候尝试一下了

第二天早上我出来的时候，劳伦斯还在那里。真是奇怪。每当天色渐亮的时候，劳伦斯从来都不会老实待在晚上待过的地方。通常它会到处逗弄下其他动物，然后赶紧凑到前门，看看那些在路边等校车来的孩子有没有心情从午餐盒里掏出一点零食塞给它，或者至少摸摸它的耳朵。

但今天它没有。没有什么能让它抛弃这位病中的陌生家伙。没有什么——

除非是一顿早餐。

我拉开干草堆的大门，突然，贪吃的劳伦斯爬了起来。它飞快地冲向我，用力挤进羊群中间。我往干草堆里塞了半包干草后就闪开了，让那些动物自己去争抢食物。在我身后，我感觉到有什么东西正在靠近。我转过身，看见谢尔曼慢慢地、试探性地走了几步。它在离喂草机几步远的地方停了下来，避开了这场混战，但是当劳伦斯向左挪动时，谢尔曼也向左移动。劳伦斯发现了一个更好的抢食角度并向右移动，谢尔曼也悄悄地跟着模仿。整个上午谢尔曼都与其他动物保持一定距离。但每当劳伦斯采取行动时，总会有一个长耳的影子尾随其后。

我坐在草地上，看着劳伦斯狼吞虎咽，然后开始它的每日恶作剧。它跑去挑衅可爱的大公羊老巴迪，我们从巴迪还是个用奶瓶喂奶的羊宝宝时起就开始养它了。起初，巴迪并没有搭理劳伦斯，后来它把劳伦斯赶回围栏结束了这场闹剧。劳伦斯跑去欺负一个体格更小的羊。在约 40 米远的地方，劳伦斯发现了一个完美的目标：我们的另一只公山羊——辣椒狗，它正在安静地吃草。劳伦斯悄悄地朝它的方向走去。谢尔曼缓慢而坚定地跟在后面。

这一幕让我最终下定决心。好吧，我想，是时候尝试一下了。

我急忙上了卡车，向饲料店走去。塔尼娅过会儿要来检查她的“患者”。如果我抓紧时间，在她看到我要做什么之前，或许我有足够的时间试试这个方案。

塔尼娅式“洗剪吹”

塔尼娅下午来得很早。“你好呀，谢尔曼！”她一边喊着，一边从卡车里钻出来，声音里透着爱意，“你还好吗，小家伙？”对我说话时，她的语气又变得更严肃些：“需要马上给它清洗护套。”

“它的主人没给我啊。”我说，心想那一定是什么马毯之类的东西，“它身上只有那条劣质的缰绳。”

“我向你保证，它有护套，”塔尼娅说，“我正在盯着它看呢，就是它的私处。”

“我们必须清洗它的私处？”

"不是我们。是你。这是一个非'你'不可的操作。你最好现在就学着怎么处理，只要它还活着，你以后每隔三四个月就要这样清洗一次。"

"你没在开玩笑吧？"小时候起，我就如饥似渴地阅读马类相关书籍了，而在《辛可提岛的迷雾》(*Misty of Chincoteague*)①中，压根就没说克拉伦斯爷爷摆弄过马儿的"小鸡鸡"。然而塔尼娅却非常严肃。因为谢尔曼被阉割过了，它缩起来的私处很容易被蜡状分泌物包裹，后果可能会很严重。完成这项工作的唯一方法，就是把手指伸进驴子的下腹部，拉下缩回的部分，小心地用温肥皂水擦拭，同时尽量不要被踢到外太空去。

"最后一件事，你把一根手指伸进洞里——"塔尼娅继续说。

"什么的洞里？私处的洞里？"

"就在那儿。你得把蜡状球拔出来。那个就是'豆块'。豆块是致命的，会彻底毁了它的膀胱。"显然，谢尔曼步入了新的生活，我也打开了新世界的大门：每 3 个月，我就要提醒自己按季度纳税，还要给我的驴子做清洁。

现在她已经不再吓唬我，塔尼娅准备好迎接她的患者了。"来让我看看你，小曼曼。"我们穿过了大门，塔尼娅喊着。

谢尔曼的耳朵竖起来。我不知道它还记不记得自己的名字，但是，天啊，它还记得塔尼娅。它没有抬头，但身体转动的时候，它的耳朵仍然保持高度警惕，突然，它第一次似乎对羊群很感兴趣。谢尔曼迈着沉重的步子走向羊群，继续往前走，一头扎进羊群中。劳伦斯看到了它新朋友的动作，跑过来，也挤了进去，直到它们俩都被羊群包围。这可不是什么藏身的好地方，但谢尔曼的努力给我留下了深刻的印象。

"看它走路的样子！"塔尼娅也不生气，"它还交了个朋友呢！哥们儿，这太神奇了。"

---

①《辛可提岛的迷雾》：美国作家玛格丽特·亨利所著的以马为题材的获奖童书。——译者注

塔尼娅跟着谢尔曼走进那团骚乱之中。她伸手摸了摸谢尔曼的鬃毛，可是它闪了下脑袋，塔尼娅摸了个空。她又试了一次，还是没摸到，谢尔曼往羊群里钻得更深了。虽然这一来一回让人恼火，但看起来还挺有趣的。看谢尔曼躲避的动作，就像在看成龙打斗一样。不管那位疯狂的洗剪吹魔女今天要干什么，谢尔曼绝不会让她得逞。

“看来你还没忘记自己的倔驴本性呢！”塔尼娅说，“好样的！”

我们终于抓住了谢尔曼的缰绳，把讨厌的劳伦斯推到一边去。塔尼娅从上衣口袋里拿出一支抗生素注射器，用牙齿咬掉针帽，把谢尔曼臀部周围的皮捏成几道褶子。她迅速地给它注射了一针，动作之敏捷，谢尔曼似乎都感觉不到针的存在。塔尼娅从另一个口袋里掏出一管除虫膏，用来治疗谢尔曼的肠道寄生虫。“它会喜欢的。尝起来像新鲜的苹果。”塔尼娅说，“所以我们就用这个来转移它的注意力。”塔尼娅让我打开管子，让谢尔曼闻了一大口“黄元帅”苹果的香味，然后在它的牙齿间喷一点儿。塔尼娅一直盯着它，就在谢尔曼第二次开始把嘴伸向膏药时，她突然开始行动：她用那炉火纯青的无痛护理之术，往谢尔曼嘴里放了根直肠体温计，在它意识到什么之前，塔尼娅已经完成了测体温工作。

“温度有点高。”她思量了一下，把手伸进移动药房般的外套里，从另一个口袋里拿了一管氟尼辛葡甲胺，这是一种可以让谢尔曼退热的镇痛膏，有助于缓解任何肠道收缩可能引起的肌肉疼痛。“这应该会让它舒服很多。”她说，“它就像驴版的泰诺[①]一样。”总体而言，塔尼娅持谨慎又乐观的态度。她推测，可能要过几个星期，我们才能知道谢尔曼的内脏是否正常，它的血液有没有感染。最重要的是它的蹄子，它们现在看起来还有康复的希望。

“它恢复得不错，”塔尼娅说，“比我想象的好多了。”

“没错，但是它还不能踩踏在任何坚硬的东西上，”我说，“它也不能踩到

① 泰诺：Tylenol，一款缓解疼痛和退热的药物。——译者注

车道上的碎石。”

“为什么现在就要折磨它？”她问道，话还没说完，我已从她的语调里读出一切，“我把患者留给你才一个晚上，你就已经把事情搞砸了？”

“我想出来一个点子。”我开始说。听到“点子”这个词，塔尼娅怀疑的眉毛挑得更高了，这让我有点紧张。“你昨天说的关于‘绝望感’的事情，我认真考虑过了。我的点子是……”

RUNNING
WITH
SHERMAN

释放奔跑的天性

以后不管走到哪里，它都要面对可怕的新事物，现在最好忘掉未来的漫漫长路，一次专注于搞定一件可怕的事。

5

矿工、流浪汉、恶棍与疯狂奔跑的毛驴

早在 10 年前，我就去过科罗拉多州的莱德维尔镇（Leadville）寻找“鬼魅”，那是一座位于落基山脉的高海拔老矿镇。

我去那里追寻一切的起源。20 世纪 90 年代，一群穿着裙子和凉鞋的诡异男人突然参加了著名的“莱德维尔 100 英里越野赛[①]”，之后又仿佛消失了似的，无影无踪。他们是塔拉乌马拉族印第安人，生活在墨西哥偏远铜峡谷深处与世隔绝的部落里。几个世纪以来，塔拉乌马拉人超凡的奔跑能力，以及关于他们的各种荒诞传说从峡谷中流传出来。很少有外人见过他们，但那些目睹过的人都说，塔拉乌马拉人近乎超人，他们从一座山峰飞奔到另一座山峰的速度比马还快。他们还可以一口气跑完 10 个马拉松（没错，420 多公里）。

塔拉乌马拉人几乎从未走出峡谷参加比赛，所以当其中 12 名族人出现在 1993 年莱德维尔的比赛现场时，引起了轰动。虽然他们名声在外，但外人很难不为这些害羞又不自信的家伙感到惋惜。他们脚踩前一天用废旧轮胎做的凉

① 100 英里约为 160 公里。——编者注

鞋，走近起跑线，然后枪声响起，他们陆续“干掉”了数百名装备精良的年轻选手。一位 55 岁的塔拉乌马拉农民一马当先，其他 7 名塔拉乌马拉人紧随其后，纷纷跑进前十名。第二年的比赛，塔拉乌马拉人又回来了，再次碾压了全场。然后他们一走了之，再也没有回来。

到底发生了什么？塔拉乌马拉人的神秘驱使我来到莱德维尔镇，没多久我便开始了疯狂的冒险，我在《天生就会跑》[①] 这本书中讲述了这次冒险。去莱德维尔镇之前，我已经做好了充分的心理准备：我会与顽固的老矿工争吵，他们不喜欢叽叽喳喳的记者问一堆八卦的问题，我会花费将近 40 分钟的时间采访矿工，不外乎就是想让他们告诉我：关于莱德维尔镇，我什么都不知道。来到镇上的第一个早晨，我和肯·克洛伯（Ken Chlouber）当面聊了两个小时。矿区关闭之后，他重振城镇的经济，开创了“莱德维尔 100 英里越野赛”。在被我问烦之前，克洛伯回答了我抛给他的每一个问题。“嘿，我们去蹚雪吧。”他建议道。

没过多久，我们就踩着齐膝的积雪，爬上了落基山脉，这样一来，我就能亲眼看到塔拉乌马拉人战无不胜的地方了。克洛伯已年近 70，但还凭借蛮荒之力冲上山顶，我几乎喘不过气来，只好叫他慢下来。我眼前星星乱飞，如溺水者般猛吸空气。与丹佛相比，莱德维尔镇离太阳更近，几乎近了 1600 米，是美国大陆上海拔最高的城镇。这里空气非常稀薄，第一次来这里的游客一下车就会头疼。

“来对了，是吧？”克洛伯说。我抬起低垂的头，俯瞰下面吃草的麋鹿群，远眺蜿蜒夺目的阿肯色河，望着直指山巅的云杉林，它们美得让人窒息。

“是的，它真的——”我刚开口，但是克洛伯突然想到什么。

“今年夏天你一定要再来一趟！”他脱口而出，“为了狂欢节！我第一次参

① 英文书名为 *Born To Run*，是一本全球畅销书，被誉为“赤足跑‘圣经’”。此书间接推动了越野跑热潮席卷全球。——译者注

加狂欢节时，心想我以后要定居在这里。”

克洛伯从小在俄克拉荷马州肖尼市的农场长大，辗转于不同工作之间，无意间来到了莱德维尔镇。矿场的报酬还不错，但真正吸引他的是8月的一个早晨，一觉醒来，他发现一大群动物在莱德维尔镇的大街上狂奔。一群驴子疯狂地奔跑着，而克洛伯的朋友们紧随其后，尽力抓住驴子的缰绳，跑得都快吐了。这群人绕过街角越跑越远，它们沿着土路继续往上爬20公里，一直爬到蚊子垭口。

克洛伯刚刚目睹了他人生中的第一场赛驴跑（burro racing），只一次足矣。（“burro”一词在西班牙语里就是“驴子”的意思。正如pop汽水和soda汽水的区别，使用哪个词取决于你是在美国东部、西部，还是在落基山脉的高处。）

克洛伯听说，赛驴跑是为了复刻淘金热时期的文化，那时的淘金者一旦发现了金矿，就把行李扔到他们的驴子身上，然后迅速跑到城里去申报他们的发现。到了1915年，老一代的淘金者已经不上山开矿了，但驴子还在。矿越挖越深，从珍贵的金属变成了工业矿物，而那些矮小健壮、性情温和、不会因雷管爆炸而发狂的驴子，仍然要把沉重的矿车拖到地面上去。矿工在黑暗中和驴子一起并肩工作，建立起了深厚的友谊，把它们当成自己的宠物。周末的时候，他们给驴子喂苹果，带它们走出栅栏，来到城外的大型畜牧场溜达。后来，他们不再圈养驴子，开始把它们赶出驴圈，带着它们到山里一起徒步。

你能看出来这件事的发展趋势，对吧？你不可能把一群突然获得自由的动物，与一群“矿工、流浪汉和恶棍”（克洛伯如此亲切地称呼他们）混搭在一起，期待他们不会组织成一场土鳖骑驴大赛。到了20世纪40年代，矿工们就开始互相攀比，比一比谁能最快穿过小径到达莱德维尔镇的中心。后来，当你在周六走进银圆酒吧，如果发现驴子旁边没有一位嗜酒的人类队友，你都不太适应。

随着时间的推移，比赛的距离变得更长，矿工们的速度变得更快，赌注也越来越大。1949 年，史诗级的挑战开始了：这是面向所有人的 37 公里赛驴耐力跑，从银圆酒吧出发，直上海拔 4114 米的山峰，之后下降返回至山的另一头——远在菲尔普雷镇（Fairplay）的浦路尼斯（Prunes）纪念碑。这座纪念碑是为了纪念一头走遍菲尔普雷镇的驴子，它曾经为城镇里的人服务了很多年。谁先抵达浦路尼斯纪念碑，谁就可以带走 500 美元——前提是那个时候你还能走路。

谁说女人不能参加比赛

埃德娜·米勒（Edna Miller）对这场比赛充满敬意，但对参赛选手就没那么尊敬了。她看着矿工们散乱地走进菲尔普雷镇，有些累得甚至说不出话来。她觉得这些小伙子能做的事情，女人也能做到，更何况一天就能赚 500 美元。

埃德娜问这帮矿工和粗汉子们，为什么女人不能参加呢？

他们对视一眼，耸了耸肩。

谁说女人不能参加的？

那么，国际奥委会、业余体育联合会和美国医学协会怎么说呢？在 1949 年之后的几十年里，医生们仍在喋喋不休地谈论着这样一个理论：运动过猛会使女性的子宫和卵巢松弛，甚至是爆裂。就在 2010 年，国际滑雪联合会的主席还解释道，“从医学角度看，跳台滑雪不适合女性”，理由是，众所周知，子宫在着陆时可能会爆裂，“女性天生就不能照顾好她们自己的身体，所以需要由男性帮助她们”。在 1972 年之前，奥运会 800 米以上的田径项目都禁止女性参加：不是 10 公里，也不是 5 公里，而是 0.8 公里——800 米。与此同时，在波士顿，女性跑步就是一种真正意义上的犯罪。在 20 世纪 60 年代，任何胆敢尝试波士顿马拉松赛的女性都会被警察逮捕，如果你的父亲是比赛的负责人，你还会被暴打一顿。“要是那个女孩是我的女儿，我会揍她的屁股。”1967

年，凯瑟琳·斯威策（Kathrine Switzer）成功混入赛道后，赛事总监威尔·克洛尼（Will Cloney）曾如此为之咆哮，这个言论也因此广为流传。

但在莱德维尔镇，矿工和粗汉子们的看法有点不同。

“在西部，我们一直都很清楚，女人和男人是用同样的一块皮革料子做成的。”柯蒂斯·伊姆里（Curtis Imrie）如是说。他是一名传奇的赛驴跑选手，曾三次获得世界冠军，他很乐意分享自己被巴布·多兰（Barb Dolan）和卡伦·索普（Karen Thorpe）等女性羞辱过的次数。“那些在美国东部所谓‘保护’女性的荒唐说法，在赛驴跑中统统不存在。”

1951 年，矿工和这帮粗汉子们不仅欢迎埃德娜·米勒站到起跑线上，而且鼓励她带朋友一起来参加。在 4 年的时间里，女人们遍布山里，占了整个赛驴跑赛道的四分之一。回首过去，在波士顿，那些叼着雪茄、拿着大衣、爱发牢骚的老男人们，直到 1972 年还在不停地宣称，女人们太娇气了，跑不了马拉松。这简直不可思议。波士顿马拉松喜欢吹嘘它是美国历史最悠久的马拉松，对一部分美国人来说确实如此。但是在另外一半人，那些几十年来被禁止参赛的女性看来，这个比赛就好像不曾存在过一样。

因此，对于所有美国人，无论男女，我们国家最古老的马拉松比赛是对所有人开放的。它不会花你一大笔报名费，你也不需要符合参赛资格。你所要做的就是借一头驴子，出现在起跑线，然后准备开跑。

要么一路跑到底，要么退赛走人

“第一次参赛的人要么热爱它，一路跑到底，要么退赛走人，再也没有来过，”克洛伯告诉我，“你要么是被它治愈了，要么就对它上瘾了。”

目睹了人生中的第一场比赛之后不到一个月，克洛伯就租了一块草地，买下了莫克。莫克是头身形魁梧的大驴子，总是死死地盯着克洛伯，等克洛伯发现它的眼神时，它就一脚踢在他的胸口上。克洛伯工作了一整夜后，会在黎明时分离开矿区，直接去和他的新伙伴一起训练，一小时后就一瘸一拐地回家了，带着遍体的瘀伤和满脑子的困惑。这些生物没有任何存在的意义。克洛伯从小就骑在动物背上跑来跑去，是位实力出众的公牛骑士，调教好一头小毛驴应该不成问题。跑步才应该是最痛苦的环节。克洛伯不喜欢强迫自己用比平时散步还快的速度跑起来。但有了莫克之后，一切都颠倒了过来。运气好的时候，克洛伯享受和动物在松林里一起小跑的感觉，他们会在完美的运动状态下一起努力，一起流汗。

但运气不好的时候……

“如果你和那头毛驴的意见相左，你们想去不同的地方，你们想跑得或快或慢，它就会把你拉到悬崖边缘，或者从遍布巨石的地形上穿过，”肯警告我说，“这时候也没办法，你只能憋着大吼一声。”

尽管如此，克洛伯还是很投入。一旦他进入比赛状态就停不下来了。在接下来的 40 年里，克洛伯和莱德维尔镇都经历了一系列悲剧、胜利和转变。克洛伯最初来到莱德维尔镇的时候还是个外人，一位埋头工作的家具销售员，想办法养活妻子和刚出生的孩子。后来，他成为爆破组的工头，然后是失业的矿工，最后成为当地的传奇人物，将那里变成了他的第二故乡。顶点矿场停业后，镇上所有的工作几乎也停滞了，莱德维尔镇岌岌可危。就在那时，克洛伯想出了这个天才般的主意——开创“100 英里”的赛跑。伴随着探险运动经济的迸发，莱德维尔镇涅槃成为另一个版本的阿斯彭镇[①]，而克洛伯正以国会议员和州参议员的身份去首都开会。但是无论这里发生多大的变化，有一件事从来没有改变过：每年，莱德维尔镇的驴子都会站在起跑线上；每年，克洛伯都会和它们一起站在起跑线上。除非他在比赛中摔断了腿，否则他是不会轻易退

① 阿斯彭镇（Aspen）：美国著名滑雪度假小镇，和莱德维尔镇一样，阿斯彭镇曾经也是一座采矿小镇。——译者注

赛的。即便摔断了腿，他还是会继续参加比赛。

同年 8 月，我回到了莱德维尔镇（是的，他说服了我），我和克洛伯握了握手，发现自己握的不是手，是一堆绷带和夹板。“上个星期我半个人都差点交待出去了。”克洛伯耸耸肩说。他在附近的菲尔普雷镇参加了一场 46.7 公里的比赛，他的驴子突然兴奋过度，从他身上踩过去，他们俩从小径上一起摔了下来。克洛伯摔断了 3 根手指，腿也血肉模糊。他站起来，追着他的驴子，继续向终点线前进。他已经 68 岁了。

尽管克洛伯的手被踩扁了，他还是迫不及待地想让我和他一起去莱德维尔球场。我们驾车到小镇的主干道哈里森大街，克洛伯把房车停在银行后面的停车场。离发令枪响还有一个小时，现场气氛已经很紧张了。驴子们在原地踱步，紧张地扭动着身体，骑手们紧紧地抱着它们，试图让驴子远离挤在路边的观众。

克洛伯解释说，基本规则简单得不能再简单了：你可以用任何体型的驴子，从迷你小驴到猛犸象般的庞然大物，但是不能用骡子，因为骡子有一半马的血统！你和你的驴子必须从山的一侧跑上去，再跑下来，总共 42 公里。你不能骑它，驴子必须驮着 15 千克重的驮鞍，负载着采矿者的传统工具：淘金沙盘、铁铲和镐头。如果你的驴子挣脱开了，你必须抓住它，把它从偏离赛道的地点带回来继续比赛。如果你的驴子是“未处理的杰克驴”，有可能你会跑出更远的距离，因为“未处理的杰克驴”是性欲旺盛的公驴，它们体格壮，跑得很快，但容易发狂。杰克驴是出了名的好斗，喜欢追逐母驴，有时可能只是闻到奇怪的味道就会钻进树林里。

我不是最后到达终点的蠢货

“嗨，哈尔！”克洛伯对一个皮肤晒成棕色的瘦子喊道。他穿着破旧的卡哈特（Carhartt）工装衣，从一辆皮卡车里走出来。克洛伯告诉我，“那是哈尔·沃尔特（Hal Walter），非常生猛，非常厉害，总是能找到好驴子。”他的成绩十分出色，后来变成了职业选手。这项运动在20世纪80年代蓬勃发展了一段时间，在科罗拉多州和亚利桑那州，很多小镇举办过赛驴跑比赛。哈尔天天开车载着他的驴子在偏僻的小路上狂飙，完全可以纯靠比赛奖金谋生。我们走过去打了个招呼，但哈尔仿佛离我们十万八千里远，几乎没有眼神交流，从我们身边走过，嘴里好像咕哝着“雪球”，然后就走开了。

“赛道上还有雪吗？”我问。

“他是在说‘索巴尔’[①]，”克洛伯边走边解释道，“他想知道汤姆·索巴尔（Tom Sobal）有没有来参加比赛。汤姆是少数能对哈尔构成威胁的人之一。”克洛伯说，通常情况下，哈尔很好相处，喜欢和驴子对话。尽管他是这项运动中伟大的冠军之一，赛前他还是会紧张。“不要在赛前激怒他！”克洛伯建议道。

我们走到克洛伯的拖车那儿，克洛伯打开车后门，吹了一声口哨，两头热情的驴子小跑了出来。克洛伯把他们拴在停车牌上，然后走回拖车上。在我内心深处，有什么东西在怦怦直跳。克洛伯再次吹了声口哨，然后暗骂一声。“幕后大Boss该登场了。”他说。他从皮卡车里拖出一块0.6米宽、1.2米长的板子，把它从拖车的侧板上滑了出去。他努力向后靠，试图用支轴和杠杆把里面的动物拖出来。

克洛伯找来了两位观众，然后又找了一位。我们五个人的体重加起来有半吨重，开始了一场拔河比赛，对手是一头驴子。还是拉不动。克洛伯生气了，他把绳子拴在他的皮卡车上，让四驱车加入这场“拔河赛”。一步，又一步，一头近2米高的驴子慢慢地走出来了。

克洛伯把绳子递给我，“这头是你的。”

---

① 索巴尔：与雪球snowball的英文读音相似。——译者注

比赛快开始了。“快把你们的孩子都带回去！”播音员喊道，“大家都懂的，这些动物会撕咬人群，血肉横飞。”大人们都把孩子拉到身后，然后仔细看了看驴子的个头，发现它们的个头和驾驭它们的赛手差不多大，便又后退了几步。

“它叫蓝调。”克洛伯大叫。他继续嘟囔着说了很多，但身在嘈杂的人群中，我根本听不清他刚刚说了些什么。伟大的——杰克驴。我抓着蓝调的缰绳更紧了，尽量不让它焦虑地转来转去绕圈圈。它不停地转圈，转得我头晕目眩。就在这时，我听到播音员大喊“十！”

人们继续倒计时，“九！八！”克洛伯还在给我最后的建议。“有两种方法可以开启赛驴跑。”他说，“你干净利索地把帽子甩到空中。”

“四！三！”

“还有一种是我们自己的方式。”克洛伯总结道。

莱德维尔镇镇长用双筒猎枪鸣枪开赛，哈里森大街一下子变成了潘普洛纳[①]，万驴奔腾。蓝调和我夹在中间出发。我想要拉着蓝调冲刺，但它被人群的尖叫声和驴蹄的碰撞声弄得太紧张了。我唯一能做的就是紧紧地抓住绳子。我们拐过哈里森大街，开始沿着第七大街的陡坡往上爬。

突然，我听到一声尖叫——不是欢呼，而是恐怖电影里的惊声尖叫。我猛地转过头，看到了柯蒂斯·伊姆里，这位自 1974 年以来每年都参加比赛的赛驴大师，被一头我平生见过最大个儿的驴子拖住了。柯蒂斯的腿被缰绳缠住，他想尽力挣脱开。可越挣扎，那头疯狂的动物就越想逃跑。我松了松绳子，又再抓紧。如果我去救柯蒂斯，蓝调会怎么做？它不会在人行道上撞到孩子和老奶奶吧？

克洛伯的儿子科尔（Cole），跳上山地车向柯蒂斯冲去。蓝调继续奔跑着，

① 潘普洛纳：以斗牛闻名的西班牙城市。——译者注

我已经看不见他们了。我太想喘口气了，但混乱之中来不及多想。要坚持下去，坚持下去，坚持……突然，我撞上了蓝调的屁股，它停在了路中间。另一个选手把绳子系在停车标志牌上，让他的驴子停下来。蓝调也跟着一起停了下来。这位选手和我都用手拄着膝盖，大口大口地呼吸，两头驴子注视着我们。在莱德维尔赛驴跑的前 3 分钟里，我幸存下来了。但比赛还剩 4 小时 57 分钟。

在莱德维尔赛驴跑比赛现场，柯蒂斯·伊姆里在和驴子“奋战”。
（图片经 Dava Epper 授权使用）

我还在喘着气，突然听到身后传来的驴蹄声。没想到，老柯蒂斯不仅站了起来，而且还重返比赛。“我不喜欢一上来就挂彩。”他嘟囔着，停下来看看我们是否还好。我们仨一起出发，爬上开采木材的小径，道路两旁是一棵棵随风招摇的杜松。在 18 公里左右的时候，我暗忖，或许我能完赛。就在这时，蓝调又抛锚了。

“嘿！”我大喝一声，柯蒂斯和另一个选手还在小跑前进。“嘿！”我拽了拽蓝调的绳子，双手抓住缰绳，往我的脚跟处拉了拉。蓝调一动不动。旁边的一位观众走上前帮忙。“这个比赛我只参加过一次，然后就放弃了，”他说，“我把驴子拴在树上，自己跑回镇里了。”

他拉着蓝调的脑袋，我在后面推。我们又交换位置推着。哈尔和索巴尔从我们身边飞奔而去，朝着主赛段的下坡段跑去。一个接一个的选手很快就跟了上来，他们都喊着口号，说着鼓励的话。蚊子垭口离我很近，已经能看到它，但蓝调却纹丝不动。半小时后，我还在同样的地方，克洛伯和柯蒂斯是最后的收尾选手，他们开始慢跑下山。

“把这个贱驴带回家，”克洛伯气喘吁吁地说，“是它的问题，不是你的事儿。”

好吧。我牵着蓝调原地转了一圈，这一次它动了——算是吧。它跑了几米，停下来吃草，又跑了两步。不知怎的，我们交换了角色：我倒是成了驮着重物的动物。发令枪响五小时后，我终于回到了哈里森大街。

“不是你的问题，你水平可以，也很有毅力。”克洛伯喊道，他一直在附近等我，为我欢呼。

随他去吧。我完全不擅长赛驴跑，甚至连最后一名都远远比我强。有一个特别奖是颁发给“最后一位翻过垭口的蠢货”的。但是你必须先通过垭口才能拿奖。我想，至少我还有资格拿到这个我真正想要的奖。我拖着蓝调往前走，就像妈妈带着被宠坏的小孩：我所要做的，就是越过那个傻傻的终点线，并且，我再也不想见到驴这种动物了！

6

最艰难的比赛竟是最好的康复机会

“这就是你的主意？”塔尼娅冷哼了一声，“赛驴跑？”

我在讲这个故事的时候，她眯着眼睛，紧紧地盯着我，好像不想搭理我似的。“那它要跑多远呢？”她问道。

“世界锦标赛有两个组别——”

“世界锦标赛。”她冷笑一声，就好像她抓住了其中的重点，“不仅仅是参加比赛，还是参加世界锦标赛？”

为何世界上最艰难的比赛可能是谢尔曼最好的康复机会呢？其实，我对此有一个很合理的解释，但塔尼娅的反应比我预想的还要糟，我甚至还没有告诉她这个坏消息，那就是我已经先斩后奏，偷偷地带着谢尔曼试过一次了。我原本没有这个打算，早上起床的时候，我甚至都不知道谢尔曼是否还活着。但看到它整个上午都在慢慢悠悠地追赶劳伦斯时，我实在忍不住了。我从饲料店买了饲料和一根 1.8 米长的牵引索。我把劳伦斯关在门后，支开了它，接着扯开了谢尔曼的缰绳。

我拿起苹果味的靶球，放在谢尔曼的鼻子前。它怀疑地闻了闻，然后吸起来咀嚼，一次嚼一个。我后退了两步，又给了它一个。“来呀，小家伙，小曼曼。”我催促道，挥动着手里的小球。谢尔曼看着我，并没有动。它只是用那种小驴屹耳般悲伤的眼神看着我。这是一只饱经多少风霜的动物啊，它又变回了昨天的谢尔曼。

我觉得很可怕。“你就是个混蛋。”我对自己说。这头可怜的驴子一生饱受折磨，而现在，就在它准备重拾对你的信任时，你却导演了一场闹剧？“对不起，谢尔曼。”我决定在我造成更严重的伤害之前，不要再继续瞎搞了，先等塔尼娅回来吧。就在这时，谢尔曼向前迈了两步，从我手中抢走了小球。

游戏开始了！我又往后退了几步，掏了掏口袋。在我把小球拿出来之前，谢尔曼已经盯准了我。我喂给它，又接着退了几步。就这样，一个接一个地，它一边咀嚼着，一边艰难地穿过长满青草的小牧场，一直走到大门口。我打开门，走到铺满碎石的车道上，把手伸进口袋里。谢尔曼朝着小球伸长脖子，但没有挪动脚步。我朝它走了半步，挥了挥手。

“我们走吧，哥们儿。”我哄着它。我轻轻地拉了一下牵引索。我本想要把绳子拴在树上，谢尔曼低下头，凝视着地面，似乎它身上的某些东西突然变得不一样了。它站稳了，耳朵也竖了起来；它定了定心神，好像要决一死战似的。刚刚“零食一口，向前一走”的小把戏所建立起来的情感肯定还在发酵，而这头战战兢兢的驴子曾被狠狠地欺骗过，显然，此刻对我的防备，就是它曾经痛苦经历的最好证明。

我思忖，天啊！它害怕了吗？“好吧，你可以走了。”我把最后一份食物喂给谢尔曼，松开了它的缰绳。我伸手拍了拍它，但绳子刚一松开，谢尔曼就转身直奔后门，小跑着溜走了，劳伦斯正在那儿来回踱步等着它。

哇，原来它能跑啊！虽然只是小跑了几步，而且只是能在草地上跑。我很兴奋，但这兴奋感很快就消失了。我的确有了一个能让谢尔曼回归正常生活的计划，但如果它的脚伤严重，不能踩在坚硬的地面上，我就无法强迫它执行我的计划。我注意到它看到沙砾时是多么害怕，我不会再让它经历那样的事了。那它有没有可能在几周内康复呢？

或是几个月？

它能康复吗？

既兴奋又害怕

谢尔曼一点儿也不像我之前在科罗拉多州见过的那些驴子。对我来说，它们都很生猛，都是久经山野的野兽，能在山里跑上几天，即使面对海啸也会处变不惊。无法想象，我如何才能把谢尔曼从精神和肉体创伤中抢救回来。它被长期关在臭气熏天的驴圈里，绝望而孤独，严重退化的脚伤足以致命。如果我真能做到，它就可以和我在超级马拉松中并肩作战，与那些驴子同场竞技。

每每想到此，我既兴奋又有点害怕。和谢尔曼一起跑步，意味着与地球上因脾气暴躁而臭名昭著的动物建立内在的联系，我们会在极其恶劣的天气里，在极其困难的道路上肩并肩跑上很远的距离。我已经亲眼见过一次小失误的后果：去年春天，我们邻居的儿子伊拉姆在调整犁具时，被骡子踢了一脚，正中脸部。四次手术后，他的脸还是像一副凹陷的面具，颧骨部分是用塑料填充的。

这也恰恰是如此充满诱惑力的原因所在。直觉告诉我，唯一能拯救谢尔曼的方法，比宠爱、庇护或止痛药更有效的方法，就是动起来。运动是一剂良药：它向我们身体里的每一个细胞发出信号，不管遭受何种伤害，我们都准备好了，从死亡的阴影中走出，回归到生活中，重新面对人生。受伤后休息太久，你的身体系统就会停止运转，静待着你的悄然离去。反过来，当你重新振作起来的时候，就会触发一个神奇的开关，加速激素的分泌，让你的身体变得更强壮：骨骼、大脑、器官、韧带、免疫系统，甚至是肠胃里的肠道菌群，都能从运动中获得分子级别的提升。因此，你应该感谢采集狩猎的祖先，他们通过不断迁徙、不断进化而生存下来。今天，从癌症、手术、卒中、心脏病、糖尿病、脑损伤、抑郁症等各种疾病中幸存下来的人们，都把运动当作一剂良药视为生物学上的真理。那么，为何谢尔曼的血管里不能也流淌着非洲野驴的血液呢？

我知他因何而忧愁

几年前，我听说了一则关于吉米·斯图尔特[①]的奇闻逸事，此情此景让我又想起了这个故事。故事让我印象深刻，因为它描述了我小时候一直想要获得的那种超能力。周六那天早上，我在看动画片，看到海王用意念控制鱼群的时候，我希望也能像他那样控制动物。我希望能把我邻居所有的狗都召集起来，让它们翻越自家的后院，围在我身边，就好像郊外的狼群正等待我心灵感应发出的指令。我的梦想是成为百兽之王，而根据好莱坞的传说，吉米·斯图尔特就是这种人。人们说，他的身上有某种能激发信任感的东西，只要说句话，就连动物也会服从。吉米·斯图尔特有这种天赋。

这是一个荒诞的故事，但如果你相信吉米·斯图尔特这个人，那么这个故事就一定是真的。他说，曾经有匹叫派的特技马非常刚烈，其他出演西部电影的明星都驾驭不了它。“它有点特立独行，弄伤过好几个人，”吉米·斯图尔特说，“它差点弄死了格伦·福特[②]，载着他径直撞向大树。”但不知为何，吉

---

① 吉米·斯图尔特（Jimmy Stewart）：活跃在好莱坞黄金时期的美国著名男演员，曾获得奥斯卡最佳男主角、奥斯卡终身成就奖等诸多奖项，被美国电影学会誉为“20 世纪最伟大的男演员”。——译者注

② 格伦·福特（Glenn Ford）：与吉米·斯图尔特同时期的加拿大籍美国男演员，主演过《秋月茶室》（*The Teahouse of the August Moon*）、《锦囊妙计》（*Pocketful of Miracles*）等影片。——译者注

米·斯图尔特和派却惺惺相惜。“我们之间有种人与人之间的情感纽带。我们都喜欢彼此。我和这匹马聊过了。我知道它理解我。我知道的。我懂它。”

是什么让他如此肯定？因为发生过一件奇怪的事情：有一次，吉米·斯图尔特和派必须拍一个不太好演的场景，道具是一个小铃铛，对手是一群亡命之徒。吉米·斯图尔特本来应在马鞍上绑上一个铃铛，然后翻身下马，让马儿自己走进城去，他躲在马背后偷偷潜伏到坏人那里。问题是，你如何向派解释这一切？吉米·斯图尔特是个演员，不是驯兽师，片场也没有现成的驯兽师可以帮忙。

“好吧，让我和它聊聊。”吉米·斯图尔特对导演说。他对派说：“现在这个场景很难拍，因为你是匹马。看见了吗？你要一直往前走，走到底，没有人会骑着你。你要一直走到底，走到片场的另一头。”摄制组做好了要拍一个通宵的准备。没想到，他们就拍了一条。“派拍了一次就通过了，”吉米·斯图尔特兴奋地说，“太不可思议了。”

也许是吉米·斯图尔特恰好撞大运；也许他可能就是个世界级的“大忽悠”，知道怎么编造一个好故事。只是，我情愿选择相信他，难道就没有这种可能吗？他的这种同理心和想象力造就了他，让他成为一个伟大的演员，也让他与其他动物产生了某种情感上的联结，让他们平等地交流。在他的职业生涯即将结束时，吉米·斯图尔特在《今夜秀》（*The Tonight Show*）节目现场，从口袋里掏出一张随身携带的纸，读了一首他写给逝去的狗狗博尔的诗，美国著名节目主持人约翰尼·卡森（Johnny Carson）听后潸然泪下：

我时而听到他的叹息

我知他因何而忧愁

午夜梦中惊醒

他害怕黑暗战胜光明

他害怕生命将要终结

他害怕世间万物

他的一切恐惧总会消逝

因为有我在他的身边

没错，大多数人都很想知道，为什么宠物狗会在门口不停地吠叫，而猎犬却在凌晨两点无精打采。不同的是，吉米·斯图尔特能窥见它们的灵魂深处。尽管这些故事听起来很奇怪，但现代科学表明，关于人与动物之间的沟通交流，吉米·斯图尔特说的是对的。“声音有时会在物种之间传递情感，”著名的动物行为学家卡尔·萨菲纳（Carl Safina）指出，“我们共通的感知能力是代代相传的。无论接收信号的是人、狗，还是马，几次高音短叫声会提高兴奋感，低音长叫声会使人或动物平静下来，而突然的短促声音是训斥不听话的狗狗，也是叫停一只手伸进饼干罐的熊孩子。”自有人类以来，动物的直觉不仅仅是共通的，更是个生死攸关的问题。我们的祖先总是在警惕着动物，从早晨他们睁开眼睛的第一刻起，直到夜里合上眼睛进入梦乡。他们必须尽快彻底地了解动物们，否则他们就迟早会被动物取代。吉米·斯图尔特和狗狗博尔的故事，基本上也是关乎人类生存的故事。

是该算总账的时候了

为了充分理解这一点，我们就应该想想，正如卡尔·萨菲纳提出的思考：是我们训练了狗，还是狗训练了我们？曾经有一段时间，我们现代人在狩猎者中的地位相当低。尼安德特人比我们更健硕、更强壮，可能也更聪明，而狼则有更锋利的牙齿、更快的速度和更强的追踪能力。在石器时代的食物争夺战中，综合战力排名在那两位之后的结局可想而知。但也不尽是坏事：我们是机智的“小偷”。如果我们看到一个好的生存技能（或者一大块野牛肉），我们就把它偷走。我们的祖先学会了跟在狼群后面奔跑，一旦狼群捕杀猎物，狼吞虎咽地吃饱后，他们就会捡剩下的吃掉。时间久了，我们也学会了同样的游击和围攻战术，但真正让我们登上食物链顶端的，是我们不再模仿狼群而开始与它们合作。

卡尔·萨菲纳认为，我们应该感谢狼群，因为很可能是它们迈出了第一步。狼是极具好奇心的动物，能嗅出人类的焦虑，这得以让它们判断何时才是接近我们人类最安全的时刻。那是决定命运的一天：我们的祖先正蹲伏着，犹豫地看着这头野兽慢慢向他们逼近，最终做出了改变历史进程的决定。就像一场好莱坞式的偶遇，双方的戒心很快就消失了，因为狼比其他任何生物都厉害，它们能彻底读懂人类。它们很快就发现了我们是如何思考的，因为它们的大脑早已拥有与我们相似的感知能力，卡尔·萨菲纳称之为“类人社会认知”。

作为一支合作团队，我们攻无不克；我们之间建立了关系纽带，这让人类能够主宰这个星球。有了狼群的辅佐，我们成了宇宙的主人；这些新伙伴是我们的守夜人、我们的导航员、我们的第一波侦察队。在这场生存之战中，它们赋予了我们至关重要的竞争优势，让我们在劲敌尼安德特人逐渐灭亡的时候，继续生存下去。

在那之后，事情变得糟糕！再没有什么能阻止人类。从那时起，我们就不再与更多的动物结盟。我们说服了马和大象带我们去参加战斗，说服了鹰隼和雪貂去猎杀兔子，并把它们的猎物投放在我们的脚下。野猫变得温顺，保护我们的谷物不受啮齿动物的侵害。我们学会了给驯鹿套上鞍，驯养鹅和牦牛。动物不只是给我们进贡，为我们提供保护，它们还启发我们。我们研究它们，临摹它们，崇敬它们。宗教把动物当作神来崇拜；哲学家们向它们学习生活经验；探索者选择把它们当作精神向导。我们用它们的名字给我们的部落和孩子命名。埃及法老和它们一起在坟墓中沉睡。

之后，我们忘记它们。

在历史的长河中，这段经久延续的罗曼史在一次心跳中被扼杀了。动物在我们大脑的记忆中存在了 30 多万年，而爱迪生和福特的偶然出现，偷走了我们的心。我们有了电灯，买得起汽车后，就搬到室内，把动物锁在门外。我们不再需要看门的狗、犁地的马或狩猎动物；我们开始在冷冻食品的货架上寻找食物，而不是在森林中寻觅；当我们需要座驾时，会开辆丰田普锐斯；当我们渴望友谊时，就依赖屏幕。人类最好的朋友成为痛苦之源，不速之客在人行道上随地大小便，整夜吠叫，进而必须被关在卧室的笼子里或我们公园中的“小监狱”里，就连小泰迪犬现在也开始遭人遗弃。根据美国防止虐待动物协会（ASPCA）的数据，每一天有超过 4000 只的流浪猫狗被捕杀，只是为了给每年被丢弃在避难所的 600 万只猫狗腾出空间。

“但这就是享受现代生活的代价。”你可能会这么回答，没人能说你错了。我宰杀自己养的鸡，给自己养的羊挤奶，乘坐阿米什人的四轮马车，相信我，说到食物和日常通勤，只要你经历过这一切，就会感激幸好机器帮你完成了捕猎、挤奶、施肥的工作。因为科技，我们减少与动物独自密切交流的机会时，我们的生活变得更轻松了，甚至在方方面面变得更安全、更健康。虽然直到 20 世纪我们才实现这一切，不过最终，我们还是战胜了大自然。

现在，是算总账的时候了。

7

与动物建立联结是所有人的本能

1984 年，爱德华 · O. 威尔逊（Edward O. Wilson）遇到了点儿麻烦。

威尔逊是哈佛大学的著名科学家，从小在亚拉巴马州的乡下长大，是个野孩子。有一天，他钓鱼时弄瞎了右眼，但他觉得要在医院里度过这美好的一天就太可惜了，所以决定不告诉父母，继续钓鱼。那次事故成就了他一段超级英雄般的事迹：由于失去了一半的视力，威尔逊不得不改变他观察世界的方式。他想努力看清树林里的动物，他发现那只完好的眼睛不仅能观察昆虫，而且能对焦到昆虫微乎其微的飘动的细毛。他成为蚂蚁研究领域的世界权威，能用一种上帝视角观察大自然：他可以自上而下地俯瞰，观察整个社会的运作方式，而这些运作方式也将永远地改变这个社会，甚至改变威尔逊。他成为“非预期后果”（unintended consequences）方面的专家。他一次又一次地观察到一个蚁群对环境压力的反应，比如迁徙去寻找更美味的食物或躲避威胁，几代之后，这个蚁群进化成了一个全新的物种。威尔逊意识到，人们永远不知道前方何处有悬崖；蚂蚁只是改变了它们的蚁穴，就因此改变了它们的基因。

到了20世纪80年代，威尔逊开始关心人类本身。他是个博物学家，但周围的世界却不再是自然的了。整个世界都疯了！如果让我们在自由和坐牢之间选择，我们会兴高采烈地走进牢房，“砰”的一声关上身后的门。我们把自己关在箱子里，比如小隔间、汽车、厚玻璃房子和隔音的健身房，把自己与最重要的感官系统，即视觉、声音和气味隔绝开来。威尔逊知道，我们现在所拥有的一切都是动物的功劳。我们的大脑、身体、意识和潜意识，它们都是随着我们周围的生物而进化的。吃掉动物或被动物吃掉，这都意味着我们一刻也不能忘记它们的存在。人类的神经系统已经发展成为一种动物探测预警装置，全天候地扫描着任何可能接近我们的生物迹象。动物既是我们最亲密的朋友，也是我们最致命的敌人。30万年后的今天，你不可能在不付出任何代价的前提下就结束这种关系。威尔逊确信，如果我们把自己与自然世界隔绝起来，是在招惹那些不甚了解的力量。我们要寻找到新的居所，却不知路在何方。

威尔逊把这些力量称为“亲生命假说”（biophilia hypothesis），其字面意思是“对生物的爱”，详细解读就是“你的大脑可能不记得，但你的身体永远不会忘记，自石器时代以来动物一直守护着我们”。为什么“撸猫”会让人欲罢不能？因为你内心深处的穴居祖先在告诉你，只要猫咪还在咕噜咕噜叫，岁月就依然静好。史前的动物伙伴是我们眼睛和耳朵的延伸，它们利用敏锐的夜视能力和远距离听觉来提醒我们注意危险。时至今日，当一只虎斑猫蜷缩在你的膝盖上时，或者当你看到史努比在狗窝顶上睡觉的卡通形象时，你会被一种平静的远祖本能所触动，这种本能告诉你：放轻松，你现在很安全。狗甚至比你的男朋友更能安慰你，至少在晚上是这样的。2018年，凯尼休斯学院（Canisius College）的动物行为学家研究了与宠物同床共枕的人的睡眠习惯。研究表明，在近1000名女性中，大多数人在与狗狗，而不是与丈夫相拥时，睡得“更好、更安稳”。这不是因为狗狗们不玩手机，也不会跟你抢枕头，而是因为“她们的狗狗比伴侣更少捣乱，而且狗狗们会带给人更强的舒适感和安全感”。

强壮而温和的保护者

几年前，多亏一位名叫瑞秋·皮尔斯（Rachel Pierce）的探员，美国联邦调查局才发现了“动物与人类”之间的这种联结有多么强大。瑞秋是一名患有急性类风湿关节炎的联邦调查局心理学家，她患有严重的突发性疾病，有时甚至严重到几日无法站立。瑞秋想知道服务犬是否能帮上忙，于是她去了当地的一家收容所，找到了一只哈士奇和德国牧羊犬的混血小狗——多尔斯。瑞秋和多尔斯开始一起训练，多尔斯却阴差阳错地成了明星：它学会了为瑞秋开灯，帮她从冰箱里拿水，甚至把沉甸甸的衣服放进洗衣机里，瑞秋只需要按下启动按钮就好。瑞秋太喜欢多尔斯了，甚至忍不住想打破服务犬第一守则：绝对不能与朋友共享之。如果朋友或是陌生人和你的服务犬玩耍，喂它吃东西，这会混淆它的注意力，进而破坏你的训练恢复计划。

尽管如此，瑞秋总是忍不住想，如果多尔斯能和她一起工作该有多棒啊。她经常会碰见那些刚从虐待中恢复过来的孩子，还有那些在校园枪击事件中幸存下来的老师。他们的回忆对破案至关重要，可如果你害怕得要死，就很难冷静地思考了。如果这时他们身边有一位强壮而温和的保护者呢？瑞秋开始先自己测试这个方法，带着多尔斯来到养老院，来到为不幸的孩子们开设的营地，一起做志愿者。结果，多尔斯帮了大忙。作为一名心理学家，瑞秋兴奋地发现，她的狗能比她自己更高效地营造出信任、安全的氛围。联邦调查局准许她可以带多尔斯一起去处理绑架案和谋杀案等案件。他们组成了非常优秀的团队。2012 年，瑞秋获得了联邦调查局局长颁发的优秀奖。

顺便说下，提起联邦调查局探员，有件事你一定要知道：这帮人可不是瞎胡闹的。我曾报道过黑手党汽车爆炸案，有一次，一名墨西哥毒枭飞到费城，让当地医生为他做指纹手术。身着蓝色突击警服[①]的人来了，霎时间一股寒意笼罩着犯罪现场。你可以在警戒线附近和当地警察聊天，但当联邦调

① 蓝色突击警服：美国联邦调查局的常见警服是蓝色的，上面有黄色的 FBI 字样。

查局探员来了的话，你就要闭嘴，闪到一边儿去。嫌疑人还在逍遥法外，此刻的每一秒都很重要，所以联邦调查局探员都被训练得铁面无私、高效工作。他们一刻也不能容忍办案时脚下出现一只狗，除非那只狗对案件有决定性的帮助。他们发现，多尔斯屡建奇功。它把坏人从街上都吓跑了。探员们还发现，当惊慌失措的目击者在“撸狗”时，突然间能回忆出更多的细节，能提供有价值的线索。在多尔斯的陪伴下，孩子们在法庭上可以给出更有力的证词。

多尔斯成了一颗闪耀的明星，于是，联邦调查局在其突击部门中设立了一个危机应对警犬的项目。两名恐怖分子在圣贝纳迪诺的圣诞派对上开枪射杀 14 人，打伤数十人，之后乘坐一辆 SUV 逃离现场。联邦调查局迅速应对这起有可能成为国家级危机的事件。最先出动的是一对还在项目试验阶段中的警犬——沃利和乔瓦尼。调查局探员见到它们很高兴，但严格来说，这并不是出于职业上的原因。“指挥部门的同事工作时间久，压力很大，”联邦调查局副局长戴维·鲍迪奇（David Bowdich）事后对媒体说，“当这些狗在这片区域游荡时，我看到特工和特遣部队队员却能抽出时间抚摸它们。”另一位联邦调查局官员兴奋于狗狗的表现，她没有再说执法术语，而是用魔法来形容它们的效果：“狗狗们对这些高压中的警员们施了某种魔法。”

动物魔法对坏人也奏效

魔法对坏人也奏效。这就是威尔逊“亲生命假说”的妙处：人类与动物之间的纽带不必刻意寻找，它是我们所有人的本能，或是罪有应得的。1975 年，利马州立精神病罪犯医院的守卫们偶然发现，一间病房里的犯人变得有些可疑。关在利马的都是极端患者，对于普通的监狱犯人来说，这里的患者极其暴力危险。“如果你被关在利马，”一位主治医生说，“你肯定是病得不轻。”但一连几天，其中一个病房出奇地安静。整个病房里都是精神病罪犯，他们不会自然地冷静下来，更不会是商量好的。这件事发生的时候，守卫们开始准备应对措施。

奇怪的是，他们发现了一只麻雀。

那只受伤的鸟儿飞进病房。一名犯人偷偷把它带进了自己的房间，开始悉心照料它，很快它就成了病房里的吉祥物。管理员知道他们必须没收这只鸟，如果犯人折磨它，或者为争夺下一个喂它的资格人选而打架，那该怎么办？但是，从一群溺爱宠物的极端罪犯手里抢走这只鸟也很棘手。没必要因此引发一场骚乱，所以守卫们决定先静观其变。在他们等待的时候，病房里出奇地安静。医院决定把这个意外事件再继续发展一步，试着把各种遗弃的动物放在病房的门口。几年之内，利马精神病院里就挤满了近 200 只鸟和其他毛茸茸的动物，包括山羊、鸡、豚鼠、鸭子、热带鱼、两只鹿和一只被狗咬掉翅膀的鹅。

“看那儿！”一名主治医生给《纽约时报》记者指着犯人们养的一只叫作“友善”的宠物山羊说道，“厄尔（Earl）杀过人，身负几条人命。他在越狱过程中绑架了一名警卫。”但当动物们来了之后，厄尔彻底变了。医院里打架和企图自杀的人数急剧下降，药物治疗减少了一半。花几分钟算个账就知道，这个解决方案非常容易操作，高明得几乎可以获得诺贝尔奖了。在俄亥俄州的腹地，一所监狱里频频发生斗殴和越狱事件，监狱长迫在眉睫之时决定赌一把，把农场里一些遗弃的动物弄到这群穷凶极恶之人的牢房里。这次赌博注定会是一次打脸，但这帮地球上最危险的人非但没有伤害动物，也没有伤害其他人，反而变得没有那么暴力了。守卫们和附近的百姓现在更安全了，因为厄尔不再让邻居们担惊受怕，他也不需要再被麻醉了。拯救了生命，医治了伤病，这一切都要归功于那位带来奇迹的医生——山羊“友善”。

这名监狱长勇气可嘉，因为在当时，现代心理学还认为动物疗法是一个笑话。20 世纪 70 年代，叶史瓦大学的心理学家鲍里斯·莱文森（Boris Levinson）想让同事们相信，他最近在治疗上取得的突破主要是拜他的狗“叮当”所赐。用莱文森的话说，他当时正在治疗一名“情绪非常不稳定的孩子”，叮当慢悠悠地走进了房间。莱文森正努力让这个孩子开口说话，不想分散他的注意力。随着叮当声音响起，孩子开始畅所欲言。莱文森也让其他症状的患者试了试“叮当”疗法，得到了同样的效果：这只狗总是让小孩和成年人都很放松，并促使他们敞开心扉。

就像弗洛伊德一样！莱文森想起了精神分析史上的一个典故：弗洛伊德在治疗过程中也发现，让患者情感宣泄可没那么轻松。他发现，倾听患者内心深处的伤痛是一件很有压力的事情，有时他会让他的狗乔菲坐在他的脚边，缓和一下气氛。过了一会儿，弗洛伊德意识到，他的患者也很喜欢乔菲的陪伴。只要有这只松狮犬在，即使是最难打开心扉的患者，也愿意聊聊痛苦的话题。

所以，有了叮当和弗洛伊德的精髓做伴，莱文森相信他开辟了一个新的领域。他整理好治疗笔记，写进论文中，提交到美国心理学会。但当他在会议上阐述他论文的观点时，却遭到了大家的嘲笑。“你付给狗狗多少治疗费用？”台下有人喊道。在这样的群体会议中，很少有人这样起哄。心理学是重在培养和提出大胆假设的科学，如果那些整天容忍病态想法的专家们开始嘲笑你，你就知道自己已经开辟了一个多么新的领域。在场的一位治疗师说：“这次会议的气氛并没有对心理学专业理论起到任何帮助。”

幸运的是，与知识分子之间的争论相比，监狱长更担心小偷和犯罪。就他们而言，如果山羊和鸡能减少利马犯人们越狱的概率，那么就把牲畜带过来好了。很快，在利马的示范下，很多监狱开始践行了这种“亲生命假说”的实验。被招募到训练收容中心的狗狗经过训练，学会与人交流，辅助残疾人行动。在西部，牛仔们教囚犯们如何把野马驯养成坐骑。很多犯人在刑满释放之后，一件不同寻常的事却发生了：他们没有再被关进去。通常情况下，被释放的犯人中在 5 年内再次被捕的概率高达 75%。但在与动物打交道的犯人中，再犯罪率往往只有 10%。

爱的荷尔蒙

好吧，我们先别急着下结论。谁说这些计划的成功一定归功于小狗和小马？也许犯人们只是需要一个有趣的新爱好让自己振作起来，可能是更多的放风时间，也可能是做些有挑战性的重活儿来提升他们的自尊心。也许动物只是这些过程中的附属品。也许吧，在 20 世纪 80 年代，两位科学家合作研究其中的原委。普渡大学的心理学家艾伦·贝克（Alan Beck）和宾夕法尼亚大学（以下简称“宾大”）的精神病学家亚伦·卡彻尔（Aaron Katcher），让几十名志愿者参与各种精心设计的实验。例如，为了验证“放风”理论，他们把一群自控力较差的有注意力缺陷与多动障碍的学生分成两组：一组划独木舟和攀岩，另一组照顾动物。研究进行到一半时，两组人互相交换。

结果，科学家们发现：“与户外运动相比，与动物接触能更有效地改善注意力缺陷与多动障碍，提高学习能力及学习成绩。”但这仅仅是个开始。“与动物相伴的经历也会提高人的演讲能力，使得注意力、控制冲动行为的能力更强。”此外，在项目结束 6 个月后，效果依然很明显。这简直就是一种长效的神奇药方。

你没听错，是“药方”。这才是最疯狂的事情：贝克和卡彻尔也在监测受试者的生理反应，他们发现狗不仅能逗孩子们开心，还会制造出一种药理学反应。你只要逗弄小狗 5 分钟，心率和呼吸就会变慢，血压下降，肌肉放松，呼吸缓和。“药效”速度惊人。在正常情况下，如果你想在 5 分钟内通过麻醉剂来缓解压力，你还需要面罩和麻醉剂等设备。

抑或是“爱的荷尔蒙”，即催产素。正如之后的研究证明：孩子们在逗弄狗狗的时候，会吸收大量的催产素，这是一种能激发信任、同情和关爱的激素。催产素是一种能使我们感到安全和被关爱的大脑化学物质。它能减轻疼痛，辅助睡眠，甚至增强你的免疫系统，因此你可能很少生病。催产素解释了为何人们往往在温暖的拥抱后感到更有力量，也是为何新妈妈能够哺乳的原因。这种激素的激增不仅有助于母亲与新生儿之间产生更紧密的联系，而且还释放了一种可以放心喂养的安全感。在那些阳光灿烂的日子里，如果你觉得世界很美妙，自己何其有幸来到这个世界上，那么很可能是因为你在经历催产素的暴发中。

“爱的荷尔蒙”非常强大，它甚至可以有效应对现代心理健康中最严峻的挑战之一：治疗患有创伤后应激障碍（post-traumatic stress disorder，PTSD）的退伍军人。碍于“男子汉气概”的士兵不愿接受治疗，即使愿意，也很难治愈遍布各地的病例，从愤怒到抑郁，从偏执到孤独，从极度的恐惧到危险的虚张声势。对于三分之一的创伤后应激障碍患者来说，传统疗法没有效果。幸运的是，有种药是有效且没有危险的不良反应的，而且看起来就像戴着个大围脖，这种药就是：叮当。狗其实是备用计划，研究人员最初认为，他们可以使用鼻喷剂将催产素喷入患者的鼻腔。既然你口袋里已经有了呼吸器，为什么还需要狗狗窝在沙发上陪你？每当我们试图战胜大自然母亲时，大自然母亲就会向我们示威。如果剂量调到合适的程度，鼻喷剂是没有问题的（在荷兰一组80名受到创伤的男女警官身上效果良好），但即便是一个小小的误判，也会导致患者陷入噩梦、失眠、躁动和痛苦的回忆。你在拉格纳特身上就不会遇到这些问题，比如用这只3岁大的金色拉布拉多犬，可以帮助从战场归来的士兵调节心理情绪。美国军方开始倾向于使用动物疗法，任命了一位专家担任“人与动物关系”顾问，并开创了一批国家级项目，以帮助那些生活在水深火热中的退伍军人，包括“紫心犬勋章项目”和“义犬扶持项目”。读读那些家庭写的感谢信，你定会泪流满面：多亏了这些狗狗的陪伴，那些曾经被黑夜和噩梦折磨着的男男女女，终于能和他们的家人一起开车去超市购物了，这可不是鼻腔喷雾剂所能达到的效果。除军队之外，狗还帮助性侵受害者缓解他们对于自身安全和人际间接触的焦虑。服务犬会把它们的主人从噩梦中唤醒，让受害者在必须转过身操作自动取款机时感到安全。

但是当你关注身体的重建时，故事走向会发生重要转折。以心脏病患者为例：如果你养了一只狗，那么你在冠状动脉手术后，第一年的存活率是其他患者的两倍。还有其他的治疗方法能让你在没有处方的情况下，存活的概率增加一倍吗？接受化疗的癌症患者只需每周接受一个小时的动物辅助治疗，抑郁和焦虑状况就会减少一半。养老机构甚至不需要为养狗而烦恼。他们发现，只要在老爷爷的房间里放一条鱼，他们的胃口就会变好，身体更健康，也会更加合群。

为什么会这样？没有人确切知道。可我们为什么一定要了解其中原因呢？这也正是让威尔逊撞破南墙也想不明白的问题。我们真正该思考的问题，不是我们从动物身上得到了多少，而是如果没有它们，我们就失去了一切。如果动物和人类之间的纽带在各个方面改善了我们的生活——患者变得更健康，受创伤的人更安定，孩子的思维变得更敏捷，监狱变得更安全，那么，反之亦然——没有动物，我们就会更无力，更软弱，更愤怒，更暴力，更恐惧。我们把自己带回到过去，回到那些绝望的日子，那时人类独自生活在这个星球上，从远处凝视着狼、鹰和野猫，希望跟它们能以某种方式联系在一起。一旦我们成为盟友，我们就说好永结同盟，直到我们背弃了我们曾经拥有的最好友谊。

好消息是，我们正在努力修复我们所破坏掉的东西。

坏消息是，我们等得有点太久了。

我们的动物直觉已经消失殆尽。如果你想要证据，看看西萨·米兰（Cesar Millan）的银行账户吧。这位“狗语者”[①]钻进暴雨排水管从墨西哥爬到美国，身无分文。几年后，他向耶鲁大学捐赠了 100 万美元，主要是资助流浪狗计划，但根本原因还是想向一所坐拥 270 亿美元的大学炫耀自己多有钱。西萨从教人们如何遛狗这份地球上最简单的工作中赚了一大笔钱。养宠物的美国人比养孩子的还多。我们养了将近 2 亿只猫狗，每年花在它们身上的钱也将近 700 亿美元，然而，西萨就是一个活生生的例子，证明了我们根本不知道自己在做什么。西萨教你如何避免带回家的狗狗到处拉屎，这个课程每天收费 1000 美

① 狗语者：墨西哥籍美国犬类训练师，电视节目《报告狗班长》主持人。——译者注

元，排队上课的名单已经排到了很多年以后。在我们的内心深处，我们仍然能感到与其他生物心心相印的古老渴望。但等到想要与之产生内心联结的时候，却发现自己束手无策。

“狗并不会觉得，‘太好了，西萨终于来了！’”西萨向我解释道。（图片经 Luis Escobar 授权使用）

“人们觉得我有一种神奇的力量，”西萨说，“我一进屋，狗就变得不一样了，对他们来说，这就是魔法。但是狗并不会觉得，‘太好了，西萨终于来了！’狗对我的能量有反应。在动物世界里，一切都是能量。”西萨自己也有点困惑，为什么这种能量如此神秘。他唯一接受过的训练，就是在自家农场上望着老祖母驯化猎犬。然而，看看都有谁在向西萨寻求指点吧：奥普拉·温弗瑞[①]、托尼·罗宾斯[②]、

① 奥普拉·温弗瑞（Oprah Winfrey）：美国著名脱口秀主持人，被选为美国最伟大的人物的第九位。——译者注

② 托尼·罗宾斯（Tony Robbins）：美国作家、演说家。——译者注

狄巴克·乔布拉[①]、杰瑞·宋飞[②]，甚至《马利与我》的约翰·杰罗甘（John Grogan），所有这些天生的迷人精吸引了数百万人的关注，却没有赢得自己小狗的芳心。托尼·罗宾斯！这家伙是特蕾莎修女（Mother Teresa）和纳尔逊·曼德拉（Nelson Mandela）的人生导师，却征服不了那只叫“欧小姐”、体重不到两公斤的小猎犬的心。

说真的，狗就是个笑话。细数那些被驯化了的动物们，狗只是入门水平，纯粹的初学者。毕竟，是人类驯化了它们。狗是唯一的“人造”动物；当我们开始与狼合作时，我们也接管了它们的基因，开始把它们打造成我们理想中的样子。每当我们有了新的需求，我们就创造出新的品种。我们扮演着弗兰肯斯坦（Frankenstein）博士般的角色，给公狗和母狗配对，创造出我们渴望的各种奇怪的生理结构：短腿、高鼻头、暴躁的脾气、毛茸茸的样子。殊不知，早在石器时代，像西萨·米兰经营的这种生意就已经很红火了。在沙特阿拉伯，一幅早期的砂岩蚀刻画描绘了一名猎人牵着他的 13 条猎狗，其中两条狗绳拴在他的腰上，所有猎犬看起来都训练有素，看起来与当今沙漠游牧民族珍视的迦南犬非常相似。从人类历史的起源之时，我们就一直在挑选和培育我们最喜欢的狗，通过基因工程让它们只做一件事，而且只做这一件事：服从。3 万多年后，我们创造了动物王国中的苹果笔记本电脑——一种可以开箱即用的生物。

但是，驴子跟狗完全不是一个概念。

驴子是与众不同的

我们养驴的历史才几千年，只是我们养狗时间的一小部分，却已经让人印

① 狄巴克·乔布拉（Deepak Chopra）：印度籍医学家，将印度医学引入美国。——译者注

② 杰瑞·宋飞（Jerry Seinfeld）：美国著名单人脱口秀喜剧演员，最出名的作品是《宋飞正传》，他在剧中扮演自己。——译者注

象深刻了：驴子几乎没有什么变化。你可以把谢尔曼扔在满是它非洲野驴祖先的田野里，只要五分钟，你很难再从驴群中辨识出它。驴子非常难驯服，所以我们把它们留到最后再搞定。首先，为了锻炼自己积攒经验，我们要驯养几乎所有的其他动物，比如牛、绵羊、山羊，甚至羊驼。当北非的部落终于开始尝试驯化驴子的时候，他们发现驴子有两个非常特别的品质：

- 哇，这些家伙可真"猛"。
- 而且还听不懂人话。

驴子不会给你任何反馈，它们只会静观其变。它们不像马，马会出于害怕而被迫服从。驴子其实不是因固执而变得如此，是因为它们是自然的幸存者。如果一头驴子嗅到了危险，它的第一反应，也是最凶猛的反应，就是瞬间石化。你可以强迫一匹马跳到河里，可如果一头驴子不知道它要去向何方，它会寸步不移。对于非洲平原和高山上的野驴来说，这种本能是一种绝佳的适应生存的方式。捕猎者不会把它们吓得从悬崖上掉下去，它们也不会暴露自己的行踪，因为越少行动，黄褐色皮毛就越能与周围的环境融为一体。马的速度很快，但在稳定性、耐力和对热、冷、渴等方面的耐受性，远不如一头驴子。我们在驯养驴子时所做的任何事情，都没有削弱它们的这种本能，这很好：这让驴子成为人们心目中的傻瓜。难怪孤僻之人，以及形形色色的伟人——先知和勘探者，征服者和猎人，隐士和探险家，耶稣和他的母亲，所罗门国王，甚至维多利亚女王，都选择这种长耳朵动物作为他们的交通工具。

据托马斯·杰斐逊说，即便是"同时代最伟大的骑手"乔治·华盛顿，私下里也是位爱驴之人。离开战场回到农场，我们的第一位总统也成了我们国家的第一位"驴子发烧友"。西班牙国王乔治曾赠送华盛顿一对驴子，华盛顿非常喜欢它们，帮它们繁衍成了美国唯一的繁殖畜群。然而，还有一位能与华盛顿相匹敌的古埃及国王，他的陵寝在不久前才被发现。当考古学家打开陵墓时，他们以为葬在国王周围的贵族区域一圈的是宠臣们。没想到，作为国王驾崩后的守护者，10 头心爱的驴子环绕在国王身边。你知道还有什么其他动物也曾获此殊荣吗？一个也没有。

另外，如果你在柯蒂斯心情糟糕的时候问他，你会听到另一版驴子走向穷途末路的故事。“如果你想把自己逼疯，”他说，“那就试试赛驴跑吧。”柯蒂斯是最了解驴子心性的人，他从野生驴群中培训出自己的冠军，并且已经连续42年参加菲尔普雷的46.7公里赛驴跑。然而，40年后，柯蒂斯也承认自己只掌握其中的皮毛而已。有一次，柯蒂斯在科罗拉多州布埃纳维斯塔参加一场24公里比赛，快跑到终点时，他的驴子杰克逊突然在一座木桥前刹住了。无论柯蒂斯怎么做，杰克逊仍然不踏足木桥半步。尽管这是一场往返跑，不到一个小时前杰克逊刚刚顺利地通过了同一座桥。最后，柯蒂斯只能把杰克逊绑在一棵树上，步行进城，然后开着一辆装有绞盘的吉普车回来，每转一圈曲柄，驴子才走一步，就这样把这头340公斤重的动物拉过桥去。

“印第安人从不用驴子，”柯蒂斯说，“他们看到了我们的驴子，觉得我们该给它们起名叫‘去你的’。驴子自有分寸，它们也可以让你很快就破产。”如果像柯蒂斯这样的职业选手都会在杰克逊身上栽个跟头，像我这样的新手对谢尔曼还能抱多大希望？但试想一下，一旦我成功了，我会收获什么。如果我能打破与驴子之间的语言障碍，让谢尔曼加入我的探险，就能为那些想与动物做伴，却不知道如何开始融入动物的人们指明道路。无论那位石器时代的猎人做了什么事情，得以激励他忠诚的动物伙伴，无论西萨·米兰在托尼·罗宾斯耳边说了什么秘密，让他与欧小姐心灵相通，这些我都可以通过与谢尔曼并肩作战时学到。

我一个人是绝对做不来的。我必须找一位“驴语者”，而我只认识两位这样的人。一位是70岁的柯蒂斯，远在4300多公里之外。另一位是塔尼娅，她此刻就在我的面前，可是她却只关注当下的事情。如果不能改变她的想法，那么，这个计划还未开始就已经夭折了。如果谢尔曼连私家车道都不愿意踏足，我又能想什么办法让它在落基山脉上奔跑呢？

8

四蹄疾驰的律动声

“可能出问题的是它的心理，而不是它的蹄子。”塔尼娅断言道。

谢尔曼来了四天了。三天前，我告诉塔尼娅，我曾试着把她的这位瘸腿患者拖到马路上，看看它能不能慢跑起来。塔尼娅听到这儿，都气炸了。早晨她来检查谢尔曼蹄子的康复情况时，我能看得出她对我还有些怀疑。她依次检查了每只蹄子上新长出的嫩肉的情况。看了修剪过的蹄子的形状之后，她笑着站了起来。

“看起来恢复得不错，”她说，“斯科特创造了一个小小的奇迹。”“那么，”我试探道，“你觉得有朝一日，它能在路上正常行走，甚至可以跑两步吗？”

塔尼娅还没有答应参与我的赛驴跑计划，虽然可能性不大，但我可以看出她对这个挑战跃跃欲试。对于她这样一位训练有素的教练，这就像为 NASA 破解一道数学题；她并没有承诺能参加人类登陆火星计划，但想看看自己能否攻克这个难题。“你无法想象它曾经经历了什么。”她回应道。

“耳朵这些伤口的包扎需要拆开，”她看了一眼车道，又回头看了一眼谢尔曼，“好吧，我们试试吧。把它的山羊小伙伴带过来。”

我把劳伦斯叫来，扯掉它颈圈上的绳子。劳伦斯时刻都在待命，尤其是在它觉得有利可图的时候，所以热情地小跑到我身边。我们从谢尔曼身边走过，奇怪的是，谢尔曼连看都不看我们一眼。

“把劳伦斯带到路上来，”塔尼娅说，“让我们看看谢尔曼先生会不会跟过来。”

向洪流踏出第一步

我看得出谢尔曼在偷偷观察着我们，因为我和劳伦斯刚走了几步，它就开始若无其事地朝我们这边走来。我和劳伦斯离大门越来越近了，谢尔曼加快了脚步。它先是按照正常的节奏走，接着是快步行军的节奏，突然，它加速了，像公牛一样向我们冲来。我僵在那儿，做好了和它撞到一起的准备，这时我意识到，原来它是朝着大门跑去。天啊，它是要逃走吗？谢尔曼与我擦身而过，它突然刹住身体，侧过身去，用身体挡住了大门。它低垂着脑袋，耳朵耷拉下来，就这样，它又变回了悲伤无辜的小驴屹耳。

“天啊！”塔尼娅叫道，“干得漂亮，看看它把你要的！”

劳伦斯一直盯着塔尼娅，以为她会准备一些好吃的给它，当它想从谢尔曼身边挤过去，穿过大门走近她的时候，谢尔曼把大门堵得死死的，不肯挪动。谢尔曼不让劳伦斯独自去外面，这意味着如果劳伦斯不明白门外的世界有多危险，那么谢尔曼唯一的选择就是付诸行动，拯救他们俩。

“小曼曼，你就是一个大明星！”塔尼娅笑道，“你真是个小坏蛋，很聪明呢。哥们儿，你就像驴版的心灵捕手。”她心潮澎湃，盯着谢尔曼，琢磨着它刚才要的小把戏。在被囚禁的那些年里，谢尔曼的身心都受到了严重的伤害。

它的肌肉萎缩，身体松弛而疲软，它的信任感即使没有完全消失，也已严重受挫。但是，为什么它还疯狂地跑去拯救劳伦斯？不管它受过什么伤害，谢尔曼仍然是坚定的、勇敢的、忠诚的，更不必说它还有点小机灵呢。

“比赛是在什么时候？”塔尼娅问道。

“明年 7 月，”我说，“还有不到一年的时间。”

塔尼娅噘起嘴，犹豫地前后摇晃着脑袋，问道：“它要跑多远？”

“46.7 公里，”我说，“短距离组别是 24 公里。”

“24 公里，短距离组别。”塔尼娅转了转眼睛，“好吧，是我叫你给它找点事儿做的，但这可不简单啊。谢尔曼能想出 100 万种办法，把你的生活变成地狱。你刚才想把它弄出大门的时候，看看它是怎么做的？你还没怎么动呢，它就已经向前跃出了两步。”

塔尼娅又恢复了想要攻克“人类登陆火星计划”课题的状态。“只有一个办法，能让这件事看起来有些可能，”她说，“不管你想让驴子做什么，你都得让它觉得这是它自己的主意。我们试试。”她走回卡车，拿了个装着马粮的腰包。她一只手给劳伦斯喂了一点吃的，好让它别挡道。另一只手又温柔地挠着谢尔曼的耳朵。几分钟后，谢尔曼看起来放松了一些。塔尼娅喂了它几口，然后解开劳伦斯项圈上的绳子，把它套在了谢尔曼的笼头上。

她摸摸谢尔曼的脸，然后挺直身体，威严地告诉它，她才是这里的老大，会引领它走向……

它一动不动。

塔尼娅温柔却果决地收紧绳子。谢尔曼的臀部下蹲，锁住前腿，伏身准备战斗。“好吧，”塔尼娅说，“先等会儿。”她紧紧地抓住绳子，但没有用力拉，在一场势均力敌的拔河拉锯战中与谢尔曼互相抗衡。“等你……”

渐渐地，谢尔曼放松下来。它向前迈了一步，又一步，一直走到绳子另一头的塔尼娅那里。“好小伙儿！”塔尼娅低声哼着，喂了它一把好吃的后又开始走起来了，谢尔曼紧跟在她的身后。

当我们走到马路边上时，谢尔曼却止步不前了，就好像面前是一片岩浆似的。“也许它从来没有见过柏油马路，觉得这是一面深不见底的湖泊，谁知道呢？”塔尼娅说，“但对于一头驴子来说，有始就要有终。”她走到马路上，把绳子压在屁股下面稳定身姿，谢尔曼却在一下一下地往回拉绳子。我的一位邻居正开着拖拉机隆隆驶过，为了不撞到塔尼娅，他只能猛拉方向盘转向。塔尼娅微笑地挥了挥手，坚定地站在马路中间。

最终，谢尔曼还是一只脚踏上了柏油马路。“谢尔曼终结者！”塔尼娅欢叫道，“好小伙儿。看看，我说的吧！相信我，你不会后悔的。”

塔尼娅走向谢尔曼。她越走越近，绳子也越收越紧，谢尔曼那只试探性迈出的脚无法再收回去了。“现在，我们有一个选择，”塔尼娅告诉我，“这会是你为谢尔曼做出的最重要的选择。无论你怎么选，都将决定你与它这辈子的关系。”她说，“是时候决定要过‘安逸’的生活，还是‘水深火热’的生活了。”

塔尼娅把谢尔曼困在原地。它一只蹄子还踏在马路上。此时，她向我解释这么做的用意。“洪流冲击”一只动物，意思就是用全新的感观使之麻木，强迫它听从你的命令，不给它时间去消化正在发生什么。比如，如果你的小狗对嘈杂的声音比较敏感，容易变得烦躁，那你就要亮出锅碗瓢盆。要用皮带紧紧地拴住小狗，用一连串叮叮当当的声音轰炸它。以后所有其他的噪声与之相比都显得微不足道。“洪流冲击”狗狗的感官系统，它对噪声的恐惧就会永远消失。

对谢尔曼来说，逐渐逼近的“洪流”意味着它要穿过柏油马路继续前进，不管前方有何危险：红色的停车指示牌，邻居巨大的犁马，街对岸潺潺的溪水，AK 钢锯店吱吱作响的金属招牌。谢尔曼脑袋里的警报发疯似的响个不停，更糟糕的是：它早已学会了我一发出指令，它就要迈出脚步。至少现在是这样的。

另一种情况，轻松疗法会让“洪流”变成涓涓细流，或者说是“耳语”般轻柔也不为过，但是最近却有很多人自封为耳语者，他们拍着胸脯对自己的魔力十分自信，号称可以与狗、猫、金刚鹦鹉，或者与企业老板和精神病患者轻松对话（其实，还真有一个“精神病耳语者”）。这导致现在没有人能分得清哪些是大忽悠，哪些才是真正的有能力与动物耳语对话的人了。塔尼娅不喜欢华丽的辞藻，她更喜欢简单直接的对话。对她来说，所谓“耳语”，和在动物的耳边悄声低吟没有任何关系，只是放慢语速，让它们放轻松罢了。

这种轻松疗法也得以让谢尔曼用它自己的节奏来喘口气。不再是被赶着往前走，而是被引导着迈开步子。它向前嗅了嗅，盯着看了一会儿，开始了下一个挑战，最后停下脚步。轻松疗法是一种更温和的方式，但也有弊端：它会迫使谢尔曼直面恐惧。它不能盲目地跟在主人的后面，什么都不想。不能因恐吓而做出决定，它必须充分清楚我们所做的一切，然后鼓起勇气。这个决定并不像你想的那么简单，尤其是对于像谢尔曼这样受到过虐待的动物来说。对它来说，大脑一片空白反而是一种解脱。

我看过天宝·葛兰汀[①]的传记片，所以我对塔尼娅说的话有一定的了解。我环视了一下我们的家，试图从谢尔曼的视角来重新审视，在周围的景色中寻找一些小的触发点。这些细节不会引起我的注意，但会让一个更敏感的、生来就会逃跑的动物惊慌失措。离我们的车道大约一百米的地方，有一条穿过树林的土路。这以后会是带谢尔曼去散步的最佳地点。前提是我们不分昼夜地开启“耳语者”模式，才有可能在一个星期后去那儿散步。一路上，它每走几步，就会被一些新的触发点影响，当谢尔曼在权衡 AK 家的钢锯店门口招牌的风险

① 天宝·葛兰汀（Temple Grandin）：自幼患有自闭症的美国动物科学家、畜牧学博士。——译者注

时，我可不敢再站在柏油马路边躲避小卡车了。

轻松疗法会让今天的尝试变得无比漫长，可我们并没有太多时间可以消耗。“洪流”还要更加凶猛。在谢尔曼的训练之路上，我们需要有足够多的耐心不断实现一个又一个的突破。刻不容缓，就现在，我们必须让它在马路上迈出第一步。

然而，我们并没有这么做。

“好吧，小曼曼，去找山羊玩吧，”塔尼娅说，“今天就这样吧。”她转过头，把谢尔曼带回来，带回到大门口。劳伦斯还在一边等着，蹄子踩在围栏边上，脑袋探了出来。显然，我完全领会错了塔尼娅的意思。对她来说，所有关于“洪流冲击”和“耳语者”的理论都只是纸上谈兵，未必能应用于实践当中。她一直都很确信自己清楚谢尔曼真正需要什么。

塔尼娅告诉我，唯一的解决之道就是让它放轻松。她打开大门，放谢尔曼去找劳伦斯一起玩。“我不会仅仅为了娱乐自己而残忍地对待任何事情。我肯定不会再让谢尔曼遭罪的。它这辈子够苦的了。”塔尼娅说过几天会再来。在此之前，我的任务是在我们现有努力的基础之上，看看能不能克服所有的困难，用“耳语”的方法，让谢尔曼四脚都踏在马路上。

“这很重要，”塔尼娅临走前嘱咐我，“做什么事都必须善始善终。如果你觉得没办法坚持到最后，就不要开始尝试。明白了吗？”

“当然。”我保证道。我并不是特别担心，压着绳子有什么难的？说实话，尽管塔尼娅狂轰滥炸地给我灌输什么轻松疗法、耳语者和洪流冲击的理论，但她真正付诸行动的也就只是压着绳子往后靠，还有喂谢尔曼吃饼干。我思忖道：“压在绳子上，给它好吃的，你能做到的。”我并未意识到，正如普罗米修斯那样，上帝欲将毁灭之人，必先使其疯狂。

马路中间的人畜对峙

这周余下的时间里，我的主要任务就是密切监视着谢尔曼的屁股。我随即发觉，只有魔术师戴维·布莱恩（David Blaine）才能像塔尼娅一样，娴熟地使用体温计测量，所幸她没有让我再次尝试。她说，只要谢尔曼还能吃东西、溜达，我们就可以等到她下次来的时候再给它量体温。与此同时，我的工作就是到处巡视。要留意谢尔曼的粪便，并分为三类标准：正常的粪便、奇怪的粪便和没有粪便。所谓奇怪的粪便，即任何稀稀拉拉的、淡黄色的，或乱七八糟的，这都可能意味着它需要再来一剂驱虫药。没有粪便意味着红色警报，说明它的肠胃受到了影响，遇到这种情况，我需要立即打电话给塔尼娅。

“那正常的粪便有什么表现吗？”我问。

“正常的就是正常的，”塔尼娅耸耸肩道，“会是一声顺畅、健康的扑通声。”

“我可从没听过什么健康的扑通声，”我说，“我只是看到谢尔曼自己站在那儿。”

“你会知道的，”她说，“你往下看，往下看，你能看到一坨健康的便便。”

我尽力按照塔尼娅的吩咐去做。在接下来几天里，谢尔曼所做的任何事在我看来似乎都没必要为之惊慌或为之惊喜。至少，这还是有意义的。身处于羊群之中的谢尔曼还是有些害羞。当粮食被绵羊们洗劫一空之时，谢尔曼还是远远地站在一旁。现在春天来了，嫩草丛生，公羊哥们儿和它的伙伴们经常在草地上徘徊，谢尔曼和劳伦斯在一片祥和的气氛中啃着青草。塔尼娅不时停下来，测量它的体温，用手探摸它的肚子。

“它好多了，”她说，“现在是时候让它动起来了。”

下午女儿们放学回家后，我们往口袋里塞满了马粮，直奔牧场。先拴住了谢尔曼，然后把劳伦斯推到大门后面，领着谢尔曼向公路走去。我14岁的女儿马娅牵着绳子，10 岁的苏菲（Sophie）走在前面引路，检查是否有迎面驶来的汽车。

“你只要压在绳子上面，然后——”我一边说着，一边伸手去拿绳子，把它绕在屁股下面，演示一下塔尼娅的“消极不抵抗”策略。我正说话的时候，谢尔曼从我身边径直走过，一只脚踏在马路上，另一只……它走到路面上了，在马娅的引导下，步履坚定地跟着苏菲走到路中间，就好像它今生都会跟在她后面一样。我们要么是世界一流的耳语者，要么是一定发生了什么事情。绝对发生了什么事情。我们又向前走了几步，然后停下来换成苏菲扶着它。我演示了一下如何抓紧绳子：臀部绷紧，手抓紧，但不要勒着它的脑袋。

“接下来，”我说，“开始吧。”

但谢尔曼却没有动。我用力拉了一下绳子，它还是没动。苏菲也试了试，但对我们俩来说，谢尔曼就像石化了似的。马娅到底施了什么魔法？苏菲又把绳子递给马娅，看看她能不能让谢尔曼继续往前走。过了一会儿，这个谜解开了：苏菲往前走时，谢尔曼跟着她走；苏菲停下来，谢尔曼也停了下来。我们掉转方向，让马娅在前引路，谢尔曼很快跟在她身后。至于我，它对我就不那么热情了：我走在前面时，谢尔曼的速度就放慢了许多，看起来就像定格动画般迟缓。其实我也不能怪它：现在它已经意识到了，每次我出现时，大家都会剑拔弩张，或者把劳伦斯带走。

谢尔曼被两个姑娘围得团团转，可高兴了。我只好闪到一旁，让她们一块玩。塔尼娅事前也没有交代过我还应该做些什么，我们谁都没有预料到，下午谢尔曼突然心情大好，愿意多走两步。我有点担心他们走太远，它的蹄子能撑得住吗？还是最好现在就让女孩们结束游戏，把谢尔曼带回家？回家的小路离我们很近，只要走 20 步就到了，还是有点风险的。我们正走进一处视野不太好的弯道，经常会有皮卡车在这里驶过。但如果我们再继续往前走，我们就要绕过这处弯道。

“怎么了？”马娅问道，“它看起来很害怕。”

经过“轻松疗法”后的谢尔曼，直面心中的恐惧。（图片经 Mika McDougall 授权使用）

一到拐弯处，谢尔曼就僵住了，耳朵耷拉得像只紧张的猫。它奇怪地弓起背，把自己缩成一个毛茸茸的大球，同时两腿保持僵硬，它的样子好像既想立刻逃跑，又想奋战到底。我环顾四周，想试试天宝·葛兰汀那套方法，寻找任何可能吓着它的东西。周围没有狗，没有被树夹住的塑料袋，没有……

等等，不会是那个水坑吧？那个小泥洼？它只有不到半米宽，里面甚至没有水。但谢尔曼如脚下生根般一动不动，就好像孩子站在危楼边缘往下俯瞰。

“也许我们应该带它回去了。”马娅说。

是的。现在随时都可能有辆卡车呼啸而至，转弯后猛然发现路中间有两个孩子和一头驴子。塔尼娅最后的那几句叮嘱还在我耳边回响，我不想毁了谢尔曼今天质的进步。“我们先帮它越过那处水坑，”我对两个女孩说，“塔尼娅教过我应该怎么做。”只要再走两步，它就能通过那里。我把绳子绕在屁股下面，准备压下绳子摆脱目前的困境。

然而早上不是只有我学到了一些东西，当谢尔曼看到我要做什么时，在我还没准备好之前就把头扭了回来，害得我失去了平衡，差点摔在它身上。你这个傻——

我深吸了一口气，重新收紧绳子。好吧，现在我明白了两件事：首先，问题出在水坑上；其次，我必须采取些措施。谢尔曼看起来并不害怕，甚至颇有挑衅的意味，就好像一个孩子咬住嘴唇，下定决心无论如何都不吃药。它鬃毛竖立，从眼神可以看出，它不会这么轻易放弃。我想，我最好今天就制服它，否则以后再也没有机会了。

"姑娘们，注意路上有没有车，"我说，想了想又补充道，"算了，还是回到栅栏边上来吧。"这可能需要一段时间，我不希望姑娘们在谢尔曼的驴蹄攻击范围内，也不希望她们撞到迎面而来的飞车。我蹲在绳子的另一端收紧绳子。谢尔曼的脑袋越过那块水坑，然而它的蹄子还固执地止步于水坑边缘。对于一只病恹恹的动物而言，它的力量可是出奇地大。我必须继续下蹲，以防自己被它拖到街上。双方陷入了一种可怕的僵局，面对面地瞪着彼此，寸步不让。两分钟过去了……三分钟……

我的双手开始抽筋，开始自我怀疑到底在干什么。这恰恰是我这半辈子以来拼命想要避免发生的情况。25 年前，我和我哥哥在杰克逊·霍尔滑雪时，看到了一处给雪地摩托骑手们的警告标语："在任何情况下都不要下车！有游客曾经在此走近水牛，被顶死。"在这个世界上的某处地方，悲伤的妻子们会告诉孩子们，今天爸爸不回来了，只是因为他想抚摸一头野牛。从那以后，我开始害怕死于这些愚蠢的死亡方式。我不想让米卡站在棺材旁，向家人和朋友解释说，我精神状态挺好的，只是在临终前的最后一刻，我和一头驴子玩耍打闹最后把自己玩死了。

"有车来了！"苏菲叫道。远远地，我就听出了那是 70 岁邻居萨姆的旧农用卡车发出的嘎嘎声。我知道他开得不快，就干脆原地不动。萨姆一定是对光天化日之下人畜对峙的情况见怪不怪了，他在转弯处友好地挥了挥手，鸣了下喇叭，就开走了。

谢尔曼一听到鸣笛声就跳了起来，这足以使我的势头更胜一筹。它还没站稳脚步，我就把绳子拉了回来，直到把它拉到我这边来。

“上马粮！”我对姑娘们喊道，“喂它点吃的，然后打道回府！”

姑娘们从口袋里翻出来好吃的。谢尔曼嚼着食物，我摩挲着它的脑袋说：“乖孩子。”我想起塔尼娅的指令：不管谢尔曼给我带来多大的痛苦，每次我都必须以微笑结束。我们都柔声细语着，抚摸着它，转身回家。姑娘们刚迈开步子，谢尔曼就急忙跟在她们后面。它紧紧地跟着，鼻子都快架在苏菲的肩膀上了。苏菲走得更快了，然后又快了一点，直到我们四个奔跑了起来。

姑娘们都笑了。有意思的是，不管她们跑得有多快，谢尔曼晃动着脑袋始终跟在她们身后。我们飞奔回家，为一种我们谁都没听过的音韵而激动，甚至连谢尔曼自己也没听过，那是它四蹄疾驰的律动声。

9

一次专注于搞定一件可怕的事情

那天晚上，我带着满心疑问进入梦乡，第二天一早，又带着答案醒来。入睡前，我心满意足地回想起我和女儿们白天的成就。谢尔曼在三次尝试中，克服了对公路的恐惧，跨过了几乎是噩梦的水坑。最妙的是，它让我们大吃一惊，突然奔跑驰骋起来，与我们肩并肩一路跑回家。虽然只有几百米的距离，但它渴望回到劳伦斯那里，这也肯定意味着它越来越享受与我们在一起的时光了。它把那个棕色的小谷仓当成了自己的家。

晚上，我睡着了，梦到自己和谢尔曼一起参加世界锦标赛。我看到赛道上每一个对手在我们身后一个接一个地消失。我想象着在发令枪声中安抚谢尔曼，然后催着它跑过第一公里，我们一起奔跑在山径小路上。飞沙走石之间，我们极速前进，直到我们一骑绝尘。

我眼前一亮，一条小溪出现了。我全然忘记了科罗拉多州那些依山势形成的雄浑河流，它们一泻千里，让人痛苦。在世界锦标赛中，参赛选手至少要穿越两次小溪，甚至是四次。这取决于融雪量和比赛当天的天气，它们可能是刚到脚踝的清澈溪流，也可能是深不见底的汹涌洪水。刚刚，谢尔曼如猛兽般和我进行了一番拉锯战。我到底还要生拉硬拽多久，它才肯走进水中？我们没有那么多时间可以浪费。在接下来的10个月里，它和我都要完成大量的跑步训练任务，最后才有希望完成比赛。时间已经在滴答滴答地流逝了。该死的小溪把我们带回原点，回到一开始的困境：我们是选择“耳语者”的策略，还是“洪流冲击”的策略？我是做一名循循善诱的辅导员，还是一名严厉的军训教官？如果让谢尔曼按它自己的节奏慢慢适应恐水症，我们就会在永无止境的拉锯战中耗费几个小时。但如果我强迫谢尔曼必须往前跑，它还会有前进的动力吗？

就在我熟睡的时候，我再次感到绝望。睁开眼睛的一刹那，我找到了答案：史蒂夫的道家理论。我在第3章讲过这个理论，还记得吧？

我彻夜未眠，脑子里翻来覆去地思考。不知怎的，15年前的回忆涌上心头，连带着前几天塔尼娅漫不经心给我的小建议。“你要让谢尔曼自愿做这件事。”她说，我跟着点头，“好的，好的。”其实我并没有真正听进去。她说的这句鸡汤话，在侠盗电影、浪漫喜剧以及世界扑克大赛中经常听到，但在现实中呢？算了吧，有谁能像乔治·克鲁尼（George Clooney）扮演的丹尼·奥申（Danny Ocean）那样巧舌如簧：无论你起初有多不情愿，最后都会被诱骗，坚定地把公文包放在赌场的保险柜里。一定是我熟睡中的大脑帮我破解了这个难题，当我醒来的时候，就已经想出办法了。

我犯了个错误，错把塔尼娅的建议看成是一种计谋。当我第一次遇见米卡时，就用了道家理论，自作聪明躲在一旁，对她爱答不理。

米卡喜欢非洲音乐，不喜欢陌生人贸然过来搭讪，所以我把CD机和西莎莉亚·艾芙拉的唱片借给了她，自己躲在一旁，剩下的完全取决于她是否主动。如果我期望有任何进展，“道”是不可能起作用的。我会焦虑、怨恨或死缠乱打，我会尽我所能地报复她，装出一种“喂！我是招你还是惹你了”的样子，迟早会把一切都毁了。换个角度想，如果我表现得还不错，史蒂夫的“道”会让你忘记未来，专注于当下。你不需要任何计谋，你只是尽可能地做好自己就够了。

我急切地跑到屋外，开始实践这个理论。9月美好的早晨，九点钟天就已经暖和起来了，正适合开展我的计划。谢尔曼和我打算忘掉过去的那些旧账，我们俩满心祈求这次能行得通，此训练方法名曰：驴之道。

女孩们都去上学了，我找米卡来帮忙。我们抓了几根缰绳和一些马粮，就去召集动物们。劳伦斯和谢尔曼正在牧场的另一头吃草，不出所料，劳伦斯一听到我们的声音，立刻抬起了头。它发现自从谢尔曼来了以后，我们总是带着吃的出现。劳伦斯顿了一下，屁颠屁颠着跑过来。谢尔曼跟在后面。谢尔曼走近了一点，我们把新的紫色缰绳套在它头上，系在另一根绳子上。我让米卡先陪着谢尔曼，而自己去找“驴之道”实验的另一个实验对象：一只脾气暴躁、时常昏倒的白山羊，它叫“辣椒狗”。

勃兰特的恶作剧

辣椒狗之所以能成为我们家庭的一员，多亏了老家伙肯·勃兰特（Ken Brandt）开的一个相当恶搞的玩笑。几年前，勃兰特买了两只喜欢翻栅栏的调皮山羊——跑跑羊和露露羊，作为礼物送给自己的曾孙。当然，这也成为故事的起因。

勃兰特住在萨斯奎汉纳河的河畔村庄法尔茅斯，那里比兰开斯特还要小。驾车一路驶进宾夕法尼亚州中部的乡村，要大约一个小时才能开到。早在20世纪70年代，勃兰特和朋友们经常取笑他们的一个哥们儿，不好好打理草坪，总去钓鱼和打猎。在一个周末，勃兰特和朋友们做了个恶作剧，把一对山羊拴在这哥们杂草丛生的院子。但恶作剧失败了，可爱的山羊吃光了杂草，那哥们赚得了一个景观无敌的大草坪。于是，勃兰特升级了恶作剧。第二次，趁那个哥们儿再次进山的时候，勃兰特在当地的报纸上刊登了一则广告，宣布“第一届年度法尔茅斯山羊赛跑”即将开始，具体日期和地点等细则，请致电咨询这位进山的哥们。这一次，勃兰特的恶作剧有了效果。星期天晚上，那个哥们回家，被愤怒的家人痛骂一顿，整整一个周末，家人们都在接一通通关于什么山羊赛跑的电话。

大多数人都清楚，一旦你的恶作剧惹怒了受害者的家人，你要么跪地求饶，要么死不认账。勃兰特不是“大多数人”。他可不满足于躲在背后偷笑，他想要做一些更伟大的事情。这次恶作剧让他明白了一个未曾发现的事实：显然，很多邻居家都有山羊，邻居们都是那种争强好胜的性格。勃兰特想，如果他们有动力打电话咨询比赛，为什么不办一场他们想要的比赛？比赛的最佳地点不言而喻：顺着法尔茅斯唯一的马路奔跑，一直跑到法尔茅斯唯一的停车标志牌。勃兰特在报纸上投放了另一则广告。这一次是他自己的电话响了。“相当多的人想参赛，”勃兰特的妻子琼·勃兰特（Jean Brandt）回忆说，“我们真的不知道这里有多少人养山羊，也不知道他们会愿意带着山羊跑那么远来参赛。”在 1978 年的第一届比赛中，勃兰特没有设置太多比赛规则。他把成年人分在一组比赛，把小孩分到另一组。勃兰特告诉他们勒紧裤腰带，指着 40 米开外的停车标志牌。

“法尔茅斯的百姓们，你们准备好了吗？”他喊道。

“准备好了！”

“各就各位——预备！带着山羊跑起来！”

那天，南希·斯威格特（Nancy Sweigart）站在场外观赛。她喜欢马，如果要说她第二喜欢的动物，那肯定是狗，但当她目睹这一幕时，却深深为之着迷：女儿的数学老师带着一只两岁大的矮脚羊向前冲刺着，一位四届州议员与他不相上下。老师喘着粗气飞速奔跑，脸都要贴在地上了，冲过终点线后，胸部像是手拉风箱般剧烈起伏，但还是惜败。他跪在地上大口大口地喘气，旋即对他的斑点布尔羊怜爱地说着，不是你的错，小布布，不是你的错。人们怎么可能不为这个场景动容呢？

“这个比赛真的深深吸引着我。”南希告诉我。尽管当时她已经 30 岁了，也不记得上次跑步是什么时候，但山羊激励了她。她自己养了只矮脚羊，叫布巴。没人知道该怎么训练山羊赛跑，南希自己发明了一套方法。“我会偷偷摸摸地跟在后面，用嘘声赶它。它会跑开，我再追着它跑。它会反过来追着我跑。它会跳上车，在车里跳来跳去。直到把我丈夫从车里闹出来，我们才不得不停下来。”

如果你瞧不起这种摇头晃屁股的车顶狂欢派对，觉得那是一种粗鲁、不科学的锻炼方式，那么试想一下：南希连续 15 年参赛，一场比赛不落，成为三届总冠军并将继续捍卫着她的至尊王位。她从不认为自己是一名运动员，但她会花大量的时间在自家后院里训练她的山羊，最开始是布巴，然后是贝尔，接着是巴尼，她每天在准备比赛时投入的时间和汗水远甚于骑一上午的动感单车。在 2017 年第 39 届山羊赛跑时，我遇到了南希。她已经快 70 岁了，也把 10 岁大的孙女秋（Autumn）带进了这项运动。

秋借了一只名叫约翰尼的白色小山羊，但在第一次比赛的时候，约翰尼跑了五步后就突然停住，一步都不走了。其他孩子都带着他们的山羊飞奔向终点，而秋却卡在赛道中间，尴尬又困惑。这时，南希露了一手，让秋一睹冠军风采。她推开围观的群众，跑到孙女旁边，抱起约翰尼。南希怀里搂着这只小山羊，和秋一起慢跑向终点。在观众爆发的欢呼声中，她们凯旋回家。

“瞧，大家都爱死它了！”南希对微笑着的秋说，“它太可爱了，怎么忍心让它参赛呢？我们还是多抱抱它吧！”

一切变得不同寻常

勃兰特的小恶作剧愈演愈烈。到了第五年，法尔茅斯路附近的小路上挤满到处寻找停车位的皮卡车。孩子们追逐着满地跑的山羊队友。勃兰特把赛事移出村子，搬到了市郊一处改造过的马场。他增加了元旦夜赛。勃兰特把玩具羊放在10米高的标志杆下，自封“羊神”再世，兼任“护羊大将军”，负责看管开启比赛仪式用的密钥。因为就像他说的那样，“就连时代广场的纽约客们也嫉妒得想要来绑架它。”

比赛的场地更宽阔，比赛也变得更热闹，成了当地的狂欢节。如今，每年9月都会有数百辆汽车蜿蜒驶向这处露天游乐场，成群结队的孩子们会从这里出发，去宠物动物园玩耍，乘坐拖拉机，享用自制蒸汽冰激凌机，参加吃巧克力棒大赛。美国海军学院的吉祥物山羊比尔，也会莅临现场。一对从夏威夷来的年轻夫妇来参加朋友的婚礼，却突然发现自己被任命为一场闻所未闻的比赛终点线裁判，顿时有些不知所措。这就是勃兰特的使命，让一切变得不同寻常。

勃兰特遇到过一个头疼的问题：如何满足不同人群的需求。第一次来观赛的人，只是图个开心。一天下来，他们就会不停地问他，怎么参赛，在哪里报名，自己能不能也养只山羊。很简单，你所要做的就是弄一只耷拉着耳朵的努比亚羊，喂它一把玉米，你很快就会意识到，狗狗能满足你的事情，山羊也完全能做到。山羊是深情的、温柔的、顽皮的。它们会跑、会跳、会闹，但从不咬人、不乱叫、不打架。山羊不会吵闹家里的猫咪，也不会攻击邮递员，它们会帮你把一直想清理掉的毒藤和豚草吃干净。不要揍你的狗狗，但想想你的小金毛犬最近一次钻进冰箱里是什么时候？如果你愿意自己动手丰衣足食，你会发现羊奶比牛奶更好挤，但前提是要戒掉每天一大块又甜又好消化的奶酪。不过倒是从此告别乳糖不耐受症了。

我承认，你弄到的可能是只骗骗羊，但如果你选得好，区域规划合理，你理想中的宠物也许可以当作“小便池”用。这就是把山羊当作宠物的代价：它们会被你的小便深深吸引。几年前，蒙大拿州冰川国家公园的护林员十分不解，公园里的野山羊不再躲避游客，它们从高山上跑下来，在游客区附近闲逛。通常情况下，游客很难看到野山羊，但猛然间发现它们到处都是。一些游客甚至被吓到了，他们走进树林想要方便一下，突然发现一群山羊“潜伏”在那里。它们想干什么？山羊往往不喜欢人类的食物，也不会走进人类的生活圈，所以肯定不是为了找吃的，也不是来找动物保护站的。也许是它们觉得人类可以保护它们免受熊、狼和美洲狮的伤害？可能是吧。科罗拉多州立大学派了位套着熊装[①]的科学家去调查。没错，一位科学家穿得像瑜伽熊似的，去尾随这群野山羊。

这名科学家咆哮着跑来跑去，发现山羊在害怕的时候确实会紧紧地跟着人类。有趣的是，在它们休息的时候，也就是它们不再四处奔跑的时候，会嗅来嗅去，直到找到有臭味的石头或树干，然后开始舔。研究人员这才真正意识到，山羊是被人的尿液所吸引的。高盐饮食方式导致我们的尿液富含钠和矿物质，这正是山羊所“渴望”的。一位徒步旅行者在华盛顿州喀斯喀特山脉的英格尔斯峰也有过类似的经历，他说：“我裤子拉链的声音，就好比是晚餐铃声似的。我没有尿完，甚至还没开始尿呢，我就赶紧拉上裤子拉链，迅速逃离现场了。”太惨了，如果他对自己的身体再自信一些，他就能见证，动物与人类伙伴关系的历史画卷在他眼前徐徐展开，这也是一段关于盐分、安全感和山羊之间的浪漫史。

可你不能因为这哥们的过度反应而责备他，毕竟，山羊的小眼神儿太楚楚可人了。确切地说，不是它们的眼神。人类的瞳孔是圆形的，非常适合远距离狩猎，而山羊的瞳孔是横条状的，得以让它们全面观察近在眼前的威胁。其实，这也正是山羊观察我们的方式：山羊有种罕见的能力，它可以通过眼神与我们交流。自有人类文明以来，农民们就十分了然，但直到最近，学者们才找到证据支持这种观点。克里斯蒂安·纳夫罗斯（Christian Nawroth）在伦敦玛丽女王大学（Queen Mary University of London）研究动物认知学，他认为，山羊可以用一种“带有指向性和目的性”的方式与人类交流。如果你向山羊提出一个难题，

---

① 事实上，生物学家们有一个引以为豪的传统，那就是以科学的名义，采用沉浸式体验的方法深入研究。例如，为了研究猴子的遇险信号课题，瑞士纳沙泰尔大学的雷多安·布沙里（Redouan Bshary），披着豹皮在非洲丛林中爬行，从而开创了这一领域的研究。

它不会像猫咪那样只是甩起尾巴走开[1]，相反，它会死死地盯着你的眼睛，默默地寻求帮助。你可以自己试试：只需要一只山羊，还有一盒意大利面。

“它们会为之疯狂，”研究项目的设计者纳夫罗斯解释道，“有些山羊喜欢苹果，有些山羊不喜欢。但我还没发现有山羊不喜欢意大利面的。”纳夫罗斯会打开保鲜盒，给山羊喂点意大利面，再把盒盖扣紧，看看接下来会发生什么。几乎所有山羊的反应都是一样的：它们在纳夫罗斯和保鲜盒之间一次又一次地徘徊，扭着头摆出一种“凝视行为”，就像你用目光暗示警察壁橱里有贼似的。人类自咿呀学语时起，就是这样交流的。成年犬和马儿也是如此，但它们是另一种情况：几个世纪以来，我们挑选它们，饲养它们，目的是让它们在我们身边辅助完成一些复杂的工作。对山羊来说，这是顺其自然的发展，它们长得就像与人和善的样子。否则，勃兰特的比赛也就不会成功举办。在山羊第一次被带到起跑线之前，它们从没和人类一起参加比赛。你可能会觉得，山羊作为猎物，行为表现得也像猎物，这已经根植在它们的本能之中。你以为它们会畏缩不前，会打架，或者会发疯似的逃跑，把人绕进一个巨大的绳结里缚住自己。

但事实并非如此。这就是为什么法尔茅斯山羊赛跑能迅速崛起和成功，甚至还有些运气的成分。这不是因为勃兰特，他最开始只不过是想做一个恶作剧。答案是山羊，是山羊让这场赛事如期举行，是山羊主动接受参与这场赛事。

迎接昏倒羊“辣椒狗”

多年以来，勃兰特已经送出了太多的比赛山羊，现在他必须重组自己的比赛团队。这就是他找上门来的原因。虽然我们离法尔茅斯还有一个多小时的车

① 动物认知学者认为：猫咪的表现不尽如人意，几乎都不搭理人，可能源于它们极其孤独的生活方式。

程，勃兰特还是在美国著名分类广告网站——克雷格列表网站上看到了我们的广告，觉得有必要过来看看跑跑羊和露露羊。他一眼就判断出它们是擅长比赛的山羊，但他对价格有些异议。勃兰特递给我一张百元钞票。我再次重申，两只羊加起来只要 50 美元时，他不敢相信自己听到什么，用手捂住耳朵。

“你一定要来参加比赛，”勃兰特一边热切地说道，一边把我们家最后的两只比赛山羊装上卡车。我刚要告诉他，我家没有适合比赛的山羊了，他又补充道：“你没必要带上你自己的山羊来。很多人都自带山羊来。其实你可以现场借，可以租，还可以买。我保证到时候你会带几只山羊回去。一旦你参与其中，你定会终生难忘。”

“我才不会呢！”我对米卡咕哝道。等勃兰特开出我们家的院子，我们终于摆脱山羊的困扰。我可不想再犯同样的错误了。我们会过得更加安逸，谢谢。仅剩的几只山羊向往爱与和平，从不会翻越栅栏。山羊赛跑带来的荣耀再怎么多，也抵不上整天操心着要在早晨五点的公路上追逐骗骗羊。

尽管如此，我们还是很想感受一下山羊狂欢节的气氛。几个月后，到了比赛当天，米卡和姑娘们一起去了现场——

等回来的时候，她们整个人都变了。

我原以为我们达成了统一战线，永不屈服，但在法尔茅斯的比赛现场，她们打开了新世界的大门。其中一场比赛中，一名小女孩向终点线冲刺，她的山羊突然像心脏病发作似的倒在了地上。山羊一动不动地躺在那里，小女孩则耐心地在旁边等着。一两分钟后，山羊醒了过来。他们一起慢跑完最后几米，抵达了比赛终点。

“那只羊是真的虚！”一名观众告诉米卡。有一种名为“田纳西昏倒羊”（或“肌无力羊”）的品种，它们世世代代会传承一种突变基因，这种突变基因致使它们受惊时肌肉瞬间僵硬。养羊户喜欢用它们来保护羊群。如果你让几只昏倒羊和珍贵的种羊一起吃草，恶狼或郊狼来袭时，昏倒羊会倒在地上，给种羊留下充裕的逃跑时间。但米卡意识到，对于我们这种似是而非的农民来说，昏倒羊还有另外两个好处：很容易抓住它们，它们也不会翻越栅栏。米卡怂恿说，它们适合产奶，也更适合参加山羊赛跑。好吧，勃兰特没说错：一旦去了法尔茅斯，你定会终生难忘。

几个月后，姑娘们发现圣诞树下系了根红绳。她们跟着绳子穿过客厅，走出后门，穿过后院，来到院子里的羊棚处。两只昏倒羊在那里等着她们。它们浑身雪白，只有几个月大。我不记得当初是因为什么，只记得最后的结果是答应了她们。我们给它们取名为“辣椒狗”和“盛开”。

10 月，我在马里兰州旭日市附近的一座小农场里找到它们。农场主允诺在平安夜前可以帮我照看它们，到时候再偷偷带回家，放进羊棚里。辣椒狗是一只怯懦的小家伙，我只能把它放在车前座，这样回家的路上，盛开就不会欺负它了。慢慢地，辣椒狗日渐成长，成了更好的自己，长出了一对雄壮的弯曲羊角。谷仓院子里的哪个动物向它发难，它都会毫不畏惧地顶着羊角撞过去。

对于昏倒羊，米卡的观念似是而非：它们确实不会翻越栅栏，但时不时地，也会向往外面的世界，想要逃离这里。它们会从栅栏下的小缝隙里钻出去。我原谅它们，因为它们真的是孩子们完美的比赛搭档。我们成了法尔茅斯山羊赛跑的常客。不管比赛当天有多忙，我们总是会在赛场看到勃兰特的身影。勃兰特已经 75 岁了，但他仍然喜欢提前到场，这样可以把车停在起跑线旁，看到年纪最小的孩子第一次紧张地牵着山羊走向起跑线时，他就能在旁边帮忙了。勃兰特还会用他标志性的问候向众人呼喊：“法尔茅斯的百姓们，你们准备好了吗？”再把麦克风递给他的孙子尼克（Nico）。尼克现在负责比赛实况报道的解说工作。

2016 年，一件奇怪的事情发生了。近 40 年来头一次，勃兰特没有出现在比赛现场。几年来，自我们遇到勃兰特的时候起，他从来没有透露过自己在与癌症战斗。他已与癌症战斗了 12 年，在这 12 年中，勃兰特家族的四代子孙，都与他亲手挑选出的比赛山羊在比赛中并肩奔跑过。他希望在赛事 40 周年的时候，能看到孩子们和他的山羊共同奔跑，但他还是没有挺过去。这一次，法尔茅斯的百姓们没有准备好。

勇敢一跃，战胜可怕的新事物

勃兰特永远不会知道，他帮了谢尔曼多大的忙。如果不是勃兰特和他“冲刺吧，山羊”的态度，谢尔曼就不会交上这个傻乎乎的棕毛朋友，在谢尔曼被救后还能用鼻子碰碰它，安慰它。从勃兰特到达我们家开始，到迎来辣椒狗，再到劳伦斯，每件事情的发生都是一个节点。但是今天早上，事情阴差阳错又回到了辣椒狗身上。一夜之间，我那昏睡的大脑猛然间觉醒，意识到我一直没有耐心去领悟一件事：我要求谢尔曼做的任何事，都没有实现。原本这些事情都还是有一线可能的。我越是想要对它颐指气使，它越是抵触。我不可能驾驭一头驴子，尤其不能驾驭像谢尔曼这样受过伤的驴子。多年的囚禁生涯将它磨炼成为一名坚韧的反抗斗士。无论我如何刁难，它都能智胜一筹，坚持抵抗，以谋制胜。要想践行“驴之道”，不能是我强迫它，而是它要学会主动。

但这并不意味着我就不能用胡萝卜做诱饵。或许我可以放一些“辣椒”。

辣椒狗正在棕谷仓后吃草。它看到我带着根绳子走近时，还想要跑，但瞬间进入昏倒羊模式，我抓住了它后腿，趁它恢复之前把它套住，带回到米卡那里。米卡正尽力同时安抚谢尔曼和劳伦斯。我带着辣椒狗从它们身边挤过去，塞出大门外，然后回头去找谢尔曼。谢尔曼毫不迟疑地就跟着辣椒狗出去了，可能它还没有意识到，在这次计划中我们根本不需要劳伦斯。

辣椒狗有过法尔茅斯的参赛经历①，所以它一定是个不错的陪练员。从另

---

① 还记得南希借给她孙女的那只小山羊约翰尼吗？辣椒狗是约翰尼的爸爸。约翰尼是那年我带去参加比赛的备选山羊。

一个角度想，只消与劳伦斯同行五分钟，无论是你的脸朝下扑了街，还是像木乃伊一样被绳子套得紧紧的，它都不管不顾。劳伦斯是很可爱，但也是一朵极度活跃的奇葩，它眼中的世界充满了奇迹和欢乐，除了扑向任何吸引它的东西，别无他求。专注和控制冲动并不是劳伦斯的强项，甚至也不是它的弱项。它的原子结构中根本就没有这种元素。这就是为什么我们从来没有带它去参加山羊赛跑。它是跑得很快，但我们不知道它会快速冲到终点，还是会快速冲向某个可怜的孩子手里的玉米热狗。我们不知道，也没法控制。

谢尔曼走出大门时，米卡把劳伦斯牵了回来，然后悄悄地放开劳伦斯，把它赶走。所幸，劳伦斯在附近的草地上发现了在顶脑袋玩的小羊，于是在谢尔曼注意到它之前就冲了过去，加入了它们的行列。米卡漫不经心似的领着辣椒狗缓缓朝大路走去。

我留在后面，屏住呼吸，慢慢松开手中的绳子，看谢尔曼的反应。

突然，谢尔曼觉察到只有它自己。头猛地一抬，转过头去。它远远地看见劳伦斯正在那里顶脑袋玩儿。旁边的辣椒狗正要迈步。谢尔曼停顿了一下，然后开始跟着辣椒狗一起走。它到了柏油马路边，像昨天一样继续向前走。

“走到小水坑的时候，看看能不能让辣椒狗走快点。”我对米卡喊道。

“哪个小水坑？”她环顾四周。她昨天没和我们一起，不清楚一个小水坑，几乎是一个“噩梦般的水坑”，到底有多小。

“我是说那个小泥洼。”我竭力平稳住自己的声音，但我们已经快走近它了，我迫切地想知道谢尔曼能不能继续往前走，否则又要开始上次的拉锯战了。“看到小泥洼了吗？不，那里——”

已经迟了。辣椒狗慢悠悠地走着，走得十分悠闲，悠闲得足以给谢尔曼留出充裕的时间识破我的诡计，意识到前一天那处可怕的阴影地带定会将它吞噬，只需要 3 秒、2 秒、1 秒……

我们通过了水坑。

“了不起啊，”我说，“上次拉锯战的时候，你要是在场就好了。”

“它今天看起来很高兴，”米卡指出，“看它一直甩鬃毛的样子。”

她说得没错。每隔一会儿，谢尔曼就会晃晃脑袋，好像是在驱赶苍蝇，但周围并没有虫子。它更像是享受微风吹拂的感觉。我一直专注于解决问题，没有注意到它看起来和以往不太一样，高昂着头，目光在道路上四处搜寻，眼神里透着好奇而不是怀疑。当我们离开人行道，走上石子路时，谢尔曼加快了脚步，靠近辣椒狗，不再是落在后面。我们四个肩并肩地走在石子路上，走进树林。

“塔尼娅是对的，”我说，“它就像犯人一样一直独处着。现在它自由了，周遭的一切都看起来奇怪和危险。它经历过的事情，它一定会想起来并记住。”

一条小溪沿着石子路流淌，走了大约 400 米后，在路边有一个下坡，小溪在其中汇聚。我们走到那里时，米卡带着辣椒狗下到水里。我知道我们已经给谢尔曼很大压力，但我的理论是：以后不管它走到哪里，它都要面对可怕的新事物，现在最好忘掉未来的漫漫长路，一次专注于搞定一件可怕的事情。科罗拉多州的水流更加汹涌，总之，我们越早开始准备越好。

我们以前从没有带山羊穿过小溪，但辣椒狗可是冠军出身。米卡纵身跳入水中，辣椒狗紧随其后，涉水过浅滩，像羚羊般跳过石头。辣椒狗正撒着欢儿，但是谢尔曼的整个身体变成了一个活生生的霓虹灯，闪烁提示着一条信息：大哥，要不要这样！但它还是心甘情愿地走下河岸，在水边停住。我踩进水中，用力拉紧绳子，但我看得出今天的行动就要到此为止了。在“以和为贵”的劝说理论中，可没有任何招数能说服谢尔曼再去试一试。

我提醒自己，不能是我强迫它，而是它要自己主动。绳子很长，我坚持得住，辣椒狗和米卡还在绳子的另一头。她们正站在水中央一块卵石上。我把谢尔曼留在河岸上，向他们走去。我听到身后的哗啦声。

“它要下水了！”米卡叫道，“来吧，小曼曼！”

辣椒狗带着谢尔曼，第一次成功蹚过一条小溪。（图片经 Mika McDougall 授权使用）

我真想回头看看，但又忍住了。我怕我一看，就会把刚刚发生的事情给毁了。哗啦哗啦的声音更大了，接着我感觉到它的鼻子重重地戳在我的后脊梁上。我继续走着，目视前方，尽力装出没什么大不了的样子。等谢尔曼跳上我们旁边的大石头上时，我们才朝它猛扑过去，摸着它的脑袋，揉着它的长耳朵，让它知道刚刚那一跳有多厉害。

10

希望它加速跑起来，就要给它选择道路的自由

塔尼娅喜欢谢尔曼，但又不是那么喜欢。自我提出这个计划伊始，她就比我更清楚她需要付出什么，以及谢尔曼需要付出什么。我们现实一点吧，塔尼娅还要运营自己的农场和公司，她可没有时间细心照料一头笨手笨脚的陌生驴子。更何况，这头驴子还会把身边的每个人都拖进一个满是伤痕、懊丧和失败的世界里。当她过来当面告诉我这件事时，我立刻就知道她已经决定好了。那辆拖车就已经说明了一切。

“小心！”她说着，从卡车上跳下来，像演员似的张开双臂，朝她那辆拖车走去。拖车砰砰砰地摇晃着，塔尼娅拉开门闩，“花儿”走了出来。它是塔尼娅的坐骑。与灰扑扑的谢尔曼相比，花儿是另一种类型的驴子：身材高挑，体格健壮，栗色的皮毛像貂皮披肩一样光滑柔顺，深褐色的眼睛外套着白色眼圈，显得神采奕奕，仿佛因刚结束封面大片的拍摄而卸完妆、理了头发。“让谢尔曼先生先熟悉熟悉它。”塔尼娅说。她把花儿送到门口，让它在草地上自由活动。羊群慢慢地走开了，它们不知道该如何对待这位像马一样高大的陌生家伙。谢尔曼跟着它们走向远处，羊群成了谢尔曼与另一头陌生驴子之间的缓冲地带。

“我是这么想的，”塔尼娅解释道，“它甚至都不知道驴子应该长什么样子。我们给它们一些时间，让它们彼此接触一下。”我们进屋喝杯咖啡的功夫，塔尼娅解释了她的用意。

前一天，我在电话里告诉她“辣椒狗计划”的经过。塔尼娅十分惊讶，思虑片刻之后，她发现我忽略了一个至关重要的问题。无论是小溪还是山羊，有件事必须靠谢尔曼自己去领会的，那就是如何成为一头合格的驴子。

谢尔曼是独自长大的，它从没有加入驴群，不知道驴子的习性。驴之本性使然，它只能做到目前这些。在这之后，它需要其他动物的引领。谢尔曼从来没有学习过如何做一头合格的驴子，譬如：就在两分钟前，我们还看到它变得胆小。劳伦斯、辣椒狗和谷仓里的新家庭成员，已经成了它的小伙伴，但谢尔曼现在需要的是一位不同的玩伴，能教它驴子是如何撒泼打滚的朋友。如果想让谢尔曼像头真正的驴子一样在乡间奔跑，它就必须向一头真正的驴子学习。

“这么说，你同意让它参赛了？”我问。

塔尼娅伸出手。“我们一起去科罗拉多州参赛吧。”她说道。我们握紧双手。

向驴子花儿学习如何做驴

最终，“人类登陆火星计划”的难题还是被攻克了。塔尼娅可以在脑海中预演所有即将在比赛中发生的事情，预演每一个我将会做的动作，但除非她在比赛现场亲自演示给我看，否则我还是有可能做错什么。她也永远不得而知，我到底能不能把病恹恹的谢尔曼训练成一名长跑选手。另外，但凡塔尼娅觉得谢尔曼无法承受的时候，她都有一张“王炸”可以用：她是我知道的唯一有运马拖车的人。

我相信在这个广阔无垠的星球上的某个地方，会有另一位志愿者愿意载着我和一头驴子跋涉近 1 万公里，往返于宾夕法尼亚州和科罗拉多州的不毛之地。可我不知道那个人是谁，也不知道怎么找到他。如果塔尼娅和我对谢尔曼的训练方式意见不统一，她可以随时在训练到一半的阶段，把卡车钥匙揣进口袋甩手走人，把我和谢尔曼扔在穿越美国的途中。

塔尼娅说："我们去看看它俩相处得怎么样了吧。"

我们朝草坪走去。在离开的十分钟里，花儿和谢尔曼上演了一出现代爱情剧。不过，是驴版的嬉戏打闹，它们互相踢来踢去，互啃脖子。塔尼娅发现，不管它们这种嬉戏看起来有多像打架，两头驴子还是会继续绕着对方打转。换作是在高中校园的情形，就是两名调皮的青少年在餐厅里掰拇指玩。

塔尼娅从拖车上拿下马鞍，我给谢尔曼套上笼头和绳子，转身帮塔尼娅一起装马鞍、毯子和缰绳。谢尔曼个头高大，塔尼娅个子并不高，而这些东西都很沉，她却操作得和我一样快。如果劳伦斯从我们身边一冲而过，我不知道怎么能让两头而不是一头驴子同时穿过大门。花儿让这件事变得容易多了：劳伦斯不太想和那几头驴子纠缠在一起，所以与它们保持了一定的距离。另外，谢尔曼的紧张情绪都烟消云散了。塔尼娅把乖巧的花儿带到路面上，谢尔曼紧随其后。

"这是给你的。"塔尼娅一边说，一边递给我一根鞭子，鞭子一端系着塑料购物袋。"这是你的驴导航系统。"

今天，塔尼娅打算开发一下谢尔曼的驴之本性。她解释道，这需要我付出更多精力，不仅仅是在它面前牵只山羊上街那么简单。驴子历来都是在前面领路，主人往往在后面跟着。驴子喜欢走在前面，因为它们的第一生存本能就是观察前方的世界，自己做决定，一步一步地选择每只蹄子踩在哪里。这就是那些久居山中的人和其他荒野游侠们如此喜欢驴子的原因。你可能会打瞌睡，马儿可能会盲目地听从命令，但驴子是超级警惕的，无论是遇到一段崎岖山路，还是突然发现人畜无害的树枝原来是条响尾蛇，驴子都会在危急时刻猛然停下脚步。

换句话说，我对谢尔曼做的每一件事，都是在帮倒忙。谢尔曼应该走在前面，而不是面对我的后背。当我们缓慢跋涉前进的时候，都还相安无事，如果我希望谢尔曼加速跑起来，我就必须给它选择自己道路的自由。否则，我们将会是最差劲的跑步组合：一个谨小慎微，一个控制欲太强。我们像是一根绳子里的两股对抗力量，它发起挑战，我则随时开战。我不知道它在我身后做什么，也不知道为什么它不跟着我。

新的训练方法？“地面模拟训练，”塔尼娅解释道，“你跟着它，在它身后指挥方向。”她说，阿米什人就是这样训练小马的。在把马儿拴在马车上之前，你得先跟在它后面走一会儿，教它听从缰绳和声音的指挥。对于谢尔曼来说，我用的不是缰绳，而是塔尼娅鞭子上的袋子。这也算是一种“无线”教学：如果我在它的左眼或右眼旁摇动塑料袋，它就应该转向相反的方向。

“它应该是这样反应，”塔尼娅强调了一下，“另一种可能是，它会直接把塑料袋咬下来，撕成两半。我们到时候再看吧。”

准备好迎接更大的挑战

塔尼娅跳上马鞍，喊着口号带花儿去散步了。我想都没想，就拉着谢尔曼跟在后面。塔尼娅勒住驴子停了下来。

“当真？”她说，“刚说完就忘了？”

“不好意思啊！”我表示歉意，“是谢尔曼主动的。我知道错了。”

“我看你也需要一个导航塑料袋了。”

塔尼娅把花儿带到谢尔曼身后，开始赶着它往前走。“你先别动。”她对我说。

这次我待在原地不动。谢尔曼和花儿继续往前走，我把绳子放出去，在一旁等着，直到绳子被完全抽出去，就快脱手了。我跟在大家的后面，保持一定的距离。塔尼娅一直赶着花儿往前走，直到她觉得谢尔曼和我接受了这个理念。

“现在我们要交换下位置，”她对我说，“我继续往前走，你挪到这个位置来。”她指着谢尔曼的臀部，正是她告诉我有被踢风险的地方：“这是你的黄金位置。”

“我的黄金位置？你跟我说过，永远不要站在那里。”

她指着谢尔曼的屁股。“不是那儿，那儿是容易被踢的区域。是这里。”她手指向左移了 15 厘米，“这里才是你的黄金位置。”

我盯着她，看她是不是在开玩笑，可她一脸严肃。塔尼娅说，驴子对周边的感知能力很强，它们的大眼睛能向后瞥，还能调整头上的感知系统，朝各方向转动，这样它们就能在朝前奔跑的同时，还能监视着后方的一举一动。塔尼娅说，这是一个绝佳的预警捕猎者来袭的系统。从我们的角度来说，它也是在地面模拟训练的完美工具。只要我们不在谢尔曼的踢踹范围内，它就能在自由奔跑的同时，还能监测后方的情况。

塔尼娅小跑到谢尔曼那里，找好了位置。谢尔曼也小跑着跟上来，我抢占时机。谢尔曼还在盯着花儿看的时候，我赶紧跑向它屁股那里，站在了我的黄金位置，也许是吧，一处不是太靠左、也不是太靠右，不是太近、也不是太远的地方。谢尔曼的左眼紧盯着我，但它继续向前伸着头，继续小跑。塔尼娅和花儿走在前方带路，正要穿过那处小水坑，突然——

啊！谢尔曼突然急停，我没刹住冲了过去。我猛地撞在它身上，谢尔曼一跳，蹄子重重地踩在我的脚上。窒息般钻心的痛，痛得我喘不过气、说不出话。我大脑一片空白，只想把这该死的畜生一脚踹开！我用力把谢尔曼推到一边，把脚抽出来，然后深呼吸，强忍着怒火。

“花儿！”塔尼娅训斥道，“大宝贝给我老实点！”花儿小心翼翼地往后退几步，脸贴着地面只有十多厘米，像只猎犬嗅到了可疑的气味。塔尼娅催促它快走，但花儿没有。她左拐右拐，像个醉汉在街上被警察盘问似的，来来回回地踱步。“很抱歉突然连环追尾啊！”塔尼娅一边说着，一边努力把花儿拉回来。

“她比谢尔曼更怕水。”塔尼娅解释道。的确如此，就连谢尔曼昨天走过此处时也没遇到什么问题。谢尔曼根本都没注意到，路边不到一米的地方，有条管道里还流淌着条涓涓细流。塔尼娅又让花儿往前走，我们从刚才惊吓中恢复过来。花儿不再惊慌失措，但是谢尔曼还沉浸在刚刚的惊吓中：它今天已经够受的了，准备调头回家。我试着拉了拉缰绳，但它非常坚定。

“塔尼娅，帮个忙。”我哀叫道。

塔尼娅把花儿牵过来，把谢尔曼牵到朝前的大路方向，让花儿先在前面带路。我挤到谢尔曼后方，站到我的黄金位置，用身体挡住不让它再调头。谢尔曼一定是感觉到自己被包围了：这一次，它顺利地向前迈开步子。我们两个都乐呵呵地大步朝前走着。谢尔曼向左挪了一点儿，我也相应地挪了一点儿。只要它愿意往前走，我就乐意给它让路。它又挪了挪身子……又挪了一点儿，我发现自己快被挤到路边。怕被谢尔曼挤到，我跳进了路边的草丛里。谢尔曼就在这时转了个圈，飞奔回家，把我手里的绳子扯下来。我中计了！

“我抓到它了！”塔尼娅喊道。她一直在后面观望，再次骑驴前来救急。她拦截了谢尔曼的去路，然后滑下马鞍。我握紧绳子，想从口袋里掏些吃的，心里盘算着给它一点安慰，好鼓励它重新振作起来。可是塔尼娅却紧紧地抓住谢尔曼的缰绳，把它牵回原来的方向。

“不行，我们不能贿赂它，”她说，“我们不能因为它一放弃就奖励它。”

然后她转向我：“是你的问题。你先放弃的。”

“没有，它——”我开始争辩，看到塔尼娅正要开口，我便闭上了嘴。

“你不能这么霸道啊！”她开始上课了[①]，“你不是它的奴隶主。你是它的领袖。谢尔曼一生都是独自为伴的。它不习惯依赖他人，也永远不会依赖你，除非你值得它依赖。说真的，如果你自己都不上点儿心，它为什么要听你的呢？这就是畜群的运作法则：不管你是在前带路，还是在队尾殿后，你都必须证明自己的实力。驴子只明白一件事，那就是信任。它们不靠热情行事，而是依靠一种确定性。假如它们极度口渴，但如果不太确定水源的安全，也根本不会走进水源处。如果草垛闻起来有问题，它们就宁可饿着。如果你不帮它，它就自力更生。”

“至于谢尔曼刚刚那一出，”塔尼娅继续说，“它想考验一下你，可你没有通过它的考验。畜群领袖必须能提前预判问题，并且能够规避问题。没想到，你走进了它布下的陷阱，而且是正中下怀那种。对驴子来说，这种程度的错误可能是致命的。在谢尔曼的世界里，每处灌木丛后面都潜伏着一匹狼，每棵树上都蹲着一只美洲狮。刚刚好比是你告诉它，让它跑向那处灌木丛，跑到那棵树下。你到底在干什么？难道你不应该事事小心，保护它的安全吗？”

“你手里的那个东西，”塔尼娅说，指着我手中鞭子上的塑料袋，“使用它，领导谢尔曼，让谢尔曼知道你在做什么。”她重新跨上马鞍，补了一句：“当谢尔曼知道你值得信任的时候，一切都会改变。你们之间将要发生的改变，连你自己都不敢相信。”

塔尼娅说的“领袖”可是认真的。这一次，她没有让谢尔曼向前走，而是骑着花儿到一旁去了，让我自己去想办法。

“走吧！”我对谢尔曼说，耳中回响着塔尼娅刚刚命令花儿的情景。“我们走吧，起步走！”

---

① 抑或是类似的表达。我没记住塔尼娅的精准用词，但我清楚地记得她把我说得额头冒汗。当时差不多就是这样。

谢尔曼和塔尼娅一样严肃认真，理都不理我，转身往家走了。我跳到它前面，拦住了它。

“不对！”我张开双臂挡住它，跟它说，“我们要继续前进。”

谢尔曼停下来。我走向它，双臂仍然保持张开。这样它就必须做出一个选择：要么转身，要么把我撞倒。它向右挪了挪身子，然后向左挪了挪，我也挪了挪，并且逼得更紧了。谢尔曼后退，然后缓缓地转过身。前方，花儿已经慢慢地小跑起来。谢尔曼昂起了头，刚刚发现花儿已经走了，只留它自己在一处远离家园的孤寂之地，而它的新朋友将要渐渐走远消失不见。

“我们追上他们吧，小曼曼。现在，起步走！”谢尔曼踉踉跄跄地朝前走去，小跑得还挺快，我差点儿又没抓住绳子。花儿和塔尼娅就在几百米开外，而且走得很快。我担心当谢尔曼发现和他们之间拉开的距离太远，它就索性放弃了，但只要一看到花儿的身影，它就会不停地奔跑。只有当花儿的身影在路边斜坡渐渐消失时，谢尔曼才开始反抗罢工。它又要立即转身回家，不过我已经做好准备。在它左转之前，我把导航袋放在它的眼前。正如塔尼娅所预料的那样，它向右转了回去。它继续转身，但袋子在另一侧等着它。谢尔曼被包围了，它停下来思考下一步的行动。我拉着缰绳，把它的脑袋引向石子路的正路上，让它权衡一下自己的选择。塔尼娅和花儿还没有回来，所以只有我们俩。我们陷入了僵局。

“起步走！”我命令道，不知道还能说些什么，但我完全清楚，此刻谢尔曼服从命令的可能性，和我现在让它开口唱《生日快乐》歌差不多。

“起步——”我又试了一次，这句话还没说完，谢尔曼就开始行动了。它紧张地小跑起来，抬头去找花儿。我担心如果我们不尽快找到花儿，谢尔曼就会放弃，又开始往家冲。还好我们刚绕过一个弯道，发现花儿就在前面。谢尔曼突然转向一边，感觉它只是想确认一下花儿能活着回去而已，我及时晃动塑料袋让它继续往前走。

苏菲和谢尔曼辅助塔尼娅，在帮花儿克服恐水症。（图片经 Julie Angel 授权使用）

幸运的是，花儿遇到了它的“死穴”：前方有足足两条小溪，而不是一条哦！一条在路边汩汩作响，另一条在我们右手边奔流成小瀑布，翻腾着水花。这就是它的“葬身之地”，花儿笃定不再往前走了。花儿在原地瞻前顾后、来来回回陷入停滞时，塔尼娅忙得不可开交。塔尼娅看到我们也赶来了，决定先休息一下，等我们追上来。“还顺利吧，小伙子！”我们走近时，塔尼娅大声喊道，“地面模拟训练就是这样操作！”

我们都在瀑布旁停了下来。塔尼娅不打算让花儿就此打道回府，想让它攻克那个难关。她一直在努力尝试着，直到哄着它穿过这里。谢尔曼自信满满地大步走着，只要不踩进水中，只要花儿在一旁陪伴，就一切安好。它走得是如此惬意，过了好一会儿，我才缓过心神，回顾刚刚发生的一切：上周还奄奄一息的瘸驴，如今已经跑了近 1 公里之远。

“哇！”我对塔尼娅说道，“如果我们再从这里回去，那加起来就是 1.6 公里远。不可思议啊！”

塔尼娅仔细打量着谢尔曼，它正悠闲地迈着步子。“我觉得它已经准备好迎接更大的挑战了，”她说，“我们来点更难的，看看它还有什么本事。”

11

谢尔曼悟出了比赛的要诀

一个月后，我们四个再次被困在这里。“你知道我最喜欢花儿哪一点吗？”我问塔尼娅。

“每次都好像第一次见到那个瀑布似的。”

谢尔曼一天比一天强壮，与此同时，花儿却一点儿也没有变得更勇敢。塔尼娅和我制订了每周跑步三次的计划，每一次，那两头驴子都遵循着同样的模式：谢尔曼一开始原地打转，用它的迂回战术来试探我，等到它突然发现花儿已经走开了，它才开始迈开步子。我们奋力追赶，跑得有点猛，蹄子踏在路上嗒嗒作响，速度快得让我们都不太舒服。每当谢尔曼觉得没戏的时候，我趁机大口喘气，这时花儿会突然出现：呼哧呼哧地刨着地上的泥土，就好像小孩子站在跳台边上偷偷往下窥探，犹疑地仔细观察着瀑布旁那段相同的路。四个星期以来，它在这里卡住了 50 多次。

连快递员看我们都不甚惊讶了。在过去的一个月里，他遇到我们的次数已经多到他知道每当靠近 AK 家的钢锯店时，最好随时准备急刹车。“就在这里！”塔尼娅会一边喊叫着，一边抢在我们之前先跑到小溪处。“只有在‘南方边境’这儿，花儿才会这样。”对我个人而言，我倒是挺喜欢花儿这个奇怪的痛点，因为它给了我和谢尔曼一个喘口气的机会，让我们俩在这里保持好统一节奏，再继续开跑。如果没有这些短暂的喘息，谢尔曼可能在比赛开始前就放弃了。

让花儿花容失色的东西不仅仅是水。当它看到下面这些东西时，就好像看到“死神”正逐渐逼近：

- 轮胎打滑痕迹
- 柏油马路上的裂缝
- 各式各样的桥梁
- 挂在树枝上的一小条卷尺
- 转弯处，突然刺眼的阳光
- 转弯处，突然黑暗的阴影
- 各种阴影
- 黄色，特别是路标和地面交通标识上的黄色
- 牛（并不是狗。如果一只恶狗从谷仓里窜出来，花儿会觉得不过如此。如果一头人畜无害的小母牛走到栅栏前，花儿会炸毛的）

时至今日，花儿的痛点仍然是个谜。有时就连谢尔曼也会觉得费解。比如我们正在树林里悠闲慢跑的时候，周围除了树木什么都没有。突然花儿迅速石化，谢尔曼从旁边跑过，完全意识不到这里有什么吓人的东西。我们仨站在那里不知所措。“啊，可能是那里！”塔尼娅说。有时，它会发现一名猎人穿着鹿装，站在 4 米多高的树上。有时，我们会耸耸肩继续前进，把它列入“花儿专属威胁”的清单里。

电光火石间，它突然来了感觉

谢尔曼的训练计划有些偏离正轨，但它没有抗拒这些变数，而是努力适应。但这一切，都在一个下午泡汤了。那天塔尼娅不在，我和女儿们决定把谢尔曼单独带出去。我们已经习惯了谢尔曼追着花儿，跑个 800 米到瀑布那儿的兴奋感，全然没想到让它独自跑可能是完全不同的情况。一开始，谢尔曼跑得很卖力，兴冲冲地跟在我和女儿之间。我们沿着车道慢跑，来到街上。当拐上了碎石路，快要接近瀑布时，谢尔曼才意识到这一次花儿不会再出现了。它变得闷闷不乐，犹豫不前，一心想让我们掉头回家。

“我们试试走那里如何？”我指着离瀑布不远的一条山路建议道。这条小路蜿蜒通向一座陡峭的小山，穿过树林，最后通向一座小农场。那里有两匹烈性十足的大马。我们和谢尔曼都没经历过这样的挑战。没错，两匹烈马虽然被关在围栏里，但喜欢在草地上以雷霆之势奔来迎接陌生人，然后在离铁丝围栏只有十多厘米远猛然刹车，张着鼻孔，就像《启示录》(*Apocalypse*)中的战马那样。只不过，它们看起来更有趣些。我觉得谢尔曼过去不会有什么危险。如果此刻它都没法继续在这条平坦的路上往前跑，它就更不可能爬上山一路跑到农场那里了。

意外的是，当它的蹄子接触到土地时，它突然来了感觉。电光火石之间，仿佛有股力量从大地注入它的身体里。苏菲和马娅在它之前先爬上山，但谢尔曼的“四轮驱动”从她们身边呼啸而过。我放下绳子，姑娘们闪到一旁，把路让给这头一惊一乍的驴子。它在迂回曲折的山路上颠跑着。快爬到半山腰时，它停下来回头看了看，显然它和我们一样惊讶，发现自己竟然冲在了最前面。这是它第一次以领先者的姿态观察这个世界。谢尔曼一定很喜欢眼前的景象，它甩了甩鬃毛，继续向上爬，在崎岖的山路上加速前进，直到消失在山脊上。

呃——哦——

“它还会回来吗？”马娅问道。

“嗯，会的。当然会回来。”我撒了一个谎。我从未想过这个问题。在此之前，我从不担心谢尔曼会一下子跑掉。它从身体恢复重新站起来到现在也才有一个月的时间。在这段时间里，它和最亲密的朋友在一起时也从未主动离开半步的距离。谢尔曼像匹脱缰的赛马一样飞奔出去，这是我料想之外的事情。一股喜悦涌上心头，自由自在地奔跑吧，哥们！紧跟着是揪心的恐惧，我预感谢尔曼不撞到车上是不会停下来的。

我和姑娘们以最快的速度沿着小路追上去。谢尔曼站在那儿，一动不动。

它在山顶的农场边上停了下来。隔着栅栏，它正和两匹高头大马碰着鼻子。三个家伙似乎对彼此都有些好奇。谢尔曼被它的这些远房兄弟吓住了，而这些远房兄弟也被这个灰突突的家伙吓住了。这个家伙突然从树林里冒出来，此刻正嗅着它们，虽然有些畏怯，但并不害怕。我们给了谢尔曼一点时间，让它和新朋友们寒暄一阵，然后牵着它回家。我们回到山路上，谢尔曼的蹄子一碰触到泥土，它的超能力就又显现出来了。我没办法在牵着绳子的同时又盯着脚下的路，只好松开绳子让它自己跑。我看着它敏捷地跳过岩石，绕过树丛，像滑雪障碍赛选手一样从山上跑下去。

我连滚带爬地跟着它。我知道一旦到了碎石路那里，我就必须拼命跑，这样才有机会赶在谢尔曼到达大路之前追上它。结果发现，是我多虑了。等我和姑娘们从山上下来时，谢尔曼就在瀑布边等着我们呢。

接受一项任务，再把它变成一场游戏

这真是值得庆祝的一天，但也是令我困惑的一天。谢尔曼这么激动，难道只是因为山路上的尘土吗？它本可以一路跑回劳伦斯和辣椒狗身边的，为什么它在最后停了下来？我不知道谢尔曼在想什么。直到有一天晚上，一只猫咪给了我启发。

当时我正从鸡舍里捡鸡蛋，突然听到一声绝望的猫叫声。我四处寻找，发现我们收养的小花猫波莉。谢尔曼正尾随在它身后。波莉跳到栅栏上想躲开它，但是谢尔曼一路追赶。波莉试图走在栅栏边上逃开，谢尔曼不停地用鼻子推搡着波莉。谢尔曼看起来很高兴，我发誓它真的在笑。我拿出手机拍了几张照片，但波莉伸爪子抓向谢尔曼的鼻子时，我赶紧进去打断了它们的嬉戏。我夹在中间，抱着波莉向屋里走去，而谢尔曼则笨拙地跟在我们身后。

回到屋里，我重新看了下照片。在这一小段影像中，波莉的表情从困惑变成恼怒，再到彻底愤怒。但真正吸引我的是谢尔曼脸上的表情，看起来既奇怪又熟悉。

突然我灵光一现。我心想，天啊，它悟出来了！谢尔曼悟出了比赛的要诀。

照片中，谢尔曼眼睛里闪烁着那天我和姑娘们看到它在小路上回望我们时的那种喜悦。它不想逃脱。它想玩耍。我意识到，在谢尔曼看来，我们和花儿的慢跑训练就是一场猫捉老鼠的游戏，而它就是那只猫。我本应该设立一些让它去追逐的目标，但是今天，等它跑到瀑布那里时却发现我搞砸了：这里没有可以追的老鼠。

那谢尔曼是怎么做的呢？它自己找到了追逐的目标。我不知道它是通过空气中的气味还是远处的马蹄声，才发现了那些马儿。它还是像往常追踪花儿那样追踪它们。它回头看了一眼小路，想知道为什么我和姑娘们没跟上来。但在它看来，那是我们的问题。什么？它应该永远原地傻等下去吗？它还要去捕捉猎物！我们回到家后，谢尔曼还想继续玩。可怜而又不知所措的波莉连遗嘱都没来得及立呢，就发现自己成了老鼠的替代品、谢尔曼的新猎物。

这一切都说得通了。我选择参加一场比赛——赛驴跑，然后把它变成了一项任务；谢尔曼接受了这项任务，把比赛变成了一场游戏。

现在轮到我们来帮助谢尔曼继续精进了。没过多久，我就意识到这个游戏有一个小漏洞：猫和老鼠都太喜欢彼此了。每当谢尔曼追上花儿时，它们就会很兴奋地看着对方，这样它们再次开始奔跑时，谁也不想先跑。塔尼娅和我要兜一圈才能把这对爱侣分开，之后才能开始训练。我高兴地发现谢尔曼其实只是在找个乐子而已，但是仅凭追赶花儿的能力，并不足以让它完成一场山地超级马拉松赛，至少目前还做不到。我们必须想出一个办法来让训练既充满趣味性，同时还要兼具些紧凑感，加快速度。和沿着小溪的 5 公里慢跑相比，世界赛驴跑锦标赛将会是场更加生猛的比赛。

塔尼娅和我需要一些帮手。我知道去哪里能找到他们，是时候召唤世界上唯一的阿米什跑步团——维拉·斯普林加了。

谢尔曼悟出了比赛的要诀，而我们收养的流浪猫波莉终于逃出生天。
（图片经 Christopher McDougall 授权使用）

12

阿米什邻居，不用拉链的人生导师

当阿莫斯开始尝试跑步的时候，他的双腿早已习惯那种累炸了的感觉。他是一名 26 岁的屋顶修理工，时常要在烈日下肩扛一袋沥青瓦爬上梯子。而正因为他是阿米什人，对他来说，工作本身就是一种锻炼。通常在天色渐亮前，阿莫斯就已经出门了，他蹬着辆沉重的钢制自行车去自己的商店上班。这非常吃力，很快他就会累得上气不接下气。为了不让自己的大腿肌肉过度酸胀，他把重心从右脚换到左脚，然后再交替。每天收工后，他再以同样的方式骑回去：他的非阿米什族同事们开着空调皮卡车，从车载小冰箱里拿出一瓶冰镇饮料畅饮时，阿莫斯骑着自己的自行车，以汗水作动力，向家疾驰而去。阿莫斯长得非常英俊，带着一种自信、真诚、和善的魅力。只要他一走进屋里，就能吸引所有人的注意。但他的内心始终有种不安萦绕在心头。他到了该安定下来的年龄。尽管找个意中人结婚这件事也没什么可担心的，但他担心的是结婚之后的事情。“我跑步的初衷就是为了不长胖。”他说，“按照阿米什的社会风气，等你上了岁数、结了婚，再有一手好厨艺，你就完了。你肯定会变胖。我不想接受这种必然性。我要主宰自己的命运。”

阿莫斯想，再试试一些其他的运动总没什么坏处吧，所以当一个同事说要报名参加 5 公里的跑步比赛时，阿莫斯想一起参加。比赛那天非常冷，阿莫斯不知道自己该穿多少衣服，也不知道自己该多拼命。他回忆道："一些经验丰富的跑步者告诉我，'不要跑得太快。'猜猜我是怎么做的？"第一梯队以每公里不到 3 分钟的配速出发了，紧随其后的就是穿着黑色背带裤的阿米什屋顶工人。这是阿莫斯有生以来第一次尝试和一群人一起，连续跑 5 公里。

"感觉很轻松，"阿莫斯说，"这只是开始。然后我开始流鼻涕，鼻孔冻得阻塞，没法呼吸，只好走起来。实在太滑稽了。"

然而，他只用了 22 分钟就完成了比赛，这一成绩足以让大多数业余跑步者骄傲自满，但对阿莫斯来说还不够。他和自己的保险代理人聊起了跑步的事，保险代理人帮他引荐了吉姆·斯马克（Jim Smucker）。吉姆是一名马拉松老将，也是兰开斯特郡阿米什乡村机构"手中鸟家庭自助餐厅"的第三任老板。阿莫斯希望得到一些点拨，但吉姆给出了更好的解决方案：他邀请阿莫斯和他的朋友们一起来一场速度训练。

几天后的一个晚上，在大篷车高中的田径场上，阿莫斯遇到了两个门诺派马拉松选手。他们要跑一次 800 米间歇跑：先以最快速度跑两圈，然后慢跑恢复体力，再一遍又一遍地重复，跑到你恨不得只求一死。吉姆提醒阿莫斯，这是一个恐怖的训练，如果跟不上也不必太焦虑。然而跑了九圈之后，阿莫斯仍然紧跟在那些老炮儿的身后。事实上，他似乎一点都不觉得有多痛苦。

"别拘束，"吉姆说，"你试试全力奔跑，看看自己还能跑多快。"获得批准，"阿莫斯"号导弹发射。他奋力狂奔，以 200 米的优势一马当先，最后领先了整整 30 秒。"他们目瞪口呆，"阿莫斯告诉我，"那时他们就想，'啊，原来那个阿米什人确实还挺快的。'"

的确，吉姆对此印象深刻，但他知道再也见不到阿莫斯了。没有人难为阿莫斯，可斯马克家族在兰开斯特已经有一个多世纪了，到了吉姆这一辈，他从来没有听说还有阿米什跑者。这一切都归结为300年前吉姆和阿莫斯祖先之间的骂战。

阿米什社区与门诺派

最初，阿米什和门诺派是由门诺·西蒙斯领导的单一信仰的族群。门诺是荷兰一名特立独行的基督徒，他认为婴儿洗礼这种事就是个伪命题。门诺质问道，你们在婴儿还没有自我认知的时候，就把他们拖进信徒的队伍中，又如何能建立一个忠诚且受人崇敬的族群呢？门诺的挑战并没有得到当时占统治地位的天主教徒和新教徒们的支持。他们认为，也许他们可以通过酷刑、谋杀和恐怖袭击，把这些流浪者带回到主的温暖怀抱。受到迫害的门诺派教徒逃到邻国，比如瑞士，在那里他们竭尽全力地适应，努力融入当地生活。

然而，门诺派教徒的融入让雅各布·安曼（Jakob Ammann）耿耿于怀。安曼是一名瑞士裁缝，从未系统学习过阅读和写作，但他学习了足够多的《圣经》知识和门诺派教义。他坚信，即便是耶稣显圣，也一定不让门诺派教徒融入当地。安曼和他的阿米什追随者脱离了门诺派，创建了一个新的平民社区。三个世纪以来，这个社区基本没有任何改变。直到今天，在我们这个地区，门诺派教徒想驾驶什么车就驾驶什么车，仍然还穿着得体的长裤和裙子，男人想穿牛仔裤就穿牛仔裤，女人想穿漂亮衣服就穿漂亮衣服。但是阿米什守旧派仍然还保持着当年的装扮，戴着和他们先辈一样风格的草帽，穿着类似殡葬风格的套装，饲养家畜，身体力行，自给自足。

这种生活方式很艰苦：他们很早就要起来劳作。每当我在冬天一边抱怨一边等着我的老福特汽车热起来时，我一抬头看到这一幕景象就会安静下来。我看到在我们家后面的玉米地里，一群阿米什孩子在大雪中徒步行走。他们要走很长的一段路去上学。有一次，我在寒冷的清晨五点半开车去接邻居丹尼尔（Daniel），他那三个小儿子都还没到上学的年纪，却已经和他一起在谷仓里干活了。

“他们总是起得这么早吗？”我问丹尼尔。

“他们要想吃到早餐，就必须起得这么早。”他说。

与得不到的相比，关键在于你能得到什么

当我们第一次搬到“南方边境”的时候，并没有完全坚持这种原始、复古的旧俗。这种生活有时的确很惬意：夜晚，我们喜欢坐在门廊上，伴随着的是马车轻柔的轱辘声，而不是汽车的喇叭和城市公交车的轰鸣。但也有一些事情是我们接受不了的。比如手机必须放在玉米地的棚屋里，而不能放在房子里；可以使用电锯和直排轮溜冰鞋，但是自行车和托罗割草机则严禁使用；少年可以玩躲避球、排球和冰球，但不能玩棒球；不能用电，不能用拖拉机，不能用拉链。到底是有某种古老的达·芬奇密码在作祟，还是这些规矩只是为了给生活无端造成困难，比如只能用左手写字，比如只能借助镜子把车倒进停车位？每次我都以为自己已经全部掌握了这种旧俗，却又会碰到另一条规矩，这不像寻找更多的真相，而是像……好吧，我也说不好，像是一种精神控制？灭人欲？或是彻底疯狂的宗教激进主义？

对此我十分困惑，这还是在我认识萨姆·斯托尔茨弗斯（Sam Stoltzfus），知道他的图书馆之前。第一次遇见萨姆，是因为我在去往当地一个家具制造商家的路上迷了路。我招呼一辆路过的马车问路。萨姆把车停在路边，他告诉我他也是一名木工，我就直接雇用了他。我跟着他到马厩，拴好马，又把他带回到我家，为我量身定做桌子和书架。

在路上，萨姆非常好奇，像我这样的“英国人”[①]为什么会从费城市中心

① 现在，读者们一定都知道阿米什人把所有非阿米什人都称为“英国人”了吧。

搬到这片穷乡僻壤。毫无疑问，我也有无数个问题要问他。譬如，为什么我的一位邻居不能用拖拉机？与此同时，整个阿米什社区却集体支持因触犯旧俗中的大忌而被逮捕的两名阿米什少年。缉毒警察是以向其他阿米什少年兜售毒品为由逮捕他们的。当时警察看到这两名剃着爆炸头的少年来来回回地在费城西南区开车游荡，频繁造访摩托帮异教徒。这样公平吗？

萨姆不仅表示理解，还讲了一些他自己听闻的鲜活故事。比如，警察来到一个事故现场，发现在公路上停着的一辆马车里，一名阿米什男孩死在了一滩血泊中，但是这辆马车没有马：原来是这个男孩嗑药嗨过头了，以致肇事司机开车撞倒他时，他的思绪还在飘着。肇事司机逃逸时，那匹马还趴在车前盖上，直到车开出了400多米，那匹马才从车前盖上掉下来。萨姆和我很聊得来，他邀请我到他的店里逛逛，还愿意为我进一步解读阿米什人的精神世界。作为回报，他要请我帮个忙，问我是否可以帮他找几本书。

“我可以试试。”我回答道，心想在阿里不里斯书城或古登堡档案馆，找到几本他想要的经书应该不成问题，“你想找什么书？”

“《高效能人士的七个习惯》，”萨姆说，“还有《人性的弱点》。”

“真的吗？”我没想到会是这种书，“呃，是英文版的，对吧？”“是的，英文版的。另外，还有几本有关纳粹间谍的书籍。你能找到这类书吗？”

萨姆解释道，几周前，他在“泥土拍卖大会”上买了一盒老旧的平装书。泥土拍卖大会是每年春季到来后，当地消防队在刚解冻的湿润土地上举办的户外拍卖会。萨姆只想买些园艺和草药方面的书，但盒子里还有本弗雷德里克·福赛斯[①]的《敖德萨档案》（*The Odessa File*）和一些励志书。出于好奇，萨姆一头扎进书中，完全被这些书迷住了。对于励志书，我还能理解，因为我确信他会在这种自我成长、寻求先知哲学的思潮中更加了解自己，但我不

① 弗雷德里克·福赛斯（Frederick Forsyth）：世界著名的传奇间谍小说大师，著有《敖德萨档案》《豺狼的日子》（*The Day of the Jackal*）等书。——译者注

希望他因对以色列暗杀事件和西柏林脱衣舞女郎的浓厚兴趣而被赶出阿米什社区。

“看这些书不会有麻烦吗？”我很乐意把自己那本福赛斯的书借给他，但我不想我的新朋友因此被逐出阿米什的教会。

也就是因为这个问题，萨姆打开了我的视野，让我明白了我所错过的一切。他解释道，阿米什人生活的宗旨不在于你得不到什么，关键在于你能得到什么。每个人都想要的三样东西是什么？健康、幸福和安定。对吧？嗯，阿米什人过得很幸福，比我们这些人更健康、更安定。程度远甚于此。这不是个人主观的观点，而是客观事实。

就先从健康和安定开始说吧。阿米什人没有饥荒，没有流离失所，也没有穷困潦倒，因为他们已经悄悄地在美国红色州中心[①]，建立了他们自己的半社会主义斯堪的纳维亚小天堂。他们收养阿米什孤儿，在家里照顾老人，建造学校并自己支付学费，照顾任何需要帮助的人。阿米什人摒弃银行和不靠谱的经纪人，依靠提供贷款和房主保险的社区机构阿米什援助机构，完全躲过了美国的次贷危机。同样地，阿米什人在很久以前就建立了自己的全民医保制度，自掏腰包支付医疗费用，通过拍卖、捐款和售卖鸡肉饼来筹集资金，帮助社区邻居筹集去医院看病的钱。

当然，他们之所以比我们更容易得到医保，是因为他们有一个巨大的优势：比我们更加健康。阿米什人的平均运动普及度是其他美国人的六倍之多，患癌症或糖尿病的概率是美国人的一半。他们不抽烟，不喝酒，不打架，也不吸毒。他们不会发胖（阿米什人的肥胖率微乎其微，只有 4%，而我们其他人的肥胖率近 40%），也不会愚蠢地持有枪支（每年约 10 万美国人因枪支而伤亡）。他们喜欢吃真正的健康食物：康普茶、鲜牛奶、草饲肉、有机农产品、有益于脏器的发酵蔬菜、家庭烘焙的面包。他们很少在外面吃东西。他们会优

① 红色州：指绝大多数人支持美国共和党的州。——译者注

雅地老去，晚年的流动性和整体健康状况要好得多。阿米什人很少伤害自己或他人。他们的自杀率比我们低了 70%，在美国历史上就只发生过一次阿米什人谋杀案。凶手是一个妄想症精神病患者。这就进一步引发了一个思考：为什么阿米什人的心理如此健康？ 300 年来，为什么他们只对公共安全造成过一次威胁？

幸福的指标可能比较难以衡量，但如果我们用顾客忠诚度和回头率这种零售业的指标来衡量，阿米什人的幸福指数正在飙升。你可能会觉得，一个被购物中心重重包围的 18 世纪社会，到现在早就消亡了，但是这个社区人口每 20 年就稳步增长一倍，这个增长率是美国总人口增长率的 5 倍多。阿米什人的保留率比奈飞（Netflix）公司还高：大约 90% 的阿米什年轻人选择坚守信仰，终身皈依教会。多亏了门诺，他们知道自己在做什么。当阿米什年轻人花了多年时间游历，或度过"间隔年"之后，才会接受洗礼。他们可以自由地买车、穿非阿米什人的衣服、乘飞机去迪士尼乐园、在狂欢节上纵情享乐，甚至可以愚蠢到从异教徒那里购买毒品。一旦他们体验过现代世界，绝大多数人会觉得，呃，其实也不过如此，然后回归到"平淡的生活"中。

"我们并不是完美的。"萨姆提醒我。可悲的是，时不时地就会有阿米什社区的人或相关人士证明这一说法。在离我们家几公里远的地方，一对 14 年前脱离阿米什教会的夫妇被判刑了，因为他们将自己的 9 个女儿送给了一名性虐待者，这个人给他们洗脑说自己是"上帝的先知"。早在 2011 年，俄亥俄州阿米什极端分子中的一小部分人，开始恐怖袭击其他的教会成员，伏击教会的男性成员，强行剃掉他们的胡子。阿米什人不会依靠执法机构来惩戒自己[①]，他们宁愿选择公开补赎和躲避的方式，这使得一些阿米什妇女处于无保护的危险境地。密苏里州一名阿米什猥亵犯能被及时遏制的唯一原因，就是教会在他第三次犯罪后不情愿地报了警，而离兰开斯特郡不远的一名阿

① 顺便说一句，如果你见过阿米什黑手党，那一定是在做梦。从来没有人拿着散弹枪，也从来没有全副武装的阿米什主教会在兰开斯特郡的玉米地巡逻。

米什主教，因瞒报了两起儿童性侵事件而被逮捕，他声称这件事“并没有那么严重”。

当说教和忍让都不起作用时，阿米什文化就会出问题。让人惊讶的是，阿米什文化总会自我校正。一天下午，我和萨姆去参观他表弟开在“手中鸟家庭自助餐厅”附近的马车修理店。“我叔叔做生意时犯了个错误，”萨姆告诉我，“他赚的钱太多了。”萨姆的叔叔精于修复那些严重损毁的马车，甚至是那些在交通事故中被汽车碾碎的马车。新买一辆马车的价格高达 1 万美元，所以远在印第安纳州和肯塔基州的生意也能不远万里找上门来。他的技术甚至传到了迪士尼和史密森尼博物馆，他们雇用他叔叔修复一些古董级别的西部马车。然而，就在事业到达巅峰期时，萨姆的叔叔决定抛弃一切。他捐出了 100 多万美元的积蓄，把生意分给了侄子们，搬家到了一个小农场。他为什么要这么做呢？

“娇生惯养对孩子们来说并不公平。”萨姆解释说。就在萨姆的叔叔关闭商店的那一刻，你就会发现阿米什人成功的秘诀。萨姆的叔叔知道，幸福、健康和安定源自你将全身心地投入两件事上——你的家庭和你的朋友。如果一件事让你疏远家庭和朋友，那定会把你引向错误的方向。疏离感和嫉妒心，是可以摧毁任何社群的毒药，这就是为什么阿米什人远离汽车、时尚，甚至电力：这些会让你背井离乡，让你过于炫耀，让你盯着屏幕而不是亲朋好友的脸。

萨姆的叔叔热衷自己的手艺活儿，但他更热爱他的阿米什社区。当他感到自己逐渐开始享受一个接一个的褒奖、轻松的工作和丰厚的收入时，他必须作出改变了。他的决定总结为五个字，即是对阿米什生活真谛的诠释：

活得慢悠悠。

大多数人每天都在争分夺秒，拼命节省时间，最终只是为了坐下来浪费时间。阿米什人对“高效”持怀疑态度。在接受任何新技术之前，他们会质疑“高效”是否真的能让生活变得更好，或者认为它只是让生活节奏更快一点而已。他们不是本能地拒绝新事物。正相反，每一个阿米什人都思考着，思考每个新理念是否能帮助他们学会耐心、自我控制和同理心。如果没有，目前最明智的做法就是远离它。

当萨姆滔滔不绝的时候，我心中不敢苟同的声音已然喋喋不休了。我已经被他的那套关于电视、手机甚至飞机旅行的理论打动了。但是拜托，关于马车的那套荒谬的逻辑我是不会买账的。我保持着沉默，因为我觉得在这个节骨眼上反驳他，似乎就是对他核心信仰赤裸裸地不尊重。但再想想看：如果阿米什文化的真谛是花更多的时间待在家里，陪伴家人，和朋友一起享乐，以及热爱造物主赐予我们的绿色地球，那么坐在黑色的马车车厢里颠簸两个小时，只是为了去买一斤面粉又有什么意义？特别是租车又那么便利，坚持使用马车是多么愚蠢、顽固、毫无意义的行为啊，那是沉浸在过去回忆中的体现——至少我是这么认为的。直到一头害怕水坑的驴子来到我家后院，突然间，阿米什人的那些理论，在我脑中像魔方机械般地“咔嗒咔嗒”转动了起来。

我意识到唯一不需要警察、打架或治疗师来解决生活矛盾的那部分美国人，也是唯一维系与动物商业伙伴关系的那帮人。这并非巧合。耐心和善良不会在你需要时突然出现，而是需要不断地实践。要学会这些技能，最好的践行方式就是，了解并遵循人类对动物的需求，并使之与你的生活息息相关。我那些守旧派邻居们很清楚，饲养马儿其实不是为了通勤，更多是为了培育。他们每多训练动物一会儿，动物们就会潜移默化地多回报他们一点。如果你想抽出一个要素，就能让阿米什文化积木塔陡然坍塌，这很容易：牵走他们的马，就会目睹阿米什人几个世纪以来的友谊和非暴力原则开始土崩瓦解。

阿米什邻居的很多习俗我永远都不会学，比如夏天穿黑色长裤，以及我脑海中突然浮现出的八年级教育帽。有些规矩阻碍你成长，有些会帮助。萨姆让我明白了两者之间的区别。这也就是为什么只要他喜欢就可以畅读悬疑小说，并且会毫不犹豫地告诉我他已经看过（甚至很喜欢看）电影《证人》（*Witness*）。有天晚上，朋友们来我们家吃晚饭，住在远处小山上的邻居阿莫斯顺道来我们家串门。“这是酒吗？”他问。他以前从来没有见过酒。“我能尝尝吗？”我还没来得及伸手去拿酒瓶，他已经把玻璃杯倒满了，像喝柠檬水一样一饮而尽，然后在黑夜中摇摇晃晃地走回家去。“我再也不喝酒了，”第二天，阿莫斯告诉我，“我可再也不会让酒破坏我生命中那些美好的夜晚了。”他说，阿米什人并没有完全拒绝这个世界。他们只是以目标为导向来决定要在多大程度上接受这个世界。

13

满月赛跑，沐浴在月光之下

吉姆是一名门诺派教徒，此刻他赤身裸体，袒露的胸膛上写满了《天使的隐私》（*Deal Breaker*）书中的文字。

一个炎热的晚上，一名门诺派跑者邀请阿莫斯参加周二晚上的田径训练。他甩掉被汗浸湿的衣服，正如大多数人一样。但其他人不会因裸露身体而受到永恒的惩罚，他不一样，更何况他身边还有63000双眼睛在盯着。吉姆喜欢望着阿莫斯在田径场上尽情奔跑，但他知道，如果被人发现和门诺派教徒在一起，阿莫斯肯定会深陷舆论的漩涡之中。

吉姆在自己家里就见过这样的事。吉姆的叔叔是老阿米什人，十几岁的时候，他就是一位出色的棒球运动员了。阿米什的孩子们喜欢棒球运动，几乎每一所阿米什学校的操场上都有钢丝围栏，课间休息时，男孩女孩分成两队一起比赛。阿米什年轻人成为优秀的击球手和外野手。到了20世纪80年代，阿米什人的名气已经传至宾夕法尼亚州和俄亥俄州的半职业联盟。有种说法是，与其去著名的棒球强国多米尼加共和国选拔新秀，还不如开车去兰开斯特郡转转。他们会发现这里农牧业繁荣，广阔的玉米地外有许多优秀的棒球少年。一些有野心的球队成功地签下了这些阿米什球员，给他们颁发了球衣，从此这些球员一炮而红。当阿米什球员的照片开始出现在媒体的体育版上时，守旧派的长老们渐渐感觉事情有些失控了。他们决定，只有小孩子才能打棒球。青少年只能玩曲棍球、排球和“埃克巴勒”——一种使用石头般坚硬的皮球互相投掷、躲闪的阿米什运动。阿米什滑冰运动员、排球运动员或者埃克巴勒运动员成为职业选手的可能性不大，这意味着他们只能穿着自己的衣服，远离镁光灯，纯粹是为了娱乐而运动，不是为了名利。

但是吉姆的叔叔却放飞了自我。他是很有天赋的棒球投手。和他最好的一位棒球捕手朋友一起，被签入了一支球队。多年来，这两位年轻的阿米什人偷偷摸摸地溜出去，用假名字打球，这样教会里就不会有人发现他们的另一重秘密身份。他们从来没有被抓住。但吉姆叔叔的一生中，有很大一部分时间都为自己的才华感到可惜。他必须向最爱他的人隐瞒一生的热爱。

吉姆知道，如果阿莫斯在赛跑中发挥得过于出色，他也会承受同样的煎熬。阿莫斯未婚，仍和父母住在一起，所以还为时未晚。他已经 26 岁了，到了该安顿下来的年纪，他该决定自己是要待在教会里，还是要出去闯荡了。从表面上看，跑步是如此遥远，甚至足以称得上是地狱了。在 10 公里跑步比赛中，他不仅要为个人荣誉而战，还要混迹于一群只穿着运动内衣的女人和穿着紧身裤的男人之中。此情此景，阿莫斯又该如何为自己辩解呢？跑步是一项独自狂飙的极限运动，它是魔鬼的游乐场，跑步软件上的数据主宰跑者的命运。当然，和门诺派教徒一起玩，只会让他陷入更恶劣的境地。

吉姆在阿莫斯的身上学到了一件事：当别人认为他快不行了的时候，那反而是他的巅峰状态。也许阿莫斯不会把阿米什文化带进跑步领域，但是如果他让跑步成为阿米什人文化的一部分呢？就好比他把棒球运动融入了排球运动。

维拉·斯普林加，“让我们一起奔跑吧”

就像到了约会年纪的大多数阿米什年轻人一样，阿莫斯经常和一帮年轻的男男女女出去玩。周末，这帮年轻人会聚在一起郊游和野餐，还会去巴克看德贝冲撞赛车。当然，只要天气不错，他们就会在大牧场上搭起一张网，分成两队，打上几个小时的排球。阿米什长老们对排球运动没有意见，因为到目前为止，排球运动还在可控范围内：年轻人穿着自己的衣服，远离镁光灯，纯粹是为了娱乐而运动，不是为了名利。所以，如果你是阿米什人，单身，想谈恋爱，你必须得会玩排球。这是和阿米什姑娘调情的完美方式。对方动情的眼神会为你的发球动作赋能。这一切都是摆在明面儿上的事。阿莫斯所要做的就是坚持排球精神，摆脱球网的束缚，也许这样他就会有所收获。

一个周日下午，阿莫斯等一行年轻人去兰开斯特郡公园时，他一时兴起，对大家说，与其在小路上走，为什么不跑起来呢？“我不知道会发生什么。”其中一位叫莉兹（Liz）的年轻人后来告诉我，“我不记得那些家伙对我们说了什么。”是的，没错，她有点喜欢阿莫斯。他们朝树林中跑去。小伙子们穿着黑色的长裤和吊裤带，姑娘们则穿着黑色的长裙，戴着上过浆的白色头巾。有的穿着运动鞋、靴子或各种其他鞋子，在崎岖的小路上穿行。

“我很惊讶自己能跑完6公里，”莉兹说，“我在罗克福特的山上差点晕过去。”更让她吃惊的是，第二天早上她醒来时，脚上起了水疱，小腿酸痛，但她还想再跑一次。一天晚上，吃过晚饭，她对父母说要出去跑步。

去干什么？

“父母觉得这太荒谬了，”莉兹说，“我鼓起勇气，出门了。”

没道理啊！于是，莉兹的母亲骑着一辆小摩托车跟了上去。那天晚上莉兹跑了6公里，妈妈骑着摩托车跟在后面。“这就是我跑步的原动力，因为我跑得比她骑摩托车还快。”莉兹笑着说。这成了他们晚上的例行活动。在这安静的一小时时光里，莉兹的妈妈暂时离开 11 个孩子，从繁忙的家务活中抽离出来，悠闲地骑着摩托车，看着自己强壮勇敢的女儿在公路上飞奔，速度连两轮的摩托车都望尘莫及。

这群人自称为维拉·斯普林加，这是一句宾夕法尼亚德裔高地语，意为“让我们一起奔跑吧”。阿莫斯比较关注这个“一起”的概念。之前棒球运动被禁止，因为他们看起来像是要与阿米什文化格格不入，穿着奇怪的衣服，在“英国人”的棒球场度过周末，所以阿莫斯不会重蹈覆辙。维拉·斯普林加的宗旨是“享受在社群中跑步的乐趣”，潜台词是想表达“相信我们，我们和棒球运动不一样”。阿莫斯并没有在周日下午偷偷摸摸地跑步训练，而是在更多年轻人群体中广而告之。杰克·比勒（Jake Beiler）加入进来是因为他想和一个朋友去大峡谷徒步，他们想为了成人礼而减肥。莉莲（Lilian）加入是想和男朋友本（Ben）一起度过美妙的夜晚。阿莫斯甚至还邀请了已婚而且已经有孩子的朋友伊万（Ivan）。阿莫斯知道，伊万喜欢在睡前推着婴儿车，带着他两个最小的孩子出去散步。来，一边慢跑，一边推着婴儿车直到他们熟睡吧！

渐渐地，维拉·斯普林加跑步团越来越壮大。尽管如此，阿米什人的跑步文化将何去何从，还是一个未知数。直到门诺派教徒特里·约德（Terry Yoder）灵光一闪。

在奔跑中找到真正的阿米什精神

一个闷热的夏日，特里发觉满月即将来临，于是建议吉姆道，与其在阳光下坚持每周一次的长跑训练，为什么不沐浴着月光跑步呢？他指出，阿米什乡村最特别的一点就是，这里有美丽的夜空。在这片“没有电线的山谷”里，“手中鸟志愿消防队”周边就是人们所谓的纯净田园，没有路灯，没有电线杆，没有后院的 LED 灯，只有温柔的良辰美景和头顶璀璨的星光。吉姆同意试一试。他和特里度过了神奇的夜晚，如此兴奋，又如此宁静。他们都等不及下一个月圆之夜了。他们敦促阿莫斯和他的跑步团加入。不久后，满月赛跑就演变成了每月一次的流动性聚会。

我第一次被邀请参赛时，在日落之前就来到了伊万的农场。维拉·斯普林加跑步团的成员轮流举办这项活动，每个月从一个农场转移到另一个。赛事主办方会在地图上标出两段距离，通常是 8 公里和 16 公里，同时安排参赛者的父母、配偶、子女和邻居在比赛期间准备赛后的野餐。当我来到伊万家时，大约有 30 名参赛者站在屋前的草坪上，有男有女，大部分都是阿米什人和门诺派信徒。大家一边互相搭讪一边热身。而经验丰富的维拉·斯普林加跑步团成员会欢迎我们这些新人，并和我们结伴同行，为我们带路，以免我们在黑暗中走错路。

月亮升起，比赛开始。我们还没跑出车道，门诺派教徒们就把衬衫脱了，但似乎并没有人在意。大家都打开头灯。天色渐渐暗下来，我们的眼睛渐渐适应了黑夜，渐渐地，我的眼中只有繁星、农舍窗户里的油灯和古老谷仓的黑色剪影。我们在寂静中慢跑着，偶尔说说话，但大部分时间我们都很安静，尽情欣赏夜晚的景色，听着努力呼吸时肺部发出的声音。

突然，闪烁的灯光照亮了前方的路。看起来像车祸现场似的，但我没有听到任何声音，也没看到任何车辆损毁的痕迹。“我们的朋友过来帮忙了，”吉姆解释道，“他们很担心我们。”“手中鸟志愿消防队”听说我们今晚要夜跑，所以派了一些志愿者和应急车辆，在比较危险的十字路口驻守着。“这里有冰水，有人要喝水吗？”一名消防员喊着，手里递过一瓶波兰泉纯净水。“你们看起来状态不错，除了吉姆。”

“手中鸟志愿消防队”一直与维拉·斯普林加跑步团关系密切。对于我们这些生活在兰开斯特郡的人来说，当遇到困难时，我们的邻居会伸出援手。我们没有专业的消防员，只有像当地杂货店老板约翰·伊什（John Esh）这样的志愿者，以及割草机修理工杰森·塔克（Jason Tucker）、年轻的奶农萨姆·伊什（Sam Esh）。他们实时监控着市民波段的无线电信号，一收到求救信号就扔下手头的工作，立即投入各种各样的麻烦中。但在 2006 年 10 月 2 日，“手中鸟志愿消防队”的志愿者遇到了他们生平未见之事，他们希望将来有一天能够彻底忘记这天，因为他们是第一批赶到那所阿米什学校的人。当地一名运牛奶的卡车司机横冲直撞，冲进一所学校，导致 5 名女学生当场死亡，另外 5 人严重受伤，卡车司机开枪自杀了。

在那场噩梦的三年后，吉姆号召阿米什社区，一起创立了半程马拉松比赛。以现代赛事的标准来看，这个比赛非常原始。没有摆满周边商品的赛前博览会，只有干草地里一顶注册用的帐篷。没有热血沸腾的赛前音乐，只有在 3.6 公里的地方，门诺派信徒在自家前廊上唱着福音歌。发展到现在，“手中鸟”跑步比赛已经位列全美最好、最值得体验的赛事之一，一部分原因是没有电线的山谷纯粹而美丽，主要原因还是东道主阿米什人的热情友好。所有的补给站都在阿米什农场，孩子会站成一排排递着水杯高喊，“这里有水，这里有水，这里有水，运动饮料，运动饮料……”所有食物都是为赛后野餐准备的，堆成山的烤鸡、自家烘烤的豆子、苹果甜甜圈、干果派，都是由当地阿米什家庭提供的。每一名完赛者的奖牌是一枚真正的马蹄铁，由维拉·斯普林加志愿者手工打磨，亲手制作。每个人都会带着一件 T 恤回家，让他们时刻想起维拉·斯普林加跑步团的宗旨：享受在社群中跑步的乐趣。比赛筹集到的所有钱，都由阿米什社区捐赠给他们的朋友——“手中鸟志愿消防队”。

如果你认同“共享 + 快乐 = 慢节奏的小乡村”，你就有必要体验一下满月赛跑。我选择参加 8 公里短距离组别，这是我第一次参赛，不知道会发生什么。这是一个温暖的夜晚，我努力追赶吉姆和莉莲。尽管她穿着厚重的衣服，系着围裙，戴着上过浆的头巾，但她并不觉得热。我们回到伊万的农场后，欣喜地发现车道上有张桌子，上面摆满了柠檬水，我一饮而尽，正准备在餐桌上拿点吃的时，就听到身后有群人蜂拥而至。

阿莫斯和其他 16 公里跑者已经冲进了车道，他们跑完 16 公里的时间和我跑 8 公里的时间差不多。

“天啊，那些家伙可真够快的。”我对吉姆说。

“这个？这只是小打小闹而已。等你哪天在现场看他们比赛就知道了。”

在过去的300年里，阿米什人已学会了如何利用自己的身体，并将其打造成高速运转的机器，维拉·斯普林加跑步团将之应用于跑步。结果显而易见：阿莫斯的马拉松最好成绩快了整整一个小时，从3小时59分提高到了极速2小时54分。本·祖克（Ben Zook）想知道像他这样高大威猛、肌肉发达的跑者，能否1.6公里跑进5分钟，并在马拉松比赛中突破3小时大关。不到一年的时间，两个都做到了。作为一个6人团队，阿米什跑步者已经赢得了3次拉格纳尔接力赛（Ragnar Relays），距离从200公里到320公里。勒罗伊·斯托尔茨弗斯（Leroy Stoltzfus）甚至还出演了电影《里普利的信不信由你》（*Ripley's Believe It or Not!*）。在哈里斯堡马拉松比赛中，他穿着吊带长裤，一马当先，只花了3个多小时就跑完了全程。他在终点附近的位置被电影摄制组拍了下来。莉兹有几次穿着她的长裙出现在5公里和10公里的起跑线上，跑赢了赛场上的其他所有女性，最终赢得比赛。

“等她以后跑80公里比赛会很厉害。”阿莫斯说，他已经是名跑过168公里赛的跑者了。“她是一名非常优秀的长距离跑者。”维拉·斯普林加跑步团有一次在尼亚加拉马拉松上失利。他们听说这是一条很容易出成绩的赛道，结果却被刺骨的逆风吹得东倒西歪。队员们奋力完成比赛，然后转身发现莉兹紧跟在他们身后，面带笑容，取得了3小时30分的个人最佳成绩。

“我跑了8次，才跑到波士顿马拉松的参赛门槛时间。她跑一次就跑进了。”阿莫斯惊叹道。夸夸其谈不是阿米什人的作风，但一提到莉兹，阿莫斯就口若悬河。此外，聆听战争故事也是维拉·斯普林加跑步团成功的秘诀之一。这是阿米什人在开始跑步之前就知道的一个小窍门：每一场新的冒险都始于梦想，而最伟大的梦想就来自我们身边的人。阿米什人不看电视、不看电影，甚至不听收音机，所以他们唯一的娱乐就是听故事。难怪维拉·斯普林加跑步团发展得这么快，没有什么比在你思考之时，听朋友给你讲故事更鼓舞人心了。

既然他都能在黑夜中奔跑 16 公里，为什么我就不能呢？

阿莫斯和莉兹，在阿莫斯第一次参加 100 英里超级马拉松的第 50 英里处。
（图片经 Amos King 授权使用）

满月赛跑那晚，本来跑完之后就可以散了，虽然已经是工作日的深夜，这些家伙最后还要骑摩托车回家，但我们还不能离开，因为我们必须要遵循两个传统。一是每个人都要在车道上等待最后一名参赛者完赛；二是完赛后胡吃海喝，穿着被汗水浸湿的衣服，躺在草地上，仰望星空，讲故事。伊万用自家菜园里的蔬菜做了一盘又一盘美味绝伦的萨尔萨沙拉招待我们。

另一个类似的夜晚，阿莫斯邀请莉兹和她的妹妹埃玛（Emma），来和他的朋友们一起跑一条历史悠久的路线——美丽又崎岖的康那斯多格小径。这天是星期天，下着雨，路面湿滑的石头很危险。还不到 2 公里的时候，阿莫斯突然从陡峭的路堤上摔了下去，掉进了小溪里。其他参赛者都争先恐后地跑下去帮助他。这时他从小溪里走出来，手里拿着一块心形的石头。他向莉兹伸出手，向她求婚。

莉兹答应了。但阿莫斯不愧是阿莫斯，他还是想在回去告诉家人这件喜事之前，先跑完剩下的 10 公里。“她答应了求婚之后，我太激动了，都跟不上她的速度了，”阿莫斯告诉我，“这是我和她一起跑得最快的一次。”

在他们结婚的那天，莉兹和阿莫斯在凌晨三点半见面，一起去跑了 10 公里。对阿莫斯来说，这倒是一个契机，让他反思一下自己的生活为何变得如此不同寻常。正常情况下，他会像吉姆的叔叔那样，独自离开，独自沉浸在对这种禁忌的小小迷恋中，直到最终放弃，回归到阿米什传统。但是阿莫斯抓住了机会，他没有把自己的小秘密藏起来，而是为其他人创造了一件了不起的事情，也收获了很多欢乐。他在奔跑中找到了真正的阿米什精神，于是他的跑步生涯开始了。“对我们来说，无论做什么事情很少独自一个人，”莉兹曾对我说，“我们习惯了一起工作，享受融入集体的乐趣。这就是我开始跑步的唯一原因。我很享受和朋友们在一起的那些午后。”

那天一大早，在太阳升起、马车到来之前，只有莉兹和阿莫斯两个人在黑暗中肩并肩地站着。之后，便是他们重回到家庭、朋友和跑步伙伴之中，开始他们下一次冒险的时候了。

14

新鲜力量的加入，小驴玛蒂尔达

“你觉得呢？”我问塔尼娅。“这是个坏主意吗？”

“也许吧，”她一边说着，一边努力让花儿消停下来。“今晚可能是个漫漫长夜。”

11 月初，也就是谢尔曼来这儿后的两个月，我自愿主持了一场满月赛跑。我们提前把驴子从牧场里带出来，系在车道旁的大门边。但随后，小面包车开来了，阿米什跑者如鬼魅般一袭黑衣黑裤，从黑暗中走出来。谢尔曼和花儿马上戒备起来，耳朵直冲天际，就好像他们被枪指着遭到抢劫似的。太奇怪了，它们想了一想，接着开始转来转去，试着挣脱缰绳。

“要把它们带回去吗？”我问。

“啊，我们开始跑吧，”塔尼娅说，“要么跑得不错，要么跑一会儿就不行了。”

我想和维拉·斯普林加跑步团成员尝试一下和驴子一起跑的感觉，因为我希望他们能解决我们和塔尼娅遇到的人类生理构造的缺陷：塔尼娅分身乏术。在我们和谢尔曼一起训练的时候，塔尼娅和花儿需要走在前面，这样谢尔曼就会跟在后面。同时，我也需要塔尼娅在后面，这样她就可以纠正我犯的错误。在地面导航驾驶方面，我还是个新手。偶尔，我会发现自己被绳子缠住，然后转身发现完全不知道自己做错了什么。但是，阿米什人从小就已经开始驯马了，这次维拉·斯普林加跑步团成员又带来了另一个罕见的技能：他们都是超级厉害的跑者，可以跟着谢尔曼在开阔的大路上奔跑，而不是在驴棚里绕圈圈。幸运的是，我的邻居就是一帮未被世人发现的潜在赛驴跑高手：除了这里，你还能去哪里找波士顿马拉松速度的赛马大师？这是一个不错的想法，却带着一种愚蠢的自信——全然忘记在黑暗中训练驴子可能会不太顺利。我们以前从来没有带着谢尔曼和花儿在夜里出去过，所以被车灯照得眼花缭乱，又突然被阴影里的陌生人包围时，它们非常害怕。“那就是传说中的谢尔曼吗？”有人问道。

“砰”的一声，一辆面包车的门关上了，杰克·比勒从黑暗中走出，他是维拉·斯普林加跑步团一个小组的准组长。杰克又高又瘦，但像灰熊一样强壮。有一年，在“手中鸟”半程马拉松比赛结束时，杰克凭一己之力几乎是提着我倒栽过去，头朝下浸在水壶桶里降温。杰克看到驴子们焦躁不安，便开始控制局面。他迅速关掉头灯，把手放低，慢慢地走近。他转动着脑袋，直到锁紧谢尔曼的眼神，他紧紧地盯着谢尔曼，让它知道一切都很安全。

“这是我们的新朋友。”杰克说，他的声音低沉而又让人安定。谢尔曼警惕地看着他，但当杰克抚摸它的脑袋，搔弄它的下巴时，谢尔曼一动不动。在我们四周，络绎不绝的面包车和小货车塞满了车道，在屋前的草坪挤成一排排。人们低语的声音渐大，混杂着英语和宾夕法尼亚州的德裔高地语，自上次满月赛跑后分别的跑者们互相寒暄，开始热身。

杰克最后摸了下谢尔曼的脑袋，然后把大家叫到一起。“如果我们决定好了，那么现在就要开始了，”塔尼娅说，“我们需要先跑一段。”谢尔曼和花儿放弃了逃跑的念头，开始躲在彼此身后，绕着鼻子和屁股转圈圈，把绳子缠成一团乱麻。塔尼娅心想，唯一能让它们安静下来的方法，就是让它们跑在这群人的前头，在其他人追上我们之前，想办法先让驴子进入跑步状态中。

“好吧，”我告诉塔尼娅，“看看我们能跑多远。”

我赶紧对杰克，以及我的超级变身忍者朋友史蒂夫（Steve）讲了我们的想法。史蒂夫是一位 71 岁的退休钟表匠。他非常顽强，曾经和我一起参加了一场 12 公里的越野跑比赛，当时他的手臂刚刚骨折，还打着绷带呢。前一天，我和史蒂夫用一大袋面粉在小路上规划了两条路线，又随手扔出一把面粉，标出了 8 公里组别和 16 公里组别的方向。在月光下，面粉的标记应该足够清晰，每个人都可以在没有我指路的情况下找到正确的方向

“先让我们在前面跑个 20 分钟，然后大家都放松跑。”我对史蒂夫和杰克说道。

我解开谢尔曼身上的绳子，把它从大门处放了出来。我转过身去看看花儿和塔尼娅准备好了没有，这时谢尔曼已经开始沿着车道小跑起来了。

一路小跑。一旦知道自己能从身后的骚动中逃脱出来，它便会重拾自己的野性。我看着它远去，震撼于它的速度和能量，过了几秒，我才意识到绳子正慢慢从我的手中溜走，谢尔曼消失在了黑暗中。我全速追赶这名潜逃者，而塔尼娅也跳到花儿身上，加入了追赶的行列。当我追上谢尔曼时，它似乎并没有要逃走的意思。它快活地来回踱步，蹄声嗒嗒作响，就像一匹纯种马在接受检阅。我弯下腰，抓住绳子，但它始终没有停下脚步，而是以轻快的节奏稳步前进。

“它想去哪儿？”我问塔尼娅。

“我也不知道。”她说。她把花儿拉过去，看看谢尔曼是否会像往常一样放慢速度，让它的女朋友打头阵，但它似乎全然忘记了之前的事情。大约走了 400 米，我们来到一处陡峭的斜坡，谢尔曼没有犹豫。它切换成了攀爬模式，

高效顺畅地往上爬，我气喘吁吁地跟上它。

“我的天！”我喘着气说，“它今天是吃错药了吗？”

“它就是想让你慌张起来，”塔尼娅回答，“这就是驴子。永远出人意料。”

我们爬上了山顶，一气呵成。这是一个美丽的夜晚，我们下方的山谷在月光下闪耀着银光，但塔尼娅的思绪却一直萦绕在谢尔曼的身上。“夜晚可能会让它精力更集中。”塔尼娅压低声音猜测道。我们俩都在窃窃私语，生怕把谢尔曼从中邪了似的恍惚状态中惊醒。“其实是隧道视觉效应。它能感知的只有花儿和前方的路，所以它不必处理白天看到的所有可怕之物。”

谢尔曼无视我们，直冲进黑夜，就像一头执行任务的驴子。到了 3.2 公里处，我们才发现了第一个危险信号：谢尔曼竖起耳朵，向后转，在周围的寂静中嗅出一丝威险的气息。过了一会儿，听闻一声喊叫。

“可算到了！”声音从远处飘来，紧接着我听到一阵脚步声。第一位阿米什人飞快地向我们逼近，冲上了我们身后的山顶。我紧紧抓住谢尔曼的绳子，这样在它受到惊吓时可以把它拉回来，但它除了抽动下耳朵，并没有退缩。

“你们简直是在飞啊！”杰克说着，把车停在我们旁边。在他旁边的是劳拉·克兰（Laura Kline），她是 2012 届世界越野铁人两项赛冠军和美国铁人三项国家队队员。每当我看到劳拉跑步时，都会感到无比惊异：一群年轻的阿米什青年中，这位身材健美的精英运动员穿着光滑的压缩衣，上面印着赞助商的标志。几年前，劳拉从巴尔的摩搬到了“南方边境”，她听说，在萨斯奎汉纳河畔有条美丽的跑步小道，很快，她便经常出现在维拉·斯普林加跑步团的活动中。她的速度无须解释，但真正让她融入阿米什人团体的，是她的职业精神。我曾看到劳拉在暴风雪中冲进树林，穿过没过膝盖的积雪，跑过结冰的岩石。劳拉最近搬到了纽约的新帕尔茨，但是她听说了今晚满月赛跑的主角可能是头驴子，哪怕开 4 个小时的车，也要回到“南方边境”来看一看。

“谢尔曼看起来还挺有两下子的，”杰克说，“我可以试一试吗？”

我张开嘴想解释说这是个坏主意，但想想又闭上嘴，把绳子递给他。我不愿破坏谢尔曼那突如其来的神奇能力，但今晚把驴子带出来的目的，就是想看看我能从维拉·斯普林加跑步团那里学到什么。杰克以前可能没有和驴子一起跑过，但我相信凭他这辈子对动物的了解，他会迅速掌握其中的要领。果然，杰克熟练地用左手把绳子绕成一圈，然后用右手拍了拍谢尔曼的屁股，以示安慰。其余的队员摆成进攻的阵型，由劳拉领头，其他人四面八方紧紧地包围着谢尔曼，我所能看到的只是一圈上下摆动的脑袋中突然冒出来两只长耳朵。

我们转了个弯，快跑到一个长下坡时，杰克说："哥们儿，向前冲吧！"谢尔曼已经在迈着轻快的步子小跑了，但在杰克的命令下，它又加快了速度。我放慢了脚步，以便更好地观察杰克的技巧。他离谢尔曼的左臀只有十多厘米远，比我平时离得近得多。每跑几步，杰克就会用舌头咯咯地叫一声，或者用手轻轻地拍一下谢尔曼，提醒它继续加油。但是谢尔曼并没有放慢速度的迹象，绳子从杰克的手里转移到乔纳森的手里，再转移到伊拉姆。每个人都期待能轮到自己，他们抱着同样的决心相信自己能搞定谢尔曼。我甚至不确定谢尔曼是否意识到已经换了好几茬人了。

当我们像风一样跑过 5 公里时，8 只马蹄与 12 只脚的声音整齐划一，单一的鼓点乐将整个团队维系在了一起。我喜欢每个人都自然地保持一致的步伐，加速或减速，最终调整速度以确保人类和动物的节奏都流畅自如。我们这波阵势太大，足足过了 800 米，双腿和肺部发出的求救信号才传到我的大脑。我意识到自己快坚持不住了。谢尔曼和花儿毫无压力，但对我来说，这场狂欢就要在几秒内结束了。即使是跑下坡，我也跟不上这帮人了，更何况我们现在马上就要开始爬上坡了。我没办法和劳拉一起对付这头猛兽。

"我不跑了。"我一边说着，一边放慢脚步，离开了这群人。谢尔曼和花儿还可以继续跑下去，我想，塔尼娅也可以和谢尔曼一起在山顶等我，诸如此类。但我从来没有想过我需要为跟不上谢尔曼的速度而烦恼。但当我渐渐落在后面的时候，谢尔曼突然停住、掉头，像打保龄球瓶一样把突然跑步阵型打散。杰克猛地撞在谢尔曼身上，差点被掀倒在谢尔曼的后背上。

杰克稳住身形，把绳子递给了我。“好吧，它受够我了。”他说。

“再见啦，小可爱！”劳拉边喊边摩挲着花儿的口套。“回头农场上见。”

说完，她和那些阿米什人便冲进了山里，很快就不见了踪影。我想了一会儿，之后塔尼娅和我就开始了我们自己的训练计划。但是巫师的魔咒却被打破了：我们想让谢尔曼和花儿重新开始奔跑起来，它们突然又发挥了自己的驴子本性，开始四处漫步，走向草地上觅食，互相嬉戏地撕咬对方。我们一步一步地把它们带到了山坡上，但我们到达山顶后，傍晚的薄雾已经弥漫在前方的道路上，还有一些可能会引起花儿恐惧感的东西：一块块潮斑。花儿犹犹豫豫地迈着小碎步。

“刚刚那会儿确实跑得很享受。”塔尼娅说。

“恍若一场梦。”我附和道。我们只跑了赛道的一半多一点，但感觉像是跑了一场真正的赛驴跑。“谢尔曼超常发挥啊！”

“我们就这样快乐地结束今天的训练，慢慢走一会儿吧，”塔尼娅说，“这都是为下一次能够享受训练而准备。你永远都不要完全耗尽体能。你要不断地储备这种享受奔跑的感觉，每次都是如此。总有一天，你会让谢尔曼做它不喜欢做的事，如果它已经意识到了跑步是一件享受的事情，到那个时候，它会让你大吃一惊的。”

回家的路上，我们走 3.2 公里的路，谢尔曼若无其事、漫无目的地走着，啃着路边的杂草，丝毫不去理会塔尼娅和我正在进行的一场激烈的赛后分析会，想弄清楚刚刚到底发生了什么事情。我们研制出了一剂神奇的药水，但我们不知道是怎么研制出来的。是因为阿米什人吗？他们都很棒，但在他们追上来之前，谢尔曼已经处于领先地位了。是因为在夜晚跑步吗？也许吧，但在黑暗中它一开始也是不太起劲儿的样子，更何况中途还放弃了。是不是因为我们让它拼得太猛最后搞砸了？但塔尼娅提醒了我，第一个跑崩了的不是它，而是我。此外，当谢尔曼看到花儿的时候，它又立马就冲了回来。

但就在那一刻，我们绝对是灵光一现想到了什么。回到家里后，我们还是没有弄明白。维拉·斯普林加跑步团的一些成员，还有 71 岁的史蒂夫都已经回来了，接替了我的主持工作。汉堡在锅里嗞嗞作响，史蒂夫正用勺子舀着辣味素食，喝着吉尼斯黑啤，这些是我事先用平底锅为素食主义者塔尼娅和不吃肉的运动员劳拉而准备的。我突然意识到自己饿极了，拿着盘子盛满食物，加入了围着火堆的人群。我渐渐沉浸在笑话和故事里，忘了要揭开谢尔曼神秘大变身的秘密。

但塔尼娅还记得。在准备上床睡觉的时候，她已经找到了答案。

塔尼娅的秘密武器

第二天早上，响起了一阵汽车喇叭声，塔尼娅说有事要跟大家分享。她开着面包车驶入我们家门口，把脑袋从车窗里探了出来。“你的秘密武器到了！”她喊道。她从车里钻出来，站在后门旁边，饶有意味地把手放在车把上。这时，我穿着沾满泥土的靴子走了出来。

“准备好了吗！”她说着打开了道奇车的后门。一头漂亮的小驴站在那里。原来是她从屠宰场救出来的那头小驴。

“玛蒂尔达！”我说，“我还以为你把它送给哪家人收养了呢！”

“是啊，它只在那儿待了一天。后来有只狗扑过去要咬它，玛蒂尔达使劲踢了它一脚，那只狗腿就要被截肢了。”

“那你是怎么把它弄上车的？”据我所知，每一个关于赛驴跑的故事中，开头和结尾都有一头不想被拉进拖车而变身为绿巨人浩克[①]的驴子。现在轮到

① 绿巨人浩克，美国漫威漫画旗下超级英雄，在情绪激动时武力最强。——编者注

玛蒂尔达了，一头曾踢断一条狗骨头的驴子，冷冷地待在一辆老式道奇面包车的后座里，就好像它要出去吃冰激凌一样。

小驴玛蒂尔达和我坐在小货车上，去给它修剪蹄子。（图片经 Mika McDougall 授权使用）

“它愿意做任何事情，”塔尼娅说，“瞧好了！”她轻轻地拉了拉绳套，低声哼唱着：“来吧，小玛蒂尔达。来吧，玛蒂尔达小驴儿。”玛蒂尔达扭动着身子从前后排座位之间的狭窄缝隙里挤了出来，看了看车门，然后跳了下来。它停下来让塔尼娅摸摸耳朵求奖励，然后又溜达到栅栏门口。谢尔曼紧紧地跟着它进来。我们看着它俩在那儿嬉戏。塔尼娅对我讲起了她的突发奇想。

满月赛跑之后，她回到家后还在想到底是什么激发了谢尔曼。她一直在思考，其中的秘诀是月光呢，还是当时车道上的情景，或者是其他我们都没有注意到的奇怪东西。最后她发现，答案就是这个。是的，是诡异的黑暗，嘈杂的声音，黑夜中奇怪的德裔高地语，还有其他的一切，都让这个夜晚变成了一场驴子肆意奔跑的狂欢。我们一口气抛给了谢尔曼一堆可怕的新鲜事物，而这堆可怕的新鲜事物正是谢尔曼想要的。

“我们在教导谢尔曼，它的任务就是跑步，对吧？”塔尼娅说，“但这并不意味着它的任务一定是无聊的。”在昨晚之前，我们每次带谢尔曼出去跑的时候，都带它走同一条穿过树林的碎石路。我们想在不让它过于筋疲力尽的前提下，尽量增强它的力量和信心，所以我们一直让它待在离家近的地方，尽可能远离外面的纷纷扰扰。但是我们忘记了一件事：驴子是喜欢在野外散步的。它们独自在野外生存的时候，总是在四处走动，不停地漫游，探索从未去过的远方，寻找只有它们才能寻觅到的食物。它们的生存依赖于常年的流浪，这就是为什么它们演化出了如此非凡的耐力、稳健的行进节奏和出色的风险评估能力。谢尔曼生长于险恶的环境中，经过六个星期的缓慢进步，我们没有保护好它，它都无聊死了。

“难怪它昨晚跑起来像个冠军选手似的，”塔尼娅说，“它是在狂欢呢！”它的第一反应是逃回安全的小谷仓，但当它的心与杰克产生联结之后，发现这可能是一场猫捉老鼠的游戏，就像它曾经和辣椒狗一起的“驴之道”快节奏版，它迫不及待地要开始这场游戏了。我期待的阿米什跑者计划成功了，只是没有以我预期的方式展开。我想让维拉·斯普林加跑步团传授我关于驴子的知识，但他们却传授了驴子一些关于维拉·斯普林加跑步团的知识。谢尔曼感受到了在团队里奔跑的乐趣，它很喜欢这种感觉。事实上，当劳拉和阿米什人把我们甩在后面的时候，在谢尔曼看来，这次冒险游戏就已经结束了。你的玩伴都回家了，还能玩什么呢？

即将取得前所未有的突破

塔尼娅觉得，谢尔曼需要一个永远不会放弃的玩伴。它需要玛蒂尔达。

塔尼娅解释道："玛蒂尔达，就是那个我们一直以来缺少的重要因素。"谢尔曼和花儿做好了冒险的心理准备，但当它们感到害怕时，它们会紧紧地靠在一起，最后结果是在原地打转。但玛蒂尔达不会这样。无论玛蒂尔达过去经历了什么，这都使它变得与谢尔曼截然相反：在谢尔曼精打细算、做好防御的时候，玛蒂尔达只会变得好奇而无所畏惧。玛蒂尔达的四肢虽然很短，但它也是一名跑步健将。每隔一段时间，塔尼娅就会驾着马车，带着玛蒂尔达一起去短途旅行，玛蒂尔达一路都能跟得上。

"小家伙跑得还挺快。"塔尼娅说。

"那我们有什么计划？"我问。"把花儿留下，你去遛遛玛蒂尔达？"

"啊！天啊！我会累死的。"塔尼娅已经不记得最后一次在不骑马的情况下独自奔跑是什么时候的事情了。如果玛蒂尔达要加入这个团队，那我们还需要另一个人。我的妻子米卡在家，她是位充满激情的非洲舞和夏威夷舞者。她从来都没法真正理解，没有袒露胸膛的鼓手活跃气氛，竟然有人会心甘情愿花一个小时在一条直线上一遍又一遍地重复同样的动作。跑者们经常喜欢自我吹嘘的那套话，"对我来说是运动，对你们来说是酷刑。"米卡非常赞同这个说法。但她会为谢尔曼做任何事，所以我进屋说服她。

五分钟后，米卡开始穿运动鞋。"我需要做什么？"她问道。

"抓紧绳子，"塔尼娅答道，"剩下的就交给玛蒂尔达吧。"

塔尼娅把马鞍挂到花儿身上，牵着它出门。米卡和我带着谢尔曼和玛蒂尔达跟了上去，但玛蒂尔达没有跟在我们身后。它猛地冲到前面，跑到我们这群人前头，挑衅似的朝花儿甩着尾巴，好像是想让大家弄清楚到底谁才是头儿。

谢尔曼早就对这个活泼的领头小母驴充满了各种幻想，急忙跑到它的身边，还撞到了前面的花儿，迫使玛蒂尔达又往前闪了一闪。塔尼娅甚至还没开始下达命令呢，我们就已经蹦蹦跳跳出发了。

“准备好来点刺激的了吗？”塔尼娅问道，“它们看起来都准备好了。”

塔尼娅对花儿咯咯地叫了一声，我们就出发了。小玛蒂尔达在前面义无反顾地慢跑着，另外两头驴子紧紧地跟在后面。很快，我们就爬上了一座小山丘，来到了碎石路上，跑到了溪边的涵洞处。花儿每次到这里都会骤然止步，不肯向前。这是一个放慢速度、重整旗鼓的好机会，但玛蒂尔达大元帅却片刻不停。它带着这队士兵径直冲过去了。有史以来第一次，花儿毫不犹豫地直接过河。

“玛蒂尔达小驴儿！好姑娘！”塔尼娅欢呼道，“你还好吗，米卡？”

“它太棒了！”米卡喘着气说，同样也在努力平复着剧烈喘息，因为玛蒂尔达的缘故，她都没有热身。“但我最好休息一小会儿。”

“是啊，我也不知道自己能不能承受这种激烈程度。”我表示同意。

我们先勒住缰绳，趁着大口呼吸新鲜空气时，让驴子吃草。短暂休息了一下，我们就出发了，因为我们不想破坏这种节奏，但事实上，我们一路都保持着这种节奏。塔尼娅把花儿推回到人行道，玛蒂尔达迅速跑到前面，想要保持领先地位。我们沿着碎石路向瀑布飞奔，花儿 2.0 版又一次飞快地战胜了自己的噩梦。一般我都会在此处喘口气，现在看来没有喘息时间了。

不过我还挺得住。玛蒂尔达带领它的小队越跑越远，米卡、塔尼娅和我伸着脖子，互相望着对方，微笑的眼神中透露出同样的困惑。有种感觉在空气中发酵，那是一种赛前的兴奋感。我们即将取得前所未有的突破。塔尼娅发现了什么秘密，就连驴子也觉察了。

15

谢尔曼的教练、医生和陪练都出局了

“一切都好吗？”米卡发信息给塔尼娅。

没有回复。

感恩节期间，塔尼娅去父母家串门了，我们也都休息了一段时间。我们准备在塔尼娅回家的那天恢复训练，但那天一大早她就发信息取消了训练计划。她没有解释说为什么，这倒还好，但她也没有提到下次训练是什么时候，这就有点奇怪了。

那天晚上，米卡又试着联系了她，第二天早上又试了一次，但还是没有回音。到了中午，我们越来越担心了，所以我开车翻过一座山头来到圣诞愿望农场。在路边几乎看不见这所房子。那间霍比特风格的小木屋隐藏在阿米什农场后的树林中，看起来像是被山坡上那片通往萨斯奎汉纳河的森林吞噬了似的。每次我们刚在石子路上走了不到一半，就会有一阵犬吠声迎接我们，然后塔尼娅和斯科特就会隔着纱门，微笑地向我们挥手。这一次，只有狗出现了。

我心想，真的有些奇怪。我以前从来都没有敲过他们家的门。

我敲了几下门，接着更用力地敲着。屋内，犬吠声越来越大。如果塔尼娅和斯科特出门了，所有的狗狗不应该要么待在屋里，要么就在屋外吗？不对劲。我又敲了敲门，里面的狗狗疯了似的狂叫。够了，我要进去了，我要——然后我想起屋里有几只杜宾犬。还是再敲敲门吧。我用拳头使劲地捶打着，呼喊着斯科特和塔尼娅的名字。终于我听到有人呵斥狗的声音。

门开了。门后是一个我从未见过的塔尼娅。她看起来头晕目眩，筋疲力尽，就好像几天不眠不休之后要昏昏欲睡似的。事实上，她真的是几天都没有睡觉了。

“斯科特走了，”塔尼娅说，“一切都结束了，他真的走了。”塔尼娅和父母去外地过感恩节，等她回来时，斯科特给了她一记晴天霹雳：他收拾好东西就走了。塔尼娅完全措手不及。在此之前，她一直认为他们在一起的生活是美好而特别的。他们不仅对彼此来说是完美的伴侣，而且在其他人看来也是神仙眷侣。他们俩是一对“奇葩”，一样喜欢看恐怖电影，一样热爱马术。你到哪里能找另一个和你一样，白天喜欢开着维多利亚风格的马车，晚上看《鬼玩人 2》（*Evil Dead II*）的灵魂伴侣呢？只是后来，在那些漫长而又痛苦的夜晚，塔尼娅想知道到底是哪里出了问题，女人的第六感告诉她：斯科特更愿意在家里做家务，不想和她一起精进马术；他之所以突然对跑步产生兴趣，是因为一位仅仅和他是工作关系、仅仅是在午餐期间认识、仅仅是“朋友”的一位同事……

现在，她的世界突然崩塌了。塔尼娅没办法自己一个人在农场生活，一个人照顾动物，一个人做那些繁重的日常杂务，一个人挣钱来支付所有的开销——她怎么可能做到？但如果不硬撑下去，花儿、玛蒂尔达，还有那些狗狗和马儿怎么活下去呢？她又怎么活下去呢？塔尼娅意识到，她不可能靠自己一个人经营农场……她下定决心绝不会放弃。无论要付出什么代价，无论要多么努力地工作，她都要坚持下去。

虽然现实很可怕，但至少做出决定后，她可以松口气，几天来第一次合上眼睛——也就是在我敲门的时候。其实那天早上，塔尼娅就已经到邻近的阿米什农场去了。她告诉他们，无论何时何地，只要他们需要司机，她都随叫随到。塔尼娅曾向我保证，她不会抛弃谢尔曼的，但现在，她需要一些时间来解决财务问题，找些更赚钱的工作。

“当然！”我向她保证。“你先照顾好自己。在你准备好之前，不用担心我们。”

“但愿如此吧。”塔尼娅说，酷似那种当花儿在路边叼着汉堡王包装纸时表现出的一副“不要惹老娘”的语气，“因为到时候我还要去科罗拉多州呢。”塔尼娅知道她将为维持农场正常运营而奋斗。她需要一些盼头。现在未来唯一的曙光就在明年夏天。她和谢尔曼都同样渴望参赛啊！他们唯一需要准备的就是要按时出现在比赛起跑线，然后一起穿越落基山脉。

斯科特离开，原计划彻底泡汤

我在开车回家的路上意识到，我们完蛋了。计划彻底泡汤了。

我在塔尼娅面前信誓旦旦，但就在我向她保证，放心吧，我们会出色完成训练的时候，心底涌现出一丝恐惧，因为在某种程度上我已经开始预想到最后悲惨的结局了。我们正面临着难以置信的困难，以及极其紧迫的时间，现在谢尔曼团队的三个最重要成员——塔尼娅、斯科特和花儿，也就是它的教练、医生和私人教练都出局了。

斯科特不在，意味着没有人照料谢尔曼的伤口，但是它的蹄子还是畸形的。塔尼娅不在，意味着我们失去了一位驴语者和一头驴子，不然我们自己怎么驾驭花儿？在维拉·斯普林加跑步团的带领下，一群朋友围着谢尔曼一起训练时，我们本已经取得了最显著的突破。但如果塔尼娅不在，那现在的情况就是，驴子的数量比训练驴子的人数还多。

谢尔曼和它的新伙伴们已经结成了“三驴帮”，一想到要把其中两头驴子带出去玩儿，只把第三头孤零零地留下来，我就有些不寒而栗。

“我们看情况再说吧。”回家后，我对米卡说。不知道塔尼娅会不会回来，虽然时间可能是几周、几个月，甚至永远，所以我们不妨现在先看看单独训练有多困难。我们走了出去，驴子一听到铁链敲打大门的声音，就飞快地向我们跑来。

“看看它们，都准备好出去玩耍了呢，”米卡说，“这是一个好兆头。”我们用绳子和缰绳拴住玛蒂尔达和谢尔曼，但我不知道怎么做才能把它们弄出栅栏的同时，不让花儿跟在后面乱跑。“让它转个圈。”米卡说。我领着花儿慢慢转圈，还没转到 360° ，米卡就不知怎的引导玛蒂尔达和谢尔曼出了大门，并跟在它们后面溜了出去。我挤了出去，用铁链牢牢锁住了大门。

神奇的是，花儿只是站在那里看着。

“我们最好抓紧时间。”我说。米卡对着玛蒂尔达咯咯地叫了一声，我们便沿着车道小跑起来。花儿在我身后，开始紧张地呼哧呼哧的。我不敢回头看，心想如果我不跟它眼神接触，再赶快带走谢尔曼的话，也许花儿就会冷静下来，这一天依旧相安无事。但是花儿的鼻息声越来越响，越来越急促，它从困惑，到焦虑，再到——

“啊！天啊！”米卡说着转过身来。

四级恐慌警报！

花儿突然爆发出一阵响彻云霄的绝望之声，震耳欲聋但又令人心碎的哀号，这是世上最悲伤的一声呜咽，好像在警醒着什么。如果你听过驴子的嘶叫，你就不会再奇怪，为何有人用干草叉扎向驴子时，驴子会发出久久不能磨灭的痛苦之声了。我个人觉得，花儿多少有点夸张。我很确定，当米卡和玛蒂尔达在玩“逗驴子说话”的把戏时，玛蒂尔达会在严令之下委屈地叫出声音，我们有视频为证。

但是对于玛蒂尔达和谢尔曼来说，花儿的惨叫已经足以说明一切。花儿还在叫着，它们就扭过头拼命地跑回来。米卡和我拉住绳子坚守阵地，讨论下一步该怎么办。我们又回到两个月前开始的进度，被困在车道上，束手无策。我不知道我们是应该强迫谢尔曼和玛蒂尔达跟我们走，还是尊重它们和花儿的关系，让花儿也跟上来一起跑。我们不知道应该做“把孩子扔在幼儿园，他们就会喜欢上这里”的好好父母，还是做不知深浅的虎妈虎爸？

“比赛那天谢尔曼将要独自奔跑。”我分析道。这句话听起来很愚蠢，也不太现实，即使出自我的口中。在比赛当天？没有塔尼娅，我们连 15 米都走不了。为什么还会寄希望于能完成 48 公里呢？

米卡一定是从我的脸上读出了放弃的表情，决定收拾这个烂摊子。“如果玛蒂尔达跑起来，谢尔曼可能会跟上，”她说，“任何事情一定要善始善终，不是吗？”

米卡不再用我们一直在研究的地面导航技术，而是把绳子顶在臀部，大步走向街道，回归到老派的拔河式，拽着玛蒂尔达一步一步地向前走。我跟在米卡的后面，拉着谢尔曼沿着车道走。花儿在周围跳来跳去，嘶吼着让我们回去接它，但米卡和我继续牵着两头驴子沿街走到岔路口，来到碎石路上。

我们拐了个弯，消失在树丛后面时，远处花儿的叫声消失了。谢尔曼和玛蒂尔达也不再剧烈抵抗，我们不停地咯咯地叫着鼓励它们，让它们小跑了一会儿。每隔几十米，其中一头甚至是两头驴子会突然改变主意往家跑去，因此我和米卡必须全神贯注，通过它们的肢体语言预判，不时从右翼切到左翼来，以防这两只毛茸茸的大耳朵驴突然来个 180° 大转弯。

我们快跑到碎石路的尽头了。此时，米卡和我已经把 5 公里的跑步计划压缩到了 1.5 公里的长度。我们在弯弯曲曲的小路上奔跑，好让那些东逃西窜的驴子径直前进。现在我真正明白了塔尼娅对这个赛事的作用，我们需要的不仅是她的专业技能，还有为了让花儿领先谢尔曼每一步，她要娴熟地驾驭花儿，像牛仔一样在马鞍上灵活地做着各种特技动作。没有她，米卡和我永远无法放松到最佳状态。我们不再是跑者，更像是放牧的农民，要在全场紧逼中不断地防守着那些逃跑的怪物。1.5 公里后，我们彻底无语了。

“带它们回家吗？”我问。

“我也彻底没辙了。”米卡表示同意。

谢尔曼正在草地上大口咀嚼着，我开始把它拉走，但其实没有这个必要。我刚朝它走去，它就抬起头朝着碎石路走去。“果然没错，”我说，“它还是心系花儿！”我离它越近，它就越加快步伐，最后我们从散步自然过渡到了慢跑。玛蒂尔达正在草地上埋头大嚼特嚼，抬头一看，惊讶地发现谢尔曼已经在 40 米开外，它们之间隔得远远的。它立刻冲过去缩短与谢尔曼的距离。两只奔腾的小驴一起向家跑去。

等我们回到家的时候，发现花儿正在安静地吃着草。它从栅栏下扒拉出一些美味的野菜。这显然缓解了它的焦躁。但是当它听到人行道上的蹄声时，猛地抬起了头。它飞快地跑回到大门处，发出一声震破房顶的嘶鸣。玛蒂尔达和谢尔曼也大声回应着，我们在冲向大门口的时候，它俩也一步一高歌，雄赳赳气昂昂地跑回去了。然而，把它俩赶进去的场景简直是一片狼藉。我举起铁链，花儿和玛蒂尔达迎面相撞，花儿一夫当关，玛蒂尔达则是硬生生挤了进来。与此同时，谢尔曼在当中跳来跳去，这种关心和陪伴让它兴奋不已。它很喜欢待在这里，摇晃、扭动着身体。我和米卡则躲开驴蹄，解开缠在一起的缰绳，把每头驴子都打理好。

我并不指望第二天早上再经历一遍这种痛苦的训练。最明智的办法就是把花儿带回到塔尼娅身边，但我不能这么做，至少有三个让我难以启齿的理由：谢尔曼深爱着花儿和玛蒂尔达；花儿对玛蒂尔达和谢尔曼死心塌地；米卡和我心疼塔尼娅。我们不能因为第一次自己训练时遇到坎坷，就毁了这个三驴帮，同时又为塔尼娅平添一张吃饭的嘴。我们只要有耐心，坚持住，驴子们就会适应这种训练的。我们很确定。从谢尔曼来的那天起，我们就一次又一次地经历这种情况。

“无论如何，我们每天都要训练它们。”我对米卡说。

“每天早上的第一件事，”她同意，“把女孩们送到学校之后，然后开始训练。”

“每天第一件事。”我保证道。

谢尔曼的机会正在消逝

第二天早上的第一件事是，我发现鸡饲料用完了。在训练驴子之前，我得赶紧跑到饲料厂去买半打 20 公斤重的麻袋，然后把它们搬到驴棚里。我还拿了给驴子吃的盐和几袋羊饲料，这些都需要用肩扛到另一个驴棚去。等到所有东西都被安置好，每个动物——猫、鸡、鸭、鹅、绵羊、山羊和驴子都喂饱了，我自己也饿坏了。我吃了早饭，却发现壁炉和木屑炉的柴禾快烧完了，所以又重新做了次重活儿，这次是扛了袋 20 公斤重的木屑和一堆劈好的刺槐原木。

即使农场再小，你也会发现这个问题，一到冬天，所有需要的物资都重达 20 公斤，还经常要把它们搬到某个地方：一捆捆的饲料，一摊摊成捆的干草，要搬进屋内的将近 20 升保暖需要的水，院子里仍堆着的 2 米多高的栅栏桩，说到这里，我突然想起来，必须趁着地面冻硬之前，把这些栅栏桩用手工打进固定的位置上。

无论如何，我可不想一吃完饭就跑，所以早饭后，我决定弄一会儿栅栏桩。一大堆电子邮件和一篇稿子也需要跟进，然后米卡说要吃午饭了。那天下午 3 点，12 月的太阳渐渐下山，我们想起还要参加小女儿的一场篮球赛……

扯这些是因为我想说，那天我们没有训练驴子。第二天也没有。一场冬季暴风雪即将来袭，所以我们需要从邻居那里运回来150捆干草，然后要赶在一场早雪之前，搬着每捆干草穿过农场，堆在谷仓里。我们在搬运干草的时候，除了驴子，所有其他动物都跟在后面抢着吃干草。它们现在很机智，和我们保持着一定的距离，以防我们再次谋划绑走它们中的任何两位。到了下午，我们发现这场所谓的暴风雪只不过是一场寒冷的毛毛雨，但是要在是去追着谢尔曼和玛蒂尔达跑半个小时，还是喝着热气腾腾的下午茶赏着窗外雨景两者之间做个选择的话，毫无疑问是后者。

那时我们才恍然，一切都结束了。白天越来越短，越来越冷，随着圣诞节的临近，大家都变得忙碌起来。我知道驴子只是有点脾气暴躁，一旦它们习惯了不把花儿自己撇下，它们就又能重拾欢乐。但在寒冷的天气里穿过冻成冰的草地，手握着潮湿的绳子渐渐冻僵，脚冻得发麻，愚蠢地追着它们跑，诸如此类，使得我们很容易做出推迟训练计划的决定。等到寒冬来临，道路被大雪覆盖，我们还有尝试训练的可能吗?

谢尔曼成为一名运动健将，一头有梦想的驴子的机会正在消逝。突然有一天，电话铃声响了，等我挂了电话，一切都变了。一位朋友遇到了严重的麻烦，唯一的办法就是让谢尔曼重新奔跑起来。

16

多功能驴子组合战术

当我收到安德烈娅·库克（Andrea Cook）发来的消息时，问题来了。

她发的信息简明扼要，但我马上就觉察到不太对劲：

> 嗨，齐克刚从学校回来了，他想和克里斯[1]聊聊跑步的事。如果克里斯有空的话，能让他打个电话过来吗？

自从搬到“南方边境”，我们就认识库克一家了。我们的孩子在同一所小学上学，在学校里，安德烈娅既是孩子们都喜欢的校医，也是一位精力充沛的慈善捐款人，每年她都能神奇地说服班上每名同学大汗淋漓地绕着球场跑圈。除了她的校医工作、慈善活动、研究生夜校课程、家务活儿，以及每天两趟接送孩子上游泳课，安德烈娅还要训练铁人三项（必需的），所以偶尔我们会在她下午 90 分钟的“自由”时间里一起骑个长距离的自行车。我很喜欢她。她和她的丈夫安迪（Andy），还有他们的三个孩子都是那么善良、聪明、友善，

---

① 克里斯，即作者本人，克里斯·麦克杜格尔。——译者注

有时我都不好意思再嫉妒他们长得很好看。尤其是齐克（Zeke），他在四年级的时候就赢得了我这一生的怜爱。在我女儿的生日派对上，我们在玩寻宝游戏时，我用一根绳子把他拖到一棵树上，他因此被毒藤感染了，却从来没有怨过我。

孩子们渐渐长大，每个人都越来越忙碌，我们见到库克一家的次数也少多了。安德烈娅和我已经有好几年没有一起骑车了。有一次我听人提过，齐克和他的姐姐阿什琳（Ashling）在高中快毕业的时候遇到了一些麻烦。我没有打探到太多的细节，只知道是抑郁症之类的事情。后来我在阿什琳的毕业派对上再见到他们时，他们都晒得黝黑，健壮而快乐，吃东西的样子酷似一对小太阳神在吃墨西哥玉米片，跳水的样子就像在后院的游泳池里扔深水炸弹，看起来没有任何后遗症。后来他们都以优异的成绩毕业，上了宾大。但是现在，“学霸”齐克突然间在学期中回了家。他想和妈妈的 52 岁朋友聊聊慢跑？一定是哪里不对。

在和齐克聊天之前，我给安德烈娅打了个电话，想弄明白到底发生了什么事。没想到是齐克接了电话。我瞥了一眼手机：我不小心拨的不是她手机，而是她家里的号码。“嗨，齐克！”我结结巴巴地说，竭力想说些避免尴尬的话，“我听说你，呃，回来有一阵子了？”

“是的，我要在家里上完这个学期的课程。”齐克说。他没说原因，我也不方便问。他继续说道，他要从家去特拉华大学上课，这样他每天就能有很多课余时间。这段时间里，他计划重塑身材。上学期他在宾大实验室搞研究，他太投入了，而生活需要挥洒更多的汗水，沐浴更多的阳光。

“你为什么不明天过来跑个步呢？”我说。在我的脑海中，我正逐渐酝酿出一个主意。虽然这个主意估计还有些严重的漏洞，其中之一就是我还不知道齐克到底出了什么问题。不过，如果他还是当初那个让我用一根旧晒衣绳把他吊到将近 5 米高空中的小孩，或许也没关系。“你都准备好了，是吧？”我问。

邀请新成员加入战队

第二天早上，齐克和安德烈娅都来了。安德烈娅因为腰痛已经消失了一段时间，我没想到她还会来跑步。“我不会有事的，”她保证道，“但我必须得看看你把我儿子卷进了什么事儿。”

我们进去喝了杯咖啡。在后门廊上，齐克抱起我们收养的一只脏兮兮的猫，把它抱在怀里。很少有客人想把手伸向这只饱经风霜的小野兽，但齐克没有犹豫。多么温柔的小家伙啊，我心想，最后我发现，齐克只是把它举起来仔细观察。

“真酷！”齐克说，“是一只美国多趾猫。”

“不是，是孟加拉豹猫。”我纠正他，就在我想起海明威在基韦斯特（Key West）养的猫是只多趾猫的瞬间，我发现自己错过了一次卖弄学识的机会，“意思是六只脚趾，对吧？”

“是的，”齐克说，“非常有趣的变种。”

看看，不愧是齐克的说话风格！还有哪个宾大的二年级学生会注意到一只打盹儿的猫，更不用说还能精准地辨认出它的希腊分支呢？我早就听说齐克很聪明，但他同时肌肉发达，精力充沛，所以每当有人跟我说这句话时，我都觉得他们一定是表达得太含蓄了，所以才没有加上“对于一个运动员来说”这样的前提。我心里暗忖，我真正认识齐克的时候，他还是个孩子。在过去的几年里，我很少和他待在一块儿，我不知道他会变成一个什么样的年轻人，也不知道是什么样的麻烦让他回家。当我在前一天晚上有了那个主意的时候，是建立在我印象中13岁的齐克的样子，勇敢又礼貌，而不是面前这位20岁的陌生人。如果他变成了一个自作聪明的懒鬼怎么办呢？如果是这样的话，这个实验起效的时间比喝一杯咖啡的时间还少。

“这么说吧，”我开始说，“苏菲骗我们救了一头驴，现在我们有三头了。”

我向他们讲了玛蒂尔达和花儿的故事，讲了塔尼娅认为驴子需要一个目标的哲学理念，以及我们目前的困境：没有花儿，我们再也无法训练谢尔曼和玛蒂尔达跑步了，而且也没有驾驭花儿的人。

如果说我们还有一丝希望让谢尔曼参加这个夏天的赛驴跑冠军赛，我们必须让它马上回到赛道上。我想找阿米什人帮忙，但他们每天工作很久，住得太远，又没有车。

“所以，如果你不介意的话……”我对齐克说。

安德烈娅的眼睛微微睁大，欲言又止。

“如果你不介意的话，”我转向她继续说，“我正在找一位跑者做外援，看看我们能不能带着花儿一起去遛遛。”

出于显而易见的原因，我从未试过带着花儿跑步。它是那么强壮，但又那么敏感，稍有风吹草动，它就会挣脱开我手中的绳子跑掉，只留下我望着它带着绳子消失在远山之上。不过，我还是忘不了那次我在科罗拉多，和巴布一起比赛时的情景。巴布有一头名叫达科塔的怪物，体格比花儿还大。围观群众会让达科塔变得很紧张。虽然巴布的身形只有我一半大，她还是像对待舞伴一样对待那个猛兽。她不仅驾驭了达科塔，她们俩在一起还跑得飞快，在任何距离的组别，几乎都可以击败所有选手，无论男女。

我不是巴布，但我希望玛蒂尔达能弥补我在驾驭驴子方面所欠缺的技巧。如果它决意要挣脱开，那就没有什么能阻止它了，不过也许它会跟着谢尔曼的脚步，悄悄地跟在那个棕色小分队队长后面保持住阵型。如果这还不起作用，好吧，我很确定在回到我家或者塔尼娅家之前，它不会溜得太远。我不希望敲开塔尼娅家的大门问：“嗨，你借给我们的那头你最喜欢的驴子，你看见它没有？”但这是后话了。此刻，我的主要问题还是先让齐克和他妈妈同意这个计划。

“所以它们就在你旁边一起跑？”齐克问道，“就像狗狗一样吗？”

“差不多，就像跟狗狗一起跑一样。”我说，主要是为了让他的妈妈安德烈娅安心。“像只会踢人的狗。但是今天，我们不要有压力，看看花儿是怎么做的。安德烈娅，你想先走在前面吗？如果你带头走在前面，它们很可能会跟在你后面。”

“有点意思！”安德烈娅说，“我加入。”

狮吼一出，谁与争锋

我不知道该如何分配谁和哪头驴子一起跑，后来发现其实我们别无选择。我必须和花儿一组，因为如果有人活该会被驴子拖来拖去或者一脚踢飞，那个人应该是我。这意味着米卡将和玛蒂尔达一起走在前面，让齐克和那头野兽待在一起。我本不想让谢尔曼跟任何一位新手打交道，尤其还是位自己的事情都没搞清楚的新手。总之，顺其自然吧。一切都是自己的选择。

米卡给了安德烈娅和齐克一大把马粮。驴子们已经平复了离别时的焦躁情绪，因为今天它们没有在我们面前躲闪，而是径直冲到门口，让我们戴上笼头和系上绳子，同时狼吞虎咽地从齐克和安德烈娅的手里抢走食物。

“好吧，看看我们能走多远。安德烈娅，带它们出来吧。”我说。

安德烈娅太兴奋了，她不顾自己的背痛，也不理会我说的关于慢慢走的一切技巧，而是直接跑了起来。我和花儿在后面等着，心想如果谢尔曼和玛蒂尔达告诉过它该怎么做，我应该会轻松一点，但花儿心里有自己的小算盘。玛蒂尔达还没来得及动身，它就已经开始出发了。它跑得太快了，安德烈娅微微回头越过肩膀瞥了一眼，便盯紧了花儿的眼睛。“啊！”她惊叫道，“你好呀，小姑娘！”

太疯狂了！花儿痴痴地紧跟着安德烈娅，安德烈娅做的每一个动作，花儿都如影随形。在上坡时，这头健硕的驴子在安德烈娅后面放慢了速度，跑平路时便加速，甚至在安德烈娅转过身去看其他驴子时，它还跟着做同样的动作。在我们后面几米远的地方，玛蒂尔达发现花儿在前面时，有点生气了，它满头大汗地拼命追赶，这迫使米卡用冲刺的速度跑着。再往后看，齐克和谢尔曼似乎相处得不错。齐克犯了个低级错误，他没有在后面驾驭着谢尔曼，而是跑在前面引领它，但这是个简单易行的方法。不管怎么说，似乎每个人都相安无事。我所要做的就是紧紧抓住花儿的绳子，把重要任务交给安德烈娅，她正喘着粗气，却很顽强。

但当我们离碎石路还有不到 30 米时，安德烈娅的速度减慢。“看起来不错啊！”我鼓励她，心里大喊着加油，加油，加油！倒不是我想让安德烈娅的背部受伤，至少我不会大声说出来，但这里是她最不应该停下来的地方。花儿会急刹车，就像阿米什跑步团在满月赛跑时丢下我们的情形，我就会被困在一个视线不佳的弯道上，身边还有三头止步不前的驴子。如果安德烈娅跑不动了，那我就必须要出唯一的撒手锏了——是时候试试“狮吼功”了。

每当巴布的驴子减速时，她就开始用狮吼功。气沉丹田，一阵轰隆声起，从喉咙处滚动而出，如同草原上的惊雷，最后以一记尖锐的命令声结束。就连我第一次听到这记吼声时，也猛地集中了注意力。当时，我对赛驴跑的未来期望是，永远、永远不再让自己遭受那种痛苦了，所以我从来没有向她请教，到底这个狮吼功对所有的驴子通用，还是仅仅对巴布的驴子起作用。不过，我还记得狮吼功的声音。我尽可能靠近花儿的肚子，猛吸一大口气，尽我所能地发出这波狮吼。

“嗨——呀！”我大叫道。

花儿的耳朵动都没动。我扯开嗓门叫得更大声了：“嗨嗨——呀啊啊！”

安德烈娅转过头：“什么意思？要停下来？”

“没有，我是在喊口号。”

“喊口号？”

“是啊，这是对付驴子的口号。”我赶紧解释道，但为时已晚。安德烈娅站在那里，胸口起伏，双手撑在腰上，听着我喋喋不休，而花儿则僵在她身旁。在我们后面，谢尔曼和玛蒂尔达已经放慢了速度，准备挤进我们的队伍，正好就在这处视线不佳的死亡弯道上。

“你介意站到这边来吗？”我问安德烈娅，手指着道路和带刺铁丝网之间的一丛荆棘，“我要测试一件事。”安德烈娅甚至都没问为什么，就直接踏进那处荆棘丛。我赶紧尽可能地走在花儿的身后，把绳子扯到极限。然后我朝它跑过去，拍打着我的手臂，使出十成的狮吼功力：“嗨嗨嗨——呀啊啊！嗨嗨嗨——呀啊啊！”

花儿侧着身子向安德烈娅走去。我冲到花儿和安德烈娅之间，挥动着双臂，像只疯狂的大海鸥。花儿又转向玛蒂尔达和谢尔曼，它们停在几米远的地方观看这一场面，但我挡住了花儿。花儿夹在我和安德烈娅之间，此刻它只有两个选择：它可以碾压我然后一骑绝尘跑路，或是转过身来配合我。花儿后退了两步，给自己留出了足够冲刺的距离。我紧紧抓住绳子，咬紧牙关做好准备，它……

它跑向碎石路。真神奇。还真起作用了。我傻站在那里，骄傲于自己的狮吼功，直到绳子的末端从我指尖溜走，提醒我赶紧上去追。我飞快地追逐着花儿，很快就追上了它，并在它的左侧摆好了阵型。在我们奔跑的过程中，我留意着它任何畏缩不前的迹象，而花儿也用余光看着我。我们沿着那条路飞奔着，经过 AK 的钢锯店，拐过一处阴凉的弯道，朝瀑布跑去。一路上我们彼此狐疑地打量着对方。“没想到花儿还真能跑呢！”我想。它加快速度从小山坡跑下来，我都差点儿跟不上它的速度。

我不敢回头看米卡和齐克在干什么。我最不希望看到的事情就是，让花儿知道它的伙伴们已经掉头回去了。我们跑到桥下那处可怕的小溪时，花儿终于打着滑停下了脚步。不错。跑完 400 米后，我终于可以喘口气了。我也很好奇，想看看我能不能再测试下狮吼功，让花儿重新开跑。

“好样的，花儿！”米卡欢呼道，她和玛蒂尔达刚刚跑到了我们身边，“你们都太棒了。”

齐克和谢尔曼没一会儿也跑到了。“真猛！”齐克脱口而出，“有一阵儿，我以为它快跑不动了。没想到它突然大爆发了。”

“它生怕花儿独自跑了，”米卡说，“那它连责备塔尼娅的机会都没有呢。”

“我觉得谢尔曼在大脑发育过程中丢失了物体恒存性的部分。”齐克补充道。我挠头思索，等我以前上心理学课时的些许知识点浮现出来后，才明白这句话的意思。“花儿一旦跑远了，谢尔曼就不知道自己还能不能再见到它了。”

我们聊天的时候，谢尔曼用它的大脑袋顶到了齐克的屁股。齐克没有低头，继续聊着天，心不在焉地抚摸着谢尔曼下巴上的毛，摸着它莫西干发型的鬃毛。我很惊讶。谢尔曼是忍耐心理折磨的大师，一名拿着牙钻钻进你最后一丝神经的真正手艺人，如果说有人懂得它那些层出不穷的花招和伎俩，还有时刻存在的混乱，那一定是位陌生人，一位有些紧张局促的大学生，他正对它发号施令。谢尔曼从一开始就已经明确表示过，虽然绳子在齐克手中，但并不一定要听他的。然而，当他们跑到瀑布那里时，他们俩之间的什么东西开始咔嗒作响地联结契合起来了。

“感觉如何？”我问齐克，“已经差不多了，还是要继续跑？”

“好啊，我们继续跑。我觉得开始慢慢掌握其中的要领了。”齐克说。

“你还不了解谢尔曼，可能刚刚只是最欢乐的部分。”我警告说。

我准备再次发起一波狮吼功，但当我走到花儿身后举起手的时候，它径自小跑起来，就好像在我们聊天的时候，它一直在等我们，等我们一聊完就重新开始跑步。玛蒂尔达和谢尔曼踉踉跄跄地跟在它后面，我们三个人、三头驴在碎石路上慢跑着。跑了 400 米的路，到了木桥这里。意料之中，花儿又突然急刹车，把木桥嗅了个遍，确保木桥的结构没什么问题。米卡和齐克没有停下脚步，它们绕过花儿，牵着驴子咔嗒咔嗒地继续快跑过去，好鼓励花儿也能跟上。

当齐克遇见谢尔曼，一段友谊就此开始。（图片经 Christopher McDougall 授权使用）

花儿顺利地跑到另一边后，拽着我赶超另外两头驴子，一跃冲到前面去了。“拜拜啦，笨蛋！”我对花儿大喊一声，然后在山坡上的转弯处消失不见。也许我们一直以来都低估了花儿，它不是个需要有人坐在马鞍上方能顺从的敏感巨婴，而是这个队伍中最优秀、最有天赋的跑者。我一直在等待花儿成为我们战队的最后一员，现在才发现，原来这都是种侥幸。我们像是被一块重达180公斤的水泥板困在了离家不到2公里的地方。但除了一直以来的恐惧症，它似乎很喜欢挣脱开缰绳后的一番驰骋。我们跑得越快，玛蒂尔达和谢尔曼就越努力追赶我们，这可能意味着……

这可能意味着……

在我弄清楚这个想法之前，我已经若有所悟。就好像拧动着保险柜的表盘，听到密码盘咔嗒咔嗒响，却不知道保险柜里锁着什么。不知怎的，我甚至都还没有试过就已经破解了密码，跑了几分钟之后，我终于明白了。

我们已经彻底弄清楚谢尔曼的心思了。

齐克与谢尔曼的友谊就此开始

数月以来，我们一直在努力把谢尔曼训练成我的跑步搭档，但也许有一个更简单的解决办法。我们不需要改变谢尔曼，而是要改变它周围的世界。如果花儿是一个天生有恐惧症的跑者，玛蒂尔达是一个害怕孤单的无畏跑者，那么我们所要做的就是把它们的优势和劣势结合起来，形成一个类似于瑞士军刀的庞大组合系统。每当花儿害怕时，玛蒂尔达就会挺身而出。当玛蒂尔达落在后面时，花儿可以陪伴它。我们这里有三头奇怪的驴子，但它们在一起可以互相帮助，尤其是对谢尔曼来说。每头驴子都需要帮助。

我迫不及待地想测试一下我的“多功能驴子组合战术”，于是花儿和我在碎石路的尽头停下来，等队伍赶上来。花儿已经跑嗨了，谢尔曼和齐克的状态还不错（至少齐克自己是这么说的）。所以为什么不继续往前跑，跑到哪儿算哪儿，等到其中一头驴子出现问题时，我们再变换阵形呢？我正要这么做的时候，内心深处塔尼娅的声音又让我犹豫起来。“这就是你所谓的好主意？”我耳边想起了她的声音，颇为不悦地指出了这个明显的问题后，她的左眼也眯了起来，“我说过的‘以积极的方式结束训练’是怎么回事？不记得了吗？”

此外，我们还有一个更严重的问题：我仍然不知道齐克遇到了什么麻烦。好学生、学霸齐克不可能突然放弃学业，除非他真的遇到了什么严重的问题。他是生病了吗？被警察抓了吗？高中时的心理问题又发作了吗？这些可能性中的任何一个，都足以使我们的训练计划变成一个可怕的坏主意。如果齐克生病了，太焦虑了，或者是被软禁了，对他来说，最糟糕的事情莫过于在“南方边境”的某处，带着一头吵闹的驴子在穷乡僻壤的小路深处游荡数公里，而且还没有手机信号。在此之前，我要先单独找安德烈娅聊聊，弄清楚到底发生了什么事。

“不错！”等米卡和齐克追上来时，我对他们说，“我们就在这里打道回府吧。”

驴子们四处蹦蹦跳跳，顽皮地碰碰鼻子互相打招呼，但当它们意识到我们要回家的时候，它们就直起身来了。花儿非常高兴要回牧场了，我们到木桥那里时，只有一点点不太顺利，但我牵着它过了桥后，它马上又飞快地小跑起来。看到安德烈娅向我们跑来的时候，我想让花儿慢下来，但我们的初次训练效果不错，我不想在最后给花儿留下一个坏印象。

“跑得还顺利吗？”我问安德烈娅。

“我还不错！”她说，“非常不错。”她笑容满面，对我竖起了大拇指。直到后来，我才得知故事的全貌，明白其中的原委：在安德烈娅胆战心惊的一生中，她还是头一次感受到儿子或许不会再有生命危险了。

RUNNING WITH SHERMAN

第三部分

欢迎来到赛驴跑的世界

如果你在开始之前就知道自己已经失败了，你还是要毅然去做，并且无论如何都要坚持到底。你很少会赢，但总有赢的时候。

17

相互治愈，两个需要疗愈心灵的伙伴

几个星期前，晚上 11 点左右，电话铃声响起时，安德烈娅正在熟睡中。她听不太懂电话那头在说些什么。依稀分辨出是一位年轻女人的声音，说着关于齐克的事情，听起来十分焦虑。他正在宾大的校园医务处，因为他——“你在说什么，割伤了自己？”“是的，准确地说，不仅仅是割伤……”

安德烈娅立马清醒了。她意识到在和自己说话的是苏珊（Susan）。苏珊是一名中国留学生，她和齐克在大一的化学课上成了朋友。苏珊说，齐克割了自己的胳膊，然后吊在门口的一根杆子上企图自杀。幸运的是，杆子从墙上掉下来了，齐克摔在了地上。当时他已经不省人事，但还有呼吸。他不知道自己昏迷了多久，但他终于苏醒过来的时候，想起了慢慢窒息而死的可怕感觉。他心想，我这辈子太失败了，我甚至连自杀都失败了。他给苏珊打电话求助。

安德烈娅从床上蹿起来，给当时在宾大读大三的女儿阿什琳和丈夫安迪打了电话。当时安迪正在离学校五个小时车程的纽约北部工作。苏珊在齐克的公寓里陪着他，安迪赶到那里，把齐克带到急诊室。安迪原以为齐克会住进尼塔尼山医院，这家医院有着丰富的诊疗宾大学生的经验，但精神科病房已经住满了，唯一可用的床位还在一处安全设施里，离这里有三个多小时的车程。因为齐克曾企图自杀，现在必须由当地警察把他送去拘留。齐克在早上 5 点才到医院，他孤身一人，筋疲力尽。他的衣服被没收了，护士给他简单擦洗了一下，安排他住在病床上。他只睡了两个小时，一阵敲门声响起，把他吵醒：要去集体治疗了。齐克步履蹒跚地走了出来，踉踉跄跄地坐在座位上，心里纳闷着自己犯了什么事。前一天，他还是宾大的理科明星学生，主修物理学和生物医学工程，对大脑回路的数学建模尤其感兴趣。今天早上，他被锁在宾夕法尼亚州雷丁市的一家医疗机构里，瘫坐在一张塑料椅子上，周围都是陌生人，他们一个接一个地讲述着他这辈子中听过的最悲伤的故事。集体治疗持续的时间越长，他的感觉就越糟糕。齐克的病友们都曾经历过恐怖的事情，饱受虐待、吸毒和被监禁。齐克呢？他很健康，非常聪明，还是一名优秀的运动员，有一个充满欢乐的家庭，并愿意为他付出一切。他有什么可难过的？这次治疗非但没有缓解他的抑郁，反而让齐克觉得自己是一个被溺爱的孩子，一个废人。

之后，他拖着沉重的脚步回到自己的房间休息，却发现分配给他的室友是一位患有精神分裂症和睡眠呼吸暂停综合征的老人。就像齐克说的，他打呼噜的样子，“像一头猛兽在嚼着烟草”，一杯接一杯地往嘴里灌薄荷味的烟草唾液。房间里又吵又臭，齐克睡不着觉，白天的活动使他变得涣散而孤僻。齐克渴望被放出来，但医生不知道他每天夜里和那个“嚼烟草”的呼噜老人在一起时的痛苦，他们看到的只是这个企图自杀的年轻人，仍然诡异地安静。医院驳回了放他出来的诉求。

齐克的父母并没有放弃，继续推进着他们的辩诉协议：安德烈娅是名注册护士，如果允许齐克回家，她承诺会像对待其他患者一样对待自己的儿子，她还以个人名义担保，他会服用药物治疗，参加日常门诊治疗，会见指定的理疗师。三天后，医院终于同意放人。

但是回到家的齐克，不再是以前的那个齐克了。当年的那个喧闹、精力充沛、渴望阅读、能吃掉两个汉堡、在高中时看物理学家理查德·费曼（Richard Feynman）的物理视频来消遣、整个夏天都泡在后院游泳池里的小男孩到底怎么了？他所有对世界的好奇心、喜爱玩闹的童趣和傻里傻气都消失了，成了一个闷闷不乐、宅在屋里的孤独者。安德烈娅和安迪不知如何是好。如果他们把齐克变回当初那个少年，他会不会又要自杀？作为一名专业医学从业者，安德烈娅必须谨慎地重新审视自己，她要想清楚：

这一切都是自己的错吗？

日程排满、全情投入的成长经历

当三个孩子还小的时候，安德烈娅就开始担心对抗性运动会损害大脑。她知道头球攻门对孩子头骨的冲击程度极大，所以在阿什琳、齐克和凯莉（Kelly）入学前，她就已经把孩子们对球类运动的兴趣，引导至游泳项目了。齐克上小学三年级，姐姐阿什琳上五年级的时候，他们就已经开始全年参加游泳比赛了。

对于8岁和10岁的孩子来说，这种训练日程非常艰苦。他们每天放学后都要练习，每周两次：在星期二和星期四，他们要在早上4点半起床；从5点游到6点半，在去学校的路上坐在车里吃早餐；晚饭前再回到水里游几圈。晚上，他们还要做作业，然后瘫倒在床上睡觉。凯莉只有6岁，所以她的大部分训练就是骑车，再一头扎进车里继续睡觉，而她的哥哥和姐姐在日出前还要一圈又一圈地跑上几公里。

唯一比安德烈娅和安迪的孩子们更忙的人，就是安德烈娅和安迪自己。如果哪天安德烈娅没有奔波于家里和30多公里外的基督教青年会之间，她一定就在学校做全职护士，并在特拉华大学上夜校，攻读护理、健康促进学和健康辅导方面的研究生学位。此外，安迪是一名包装工程师，每天上班路上要花一个多小时。每天晚上他都要系上工具带，在楼上的车库里建一个娱乐室，并在做这些事情的同时还拿下了包装科学的硕士学位。每当宾大有主场的橄榄球赛时，这家人就会开三个小时车到安德烈娅挚爱的母校去看比赛。这就是库克一家人的家庭观：家庭至上，日程排满，全情投入。

对齐克来说，他就是要不停地动。游泳是唯一能让他远离病症的方法。“我倒不觉得他会成为少年犯，但说白了，如果不是因为游泳，他肯定会学坏。”安德烈娅心想。齐克和阿什琳都非常聪慧，但至少阿什琳把这种聪慧变成了一种优点。齐克就是那种缠着老师问超纲问题的学生，他会在老师讲解数学题时挥舞着手臂，告诉老师他已经做完了。用医学术语来说，齐克是典型的“痉挛性肛部痛”：屁股“痒”，坐不住。

安德烈娅回忆道：“在学校的时候，老师们会对齐克很头疼，他总是用比别人快一半的时间完成作业，然后开始自己玩。”有些经验丰富的老师发觉，他们必须不断给他加量。上一年级的时候，有一次老师让他自己安排时间，他读了一整天的书。齐克喜欢这种感觉。

上八年级的时候，齐克已经成为一名厉害的长距离游泳运动员，阿什琳也不逊色。他们从高中一跃进入特拉华大学的国家级游泳队，这意味着他们要进行更艰苦的训练，而且还要从“南方边境”开车 1 小时上学。“那段时期的训练太变态了，”齐克说，“我们游了 2 个 500 米、2 个 1 千米和 1 个 3 千米的距离。”换句话说，对于一个还在上中学的孩子来说，差不多要游 5 千米的距离。新的训练安排意味着他们要在车里做作业，要晚上 10 点才能回家。高强度的训练经常让他们感到疼痛和疲惫。

一年后，他们撂挑子了。阿什琳和齐克整个青春期都在一圈又一圈地游泳，他们告诉父母自己已经受够了。他们不想再游了，突然之间，他们的生活变得惊人地……正常。三年级的阿什琳终于有时间和朋友们一起出去玩，周五晚上踢足球踢到很晚。齐克第一次尝试团队运动项目，并迅速加入了高中摔跤队。齐克对摔跤一无所知，大部分练习时间都是在垫子上被摔来摔去，但与每天脑袋埋在水下吹两小时泡泡相比，摔跤可有意思多了。阿什琳和齐克喜欢他们在干燥陆地上的新生活。他们的成绩相当优异，也结交了新朋友，阿什琳还是美国国家高中荣誉生会的副会长——

之后的情况急转直下。

累、压力、紧张……抑郁

阿什琳不甚健谈，但她和齐克停止游泳训练的几个月后，她变得比往常更安静了。除了上学，她似乎很少出门。当安德烈娅问她最近遇到了什么问题的时候，阿什琳只是咕哝着想自己独处一会儿。安德烈娅自己也经历过青春叛逆期，所以她觉得孩子们也在经历叛逆阶段。她告诉安迪，我们也只能等等看了。到了高三那年，阿什琳说她想自杀。安德烈娅惊呆了。作为一名受过专业培训的护士，她一直在与患有抑郁症的学生打交道，数月以来，她与女儿共进晚餐，她怎么可能一点都没有觉察到危险的信号呢？她不惜一切代价帮助阿什琳，还找到了一位能让她敞开心扉的心理学家。

孩子们都觉得自己身上的压力太大了。现在，游泳不再是学业成绩上的一个挡箭牌了，阿什琳觉得自己必须追随母亲的脚步。她的母亲以全校第二名的成绩高中毕业，并被宾大主校区录取。但和热爱学习的妈妈、调皮捣蛋但成绩全优的齐克不同的是，阿什琳并不是天生的学霸。她真的需要刻苦学习才能取得好成绩。学业成绩明显是导致阿什琳抑郁的原因，后来同样的事情也发生在齐克的身上。

阿什琳事件的一年后，齐克正在上高三，成绩优异。他在五门大学预修课程中都取得了完美的成绩，他在摔跤队里刻苦训练，他所在的摔跤队正逐渐成为该地区的强队。但他就是觉得——累了。“我真的不知道发生了什么，”他后来回忆说，“时好时坏的。”这一次，安德烈娅立即采取行动。齐克会见了阿什琳的心理治疗师，他认为摔跤给齐克带来了空前的压力和自我怀疑。齐克开始服药，退出摔跤队。不久后，他又回到了当年让老师们“头疼”的状态。

齐克和他妈妈一样，以全校第二名的成绩从高中毕业，但让妈妈更高兴的是，他和姐姐一样也去了宾大。安德烈娅深信，齐克和阿什琳都没问题了。既然他们已经早发现问题、早解决了问题，大学生活必定是一帆风顺。宾大就像他们的第二个家，他们唯一可能遇到的麻烦就是玩得太嗨了。即使真遇到什么问题，至少阿什琳和齐克还有个照应的。以防万一。

幸运的是，趁阿什琳还有一口气的时候，齐克及时赶了过来。大三那年的 11 月，也就是她的弟弟作为大一新生刚入学两个月后，阿什琳吞下了致命剂量的抑郁症药物。在彻底休克之前，她想到的便是再也不要醒来了。她给齐克打了电话，齐克跑到她的宿舍，把她送到医院。在接下来的 3 天里，阿什琳呕吐，神志不清，自言自语说有人要剽窃她的诺贝尔奖。这期间阿什琳还突发病症，脸朝地面从床上翻下来，摔得很严重，必须进行 CT 扫描检查脑损伤的情况。药物最终从体内排出，她被送回精神病房接受为期一周的强化治疗。

遭了这样的罪，常人通常需要很长时间的休息。但阿什琳不需要。她及时从医院回家过了感恩节，然后直接回到学校完成了考试。“她意志坚定，”安德烈娅说，“我很惊讶，她如此拼命地完成三年级的学业。她成绩很好。”学校里有名医生专为阿什琳诊疗，安德烈娅和安迪也稍微放宽心些。为安全起见，他们给阿什琳找来了一只名叫芬尼根的猫，并向学校申请了特殊许可，这样她就可以把它留在学校里，让它时时刻刻都陪伴她，帮助她减轻压力。

但最重要的是，安德烈娅希望她的孩子们能放松，不要太苛求自己。他们不需要如此专注、自律、在运动方面出类拔萃，换句话说，不必成为她。“高压似乎让她活得很辛苦。”安德烈娅如此总结道。所以，从那一刻起，安德烈娅就放低姿态，让她的孩子们寻找到属于自己的路。即便齐克没有留神抽签选宿舍的事情，错过了大二宿舍的申请，安德烈娅还是深吸了一口气，决定不责备他。没什么大不了的。他们会给他租一间公寓。他想有一个属于自己的地方。没必要为此感到紧张。

它就像装满石头的背包，举不起，甩不掉

齐克躺在那里，看着时钟滴答地走到上午 9 点……10 点……

他厌倦了躺在床上。他感到很不自在，他知道父母已经在车后门那里等他了。再过几分钟，他就会起床。

上午 11 点……中午……

安德烈娅的手指发痒，忍不住想给齐克发短信，但她不想成为那样的妈妈。自从有一次她去了齐克的公寓，发现从地板到天花板的镜子上到处都写满了潦草的数学方程式，她就已经学会了退让。“啊，天啊！”安德烈娅吓坏了，“他该不会变成《美丽心灵》中的数学疯子了吧！”

“妈妈，别大惊小怪的。”齐克安慰道。他把这些数学公式写在家里，只是为了学习时更高效，省得总去书里翻查。在那之后，安德烈娅学会了克制。每天晚上，她都会给三个孩子发短信道声晚安。阿什琳和凯莉经常回复。齐克却从来没有。她心想，毕竟是年轻小伙子，我明白。我会给他自己的空间。她觉得如果孩子们需要帮助，肯定会来找她的。所以她重新回到了自己的生活中。每次聚会当朋友们问她齐克会不会来的时候，安德烈娅会耸耸肩，说齐克是多么热爱物理。

在齐克的公寓外，整个校园都被掀翻了。如果宾大主场举办橄榄球赛，无论天气有多恶劣，比赛有多早，有两件事必然会发生：每个人都在喝酒，而且他们比赛还没开始就已经喝上了。在过去大概 10 年的光阴里，宾大一直被评为全美很难举办派对的学校之一，甚至在 2009 年还名列榜首。你只需要周六晚上在校园里随便逛逛就懂了。艾拉·格拉斯（Ira Glass），这名温和的讽刺

家在他主持《美国生活》(*This American Life*)节目的20年里，听遍了各种各样的罪恶故事和变态案例。尽管如此，他在“欢乐谷”采访时还是震惊了：

艾拉·格拉斯：你在校园派对上见过的最疯狂的事情是什么？

某男生：最疯狂的事？在派对上吗？有人脱得精光，假装自己在扔猴粪。当然他扔的就是猴粪。这个人就是我。

艾拉·格拉斯：是你？

某男生：就是我。

宾大的街坊邻居：住在学校周边，我学到的一件事是，如果在后院里看到卫生棉条，就必须先找根棍子，然后再找到安全套把它弄走。

艾拉·格拉斯：太恶心了。

当然，宾大不想以“豪饮四年、修得学位”而声名狼藉，而是希望以其优良的学术资源而声名远扬。为了履行其学术使命，学校一直在认真调查学生们“纵情狂欢”的现象到底有多严重。学校管理部门发现，每周五和周六，四分之三的大学生都喝得醉生梦死。所以，如果你是孤独的塔尼雄狮队成员之一[①]，不喜欢橄榄球，不喜欢饮烈酒，不喜欢玩猴粪，那么到了周末，你会觉得自己是一个游走在学生边缘的另类，像是被横冲直撞的强盗赶到荒岛上并遭世人遗弃。

由于齐克在抽签选宿舍的事情上犯了个愚蠢的错误，整个大二时期，他都住在“海狸峡谷”(Beaver Canyon)旁边的公寓小单间里。海狸峡谷是市中心

① 塔尼雄狮队，宾大的球队，此处代指该校学生。——译者注

东海狸大道上一处恶名远扬的“尖叫隧道”，每当橄榄球赛结束后，成千上万的学生会在此聚集[①]。如果齐克想要加入他们，只要走出公寓房门，就会立刻淹没在迷你裙和啤酒的海洋中。公寓的房间里充斥着尖叫声，窗外不时回荡着音乐。他躺在床上，不知道为什么自己既累得不想起床，却又精神紧绷得睡不着觉。

齐克不知道到底是哪里出了问题。大一的生活非常棒。他和室友相处得很好，室友是一名天体物理学专业的学生，他们喜欢宅在屋里，一起研究科学。齐克在课上表现得很好，很快他就从课程作业进阶到自己动手做实验研究。宾大的生物医学研究设施非常出名，就连漫威超级英雄都会对此高看一眼。齐克会说，在全球众多高等学府中，布鲁斯·班纳（Bruce Banner）博士[②]偏偏选择了宾大学习绿巨人预科课程。齐克对运动蛋白特别感兴趣，这是一种神经超结构，能将细胞能量转化为机械力。不久，他就和一帮正在研究预防阿尔茨海默病和癌症的科学家混在一起。

“我的自信心空前高涨，”他说，“在宾大的第一年，我表现十分出色。”齐克意气风发，全身心投入自己专注的事情中。他觉得唯一拖累自己的就是那些该死的抗抑郁药。如果你总是病恹恹的，怎么会有女孩喜欢你呢？如果你总是心不在焉的，怎么能让教授注意到你呢？他的解决方案是停止服药。没过多久，他又练出了六块腹肌，头脑更加灵光。他认为，抑郁症只是一个阶段，而这个阶段已经过去了。

“然后，我也不知道怎么回事，它又冒出来了。”他回忆道。

它就像一个装满石头的背包，举不起来，也甩不掉。不知它从何处而来，

① 当年乔·帕特诺（Joe Paterno）教练因桑达斯基性虐待丑闻被解雇，这一事件在宾大引起轩然大波，如果你看过当时的暴乱视频，海狸峡谷就是那处学生掀翻电视新闻车、倒拔街灯灯柱的地方。

② 在原版漫威宇宙的漫画中，布鲁斯·班纳博士（绿巨人）在加入复仇者联盟对抗大反派之前，是宾夕法尼亚大学的一名学生。

致使他卧床不起。齐克知道，唯一能让它消失不见的，就是浴室门上的那根金属杆……

安德烈娅的反思和补救

齐克被送往精神病院后，安德烈娅一心想把他带回家，其他事情全然不顾。她回忆道："所有专家都说他要住院，但我们见到他后，就知道住院只会加重他的症状。"只有齐克躺在自家的床上，安德烈娅才有足够的精力去思考那个一直萦绕在她心头的终极问题：这一切都是她自己的错吗？

困扰她的倒不是"内疚"，而是"科学"。安德烈娅说："当我回首往事的时候，我自己反思：为什么我的两个孩子都患上了抑郁症，而第三个孩子却没什么事呢？"最小的凯莉只比齐克小两岁。他们在同一个家庭长大，上同一所高中和大学，和同一群朋友一块玩耍。凯莉和阿什琳甚至还有一样的文身，是乔治湖家庭度假胜地的轮廓。但在人生的某个十字路口，他们的生活发生了转变：齐克和阿什琳在泳池里训练的那些早晨，凯莉大部分时间都在睡觉。阿什琳和齐克都是游泳运动员，所以他们习惯了身体释放出的内啡肽带来的快感。"阈值很高，"安德烈娅回忆道，"然后突然之间，身体停止释放内啡肽了。"

所以呢，现在游泳又成了对身体有害的运动了？这怎么可能？正如安德烈娅在护理学校无数次接受的教育：锻炼是最好的良药，是一剂万能的灵丹妙药，可以改善从消化到抑郁的方方面面。在我们发明药物之前，运动就已经是一种药方了，因为它对保持我们身体的机械运转太重要了，我们的大脑进化为身体提供了动力！每当我们挥汗如雨地运动时，就会得到一剂"优秀"成绩的生理奖励。当你运动时，大脑中负责愉悦感的神经中枢会充溢着内啡肽和多巴胺，这些"快乐荷尔蒙"会让你感觉自己像著名动作影星"巨石强森"一样：放松、强壮、自信、聪明。大脑中这类像兴奋剂一般的物质非常强大，如果你运动，你可以将"心理负担"降低近 25%，并且会比不运动的人享受更多心态积极的日子，多达 43%。换句话说，只要你骑会儿自行车，快乐几乎可以翻倍，还是免费的。如果你把这种功效做成药丸拿出去卖，一定会比冰激凌还畅销。

难怪几乎每一位从健身房走出来的人，看起来都像是登顶了喜马拉雅山，被快乐之神附体了似的。大脑中类兴奋剂物质甚至强大到会让实验鼠渴望工作：一旦老鼠习惯于运动，之后他们也会执行同一个重复单调的动作，比如推着杆子在转轮上奔跑，就为了享受多巴胺带来的兴奋感。

但是安德烈娅知道，任何效果威猛的药方，即便这种药方产自身体内部，也有同样威猛的杀伤力。作为一名校医，她每天都要盯着数百名孩子，寻找他们吸毒的蛛丝马迹。她自己也是一名经常训练的运动员，所以在结合了自己对麻醉类药方的了解以及自身运动经验之后，她必须思考一个问题：如果你半辈子每天都服用过量的多巴胺，一旦某天突然停止服用，会发生什么事情？你会像其他嗑药成瘾后的“瘾君子”对药物养成依赖吗？从阿什琳和齐克的症状——失眠、焦虑、情绪和体重波动、严重抑郁来看，要想彻底戒掉确实要经历很多痛苦。这一假说解释了为何许多竞技运动员比其他人训练得更多，同时患抑郁症的概率是非运动员的近两倍。他们选择了一条危险的、看不见的捷径，在这条路上治愈反而成了一种折磨，是这样的吗？

这正是 2008 年德国波恩大学的研究员努力探究的课题。在此之前，观察大脑激素水平运作的唯一方法是，让志愿者忍受脊髓穿刺的折磨。但是由于神经成像的技术突破，波恩大学的研究小组不需要再用大针头了，取而代之的是给 10 名志愿者注射一种可以被扫描仪追踪的微型放射性示踪剂。之前的实验数据显示，跑步 30 分钟后，受试者只有少量的多巴胺反应，所以这一次，受试者要在跑步机上连续奔跑两个小时。他们跑完之后，研究员会计算出他们大脑中的类兴奋剂物质。波恩大学的研究员发现了不仅所有跑者的类兴奋剂物质水平显著提高，而且还有了另一个惊人的发现：跑者的体验感越好，脊髓液中的多巴胺就越多。这种激素并不是开关，而是像一种兴奋剂：剂量越大，你就越快乐。

当然也就意味着你的落差会越大。难怪运动员会很难适应球场外和泳池外的平凡生活。当研究员深入研究运动员的心理健康史时，果然，他们发现：运动员一生中最艰难的时刻，就是"受伤、职业生涯终止、成绩下降或灾难性的比赛表现"。人们确实会模模糊糊地感觉退役后那些荣耀感不再，但对于那些必须面对普通人生活的体育英雄来说，这只不过是一种自尊心受挫的感觉，一剂迟来的谦卑药。没曾想，这反而可能是一种更致命的东西：一种由多巴胺骤降引起的危险的化学性失衡。那么谁是最危险的那群人呢？"那些单人运动项目的运动员，"德国慕尼黑技术大学运动心理学主席、抑郁症比较研究的首席作者于尔根·贝克曼（Jürgen Beckmann）教授写道，"比如，在游泳项目中就有较高的发病率。"

美国游泳运动员迈克尔·菲尔普斯（Michael Phelps）对此并不那么惊讶。"全世界都知道我获得 28 次奖牌。但对我来说，有时我最大的成就就是能从床上爬起来，"菲尔普斯说，"抑郁来袭时，身体会变得虚弱，感觉全世界都不重要了。"有时他在黑暗中干躺着，渴望死去。"对我来说，跌到了这辈子最低谷的时刻，没有活下去的欲望，这太可怕了，"菲尔普斯说，"我记得我在房间里待了四五天，想死，也不想跟任何人说话。"

可菲尔普斯并不知道，他最亲密的朋友之一、8 次奥运会奖牌得主艾莉森·施米特（Allison Schmitt）也曾在同样的绝望中挣扎过。和菲尔普斯一样，她也默默地承受着痛苦，直到悲剧发生：2015 年，施米特的表妹、高中篮球明星阿普丽尔·波西亚（April Bocian）在 17 岁生日的一周后自杀。更让施米特感到痛苦的是，她时常会想，如果早点把自己的抑郁症讲出来并公之于众，她的表妹可能会向她寻求帮助。"她活在一个如此灰暗的世界中，如此无助，如此孤独。"施米特说。从那时起，菲尔普斯和施米特就成了心理健康疾病意识的倡导者，并组成了一个关系非常紧密的互助团队，施米特现在和菲尔普斯、他的妻儿一起住在亚利桑那州。

大学教练苏茜·麦钱特（Suzy Merchant）为波西亚的离世感到悲痛。虽然波西亚从未和她打过球，但为了纪念波西亚，她成立了一个基金会。麦钱特是在为密歇根州立大学篮球队选拔球员时，得知这起悲剧的。现在，每逢波西亚的生日，密歇根州立大学篮球队的教练们都会在校园里召集几百名年轻女性，举办“给她力量”的周末活动，旨在预防更多挣扎中的年轻女性选择轻生。波西亚的妈妈会带着她们给女儿唱《生日快乐》歌，并希望她们能照顾好彼此。“即使有一天你感觉好多了，这并不意味着抑郁症就彻底好了，并不意味着你痊愈了，”施米特提醒那些年轻运动员们，“一旦你患上抑郁症，余生你都无法完全摆脱它。”

安德烈娅的心凉了。她越了解多巴胺和抑郁症之间的联系，就越感到内疚。她是一位逼着孩子游泳的“虎妈”。孩子们想要休息一天的时候，她却坚持要让他们“滚”上车。现在看看波恩大学研究员的报告：两小时的运动可以提高激素水平。两个小时，同齐克和阿什琳练习的时间一样。在他们生命中将近一半的时间里，他们每天早上都会打一剂情绪强力增强剂，每天晚上再打一剂。

安德烈娅暗下决心，好的，够了！现在再怎么自责对孩子也于事无补。她的余生都将承受他人的指责，但此刻，她必须赶紧想补救措施。对阿什琳来说，比较有效的方法就是给她养一只猫，现在安德烈娅明白了其中的原理：宠物是刺激催产素释放的好方法，催产素是一种和多巴胺功能类似的激素。库克一家为齐克找到了一只完美的怪猫，一只独眼的动物，齐克很快就以量子力学之父的名字给它起名为“薛定谔”。但安德烈娅知道，凭着齐克的精力充沛程度，仅仅是一个玩物还远远不够。

安德烈娅心里明白，她的儿子应该出门运动，感受阳光照射在他赤裸的背上，然后高高兴兴地、筋疲力尽地回家，但这又让她充满了恐惧。如果他再度回到那种依赖于多巴胺的状态呢？她真的希望看到他独自在树林中消失好几个小时吗？她甚至不敢让他自己一个人去接受心理治疗。“我不知道他发现没有，他第一次去做心理治疗的时候，我在后面悄悄跟着他，”安德烈娅告诉我，“就是为了确保他真的会去治疗，做出正确的选择。我总是在担心，因为他太聪明了，知道什么该说，什么不该说。任何抑郁症患者都有隐藏自己潜在情感的能力。”

一天，安德烈娅和齐克一边散步一边聊天，齐克问安德烈娅是否可以给她的朋友克里斯打个电话。为什么不可以呢？只要他这段时间都待在家里，我可以带他去跑步，谈谈饮食和健身对抑郁症的影响。安德烈娅太激动了，齐克还没来得及说完自己的想法，她就从口袋里掏出手机给米卡发短信。

“我第一次觉得他选对了路，”安德烈娅说，“他终于靠自己走出心中的阴霾了。”第二天，他们来到我家时，安德烈娅突然得知我们所谓的那种“跑步”，是和一种有蹄子、利齿的动物一起跑，而且这个动物也经历过一段沉重的往事，她有点震惊。但当安德烈娅看到儿子在这只受伤的动物旁奔跑时，心中那块石头终于落地了。“他一开始和你们一起玩的时候，我就挺欣慰的，”她后来对米卡和我说，“谢尔曼成了他想要奋斗的目标。他找到了另一位同样需要疗愈心灵的伙伴。”

18

一场完美的过河训练

运动不会塑造人的性格，而是会映射人的性格。

——

柯蒂斯

赛驴跑大师，牛仔启蒙哲学家

“天啊！”我咕哝着，“他已经来了。”

“已经来了？”米卡也来到厨房的窗前，我正盯着窗外一辆红色迷你库珀隆隆停在车道。今天天气很差，又是3月里一个湿漉漉的早晨，路面有些湿润，还有些脏兮兮的。米卡和我刚还在琢磨，在这种天气，我们所有人包括驴子在内今天待在家里放假一天，大家一定都会觉得很幸福。现在才8点半，我以为在齐克9点来之前有充足的时间跟他说今天别来了，但我起床后刚要打电话，他就已经把车停在我家门口了。

“哇！”米卡说，“即便是他现在刚刚起床，他这也来得太早了。”

我敲了敲窗户，挥手让齐克进屋，然后把一只煎锅放到灶台上。在过去几周的相处中，我们都知道齐克喜欢吃两顿早餐，他的“铁胃”让他吃完早餐后可以立即开跑。他正在门廊上对猫咪们说早安，我在平底锅里打了两个鸡蛋，切了一个西红柿，把几片培根放在烤箱里，再把从邻居泽西奶牛身上打下来的鲜奶油，倒进一杯三倍浓缩的意式咖啡里重新加热。我想给他烤片黑麦面包，突然想起来什么，又把面包放回去了。齐克已经戒了所有精细碳水化合物和糖，想看看降低血糖是否有助于稳定他的抑郁症。生酮饮食已被证明对癫痫发作有效，但对抑郁症是否有效还没有多少科学依据，齐克自己充当实验小白鼠。对于一名胃口很棒的年轻人来说，他的自律性真的很强，特别是他还住在习惯以黏面包为主食的阿米什乡村。虽然我们没怎么聊过这件事，但我知道其中的原委。

有多少次，当我们得知一名坚强、成功、受人崇敬的人突然被抑郁症打倒的时候，我们深感震惊？美国知名作家戴维·福斯特·华莱士（David Foster Wallace）、名厨兼电视主持人安东尼·波登（Anthony Bourdian）、时装设计师凯特·斯佩德（Kate Spade）、电影喜剧演员罗宾·威廉姆斯（Robin Williams）……他们都有深爱自己的家人，还能获得世界上最好的医疗资源，但最后还是被病魔打败。年轻的篮球明星波西亚在八年级的时候就被抑郁症缠身了，她的父母非常焦急，还为她四处寻求心理治疗。“一开始，她在学校表现很好，对篮球充满热情，但一到了 10 月、11 月，她就会疲惫不堪，没办法起床去上学。”波西亚的妈妈艾米（Amy）说，“然后症状越来越严重。”艾米终于明白，无论你如何努力，无论心理治疗的效果有多好，抑郁症就像一波黑色的海浪，在你最绝望的时候汹涌而至，把你所爱之人卷走。

齐克也明白了。我不知道他是怎么醒悟过来的，也许是他豁达的心境，也许是他在地板上醒来时发现脖子上勒着一根绳子而感到震惊，但他很聪明，明白自己不可能知道所有问题的答案，他的医生也未必知道。齐克明白，他被困在一个危险的迷宫里，这个迷宫几乎要了他的命。如果他要找到一条出路，就不能停止寻找。“我什么都试过了，”他告诉我，“这是我第二次深陷抑郁症了。”

这时，鲜鸡蛋在黄油中噼啪作响的香味，把齐克从猫咪身旁吸引到了厨房。“所以说，我们今天的训练项目是什么呢？”他问道。

“小伙子，在你来之前，我们还想休息一天呢。不过，既然我们怎么样都要淋湿了，那不妨蹚几条小溪试试。”我说。

现在就开始担心过河的问题未免有些操之过急。我明白，我们只和齐克说了“有可能”会去科罗拉多的事，他“有可能”愿意来，我们也就聊了这么多。事实上，我们现在的进度还不如以前呢。我几个月前半途而废的计划已经是一盘散沙，现在只剩下四分之一了。我原来所依赖的那些人、那些方法，现在开始一个接一个地土崩瓦解。我们还能用塔尼娅的拖车吗？她还会帮我们开车吗？谢尔曼有什么办法能自己跑呢，还是说我们得拉两头驴子过去，抑或是三头？米卡真的能在高山上跑 50 公里的路吗？玛蒂尔达能行吗？我一无所知。但有一件事我很确定：在那条赛道的某处地方，有几条冰冷的溪流等着我们。如果我们想要参加赛驴跑世界锦标赛，我们就必须做好准备。

“好吧。马上吃完。”齐克说着，盘子里还有一半食物，他站起身来，一边用叉子把食物往嘴里塞，一边朝水槽走去。

“别急，”我说，“先坐下来，吃完再说。”目前为止，事实证明，我最开始对齐克的担心有些杞人忧天。不管我如何评价那天的训练状态，不管外面的天气有多冷或多闷热，不管那天驴子有多累，齐克从不吐槽，也未事后抱怨。也许是他当年的游泳队训练经历使然，但他环顾了一下我们仨，貌似觉得如果米卡和我是教练，他就必须来当队长。每次我特意称赞他从不迟到或从不缺席训练时（即便是偶尔我们想让他缺席），他总是回答说：“是的，我发现你们也需要我保证训练的准时性和连贯性。”他没有哼哼唧唧地训练。他就是在做自己。

三人三驴，集结完毕

谢尔曼一直走到门口，一点儿也不忌惮恶劣的天气，花儿和玛蒂尔达还在驴棚里徘徊，不情愿地跟在它身后。我们牵着花儿的缰绳，它在后面瞎扑腾。后来我们开始在路上慢跑时，它才真正让我们付出了哄它出去淋雨的代价。我们保持紧密的跑步队形，齐克夹在花儿和谢尔曼之间，这时花儿松了松屁股，几声号角声长鸣。它放的屁又长又响，臭得简直反人类，甚至还带着节奏感，与它的步伐节奏同步。可怜的齐克深陷其中，左边是谢尔曼，右边是路边电丝网。

“啊，我的天呀！”齐克缩了下身子，在鼻子前挥着手，“像飞机喷洒杀虫剂似的。”

齐克一直被困在“战火区内”，直到我们跑到岔路口，转向碎石路。齐克刚逃出来，就扔下绳子，冲到了花儿面前。他举起手来警告花儿：“你再放一次试试！”然后开始放出自己的整蛊大招。要说这个大招是怎么憋出来的，多亏了他吃的第二顿早餐。

齐克对着花儿比画着一个休战的手势。“两军讲和怎么样？”他建议道。

“我的天！”米卡呻吟道，“这个团队需要一些更讲文明的女生。”

于我个人而言，我倒是挺开心的。我一直害怕齐克还蒙在死亡的阴影之中，怕把他逼得太累了，或者没注意到某个他坚持不住的迹象，但是现在他用“使命召唤”这招，和一头驴子打“游击屁”战，我彻底相信他现在已经走出心理阴影了。更不用说，还挺搞笑的。

“差不多啦！”我鼓掌道，“现在，收回大招。”

齐克快步走回谢尔曼身旁，捡起绳子，我们六个又恢复了原来的配速。在碎石路的尽头，灌木丛中隐藏着一条通往小溪的小路，我让大家在此处停下来。我领着花儿穿过树丛，来到小溪边上。我们现在没有“山羊精神导师”了，无法让谢尔曼尾随辣椒狗那样的山羊，但我指望着用相同的身体语言，达到类似的效果：我大步迈进小溪中，头也不回，希望我可以像辣椒狗一般，把我的强烈自信和强烈目的，通过绳子传递到花儿的身上。如果它继续往前走，其他两头驴子就会排成队形跟在后面。

小溪静静地流淌着，只有小腿那么深，不过六步那么宽。我迈了进去，显得平静而轻松。为了安全起见，我紧紧抓住——空气。

我伸手抓了个空。绳子从我的手中溜走，花儿急忙躲在谢尔曼和玛蒂尔达后面寻求庇护。关键时刻，米卡踩在那根溜走的绳子上，绳子才停住。

“我来试试怎么样？”齐克问道。谢尔曼还在河边。花儿躲起来的时候，它却一动也不动。谢尔曼盯着花儿看，就好像它们俩从不认识似的。嗯，这是否说明谢尔曼已经彻底掌握了辣椒狗教给它的蹚河技能课程，而这位升级版、全地形终结者现在觉得花儿是个胆小鬼？或者它只是跑累了，想喘口气？我权衡了一下目前的选择：齐克没有带着驴子过河的经验，但在此时此刻，驴子也不在我身边。

“好吧，试试吧，”我同意了，“往前蹚蹚看，看看花儿会不会跟过去。”

齐克的表现十分完美。不知怎的，他精准地感受到应该在绳子上施加多大的力道，知道自己应该在谢尔曼脑袋旁的什么具体位置。我自己都不可能做得更好了，我刚想表扬一下他，突然齐克脚下被绳子一绊。谢尔曼屁股蹲下去，脑袋一扯，把齐克拉得一个趔趄，栽进水中。齐克爬了起来，又试了一次。这一次，他像水手般拉紧绳子，说了一个完全没用的词：“来吧，谢尔曼！”齐克哀求道：“来吧，来吧，来吧！”

“米卡！”我叫道，“该你上了！”我对齐克说：“不要跟它角逐力量。你赢不了的，你只会让它越战越勇。开始执行 C 计划。”

米卡把花儿的绳子递给我，领着玛蒂尔达走向河岸。“走吧，宝贝！”她低吟着涉水过河。玛蒂尔达犹豫了一下，然后在她后面溅起水花。谢尔曼还在和齐克拉锯着，还没有从它那“我就不信治不了你”的蹲姿中恢复过来，所以我把花儿带到河岸上，就听齐克喊道，“别，别，别，啊！别，小心！”

我一阵眩晕，看到花儿从岸边一跃而起，想大步跳过小溪到河对岸。每个人都能马上判断出花儿跳不过去——每个人，也就是说，除了花儿。花儿的眼睛盯着玛蒂尔达，米卡却没有注意到这一切。

“闪开！”我喊道。

一切都太迟了。一头重达 280 公斤的飞驴在河中央坠落，米卡离它只有 10 多厘米的距离。米卡踉踉跄跄，好半天才站稳了脚跟，保持住平衡。但玛蒂尔达没有。它冲出了小溪，拼命逃跑，大概也只有一头母熊扑来才会把花儿吓成这样。谢尔曼紧跟其后，它不知道发生了什么事，只是担心这一系列的骚动意味着大家都要抛弃它了。米卡和齐克立即松开绳子让开，他们可不想被拽到大石头上。三头驴子都脚踏在干燥的岸边时，它们停下来回头看了看，好像我们这三个湿漉漉的人一直在妨碍它们的行动。

“我其实不想这么说，”在我们艰难地蹚河时，我说，“但我们应该趁热打铁带它们再过一次河，这样他们才能真正掌握。”

“这次要抓住花儿。”米卡回应。

“并不是说我没有——”

“是啊，没问题。抓紧它。”

“一定会的。”

我又试了一次，但花儿又飞跳起来。这一次米卡已经有所准备，在花儿还没有飞到空中之前就闪开了。在第三轮尝试中，花儿紧张地用蹄子抓了抓岸边的土地，然后小心翼翼地涉水过河。在我们第五次过河的时候，花儿和谢尔曼都跟在玛蒂尔达后面，几乎不费吹灰之力。

“搞定了！”米卡说。

“至少在明天之前，它们都能掌握技巧。”我同意了，准备收工。我们在外面训练了将近两个小时，虽然我们没跑很远，但今天的训练成果显著。我们刚出门的时候，我不确定齐克会怎么应对他遇到的第一个颇有压力的挑战。我记得一位跑酷教练曾对我说，他教的每一群人中都有三种类型的学员：小丑型、炫耀型和解释型。齐克都不是。需要他时，他就站出来；不需要他时，他就退回去。失败的时候，他并不沮丧，不责怪自己，也不责怪我们，甚至不责怪谢尔曼。我们都累坏了，浑身都湿透，但我们——人类和驴子都一样，已经彼此考验过对方，结果发现我们是可以互相信任的。

“准备好吃午饭了吗，齐克？”

“嗯，饿啦！”

我们吃力地爬出小溪，挤干鞋子，趁机让驴子充分放松，这样它们就可以在碎石路上竞相跑回家了。它们一进大门，就直奔谷仓，把绵羊和山羊挤得满处都是。绵羊和山羊正盯着窗外的雨，我敢肯定，羊群一定很兴奋，因为我们要训练驴子的缘故，驴子们不会再烦它们。齐克和米卡收拾绳子和笼头时，我走进屋里，准备培根做 BELTS 三明治（配料包括培根、鸡蛋、生菜、西红柿和塔巴斯科三明治）。

比赛比想象更疯狂

在我打电话的时候，米卡和齐克进屋了。我撒了个谎：“我要多了解一些科罗拉多河的情况。”真的，我只是想炫耀一下。自从我第一次也是仅有的一次参加赛驴跑以来，我和传奇冠军哈尔成了朋友。他已经 50 多岁了，还在各种比赛中夺冠。平时，哈尔是一名记者和自由编辑，撰写自己在科罗拉多弗朗特岭的冒险经历。我第一次联系他，告诉他我想和谢尔曼参加赛驴跑时，他就非常鼓励我。当年我们在莱德维尔镇碰见的时候，我以为他是一个冷漠的混蛋，但我发现那只是比赛前的哈尔，他对这项运动仍然那么专注，35 年的冠军生涯都没有安抚他比赛时的紧张情绪。然而，比赛后的哈尔，整个人就像一只泰迪熊。

“你们加大跑量了吗？”我打电话给哈尔时，他问我。

“跑量加大了一点。我们今天主要训练过河。”

“不错，”哈尔赞许道，“对比赛有帮助。赛道上汹涌的河水可能会让你退赛。”

“汹涌的河水？”我重复道。

“汹涌的河水？”米卡和齐克脱口而出。

“有多汹涌，呃，小溪有多宽？”我问。米卡和齐克现在都目不转睛地盯着我。

“要看融雪量和天气，”哈尔说，“有时会齐腰深，在 10 米左右宽吧。”

“10 米……”我刚要说些什么，然后感觉到米卡和齐克的眼睛在盯着我看。“好吧！看来我们还要多多努力了。”我谢过哈尔，挂了电话，然后匆匆从烤箱里端出培根和烤面包。“哇，烤得火候刚刚好！”我说，但米卡并没有被我带偏话题。

“‘汹涌的河水’是什么情况？”她问道。

我轻描淡写地解释电话里的内容，忙着弄三明治。是的，我必须承认，比赛要比我想的更疯狂，但有什么可担心的？如果我们决定去比赛，我们仍然有足够的时间准备。但我却很担心。我带着我的妻子，以及一位内心挣扎的年轻人，还有三头脆弱的动物走进大山，如果遇到什么麻烦，可没法把他们救出来。我们还要弄清楚很多事情。我要抓紧时间了。

19

你很少会赢，但总有赢的时候

如果你掌握了这项运动的精髓，就不再会有那种“明日复明日”的生活态度。没错，就在这里，就是此刻。这就是拓荒者的秘密：坚持、耐心和热情。

柯蒂斯

名言经常被引用的人

啊！

纱门“砰”的一声关上，我猛地抬起头。这里是科罗拉多州圣格雷德克里斯托山附近，我驾车行驶在一条偏僻的小路上，开进了哈尔满是尘土的家门口。刚下车，一个素未谋面的小孩就从屋里出来冲向我，好像一心想把我“干掉”似的。

“儿子！”我听到有人在他身后喊道，“儿子！”

看这势头，拦截弹道导弹都比拦截这个小孩更容易。他是一个随时会爆发的小孩，紧握着双拳，挥动着双腿。在离我只有几步远的时候，我从他的攻击角度看出，他的瞄准系统好像没有锁定在我身上。他的目标更像是定位在我的左后方。啊！情况更严重。现在我明白了为何屋里传出来的声音如此恐慌。在我身后，三头猛犸象般的巨兽紧贴着围场的大门。科罗拉多州的驴子与花儿和谢尔曼都不同，它们完全是另一个品种。这些野性难驯的动物从猛兽进化而来，靠踢死美洲狮得以存活至今。哈尔就曾目睹一个朋友被踢掉了牙齿，最近哈尔自己也被狠狠地咬了一口。如果像哈尔这样的赛驴跑大师在牲畜栏里也自身难保，那么这个孩子的疯狂冲刺显然是在自寻死路。

“喂，等一下！”我叫道，可是小孩飞快地跑过去，跑向围场大门。我做好了一场血战的准备——

却发现，哈尔向我伸出手。

“路上还顺利吗？”他问道，“哈里森，过来打个招呼。”

所以，这位就是哈里森（Harrison），又名“小模糊”。我从和哈尔的聊天中得知小模糊的故事。我知道他只有11岁，而且患有“神经多样性”疾病，哈尔喜欢用“自闭症”这个词，因为它会“发掘更多的可能性”，用哈尔的话说，“这样会避免他人产生刻板印象”。哈里森很小的时候，父母发现他在音乐和机械方面颇有天赋。他唱歌很好，弹钢琴时也很放松，玩电脑游戏时也很开心，喜欢拆装锁具和时钟，而且越复杂越好。他心情最好的时候，会为妈妈唱一首“芒福德和儿子”乐队的歌，而在他心情最差的日子就不是这样了。其实，心情最好和最差的日子有时就是同一天。在一次学校越野跑比赛中，哈里森一马当先，但是阵阵欢呼声让他害怕得躲进了灌木丛。幸好后来有位善良的女士，带着一只金毛猎犬，连哄带骗让哈里森跑向终点线。哈里森一圈接一圈地从地上滚到了终点线，就像身上着火了似的。事实上，哈里森的奔跑速度惊人，耐力也堪比马儿，因此，人影“模糊”——但我们永远无法知道他能不能用尽全力奔跑，和观众们击掌跑到终点线，是否会挥舞着拳头冲到人群中，等哈尔和他赛驴跑的队友把他逮住。“哈里森，过来啊！”哈尔又喊道，“隆重介绍一下，这头驴子是拉雷多。”

哈里森，又名“小模糊”。（图片经 Hal Walter 授权使用）

令人惊讶的是，哈里森“砰”的一声把大门关上，这些猛犸象般的大驴都没有退缩的意思。“它们和他很有默契，”哈尔告诉我，“从小就是如此。”哈里森在小时候，每天下午都过得很艰苦。哈尔把儿子扔到拉雷多的背上就不管了。片刻之后，男孩和驴子就已经开始漫步在长路上，哈里森唱着《黄色潜水艇》（*Yellow Submarine*），拉雷多的耳朵扇来扇去。除了哈尔和妻子玛丽（Mary），很少有人知道驯养驴子的秘密。其中多亏了哈里森在弗朗特岭的艰苦生活，鲜有人能有手把手驯养这些“神经多样性”大型猛兽的经验。我想学习他们所掌握的一切驯养知识，尤其是我不确定是否让齐克这样心理脆弱的孩子参加这样一项让人沮丧和气馁的运动。我不知道这到底是一个明智的选择，还是一次愚蠢的冒险。谢尔曼是很可爱，但我也亲身体会过，只需要一分钟，它就能让你的血压飙升，摧毁你的自尊心。

“好，我明白你的意思了。”哈尔同意。我一边给他讲“三驴帮”的故事，一边站在门口欣赏他的三头比赛驴子。“多奇怪啊，它们让你头疼不已，又让你爱得发狂。”

生命中最美好的时光，是和动物在一起

多年以来，哈尔被驴子踢过、咬过，被绳子灼伤过，和驴子走散过，还被驴子弄得手足无措过。哈尔的妻子玛丽也是名杰出的运动员，曾在 20 世纪 90 年代初连续三次赢得世界冠军。后来有一次，她的腿被绳子绕住了，一头受惊的驴子拖着她在崎岖的山路上狂奔，导致她受了重伤。但他们决定将这一切淡忘，忘得一干二净。因为哈尔和玛丽发现他们可爱的小儿子余生都将苦苦挣扎后，他们的人生便跌入了谷底。就在这时，驴子以他们无法想象的方式来到了他们身边。

“我倒不是夸张，”哈尔说，对于一个酷似木雕和皮具工匠的人来说，这句补充倒显得没有必要，“要说我生命中那些最美好的时光，还是和那些动物在一起的时候。”

哈尔和玛丽在十几岁时就认识了，当时他们还是科罗拉多大学博尔德分校的新生。课余时间，他们一起徒步、跑步、滑雪。毕业后，他们开始了自己的职业生涯，哈尔当记者，玛丽当护士，他们搬到了第一个家，那里的牧场很宽敞，足够哈尔刚收养的超级酷炫的小毛驴杰克随便蹦跶。还在上大学

的时候，哈尔便第一次体验到了赛驴跑的乐趣。一天晚上，他的手机突然响起来，是柯蒂斯打来的电话。柯蒂斯急需一些速度飞快的跑者来帮他带带比赛的驴子，他听说哈尔是一名厉害的越野跑者。哈尔很感兴趣，这可倒好，他以最后一名的成绩完成了自己的第一场比赛，在接下来的 18 年里，他努力击败像柯蒂斯这样经验丰富的老将，但均以失败告终，最后他终于一战成名，惊人地拿下了七次世界冠军。驴子可能是让他坚持跑步的唯一原因。“公路赛跑非常乏味和单调，”哈尔告诉我，“但是和驴子在一起时，你注意力高度集中。你永远不想放弃，因为你总是觉得自己马上就要解开赛驴跑的神奇秘密。”

在 2015 年赛季的第一场比赛，科罗拉多州乔治城一场 14 公里的比赛前一周，哈尔得了胃病。他病得都跑不动了，但他已经答应为两个朋友开拖车拉驴子。他驾着车翻山越岭，雨雪正击打着挡风玻璃，他突然发现车胎瘪了。他把车停在路肩，一边咳嗽、吸着鼻子，一边把驴子赶出了拖车。换好轮胎后，手指都冻僵了，他又把驴子拽回车上。为了准时赶到比赛现场，他在结冰的路面上飞驰。他浑身湿透，颤抖不已地赶来了，却发现催他一路开车拉驴的一个朋友反悔不想比了。去他的！哈尔决定亲自出马。他从卡车的后备厢里掏出一件紧身裤，穿着那件笨重的菲尔森工装夹克，小跑向起点。他打算比赛一开始就把大衣脱下来，但太冷了，就一直没脱。意料之中，哈尔在中途折返点处排在最后一名。一马当先的是贾斯廷·莫克（Justin Mock），一名来自丹佛市跑得超快的 32 岁跑者。他参加赛驴跑的历程有些“奇葩”：在小时候住的农场里，有匹他很讨厌的宠物斑马，总是追着他跑，农场里的“猫和老鼠”游戏最终把他训练成 2010 年伦敦马拉松赛中的美国顶尖选手，同时也是博尔德 10 公里比赛上穿着大猩猩套装跑出人类有史以来最快成绩的选手。在乔治城的赛驴跑中，贾斯廷以第一名的优势冲向终点，这时他回头一看，看到一个疯子穿着迎风飞扬的帆布夹克朝他冲过来。贾斯廷加速冲刺。当他再次回头看时，疯子已经不见了，而是突然出现在前方领先位置。哈尔一直在等着贾斯廷向左看，然后瞅准时机再切到右路，最终跑赢了比赛。那年，他 55 岁。

哈尔证明了一件事，赛驴跑资深选手可以打败马拉松精英跑者。
（图片经 Kelly Doke 授权使用）

“不能说赛驴跑耗费了我的青春。”哈尔辩解道。但是，好吧，他确实有段时间放弃了新闻工作，而是作为一名职业赛驴跑选手，开着他的拖车驶过美国西南部，与柯蒂斯一起，从一个城镇辗转到另一个城镇去竞逐比赛奖金。好吧，他至少会承认的一点是，最终是这头驴子促使他向玛丽求婚的。有一天，玛丽正在洗澡，清理那次比赛被驴子拖在赛道上留下的伤口时，混合着血水的洗澡水都快漫到了脖子，这时哈尔在浴缸旁边单膝跪下求婚。就连驴子都没有哈尔在这项运动中的时间长，他的参赛年头太久了，换过 8 头驴子。它们要么太慢，要么就是太老了。没错，在众多马科动物中，驴子的服役时间是最久的，但再久，也还没有哈尔久。

但是他经历过的一切，那些在冰冷山顶上的几公里路，那些他买的堆积成山的干草，以及那么多次在暴风雨中艰难跋涉寻找走失的驴子，都在哈里森出生的那一刻，被赋予了意义。哈尔认为他已经很擅长驯驴了。他从来没有意识到，其实是驴子在训练他。

哈尔的心事

玛丽最先怀疑是不是哪里出了问题。“老实说，她是唯一一个。”哈尔说。玛丽听丈夫讲了大概情况，扫了一眼，看哈里森是否还在玩电子游戏，然后点头表示同意。哈里森还不到一岁的时候，她就开始注意到那些让她担心，也只有她才会担心的事情。“哈尔就是不愿意相信。”她说。

我们来到了沃尔特家迷人的农舍，在那里可以欣赏到绿色的科罗拉多平顶山，一路延伸至红色条纹状的山脉。那天清晨，玛丽在和哈里森闹脾气。现在他长高了，更健壮了，声音也洪亮了，他捉摸不定的脾气变得更难控制了。但在那一刻，还是没有任何迹象表明，他们的生活不可能会不美好。哈里森的扮相看起来让人害怕，像个瘦削的小流氓，一头乱蓬蓬的金发，眼神里闪烁着调皮的光芒。就像哈尔一样，玛丽的皮肤是棕褐色的，看起来很健康，和蔼可亲，人又幽默，善于倾听别人的想法，很容易被逗笑，总是有独到的见解。你不会怀疑这个家会出什么问题。在很长一段时间里，甚至在哈里森差点死掉的时候，哈尔也没有怀疑过。

在哈里森还小的时候，曾有两次差点窒息了，哈尔必须立即采取行动，用海姆立克急救法压着他的胸部，直到食物从哈里森的气管中喷出来。玛丽坚信饮食问题是危险预警的先兆，哈尔却咕哝道，只是意外而已。她随即指出，哈里森的其他怪癖也能说明问题。比如一遍又一遍地重复同一个单词，比如痴迷于开门、关门的动作，比如发疯似的跑来跑去，却丝毫没有意识到自己正径直撞向家具。他的皮肤极度敏感。“他不会戴任何类型的手套，”哈尔承认，“只要袜子里有一根松了的线头，都会让他尖叫和发怒一整个早上。”

玛丽不顾哈尔的反对，带哈里森找专家做了检查。在一次治疗中，治疗师一提到哈里森“像自闭症患者一样”的行为时，哈尔便勃然大怒。“感觉我内心深处有个牛仔，一心想把这名心理学家从家门口赶出去。”哈尔抱怨道。但那天晚上，他听到玛丽独自绝望地哭泣，他幡然醒悟，知道自己必须做点什么了。哈尔意识到，不能再拒不承认儿子的问题了，他应该开始帮助儿子。但怎么做呢？他是个牛仔，是骑在马背上的男人。若非如此，他几年前就可以安定下来找一份坐办公室的工作，可他为什么还在努力做一名自由记者的同时，又做着农场经理的工作呢？哈尔打赌，如果那些心理学家也给他看看病，他们也会给他开出药方的。连哈尔自己都闲不下来，又怎么帮助儿子呢？

没错，当哈尔向柯蒂斯坦陈这些心事时，柯蒂斯动容了。如果这个自闭症的谱系是真实存在的，那么他自己可能也是其中一位。

柯蒂斯补充道："我也有这个病啊。"他提醒哈尔："说真的，姑且想想我们那些队友吧：索巴尔独来独往，喜欢用假名参赛；克林特·罗伯茨（Clint Roberts）被他女朋友的前男友捅了一刀；还有故去的老朋友罗布·佩德雷蒂（Rob Pedretti）……他们每个人都很喜欢山野，都很棒，都是最好的搭档，都是超有同情心的赛驴跑爱好者。不过，要说他们的性格，算了吧：谁也不会否认，他们每个人都有点不正常。"

柯蒂斯沉思着，也许这就是我们自我疗愈的方式。我们给搭档套上笼头，爬向高处，奔向天空，直到有什么东西重新唤醒我们的大脑，让我们再次感觉世界美好。可能是飒飒作响的松树，也可能是我们怦怦跳动的心脏，抑或是搭档温柔且均匀的呼吸声。

柯蒂斯相信，我们这帮怪人是失落文明的最后守护者。我们就像老旧的方形螺丝钉，就像那些带着驴子满世界游荡的神秘主义者和矿工，因为我们知道，当遇到对应的螺母时，四蹄狂奔就是我们楔进去的最佳方式。

毕竟，看看它给年轻的本·沃恩（Ben Wann）的生活带来了什么改变。

神奇的马科动物疗法

那是在距市区三小时车程的丹佛市郊，本在 10 岁时癫痫严重发作，住院一周才能开口说话。本的父母布拉德·沃恩（Brad Wann）和安布尔·沃恩（Amber Wann）担心他下次发病时会死掉。似乎无能为力了，但任何一位了解沃恩一家的朋友都知道，如果你真想激他们一下，就对他们说“无能为力”这个词好了。

布拉德是一个身材魁梧、满脸胡须、虎背熊腰的彪形大汉，他的工作是在住户家里安装扩音器，以此来震撼你的世界。安布尔为人热心，长相甜美，身形只有布拉德的一半，但要论如何保护孩子，他们就要打得不可开交，最后只能抛硬币决定。以医用大麻为例：当安布尔发现大麻对本的病情有帮助时，她让本随时准备一些大麻，虽然后来学校给儿童保护服务中心打电话把她举报了。安布尔一路抗议到州首府，直到立法机构将医疗大麻在学校系统内合法化，她才肯善罢甘休。

难怪在她听说马科动物疗法后不久，柯蒂斯家的电话就响了。柯蒂斯以前从来没有经历过这样的事。他是一位上了年纪的未婚男人，和女朋友住在树林深处。他还养了一群半野生的牲畜，岁月静好。那里没有公路，更多的是泥土上的车辙印。但管他呢，如果沃恩一家愿意开长途过来，愿意受累出点汗，柯蒂斯倒是欢迎他们来参观。柯蒂斯请沃恩一家来一起过感恩节，席间吃到一半的时候，本突然癫痫发作。“本完全失去记忆了，”安布尔说，“但是柯蒂斯，啊，天啊，这可伤透了柯蒂斯的心。我们把本和动物带到了户外，他却没事了。”

癫痫过后，本恢复过来，但柯蒂斯内心的创伤却永远无法恢复。从那天起，他和驴子开始竭尽全力帮助本。柯蒂斯相信，只有和驴子一起并肩作战的时候，你才能真正地和它建立起联系，所以他说服沃恩一家和他一起进山徒步。“我们第一次去那里时，他带着我们走了 8 公里路爬上了哈佛山。”布拉德后来告诉我，时至今日还是有点愤愤不平，因为他必须徒步，而本却可以骑着麦克墨菲——柯蒂斯最好的赛驴之一，“爬到海拔 4200 多米！”

“你为什么叫它麦克墨菲？”安布尔问柯蒂斯。“因为一个疯子飞越了疯人院[①]。”柯蒂斯回答，这并没有引起安布尔的警觉。安布尔应该提高警惕的。

“在我内心深处，我觉得没什么问题，”安布尔回忆道，“本一骑到驴背上，驴子的耳朵就竖起来了。驴子看起来威风十足，好像它肩负着一个使命：我要驮载着一件贵重的物品。”安布尔看到本这么开心，自己也十分兴奋。“作为一名母亲，在家带着一个患有癫痫的孩子，我都抑郁了，现在觉得可能我真的熬到头了。这种动物疗法是真的——”

就在这时，麦克墨菲摔倒了。

“最让人抓狂的事发生了，”柯蒂斯说，“麦克墨菲摔倒在泥里。我知道接下来会发生什么，因为我已经经历一千遍了。动物跌倒，翻滚，爬起来。这就是为什么那么多骑马的人摔断了一条腿，因为马在他们身上翻滚了一遍。但你知道麦克墨菲是怎么做的吗？它正要翻滚，但不知怎的，它停住了，挣扎着把身体扭回去。它有一种与生俱来保护那个孩子的基因。”

“就好像它突然想起了本，然后大叫一声‘哎呀’，把自己扭过来。”布拉德说，“我真想亲亲它。”

“你确实应该亲亲它，”安布尔对他说，“我就亲了它。”

对沃恩一家来说，这场闹剧让他们的生活有所改变。四年过去了，从那时起，他们就成了驴子们的头号粉丝。他们出现在每一场比赛中，老中青三代人都很健壮。安布尔的父母甚至还养了一对迷你驴，这样他们就可以跟在孙子们后面徒步了。“我们家周末不做其他运动，”布拉德解释道，“这就是我们的运动。”本的癫痫症状消退了长达六个月之久，他的体能和自信都达到了巅峰状态。

---

① 电影《飞越疯人院》(*One Flew Over the Cuckoo's Nest*) 的男主角叫麦克墨菲。——译者注

“戒药之后，看到本脸上露出的喜悦，这真是太酷了，”柯蒂斯回忆，“一定程度上，驴子让这家人的身心都很愉悦。”

就像针灸和冥想一样，马科动物疗法也仅存在于传说之中，很多权威人士都相信它确有疗效，但却无法解释其中的原理。作为一种医学方法，它既比希波克拉底誓言更古老，又比视力矫正手术更先锋。包括希波克拉底本人在内的古希腊医生，都将骑马作为治疗慢性疼痛和情感疾病的处方。在第一次世界大战时，英国医院的医生把骑马当作一种疗法，帮助治疗部队里的伤员。然而在美国，马科动物疗法到了 20 世纪 90 年代才开始被广泛应用，当时心理健康工作者开始尝试一些用其他方法无解的医学难题，来测试该疗法的应用潜力。

其中一个比较引人注目的案例，是罗恩·艾萨克森（Rowan Isaacson）的“马背上的少年”。2008 年，在得克萨斯州，罗恩还是一名 6 岁的自闭症儿童，后来突然变得非常暴力，严重到无法上学。“发怒是他的常态，”罗恩的父亲鲁珀特（Rupert）回忆道，“他不是在发怒之中，就是即将发怒。”但每当鲁珀特带儿子去骑马时，罗恩的情绪就会突然平静下来。他变得放松且专注，鲁珀特甚至还能教他在马上阅读。鲁珀特无法解释这是什么原理，但他恍若有种 4000 年前首位驯养野生马儿的蒙古游牧者的感觉。罗恩的父母带他去了蒙古府邸，向一些马术大师学习。当他们离开蒙古的时候，罗恩已经不是当初那个少年了。骤然发怒、焦虑、神叨叨的动作，甚至他对上厕所的暴力抗拒行为统统都消失了。鲁珀特指出，“罗恩仍然是自闭症患者，他的内在和许多天赋都与自闭症密切相关”，但是“一直折磨他的可怕的功能障碍症已经被治愈了”。

回到得克萨斯后，艾萨克森一家人专注于打造得克萨斯版的蒙古游牧营地，创建了一个康复中心，帮助其他有障碍的孩子也可以在马背上上课。“马背上的少年”基金会首席顾问就是罗恩。坦普尔·葛兰汀（Temple Grandin）说，也许罗恩的蜕变也没有那么让人惊讶，这位著名科学家就克服了严重的自闭症，成为世界动物行为研究的权威。坦普尔解释道，像罗恩和她这样的人是用视觉来思考的。动物也一样。这就是为什么“尤其是对自闭症儿童来说，动物往往是自闭症患者和‘正常’世界之间的联结点”。

以马类动物为基础的治疗方法，其效果也令人印象深刻。它可以治疗因创伤、性虐待引起的情绪失控、饮食失调和成瘾行为等症状。截至目前，虽然少有同行评审的研究，但越来越多的报道显示其效果是积极的。一项针对退伍军人的创伤后应激障碍调查显示，72% 的退伍军人在与马儿相处几周后，改善效果显著。同时，因危险过激行为而被拘留的少年犯，他们的冲动管理和社交技能则显著提高。据托莱多大学医学院的研究员称，要想了解马儿为什么对减轻压力和焦虑如此有效，你需要瞪大眼睛：看看这些家伙的体格有多壮！

“很多马儿会重达 450 公斤，甚至会更重。”研究员在小马对心理治疗的帮助报告中指出，马儿的庞大体形“为骑在马背上的人提供了生性敏感脆弱、缺乏力量和控制感的解决之道”。当你时常与对人类情感异常敏感的自然生物为伍，如果感到一位愤怒或紧张的人在接近你，你会觉得不舒服，很快你就会明白，最好注意自己的情绪管理，并保持对当下的完全关注。

作为回报，你体内会产生大量的内啡肽和多巴胺，这是从你习惯“狩猎—采集”模式的祖先继承而来的天赋，他们首先把马儿当作狩猎伙伴、逃跑工具和早期安全预警系统。与动物肌肤相亲带来的幸福感已经牢牢地编织在我们的基因之中，时至今日，当我们看到胡须和温暖的皮毛时，仍然会本能地感到内心平静。

如果你的眼中有光，你终将成为一束光

这样啊，好吧。也许这只是其中一半的原委，按照柯蒂斯的说法，这个理论忽略了驴子的美好特性。“关于驴子的一切都是有韵律感的，”他解释道，“它们的呼吸，它们的动作，都是 1-2-3……1-2-3……就像是完美的华尔兹舞伴。

它们是沙漠动物，所以必须如此。保持节奏，保持冷静。所以本从癫痫病中走了出来，他的心跳、呼吸都随着驴子的韵律而变缓了。”

“如果你的眼中有光，那么你终将成为一束光，”他总结道，“这个牛仔哲学怎么样？这很有赫胥黎的风格，但听起来像是某种来自远方的东西。”

本正准备迎接前方的激流和高峰。（图片经 Amber Canterbury 授权使用）

在柯蒂斯的引领下，哈尔和玛丽已经让哈里森在刚蹒跚学步时，就坐在一头没套马鞍的驴子上，让他们两个之间没有任何阻隔地接触在一起。哈尔在前面领路，玛丽在后面盯着，他们慢慢地走出围场，走进树林。

“我们经常唱歌，诵读书籍，辨认出路上看到的不同种类的树木、野花和动物，”哈尔说，“我们立刻就注意到在哈里森骑驴的日子，甚至是骑驴后的第二天，他的性情和行为都会明显改善，发脾气的次数也少了。”但驴子给玛丽留下的印象也一样深刻。记住，这些不是动物园里的宠物小马，这些强大的动物有着强烈的自卫本能，它们最讨厌被惊吓。它们体内的每一个染色体都经过了数千年的自然选择，尽可能地远离爆炸的噪声、突如其来的物体、猛冲的身体，换句话说，它们就是哈里森。一名自闭症儿童，就是驴子版本的警戒红灯，前方有危险！小心！但是哈尔从来没有刻意选择带哪头驴子参赛，更不必为“小模糊”而精挑细选哪头驴子。无论那年和他比赛的是哪头驴，成绩总还不错。

“我还是不太明白。”我对哈尔和玛丽说。即便是我亲眼看到哈里森像摔跤狂人吉姆·斯洛卡一样蹂躏牧场大门，驴子都不眨一下眼，但我的“眼见为实”远不能解释，为什么仅仅因为熊孩子这一天过得不太顺，动物们就会屏蔽了自己生存的本能？那些动物甚至都不是同一个物种的。在我去那里之前，就有人告诉我哈里森的事了。虽然我理解事情的全过程，比驴子们的反应还要慢。它们是看到了什么我没有注意到的东西吗？它们是如何在眨眼间意识到，明明看起来、听起来都预感到有危险来袭，但其实一定很安全的呢？

“我们的行动取决于逻辑。它们的行为是基于感官感知的。”玛丽解释道，“当我们在大脑中收集信息时，它们却依赖极其敏锐的嗅觉和听觉。它们的判断速度是惊人地、闪电般地快。”

“小模糊”可不是唯一受益于沃尔特家独门疗法的人。哈尔天生动手能力强，性情独立，甚至还有点不耐烦。他喜欢按自己的方式做事情，并且想做立刻就去做，如果有什么事情妨碍了他，他唯一的解决办法就是：埋头苦干。但早在哈里森出生之前，驴子就教会了他人生坎坷：闷头往前走是不会有好结果的。“我参加赛驴跑，就是想磨炼我成为一名父亲的意志。”哈尔坦率地说。你不可能蛮横地让一头驴子任你摆布，所以哈尔不得不做出妥协，改变自己，接受、适应和走一步看一步。驴子让他体悟到了一些自己可能永远不会发现的事情。比如：

第一条：你唯一需要做的事情，就是你此刻正在做的事情。

“拉雷多和布吉给我上了一课，教我如何对付像哈里森这样的孩子：你必须比它们更不急不缓。欲速，则不达。”

第二条：领路时要站在后面。

“你在要求一头驴子做件非常不自然的事情。

“远离它的伙伴，远离食物和住所，在大山里奔跑近50公里的路。你得让它发自内心觉得，这是它自己的目标。”

第三条：如果它们做错了，那是因为你没做对。

“有时它们本能的奔跑方向，不会和你想要前进的方向保持一致，”柯蒂斯说，“当这种情况发生时，你只能默默承受，自己把你的驴子弄回来，然后继续前进。因为当它们喜欢你的时候，它们会做任何事，除了自己打开大门跳进拖车里。它们会成为你的好搭档、你的老朋友。它们会和你一起去冒险。”

但是，正当你自以为对一切都了如指掌的时候，绳子突然脱手，你感到胸部被怒踢了一脚，所谓的“年度父亲、七届世界冠军先生”现在完全摸不到头脑。幸好你的老朋友哈珀·李（Harper Lee）[①]及时给了你一线灵光，给你上了最重要的一课：

第四条：你觉得阿蒂克斯·芬奇（Atticus Finch）[②]的生活就很轻松愉快吗？

“我想让你知道什么才是真正的勇气，”哈尔喜欢背诵《杀死一只知更鸟》这本书中的段落，“如果你在开始之前就知道自己已经失败了，你还是要毅然去做，并且无论如何都要坚持到底。你很少会赢，但总有赢的时候。”

①《杀死一只知更鸟》一书的作者。——译者注

②《杀死一只知更鸟》书中的人物，一名充满正义感的律师。——译者注

哈尔瞥了一眼窗外的夕阳。我们谈了好一会儿，天色已晚。

“出去跑个步吗？”他问道。

“好吧。行，如果你认为——”我结结巴巴地说，心里挣扎着找个后门儿溜出去。我飞过大半个国家，开车来到落基山脉腹地，有一半原因都是为了得到这个机会，拜倒在赛驴跑大师和卫冕世界冠军的脚下学习，但现在时机来了，我却开始自我防备起来。就好像斯蒂芬·库里[①]刚刚提出要带我去练习投三分球，听起来太棒了，没想到他真的给了我这个机会，对我说：“我们走吧。”如果你的愿望清单上有一项是某天和你心中偶像见面，请相信我：再没有比被邀请站到偶像身边小试身手，更让人觉得丢脸、尴尬，以及觉得自己没用的事情了。

但当哈尔听我说出“好吧”的时候，我就没有后路了。他和哈里森立即向门口走去，等我换上短裤跟在后面，他们俩已经套上了两只猛犸象般的驴子，正在车道上等我。哈里森非常渴望和我们一起去，但我答应了教他扔牛排刀的技巧，于是他就留在家里陪玛丽了。玛丽显然自有一套针对哈里森的育儿之道，她看起来并不介意，直接把哈里森带回屋里。

“跑个四五公里行吗？”哈尔问。

“听起来不错。”世界锦标赛的短距离组别是这个距离的 3 倍，所以如果 8 公里我都搞不定的话，我的比赛就废了。

哈尔带着经验丰富的老驴拉雷多，他把泰迪交给我。泰迪年轻而有活力，但有点木讷。哈尔在前面领路，泰迪紧跟在拉雷多后面。但一旦泰迪放飞了自我，我就应该向左边大挥一杆，把它拉回来，这样它就能回到正路上了。

“我们这次跑个轻松点的。”哈尔保证道。

---

① 斯蒂芬·库里（Steph Curry），著名篮球运动员、NBA 巨星，擅长三分球，并于 2021 年 12 月成为 NBA 历史三分王。——译者注

30 秒后，我两手空空，独自一人望着泰迪消失在远方，哈尔和拉雷多在它后面紧追不舍。我是想帮忙，但是心有余而力不足。脑袋在发晕，胸口在起伏，如果我现在不停下来，我就一脑袋栽倒在地上了。我的天啊，这个海拔简直要了我的命。哈尔承诺的没错，我们是慢慢地出发了，但泰迪很兴奋，挤跑了拉雷多，加快了速度。尽管如此，这倒不是个坏事，直到后来我突然坚持不住了。走了 100 米后，我的太阳穴剧烈地跳动，喘不过气。我拉住泰迪想让它慢点，但它根本不理会。一切保险措施都失效了，但当我往前冲刺几步努力去摸它脑袋的时候，我的整个世界都天旋地转，失去了一切理性思考能力。“想活，就放开这条绳子。”我脑海中的一个声音发出这道命令，我的手听从了命令。

哈尔追上泰迪把它拦下来，在大约 400 米处的地方等我。我半跑半走地朝他走去，想给自己找回一点面子，但感觉每跑 20 米左右，这个海拔高度都会把我身上的精气神吸走。哈尔的家位于海拔近 2400 米的地方，比丹佛的海拔高度还高出远远不止 1600 米，但仍低于世界锦标赛赛道的最高海拔高度 3658 米。我的天啊！即使我参加的不是世界锦标赛 46.7 公里的长距离组别，而是 24 公里的短距离组别，比赛也会非常残酷。米卡和齐克有生以来从未跑过那么远的距离，更不用说孤身一人奔跑在这可怕的“喜马拉雅山”上了。而且驴子怎么办？

“别担心！”哈尔喊道，我正摇摇晃晃地朝他走去。“你会习惯的。”

我挥挥手，省得自己喘不过气来。我还没来得及跟他请教过河的事情呢。

20

我们是一个团队

时不我待。在 5 月的一个清晨，我们决定豁出去，把驴子带到林中迷宫里去。

现在有两个悬而未决的问题只有塔尼娅才能解答，其中之一便是如何攻克林中迷宫的难题。

“准备好大干一场了吗？”我问齐克。他是早上七点半到的，光着脚，眼里还有些睡意。这一次，我已经把驴子拴好了，一切就位。我甚至还拿出了为他准备的三倍浓缩意式咖啡，这样我们就不用再耽误时间找喝的了。“拿上这个，穿上鞋子，”我说道，并把马克杯递给齐克，“我们就要开跑了。”

谢尔曼一定是感觉到有什么特别的事将要发生，也有可能是它被齐克的咖啡味弄得心神不宁。它有些紧张，又被弄得精神抖擞，撕咬着花儿，好让花儿一会儿追上它，这阵忙活可把玛蒂尔达烦得要死。

“为什么这头小野驴今天突然变得这么兴奋？”我大声问道。

“谢尔曼的脑回路永远是个谜，”齐克说，“只有弗洛伊德·驴心理医生才能研究明白。”

我走到花儿和谢尔曼之间，用身体把它们分开，结束了谢尔曼的恶作剧，然后把花儿领到路上。米卡从屋里出来，给我和齐克拿了手持水壶，我们都——愚蠢地——拒绝了。米卡耸了耸肩，自己拿了一个，在口袋里塞了些杏仁，往下压了压空顶帽的帽舌以防日光太强。

“大家都还好吗？”我问，“来吧，看看我们这次跑得怎么样。”花儿一定是感受到空气中弥漫的兴奋，还没等我吼出指令，它就已经开跑了。我勉强跟上它，祈求自己要么热身充分了，要么就选了根长一点的绳子。幸运的是，希望就在前方：3 个月来，花儿每天跑在碎石路上的时候，都要经过 AK 家电锯店门口的同一处标志牌，它还没有摆脱心中的恐惧，必然会在一处扁平的、橙色的、死气沉沉的什么地方停下脚步。它脚底打滑突然停下来，我趁机把手垂下来，大口喘气。我已经跑得汗流浃背了。

“看来今天的训练有点热。”我说。这时米卡和齐克追了上来。“我们还是应该多跑跑，在被晒化之前回家。”

“听起来不错。”齐克说。他太了解我了。

“你确定还要跑吗？”米卡问。

我摇摇手，马马虎虎的感觉，“再跑会儿吧。”

我们早就想探索“林中迷宫”了，但从来没有勇气去尝试。在离我们家大约 5 公里远的树林里，一处陡峭的山坡延伸至萨斯奎汉纳河边，那里有个古老的板岩采石场，历史可以追溯到 18 世纪。将近一个世纪前这处采石场就荒废了，渐渐地被森林吞噬，只留下几条窄窄的狩猎路线。几乎每次我进去的时候，就像迷了路的布莱尔女巫一样绕圈找路，但最后总会发现自己站在 15 米高的悬崖边上，悬崖之下便是河水。最终，我筋疲力尽、伤痕累累、跌跌撞撞地逃出这里，对这里从没有过什么期待。整个冬天，我都这么训练。只要是在我们不训练驴子的日子里，我就去“林中迷宫”探险，一心想找到一条可以从头跑到尾的小路。有一天，我去了一条一直避开的未知小路碰运气，因为这条路显然直接通向河边。我循着它跑过了弯弯曲曲的峡谷，不到 2 公里的路程让我更加迷茫和后悔，突然我从树林中跳出来。让我惊惶又讶异的是，我正站在一条通往塔尼娅家前门的土路上。

我不知道是哪位研究诡异动物逻辑的学者，提出了这个曲线过山车效应，但它确实有效。我发现，其中的诀窍就是无视自己的方向感，在我的大脑发出“向左”信号的时候必须要向右。不过同时和三头驴打交道的时候，能否真的做到这点就是另一回事了，但这也正是我们必须尝试一下的主要原因。等我们到了科罗拉多州后，可能就会在大山里瞎跑。从宾夕法尼亚开车到那里，至少要花两天时间，也许要三天，我们几乎没有时间去侦察地形。到了比赛那天，我们最大的敌人可能不是高山上稀薄的空气，或是轰隆隆的河水，而是六个不同的个体在为自己的生死做出不同的选择。所有人都会紧张、疲惫，并且确信其他五个人都完全吓蒙了。我们已历经重重困难，如果不能在险境时齐心协力，那就彻底完蛋了。林中迷宫，可能就是我们完美的实验训练基地。

“嗨嗨嗨嗨——呀！”我对花儿喊道。它轻快地小跑起来，现在我的身体放松了，跟在它后面慢跑是一种享受。我们咔嗒咔嗒地跑到碎石路的尽头，然后把身子探进一处大爬坡：沿着 1.6 公里长的石板山路往上爬，一直通向林中迷宫的边缘。大爬坡是一次永无止境的磨砺，花儿却如梦幻般奔跑着。它流畅地往山上跑着，我也进入了全然忘我的境地。不出一分钟，我的胸口开始起伏，于是低下头，开始数着自己的脚步。一、二、三……

我数到十，然后从头再数一遍，通过数数来转移自己想要放弃的念头。一、二……

咣！我砰的一声撞在花儿的屁股上，把我和它之间仅有的那点空气挤得稀碎。它停得那么突然，我从没见过它这般僵住的样子。我环顾四周，找不到通常会让它停下脚步的标志。没有刹车的痕迹，没有悬挂的树枝，甚至也没有它自己的影子。米卡和齐克气喘吁吁地赶上来了。

“你还好吗？”米卡问。

“还是花儿那些奇奇怪怪的点。”我说。我把花儿叫回来，场景再现——嗨嗨嗨嗨——呀！但每次我们一开始，它就又僵住了。花儿本应该是张王牌，是一马当先把我们都甩在后面的佼佼者，但我们还没跑到林中迷宫呢，它就出问题了。真的是它出问题了吗？虽然我很生气，但我记得柯蒂斯说过的话。“一群蠢货，还敢怪它。”他哼了一声，“开始哭诉驴子的毛病之前，先想想自己有没有犯什么错误。”

我们又返回坡上，这次没有数数。我来回扫视着花儿与路面之间，寻找能让花儿骤然停下脚步的秘密。就是那儿。我看着它棕色的大眼睛转到一边，向右看着……

我！

“原来是我自己。大！傻！帽！”我哼了一声。这就是我干的好事。花儿对它看到的东西没有反应，只对自己听到的事情有反应。每当我的呼吸声变得急促刺耳时，花儿就把它当作暂停的信号。它没有理由不停下来。驴子是自然界的幸存者，如果那座大山能把我累得苟延残喘，它凭什么要尝试同样的事情呢？花儿也不傻。它测试了我的领导力，发现我有两个缺点：我没有勇气下达命令，另外它一给我喘息的机会，我就乖乖地用了这个机会。必须有谁变得更强势，而这肯定不会是花儿。

我们必须比驴子更强大

到了山顶，在进入林中迷宫之前，我们停下来围在一起。

我警告他们：“小心别崴脚了，前一公里非常难搞。”卡尔·梅尔策（Karl

Meltzer）是一名创造了阿巴拉契亚小径最快纪录的超级越野跑者，他曾经说过，在他穿越 14 个州、跑过的 3540 公里中，宾夕法尼亚州的地形最崎岖。它们就像尖牙一样从地下长出来，向上突出，让你感觉自己就像是在鲨鱼大怪兽的嘴里跳舞一样。幸运的是，只有林中迷宫的入口处是这种地形。先跑过大约近一公里长的鲨鱼利齿，之后小径的技术难度就变小了，基本都是硬化的泥土。

花儿和我打头阵。我们小跑进树林，山坡上尽是几百年开采板岩后留下的沟壑，我们慢跑于其中。万物生长，人类又疏于照料，反而使这个地方奇迹般地恢复了更自然的状态。这里郁郁葱葱地长满了刺槐、黑核桃和野木瓜，我甚至来回跑了两次，才找到了那处标示着迷宫入口的树木间的缝隙。不出所料，花儿一点也不想走进那处阴暗的隧道。

"把玛蒂尔达带过来。"我喊道。

米卡把玛蒂尔达带过来，她们俩从我们旁边径直冲进灌木丛。谢尔曼赶紧跟上，齐克尾随其后。一眨眼的工夫，他们四个就被森林吞噬了。花儿看着他们消失了，紧张地踱着步，它觉得自己宁可和朋友们一同赴死，也总比一辈子都笼罩在我的阴影之中强。它跳着踢踏舞，穿过容易崴脚的石头地形。花儿的敏捷动作总是让我觉得惊艳。我一直觉得它是个又老又笨的家伙，主要是因为它比较寡言，可一旦行动起来，它就成了一只翩翩起舞的蝴蝶。它咔嗒咔嗒地走着，连看都没看地上一眼。我在它后面踉踉跄跄地跟着，双眼绝望地在满地石块间扫视着。

花儿满血复活，超过谢尔曼和玛蒂尔达，又跑回到队伍的前头。我时不时地松松手里的绳子，好让它以全速向前冲。我想等跑到前面平坦小路上的时候，再追上它。然而，等花儿跑到平路上时，它却像等了一整天似的突然蔫了。我奋力追赶，感觉有什么东西打在我的腿上。我被绊了一下，又被重重地撞了一下。谢尔曼和玛蒂尔达纷纷撞到我身上，又像一对角斗士的坐骑似的想要继续开跑。三头驴子都箭在弦上，和我组成了飞行大队的阵形，米卡和齐克在后面全速追赶。

绳子足足有 3.6 米长，而绳子的最后十多厘米似乎正从我的指间溜走。我心想，是时候让它们不再扑腾了，但我无心搭理那些疯子。驴蹄下凉爽的泥土似乎让驴子感到兴奋，就像我们第一次领着谢尔曼离开碎石路，带它跑上山去看邻居的马儿那般。驴子的声音如此响亮，给了我们所有人一股格外振奋的能量。峰回路转，我们六个也急匆匆地跑过弯道，兴奋中夹杂着一些小惊惶，全然忘却了脚下的路。在穿过一条树根交错的复杂路段时，驴子的速度放慢了一些，我们大家都喘了口气。等我们穿过这处地形时，我们这帮人又开始加速了。

花儿在前面飞奔着，径直朝岔路口奔去。“往右跑！”我大叫，用手指着花儿的左眼处，奢求在刚刚过去的五分钟里，它突然学会了英语。那处岔路口，恰好就是上次让我觉得豁然开朗的地方！几个星期前，我发现走出林中迷宫的唯一方法就是向右跑。当然，花儿走了左边。

我手里的绳子只有十多厘米，拉不回花儿。花儿快乐地向前小跑着，丝毫没有意识到即将发生的事情，它将沿着 1.6 公里长的瀑布顺流而下，最终坠到萨斯奎汉纳河中。我向前冲去，想再多抓一把绳子。我像一个快要淹死的游泳者一样，双手交替地拉着绳子，每次都想多抓一点。当花儿在一棵小树旁转弯时，机会来了。花儿向右走，我向左走，小树撑住了我们之间的绳子，像弓一样弯着，紧紧地拴住花儿。花儿慢了下来，速度刚好能让我控制住它。

几秒钟后，齐克和谢尔曼跑过来。他们俩在陡坡上都磕磕绊绊地停住脚步。

“那是——”齐克喘着气说，“太棒了！”

我靠在小树上，齐克绕着小圈走着，我们俩都喘着粗气。玛蒂尔达和米卡跑得更稳一些，慢慢跑下山。我本应向米卡挥手示意，省得她还要再原路跑回去，但我已经热得不能清醒地思考了。阳光穿透树木，把林中迷宫加热成一个露天火炉。齐克和我脱下 T 恤，把它们像大毛巾一样缠在头上，让 T 恤的下摆垂在脖子后面防晒。我们只出来跑了一个小时，但我已经因跑前没吃早餐而感到力竭，肚子开始咕咕叫起来。

米卡喝了一大口水壶里的水，又把水分给大家。她把杏仁掏了出来，分给我和齐克，好心好意地说我们这两个没有带水的傻瓜，出门的时候拒绝了她的好意，没资格吃零食，而且应该各挨一巴掌。

“我不会再犯那样的错误了。”我保证道。

但私下里，我知道光道歉还不够。我在麻省理工学院商学院的一位朋友喜欢对他的学生说，世界上所有的麻烦不外乎两种类型：“无意中踢到脚趾了”和“电锯失控了”。换句话说，在你决定如何应对问题之前，要先判断损害的程度。对于公司来说，这是一个很好的运营策略，但是对于经验丰富的赛驴跑选手来说，就不是这样了。比如你正和驴子在风景优美的赛道上跑步，你们的节奏完美契合，感觉棒极了，突然你发现袜子上有道褶皱。因为这处微妙的细节就打乱跑步节奏并不可取，所以你决定忽略这件事，肌肉一遍遍挤压……直到水疱裂开，血液渗进你的鞋子，你一瘸一拐的步态让驴子心神不定，最终搞砸了这场比赛，一瘸一拐的你只能在海拔 4000 米的地方止步不前。对驴子来说，根本就不存在所谓的“小毛病”。每一只受伤的脚趾都意味着一场暴风雨。

我对自己说，不能光惦记着驴子的事情了。我们正大嚼着最后一颗杏仁，为继续穿越林中迷宫补充能量。在谢尔曼、玛蒂尔达和花儿的内心深处，它们如此坚强，如此忠诚，会跟随我们去经历所有的冒险。但必须由我们再把它们带回来，我不确定自己能不能胜任这项工作。到目前为止，我在林中迷宫中犯了一个又一个错误。我在大爬坡的过程中太忘我了，在小路上失控了，现在又困在酷暑中而且没带水。在落基山脉，这些失误中的任何一个，都足以造成一场灾难，而在一小时内我就把这三个错误都达成了。我们不能只训练驴子了。无论它们准备得多么充分，我们都必须比它们准备得更充分。我们必须更强大。永远如此。

“该出发去向‘珠峰’进军了。”我说，然后我们开始艰难地爬回山坡。

驴子倒很放松，我们舒服地在驴子身边慢走着。我们爬到山顶后，开始慢跑。在这个过程中，我紧挨在花儿旁边，手里攥着足够长的绳子，领着它走过小径的岔路口。有那么几次，我太关注花儿了，导致错过了转弯，只好往回走，不过好像没人注意到。零食和水让我们恢复了活力。我们没有再迷失在林中迷宫，而是在树林里狂奔，玩得很开心。我们还没跑尽兴呢，就已经冲出树林，踏上通往塔尼娅家的土路。

重新审视给驴子的目标

“我的小驴们来啦！”看到花儿和玛蒂尔达都跑在自家门口时，塔尼娅叫了出来，“啊，天啊！那是谢尔曼吗？是我的那个小曼曼吗？”

塔尼娅喜出望外。她对着花儿和玛蒂尔达轻声低语，摩挲着它们的耳朵，驴子们的下嘴唇高兴地噘了下来。她已经有几个月没见过谢尔曼了，还没适应谢尔曼身上发生的变化。“它现在状态看起来棒极了！”她说。然后蹲下来检查它的蹄子，她点头表示肯定：“就连它的蹄子看起来也好多了。”

塔尼娅和丈夫分开后，我们失去了能拯救谢尔曼蹄子的“钢锯救世主”，我们在“阿米什人口口相传热线”上发出了求助信息。原来和我们一山之隔的邻居老AK，他的儿子住在几公里外，可以胜任这份工作。每当玛蒂尔达需要修剪蹄子的时候，它就会跳上我们的小货车后座，把脑袋探进前座，这样它就可以在我开车的时候欣赏风景了。谢尔曼和花儿的个头太大了，我们的小货车拉不动，于是我们就带着它们跑过田野，从学校旁边的棒球场后面抄近路，向聚集在栅栏旁的阿米什孩子挥挥手。谢尔曼一定很喜欢修剪它的蹄子，因为在回家的路上，它总是像匹走秀的小马驹一样蹦蹦跳跳。

“它看起来恢复得还算不错吗？”我问塔尼娅。

“天啊，当然了。还记得这里原来是肿胀的吗？”她说着，拍了拍谢尔曼的一侧腹部。“现在都是肌肉。甚至像换了一头小驴子似的。你能从它的眼神中看出来它有多开心。”

“那么，”我开始发问了，我准备问两个生死攸关的问题，先问第一个，“比赛将在两个月后举行，我们真的需要加强训练。逼着谢尔曼刻苦训练，这样对它来说真的好吗？”

塔尼娅仔细想了一下：“到目前为止训练情况如何？”

“有时跑得挺好，有时跑得不怎么样，”我对她说，“跑七八公里，它们都没问题。之后我再尝试增加训练时间，它们就不行了。还记得阿米什人的满月赛跑吗？和当时一样，我们跑着跑着，就戛然而止了。”

“是这里出了问题，”她一边说着，一边轻拍着谢尔曼的脑袋，“记得我说过要给它们一个目标吗？你没有教会给它们什么才是正确的目标。”

在这个过程中，我无意中背离了塔尼娅定下的第一条规则：要让驴子觉得一切都是它自己的想法。她对我解释说，正确的目标，就好比是一顿完美的晚餐。你吃完之后，会感到强壮、快乐和满足。我本以为逐渐让谢尔曼接受新的挑战，就好比是一勺一勺慢慢喂它食物。我以为这么做没错，但这就像每天晚上都得到同样的干肉饼一样。是时候给这份食谱增添些趣味了：该让我们的驴子尝尝炸弹探测犬吃的食物了。

让它们继续疯跑下去

我第一次听说这个东西，是从专门研究犬类大脑的心理学博士亚历山德拉·霍罗威茨（Alexandra Horowitz）那里。霍罗威茨花了很长时间研究炸弹和毒品探测犬，因为它们是世界上受到最严格训练的动物之一。探测犬必须锁定非常细微的爆炸物痕迹——万亿分之一克，即使被咖啡渣或汽车空气清新剂这样的强烈气味掩盖过的痕迹。探测成功，意味着拯救生命，避免一场大屠杀，但也意味着忽略其他感官、不会分心，所以会专注于眼下的任务。在一场灾难浩劫中，这些探测犬能够探测出其他机器或生物都无法发现的隐匿化学物质。你知道它们得到的奖励是什么吗？不是肉汁儿丰富的骨头，甚至连一小把零食都没有。

而是一个破旧的、被咬坏了的网球。

探测犬会为这样的玩具而疯狂，因为这是它们可以追逐、捕获和追踪的东西，就像它们在工作中表现的那样。它们对自己的工作十分有满足感，换句话说，你对它们表达的最崇高敬意的方式，就是让它们多做一些。驴子也会有同样的感觉吗？

“所有的生物都必将面临一个生物法则：太阳升起来，我该如何度过这一天？”霍罗威茨告诉我。那天晚上，我们在电影《犬之岛》（*Isle of Dogs*）放映前相遇。她是来聊聊犬类的，但很有礼貌地回答了我关于驴子的问题。“通过驯养动物，我们可以消除它们的进化目的性，”她解释道，“这就会导致各种问题。”当你回家后，发现你的史宾格西班牙猎犬跟在身后啃食皮鞋，这也就不足为奇了。

如果你还记得人类只不过是穿着衣服的动物，那么这一点就很容易理解。“和人与动物之间的相似之处相比，其中的差异之处简直微不足道。”霍罗威茨指出。所以，如果我们都渴望挑战，渴望一些时间紧迫、技能完全对口且十分擅长的任务，为什么其他动物不会如此渴望呢？不过，这有些棘手。当我们人类接管了地球上大部分地区的工作分配，不再让动物做出自己的选择时，事情变得复杂多了。犬类庇护所里到处都是活生生的例子，一次次证明人们犯错的频率有多高，但要做好也不是那么难。

“最好的情况是，”霍罗威茨建议我，“找到你们的一致目标。找到一份符合它们天性的任务，一份像晚餐甜点般的任务。”

“你必须重新训练它们，”塔尼娅在她家门口对我、齐克和米卡解释道，“你需要把一切都杂糅在一起，让它们知道每天都不一样，但总有一件事是一样的：它们的使命是陪在你身边，直到你决定结束为止。”通常是谢尔曼刚畅快地跑了一个小时，脑海里就响起了工厂要求下班的汽笛声。相反，它的脑海中应该有这样一个警钟，它获得的奖励应该是与我们一起跑步的快乐。在谢尔曼的思维中，总是想回到劳伦斯身边和那个舒适的小谷仓，而我的任务就是让训练变得有趣味性，变得有成就感，甚至能让它一度彻底忘记了谷仓。

“所以说到比赛，”塔尼娅问，“起点处是什么样的？”

“天啊，那里一片混乱。”

“好吧，你必须模拟混乱的场景。终点是什么样的？”

“更混乱。观众在尖叫。啊，还有，有时还会冲进茅房里。”我刚才把这事儿给忘了。在等待选手归来的同时，赛驴跑锦标赛喜欢用一场茅房式的冲刺来娱乐观众：四人一组推着带轮子的木制小屋沿着主街走，因为许多人觉得，要想获得冠军，还需要进行热身赛、半决赛和决赛。在山路上奔跑46.7公里后，一头小驴终于艰难地跑回家，但在最后100米，却被一处酷似电影《宾虚》（*Ben Hur*）里面的角斗场似的巨大木制茅房吓到了，最后没能完成比赛，这种事情并不稀奇。

“完美！那就让它们继续跑下去。让它们继续疯跑下去。你训练得越努力，它们的反馈就会越强烈。”塔尼娅说。我一饮而尽，对比赛越来越乐观了。能再次和塔尼娅一起训练真是太好了。我知道她会令人多么振奋，即使是在她逼我振作起来开始训练的时候。她的脑袋里似乎充满了梦想和冒险，但她总是很直率诚实。难怪她的动物们都喜欢她。我不是百分之百确定理解了她说的“疯跑”的意思，但不管怎样，这听起来很酷。我们会想办法解决的。

“它们都是了不起的驴子，”塔尼娅总结道，“它们不会让你失望的。看看它们今天表现得有多棒。在这样的酷暑中还能跑起来，真的很棒。”

“事实上，”齐克大声说，“对驴子来说，这种天气条件跑步非常理想。”这话让我心生惊奇和惊恐，对方可是塔尼娅，在马鞍上长大，主攻马科学专业，凭一己之力把谢尔曼救活的人。是的，就是这样的塔尼娅，齐克决定就“现代驴子是从非洲野生驴衍生的后裔”为主题做一个演讲，并指出，作为沙漠动物，今天这样的炎热天气确实是它们进化的好时机。

要是塔尼娅对齐克说，让他所谓的进化论滚蛋吧，我一定会原谅她。但她却在他背上拍了一下。“你在哪里找到这家伙的？”她笑着问我，“谢啦，维齐百克[①]。不管是不是沙漠动物，它们都很难缠。你们最好快点开始跑吧。”

“最后还有一件事。”我试探着问道。我已经后悔了，但又不得不问这最后一个问题。我知道，在她骤然结束的婚姻之后，塔尼娅仍然在努力维持生计，维持“圣诞愿望农场”的运营。在过去的几个月里，我们几乎没怎么见过她，即使偶尔匆匆一见，通常也是因为她在临时帮阿米什农民开车时与我擦肩而过。我打算让塔尼娅做一件糟糕的事情，但只剩两个月的时间了，我想不出其他办法了。

“你觉得能开车把驴子拉到科罗拉多州吗？”我一边说，一边缩了缩身子，“这件事还有可能吗？”

“你在开玩笑吗？”塔尼娅反问道，“我不会——”

“对不起，”我很快道歉，“我只是在想……”

“我不会错过的！”塔尼娅把这句话说完。整个冬天，她一直都期待的事情，就是有一天可以看到我和谢尔曼跻身世界级赛驴跑行列，并在落基山脉的大山上侥幸完赛。她已经精心计算过自己可以离开多久时间，以及她不在的时

---

① 维齐百克，谐音“维基百科”。——编者注

候谁来照看她的马儿和杜宾犬。我早该知道的。难道我真的觉得，仅凭某位任性的前夫，就能阻止谢尔曼的神仙教母带它去参加舞会吗？

“要准备多大的拖车呢？”塔尼娅问，“现在只有谢尔曼，还是你们仨？”

这一次，“维齐百克”沉默了。他的眼睛盯着地面，突然想努力看清地上的每一粒沙子。他一句话也没说，但心思都写在脸上了。米卡和我对视了一眼。我们还没有讨论过这个问题，但在林中迷宫里奔跑的某个时刻，我们就已经下定了决心。

“当然，我们仨都去，”我说，“我们是一个团队。”

21

不是朝着最终目标努力，是从最终目标开始倒推

几个星期后，我正在屋子前敲钉栅栏，想翻修出一个新的驴圈，一辆小轿车突然冲进了车道。一位表情有些抓狂的女人向我挥手示意。“冷静，冷静点！”我咕哝道，虽然手头工作被突然打断有些不爽，但庆幸自己最近比较克制，不说脏话。“你没看到路上有山羊吗？”我扔下铁锹，朝小轿车走去。“等一下，等我先去逮住它。”我一边喊道，一边环顾四周寻找劳伦斯，才发现它正慢吞吞地跟在我身后。不管这位陌生人是谁，不管是什么让她难过，反正这次有劳伦斯作证，这都与我无关。

“你就是克里斯？”女人问道。

“是的……吧？”我小心翼翼地回答。

“是保罗让我来的。”

“保罗？”

“是塔尼娅的朋友。她出事了，挺严重的。”

此时此刻，一辆救护车正载着塔尼娅全速开往兰开斯特总医院。“她当时在帮我驯服拉马车的新马，”陌生人告诉我，“突然那匹马受惊狂怒，掀翻了马车，拖住了她。”这个女人想抓住缰绳，让马儿停下来，但塔尼娅已经被马狠狠地踩踏了一顿。医护人员为她止了血，担心她的脊椎损伤，又把她固定在一块背板上。“我是谢莉（Shelley）。”女人终于介绍自己的名字了。谢莉给保罗打了电话，保罗在去医院之前给她打了电话，让她先来通知我。

我跑进屋里去拿手机，还没拿到手，就已经听到手机在响了。不知怎的，我的邻居阿莫斯已经听说了噩耗，正在找车送我去急诊室。“先静观其变。”我告诉他。那天早上，米卡正好在兰开斯特县城，所以她可以先到医院去看看情况如何。我知道，塔尼娅只要一睁开眼睛，肯定会担心她的动物们，所以，如果她知道我和阿莫斯没有挤在她的病床前问候，而是正在照看她的农场，她的心态可能会更好一些。

我给米卡打了个电话，她立刻飞奔到急诊室。米卡告诉我，塔尼娅还挺清醒，但感觉很痛苦。她的头骨破裂，两块椎骨断裂，膝盖严重受伤。值得庆幸的是，医生们对塔尼娅的康复态势很有信心，但同时也提醒她，还需要很长时间才能恢复。她至少要打两个月石膏才能恢复活动能力。

塔尼娅受伤，计划再次泡汤

我和阿莫斯驾车开到“圣诞愿望农场”，发现塔尼娅的邻居们已经开始忙活了。他们给杜宾犬和马儿喂食、饮水，打扫谷仓，甚至还把损毁的马车从农场拉走。他们向我们保证会照看好塔尼娅这块地盘，她的房子也会打扫得干干净净，准备好迎接她的归来。只要她一回来，整个阿米什邻居就会给她做顿好吃的，还会组织一场鸡肉馅饼募捐活动来凑齐她的医疗费。也许塔尼娅住在了一个偏僻的地方，但她并不是一个人。

“你呢？”在回家的路上，阿莫斯问我，“你打算怎么办？”

我完全明白他的意思，但装作听不懂。从谢尔曼来到这里的那一天起，阿莫斯就一直在帮助我们。塔尼娅的丈夫突然离开时，他甚至主动让弟弟看护谢尔曼的蹄子，所以他亲眼见证了我们有多依赖塔尼娅，特别是当她不在身边的时候，我们照顾谢尔曼的时候一路坎坷。尽管如此，我还是觉得在塔尼娅出事之后，这么快就焦虑自己的事情有些怪怪的。后来，我明白，其实这就是阿米什农民应对困境的方式：他们一发现问题，就马上去解决它。他们别无选择。一旦发现水槽下滴落的水珠，或是忘买晚餐，拨几个电话号码就立即有人上门服务？如果你明白他们过的不是这种奢侈生活，你就知道他们为何万事不能拖延，不能希冀这些困难能奇迹般地自己化解掉。你必须正视这些问题，这就是为什么阿莫斯要我马上面对这个新的现实：塔尼娅不会回来了。从那一刻起，我们只能依靠自己，留给我们的时间不多了。在那之前，我一直以为塔尼娅最后几周会回来帮助我们，并在起点处和我们一起，但在最后关头，这个幻想破灭了。如果不能尽快解决在没有塔尼娅、没有她的卡车、没有她的拖车的情况下把三头驴子运到科罗拉多州的问题，我们甚至都到不了比赛的起点。

“你知道有谁能开车拉我们吗？”我问。

阿莫斯摇了摇头：“我甚至都不知道该问谁。”

阿莫斯下车后，我慢慢开车回家，心中苦思冥想。当开到家门口的时候，我已经有办法了。天啊，答案显而易见。我们这儿已经有三个司机了，为什么还要再找一个呢？米卡、齐克和我，我们自己就能开拖车。自从塔尼娅对我描述过一旦我们停在路上，让驴子遛遛、喝点水之后，再把它们赶进拖车有多危险之后，我就排除了这种可能性，但我的头脑风暴继续，脑洞大开：我们不用停车。如果我们三人轮流开车，轮流睡在后座上，就可以一口气开到科罗拉多州。大概需要一天或是一天半的时间？很轻松啊。

在进屋给米卡演示说明之前，我把车停在车道上，在车里坐了一会儿，脑中模拟下即将发生的最坏情况。显然，在最开始的几百公里，我们必须放慢车速，因为我们之前都没有开过拖车，更不用说拖车里满载一群活蹦乱跳的动物了。我们需要借用塔尼娅的道奇杜兰戈，需要适应一下这辆车：操作比较复杂，车已经开了 40 万公里，我想车里还有根操纵杆。齐克会开有操纵杆的车吗？塔尼娅的拖车也一样古老。轮胎看起来光秃秃的，甚至还要用胶合板补地板上的漏洞。等一下，我们可能用不了那辆拖车，它只能装载两头驴子。也就是说……

尖叫声、警笛声、垂死的驴子的痛苦尖叫声！我的脑海里突然浮现出一幅高速公路事故的可怕画面：杜兰戈被撞得粉碎，碎片散落在柏油马路上，拖车像旧锡罐一样支离破碎，谢尔曼、花儿和玛蒂尔达受伤流血，而我们其他人……不，打住！这就是我所能想象的极限，甚至不敢想象我们出车祸时，齐克和米卡会发生什么事情，因为他俩也不会幸免于难。把三个新手装进破旧的杜兰戈，开过最开始的四分之一路程，让他们拉着一辆重达 2.2 吨的拖车往西部开，不知道在什么地方——可能是在午夜的蓝岭山脉，可能在交通高峰期的印第安纳波利斯市中心，最有可能在落基山脉高山上的某处发生卡弯，这场命运小赌注最终会在停尸房终结。要让我放弃一个坏主意，我通常比谢尔曼还固执，但一想到路上的血迹画面，我还没下卡车就彻底放弃了这个计划。

我走进屋子里时，意识到，有一件事，阿莫斯说得没错：为一个错误的问题而发愁，最终只是庸人自扰。现在，对于无法解决的交通问题，除了求助他人和保持耐心，我也无能为力，就像当初我们需要一位新的蹄疗师时我所期待的那样。与此同时，还有另一件事需要立即处理。我看了一下时间，差不多晚上 8 点。怀俄明州的时间还早。

该给他打电话了。

从最终目标倒退，你总能找到办法

“嗨，闪电小子！”电话那头传来了愉快的声音。

除了埃里克·奥顿（Eric Orton），再没有其他人会不带贬义地称呼我这个绰号。只有他才深谙如何才能让我跑得更快，也只有他才会对我冷酷无情。在我看来，这就是他会成为我的完美教练的原因。我以前做杂志记者的时候认识了埃里克，当时《男士杂志》（*Men's Journal*）让我去采写这位住在杰克逊·霍尔、拥有先锋理念的健身教练，他是早期使用自然运动技巧的人之一，这得以让他训练出来的运动员更强壮、稳健，更不容易受伤。那时，我体重超标，年纪越来越大，医生明令禁止我再去跑步，他们说我的身体像怪物史莱克一样承受不了“大体重冲击”。

“瞎扯！”埃里克哼了一声，他随后用事实证明了这点：在接下来的 9 个月中，他把我撕成碎片，又把我重新拼装起来，从头开始锻造我，直到我能和塔拉乌马拉人一起穿越墨西哥的铜峡谷，参加一场 80 公里的赛跑。教练给了我一份足以改变我一生的礼物。他不仅能让“天生就会跑”成为可能，还把我从那场冒险中唤醒，把我打造成一位坚不可摧的人。我每天都能走出家门，想跑多远就跑多远，尽可能用力奔跑，且不用担心自己再会受伤。自那以后，我就一直如此。偶尔我也会拉伤肌肉，或是在跑步技巧上有些马虎，但我所要做的就是重温埃里克教给我的东西，之后我就又可以重新跑起来了。

塔尼娅出事后，我给埃里克打了通电话。“最近怎么样？”他问道，“还是过得那么刺激吗？”

“最近活得像演电影似的，你都不会相信。我们需要一些真正的训练建议。”

“没问题啊！”埃里克说，“生活需要一点刺激。到底是怎么回事？”

去年秋天，我刚冒出过一点参加赛驴跑的念头，埃里克自然成了我第一个想打电话请教咨询的人。我希望一个自己信任的人能直截了当地告诉我，我到底能不能参加这么残酷的比赛，在我54岁的年纪，在稀薄的空气中，在北美海拔最高的赛道上爬坡。菲尔普雷的赛道路线始自海拔3000米，爬升到超过3600米的高度，这几乎是珠穆朗玛峰的一半海拔高度。自从埃里克上次帮我活络了一下多年不运动的筋骨以来，已经有10年了，我再没有为这么艰难的比赛训练过了，我知道他的答案肯定会很直截了当。我是在铜峡谷的时候发现他原来是这种人。当时比赛进行到一半，我们正翻山越岭。我正要爬上一个大坡，他恰好在往这个大坡下跑。我希望他给我点鼓励。没想到，他竟然拿我开涮："加油干啊，这个坡比你想的还要难太多了。"他这无异于斩断了我的膝盖骨让我寸步难行。后来，我开始爬坡了，当我整个身体弯向山坡时，我才发现，面对一个残酷的事实，总好过一个甜蜜的谎言。

所以，在我刚为赛驴跑准备训练的时候，我想让埃里克打击我一下，好激励我鼓起勇气。没想到，他的态度变得很奇怪，而且还有些相信宿命。

"太诡异了！"他说，"你知道这有多诡异吗？"

"完全不知道啊。你想说什么？"

"哥们儿，截止到这个月，自从我们为铜峡谷比赛训练，正好过去10年了。可能是10年前的同一个星期。甚至可能是同一天。"埃里克说。

好吧。这个时间点确实有些宿命感。但从更世俗的角度来看，这也让我明白了一个事实，那就是我已经太久太久都没刻苦训练过了。"你怎么看？"我问，"我们能再努力训练一次吗？"

在第一次交流中，埃里克就直奔主题。"好吧，我们现在有很多训练要完成。但是，没问题的，你可以搞定的。你已经有了一个强大的动力驱使你，当你对某件事感到兴奋时，你就会坚持到底。"埃里克很快给我安排了一整套训练计划，逐渐增加我的跑量，同时调整我的跑步姿势，防止过度训练对身体造成伤害。只要我们没有跟驴子一起跑步，我就会按照埃里克的方法自己训练。

一周又一周过去了，我开始感到自己更强、更快，步态更轻了。

但是后来事情变得复杂起来。埃里克本以为，他需要训练的不过是一个男人和他的一头病驴，不知不觉间，我的草裙舞妻子也加入了这个队伍。在我们的庇护下，队伍里又多了个抑郁大学生，驴子的数量翻了两倍，我还跑不过其中一头驴子，另外刚发现我们还要在比赛中穿越湍急的河流，并且失去了拖车司机，现在，我们的主教练得知这些信息可能就要崩溃了。

“现在已经到了关键时刻，”我告诉埃里克，“有很多要解决的问题，但没有太多时间。”

埃里克纠正了我的想法。“换个角度想，”他说，“还记得在铜峡谷比赛时我是怎么跟你说的吗？你不能从今天开始训练，并朝着最终目标努力。你应该从最终目标开始，倒推回到今天。这么去想，你总能找到办法的。”

埃里克说得没错。我忘了 10 年前我们交流过同样的话题，那时我觉得只有 9 个月训练时间对任何人来说都远远不够，但他也像现在这样苦口婆心地让我坚定信念，让我这样身材走样的家伙从每周零跑量，到后来一天能跑完 80 公里。埃里克曾让我明白，这其实不是魔法。这甚至不是顽强的意志，也不是运气。这只是在做数学加法。找到你的终点线，数出到达终点的步骤，然后一步一个脚印去实现。

“但你说的也有道理，这比纯粹在山上跑上跑下要难多了。”他从“打鸡血”的说话风格，无缝过渡到给学生上课的风格。在他看来，我们在同时进行三场拉锯战。我们必须提前针对高海拔环境做准备，只不过是先在海平面上训练。我们必须和驴子一起训练，但要始终比它们领先一步。米卡、齐克和我的年龄、性别及经验水平各不相同，但我们必须作为一个团队一起奔跑。埃里克喜欢这种挑战，并答应会马上加入其中，给我出一份比赛策略。

“顺便问一下，”他补充道，“你跟米卡说过她能跑赢比赛吗？”

一个关于死亡、爱与胜利的伟大故事

埃里克一如既往地做了些功课。他听说了些关于赛驴跑的奇闻逸事：比赛中那些最伟大的巅峰对决竟然是发生在男人和女人之间，而且大多数情况最终获胜的不是男人。一旦发令枪响，疯狂的参赛选手消失在山里，谁也说不准第一个回来的是男人还是女人。

举个例子，2011 年第 63 届世界锦标赛上，40 岁的卡伦与 3 名速度最快的赛驴跑选手索巴尔、贾斯廷和吉姆・安德雷格（Jim Anderegg）同场竞技。卡伦超过了他们，赢得了冠军。路易丝・库斯特（Louise Kuehster）自少女时代起，就一直是短距离组别的顶尖选手。巴布在这项最惊心动魄的运动冲刺赛中取得胜利，她和自己信任的搭档查格斯，在最后的冲刺中战胜了鲍比・刘易斯（Bobby Lewis）和韦尔斯通（Wellstone），赢得了 2004 年布埃纳维斯塔淘金赛 19 公里的冠军。在所有单人赛或群体赛中，赛驴跑是少有的真正精彩的赛事，它既不关乎这场战斗中驴子的个头，甚至不关乎驴子的战斗力：任何肌肉力量和睾丸激素，都比不上毅力、耐心和队友之间的尊重。

柯蒂斯总是说："不管你内心品性如何，驴子都会把你嗅出来。你不能总是盛气凌人或夸夸其谈，如果你听到这两个词就想到男性而不是女性，你就会明白为什么在这项运动中，男性经常遇到困难，而女性则很出色。"

在去科罗拉多州拜访哈尔时，我偶然学到这个道理。就在同一个周末，哈尔举办了一年一度的"贫瘠之地越野跑赛"，这是一场连穿周边山峰的 10 公里 /5 公里越野跑比赛，只有人没有驴。赛前一天，稀薄的空气给我来个下马威，所以第二天不太想比赛，但哈尔太热情了，我只能硬着头皮参加。让我惊讶的是，我表现还算不错，至少我自己是这么认为的。之后，在我爬第一个坡的时候，刚爬到一半，一名扎着马尾辫的孩子从我身边嗖地飞过，就像从大炮里射出来的炮弹一样消失在远方，直到后来哈尔给她颁奖的时候，我才再见到她。

“继续努力啊，林兹。”哈尔喊道。他在给 19 岁以下年龄组别的第一名鼓劲儿：“各位朋友们，她也是一位很厉害的赛驴跑选手。林兹去年在世界锦标赛中拿到了第四名，她当时才 14 岁。”

14 岁，获得第四名……

等等……我没听错吧？哈尔说的是某位九年级的小女孩，她不仅是赛前一天我和哈尔一起训练时羞辱我的那个狠角色，还快到让一群经验丰富的选手都望尘莫及？整整一个周末，我都沉浸在赛驴跑事故的种种传说之中，其中有警醒我的惨不忍睹的事故，有让人深恶痛绝的咬伤，还有善良的麦克墨菲一家带着癫痫病少年骑在驴背上，却被自家的驴子一脚绊倒，就当我陷入对这项运动无限怀疑的灰暗时刻中时，人类的希望之光不知从何处显现出来。

但很快就消失了。

当我去颁奖现场向林兹咨询比赛秘诀时，她已经拿着奖品离开了。我穿过人群，寻找她那时隐时现的马尾辫。我看见她正钻进妈妈的车。如果我当时向左看，而没有向右看，可能她们就已经先走了。我就差点错过了我所听闻的关于死亡、爱和胜利的最伟大的故事。

另外，我也永远学不会“包装纸战术”了。

认识她的人都不敢相信，她竟然还活着

“从小就认识林兹的人都不敢相信，她现在竟然还活着。”林兹的妈妈凯莉·多克（Kelly Doke）对我说。她邀请我去了她们在伍德兰的家。她和丈夫瑞安（Ryan）当年做梦也不敢相信，他们还能买得起这栋房子。为了救活女儿，这家人曾倾尽一切，最终失去了房子和他们所拥有的一切。直到 15 年后的今天，他们才重新站稳脚跟。

林兹出生的那天，凯莉正要开卡车车门，突然腹部一阵剧烈的疼痛让她弯下了腰。瑞安把她扶进卡车平躺下，火速开往医院，八分钟后，林兹出生了。凯莉是一名护士，她虽然因分娩而头晕目眩，但还是立即感觉到哪里有些不对劲儿。她能听到护士们的低声耳语，但她听不见宝宝的声音。她大声质问护士，坚持要护士告诉她到底发生了什么。最终一名护士告诉她：林兹呛水了。凯莉在家门口感到的疼痛，其实是她的胎盘撕裂，导致液体渗入林兹的肺部。林兹早产了六周，心脏和肺部发育不全，很容易被感染。

几分钟紧张时刻过后，护士们清理了淤血，林兹开始正常呼吸。凯莉一家把她带回家，但四个星期后，凯莉又把她送回了医院。林兹饮食不太正常，呼吸急促，看起来蔫蔫的。“不，她没事儿的，”儿科医生向她保证，“你是个护士，所以你想得太多了。”凯莉曾和这位医生一起工作过，也信任他，但她内心的某种感觉告诉她，他错了。通常情况下，她的丈夫是家里的老好人，一向心平气和，但他显然被凯莉身上独有的魅力吸引住了。凯莉一开始甚至都不会和他约会。她太专注学业了，一心想成为兽医技术员，所以只有当瑞安接到她打来的紧急电话要做剖宫产手术时，她才会让瑞安来陪她。当年瑞安在情人节那天手捧玫瑰向她求婚时，凯莉被玫瑰花的价钱吓了一跳，坚持要他把玫瑰退回去，取而代之的是带她去塔可贝尔餐厅吃墨西哥快餐。婚后，瑞安倒是很乐意让凯莉带孩子，尤其是涉及医护方面的事情。

但这次没有。

“去他们的吧！”接到凯莉从儿科医生的办公室打来的电话，瑞安如此说道，“如果他们不听你的，就带宝宝去俄克拉荷马州。”凯莉把四个星期大的婴儿带回车上，系好安全带，开了将近 200 公里，穿越州界线，来到了另一家医院。在那里，医生们赞许她的直觉：是的，林兹的呼吸道病毒检测呈阳性。但问题不大，所以凯莉完全可以带她回家。

“不对，”凯莉说，“感觉不太对。”

“她的肺部只有一个小点。”医生指出道。

“请再检查一次！”凯莉坚持道。他们照做了。测试结果还是一样，她又要求检查了一遍。再一次——就在这时，情况急转直下。几个小时后，肺部唯一感染到的小点扩散了，林兹的肺部被一层幽灵般的白色薄膜覆盖，可能会窒息而死。一名医生按下蓝色按钮，医护人员蜂拥而至。几分钟后，林兹和凯莉就登上了急救直升机，飞往得克萨斯州的一家专科病房。他们一落地，急诊室医生看了林兹一眼，就跳上了她的病床，对她进行胸部按压，同时紧急输血，替换掉那些缺氧的血液。医生暂时拿掉她的呼吸器，看她是否能呼吸。片刻之后，医生将一根管子插入她的喉咙：林兹的所有生命体征都开始消失了。

凯莉愣住了，吓到了。惊慌失措的脑袋里闪过一个念头：如果她听信了俄克拉荷马州儿科医生的话，她的宝宝就可能会在开车回家的路上死在车后座上。一天又一天过去，林兹被医护带拴着。医生警告凯莉和瑞安，做好最坏的打算。处于早产、矮小、心脏和肺部压力过大甚至有生命危险境地的婴儿，有90%的可能将永远无法康复。凯莉甚至都不能亲手抱着她痛苦的宝宝。每当林兹感到妈妈就在身边时，就会兴奋得痉挛起来，然后开始窒息。几个星期以来，凯莉都要透过厚厚的玻璃望着她的宝宝挣扎着活下来。她每天都在痛苦地看着一位呼吸专科医生狠狠地敲打林兹，宝宝被打得在床上滚来滚去。“相信我，这对她有好处，”一名护士向凯莉保证道，“他打通了宝宝体内的堵塞。如果她没有被打到哭起来，他的工作做得就不到位。”在外面的大厅里，瑞安饱受噩梦困扰：每隔几天，他就会看到一张盖着床单的病床从身边推过，里面躺着另一名死于与林兹同样感染症状的婴儿。

但渐渐地，林兹变得健壮了。两个月后，她度过了危险期，病症稳定下来，可以回家了。凯莉一家回到科罗拉多州，却发现他们往日的生活已经远去。作为一名农民，瑞安自己支付医疗保险，他惊讶地发现，林兹的医疗保险只涵盖了极少部分费用，现在凯莉一家欠了医院150多万美元。林兹还需要昂贵的治疗和监测。比如，为了防止她再次感染，凯莉的两个大女儿每人都需要注射 4 万美元的疫苗。凯莉一家只好卖掉房子和一切财产，然后开始重筑新生活。瑞安辞去了农场的工作，转而到科罗拉多州，每天倒两轮班做电话线务员，钱是多赚了点，但每天回家很晚，晚到没有时间在门口亲吻凯莉，因为她还要去联邦监狱做夜班护士。凯莉倒可以承受这种疲惫。最让她担心的还是林兹。林兹 4 岁的时候，凯莉总是发现她睡在房子的某个奇怪角落。“她会睡在桌子底下、洗衣篮后面等各种小地方，然后在那里小憩一会儿。”凯莉说，“她睡觉时的姿势很奇怪，蜷成一团，像胎儿一样。”凯莉给医生打了电话，医生让他们马上把林兹带过去。检测证实了医生的担心：林兹的心脏正在衰竭。落基山脉的高海拔给她受损的呼吸系统带来了太大压力，导致她脆弱的心脏超负荷工作。“如果继续留在这里，”他对凯莉一家说，“你们的女儿会死的。”

瑞安和凯莉又一次放弃了他们所拥有的一切，重新再来。他们带着三个孩子，告别了邻居和他们深爱的群山，搬进了密苏里平原的一间地下室公寓。瑞安和凯莉找到了工作，时光飞逝，这家人慢慢恢复成往日的样子。林兹也是如此。她上中学时，开始和越野跑队一起慢跑，希望可以锻炼她虚弱的肺部。这个方法非常有效，林兹在三年内从一名病愈的小女孩，一跃成为该地区最有潜力的田径运动员之一。凯莉一家欣喜若狂，因为林兹的成功还意味着更多：她现在已经足够健壮，这家人可以回到科罗拉多州了。

已有 12 年没回家了。回来的第一周，凯莉就带着林兹去牙医那里做检查，并开心地发现那位牙医不是别人，正是她的老朋友巴布。凯莉和巴布曾在同一个监狱医疗组工作，自从凯莉一家被迫搬到密苏里州后，她们就再没见过面。

“哇，你回来多久了？”巴布问道。

凯莉用自己的一个问题回答了她的这个问题，这比其他任何事情都更能说明了他们有多久没联系了：“你是不是还在养驴子呢？”她问巴布。

巴布与赛驴跑

是不是？是不是太阳仍在升起，地球仍是圆的？你打赌说太阳地球都毁灭了，也比打赌说巴布不再养驴子更现实一些。的确，巴布已经退出了这项运动。两年后，在莱德维尔 34 公里的赛跑中，巴布以压倒性的优势卷土重来，击败了场上的其他所有选手，然后突然勒住驴子止步，退出比赛。

等等！理论上说，这不太对啊。没有人会把巴布和“咆哮”“复仇”这两个词联系在一起。任何认识的人提起她的名字，都会下意识浮现出她的性格特点（“她真是个温暖甜美的姑娘”），之后便是一连串的故事来佐证这一点。当《天生就会跑》书中的幽灵卡巴洛·布兰科（Caballo Blanco）带着他收养的一只被跳蚤咬伤的墨西哥流浪狗出现在莱德维尔镇时，猜猜是谁打开家门热情招待他的，即便他们素未谋面？自他们见面的第一天起，一直到他最终离开这个世界，是谁一直在给卡巴洛整理干净的床单、准备热乎乎的饭菜？

“巴布是这个世界上最可爱、最安静、最温情的人。”威斯康星州的一位赛驴跑选手罗杰·佩德雷蒂（Roger Pedretti）说，“但在枪声响起的时候除外。枪声响起后，你最好别挡她的道。当有人跑得太慢时，我们有句玩笑话：放巴布出来！”

巴布和她的双胞胎妹妹在博尔德长大，两个人都成了美国国家队自行车选手。但巴布也喜欢跑步，并且越来越喜欢把自行车放家里，这样她就可以在泥泞的越野路上跑了。她在两种爱好之间纠结。1994 年，她创造了一项全新的挑战纪录：史上第一位在一个月内，同时完成了“莱德维尔 100 英里越野跑”和“莱德维尔 100 英里山地车”比赛。现在，这一成就被称为“领袖挑战”，但它其实应该叫作巴布双倍升级版，或者至少也应该叫作女领袖挑战，因为从没有人尝试过这件事，直到巴布证明这个挑战是有可能完成的。

“你和我的小丁基组队一定所向披靡。”她的一位越野跑跑友说。这句话本来在巴布听来没什么感觉，直到后来他告诉巴布一些关于赛驴跑的故事。虽然博尔德市是耐力运动员的温床，距离菲尔普雷只有几小时的车程，但这两个地方的习俗却被中间的一层铁幕分隔成穿着卡哈特（Carhartt）工装的工人群体和喝着康普茶的养生群体。如果说住在博尔德市的人练着瑜伽、抽着电子烟，那么菲尔普雷的人就是游牧放马、抽着烟斗。吉姆·费斯特纳（Jim Feistner）向巴布解释说，他那头小毛驴丁基跑得很快，而且训练有素。但是，丁基没法参加即将到来的世界锦标赛，因为吉姆的膝盖出了问题。除非是巴布也想玩一玩？

“这听起来很疯狂，但是，好吧，我会试试，”巴布说，“我需要怎么做？”

“很简单，抓紧绳子就好。”吉姆说。

说得倒是轻巧。“让我震惊的是，那些驴子的速度快得都要飞起来了！”巴布回忆道，“我拼命地抓着丁基不放。幸运的是，玛丽·沃尔特在关键时刻施以援手。她喊道：‘把绳子压在屁股下！让它减速！’啊，天哪，我这辈子都没这么拼命跑过。当我完赛的时候，我好像哭了。我发誓再也不参加这种比赛了。”

但随着疼痛渐渐消失，巴布的脑海里还在不停浮现着比赛的画面。是什么让玛丽·沃尔特变得比以前厉害得多？作为一名竞技运动员，巴布更强、更快、更有经验，因为皮特的缘故，她还是一名奥运会水准的自行车选手，她的驴子和玛丽的一样快。那为什么玛丽可以飞一般地翻山越岭，而巴布却止步不前呢？作为一项运动挑战赛，赛驴跑比看起来复杂得多。

“我必须把这项运动研究明白。”巴布下定决心。一旦巴布采取行动，多少头驴也拉不回来。她一开始就全身心投入，甚至在卡车上挂了一辆拖车。她在杂志上看到一头长得有趣的驴子正在出售，便一路开到了南达科他州。当巴布赶到那儿时，她想要的那头驴子已经被卖掉了，但她也注意到牧场上还有一头更大个儿的驴子。“那家伙怎么样？”她问，“介意我带它跑两步吗？”主人不知道她在说些什么，只是给了巴布一个笼头，祝她好运。

“我把绳子系好，它像只被烫伤的猿猴一样飞也似地跑开了。”巴布后来说道，“也许它就是想活动活动，也许它想知道这位女士在它身后做什么。可是天啊，那家伙跑得太快了！”

更不用说，还很狂野。巴布把查格斯带回家，并专注于研究驯驴的艺术。在最初的三个月里，巴布没日没夜地研究，每天晚上在长方形的大围场上遛驴子。她想让查格斯知道，它的任务是认准一个目标，全力冲过去，但查格斯另有一套自己的想法，经常在她走神的那一刻，回过头来一记回旋踢。“它总是盯着我看，观察我有没有集中注意力，”巴布说，“有一次，它狠狠地踢了我一脚，把我踢晕了。不过，查格斯一旦跑起来还是很棒的，只要它跑在正路上。”巴布说，她们在树林中奔跑时的节奏完美契合，“然后它会砰的一声冲进树林深处。我要把它弄出来，回到路上重新开跑，然后它再砰的一声把我拉向另一个方向。”

说到动物和人类之间的伙伴关系，可不会再有什么比这还恶劣的事情了：你的搭档时不时地用一记重击或是经常逃跑等方式威胁着你，但巴布还是愿意将部分原因归咎于自己的经验不足。她会向玛丽·沃尔特和苏·康罗（Sue Conroe）请教各种问题，这两位老炮儿邀请巴布加入她们在落基山脉高地的全天候训练计划。巴布和查格斯开始彼此了解，她们之间沟通得越顺畅，跑得就越快。三年之后，巴布学徒生涯的成果足以让少林寺的和尚都汗颜。待她出关的时候，天下再没有什么她搞不定的倔驴了。

枪声一响，是时候给她让路了。

巴布说：“就是从那时开始，我成了不容大家小觑的选手。”这不是在吹牛，反而还有些谦虚了。在接下来的 20 年里，这名温柔的牙科医生是这个星球上最凶猛的赛驴跑选手之一。巴布在女子三重冠比赛中拿到了惊人的 13 届冠军，其中还包括一次十连冠，还在 3 场距离最长的比赛组别中多次破了纪录。多年来，巴布一直在赛驴跑的比赛中占有统治地位，并在 2010 年以巨大的优势赢得了莱德维尔 34 公里的比赛，第二名落后她整整半个小时才跑完全程。这还是巴布在 52 岁时，她退休两年后的第一次比赛。

巴布再一次向世界锦标赛冠军的宝座发起冲击。（图片经 Ed Kosmickilphotosoupcewest.com 授权使用）

但是拼尽全力是需要付出代价的。到了 2014 年，巴布觉得是时候再次退休了。和查格斯以及她最新的小驴达科塔那样的小猛兽一起跑步，最大的问题在于不管你下坡时跑得有多卖力，往往控制不了行进速度。巴布在那些漫长崎岖的下坡上跑步时，就像一颗轰隆隆的炮弹，特别是要超过哈尔和索巴尔的时候，但迟早，20 年比赛生涯终究要算一笔总账。巴布觉得自己的屁股和膝盖都磨损了，在 0℃以下的寒风吹拂中，漫长的冬天越发难挨。巴布和丈夫在莱德维尔郊区置办了一处温馨的小农场，从双湖市骑辆山地车很快就能骑到。巴布终于可以在这儿安顿下来，闲来无事骑着自行车在山丘上漫游，在山上散散步。

但还有一件事困扰着她：查格斯和达科塔怎么办？查格斯宝刀未老，达科塔的赛驴跑生涯也刚刚起步。现在，巴布打造好了这么精良的比赛机器，不忍心让它们只是站在家里后院。她不知道该怎么办才好，这时牙医办公室的门开了，凯莉走了进来。

取胜的本质是人驴共情

这可能是个非常糟糕的主意，巴布边想边带着林兹走进牧场的畜栏。

这孩子是那么安静，那么年轻，那么瘦弱。巴布非常确定，那天早上查格斯吃的早餐都比这姑娘的身子骨还多。巴布并不想把林兹吓跑，但说真的，要驾驭一头 300 多公斤重的驴子飞奔，确实需要一些肌肉力量。大多数赛驴跑选手都是在他们二三十岁时身体力量达到巅峰后才开始加入这项运动的，而不是在他们年少青涩之际。而林兹的身体条件呢，如果这个孩子在海拔 3600 米的地方昏倒时，巴布要去喊救援吗？

“林兹比看上去还要坚强，”凯莉向她保证，“这就是她还活着的唯一原因。”

巴布明白了。林兹想要的只是一次机会。于是，巴布递给她一根缰绳，开始分享玛丽·沃尔特和戴安娜·马基丝（Diane Markis）等高手传授给她的秘诀。巴布告诉林兹应该站在什么位置（站到驴子的身后，贴近一点，就像你们黏在一起似的），并教她如何用“狮吼功”喊出来。“林兹，你不能像对猫咪说话一样小声说‘来吧，达科塔’，”巴布训斥道，“你必须从内心喊出来。嘿诶诶诶诶诶呀啊啊啊啊！呀！走起！”

巴布甚至传授了她的秘密武器：包装纸战术。巴布解释道，狮吼功可以让驴子跑起来，但要让它们再慢下来却很难。因此，早在她和查格斯并肩作战的时候，每当她被驴子拽进杜松子树丛中满身瘀伤划痕、流着血回家时，她就开始试验一种 19 世纪俄罗斯的古老技术。在一次长距离训练中，巴布告诉林兹，她总会在口袋里放一些能量棒。每次她停下来吃东西的时候，都会把包装纸打开，在喂给查格斯之前都会用力撕扯一番。时间久了，巴甫洛夫条件反射开始发挥作用：每当查格斯听到包装纸皱巴巴的声音，它就会停下脚步。在下坡狂奔，且巴布跟不上查格斯的节奏时，她所要做的就是把手伸进口袋。

那年春夏，巴布和林兹几乎每个周末都在一起。有时凯莉也骑着山地车加入她们的训练。其他时候，巴布会召集一个小型的全明星聚会，并邀请她最好的朋友兼主要竞争对手——三重冠冠军卡伦。各位，没什么大不了的，就只是个刚上九年级的新手，出来跟网坛姐妹花大威和小威[①]打个网球而已。巴布总是要林兹站出来讲两句，负责带领达科塔跑两步，但私底下，她喜欢这名女孩子安静的力量。夸夸其谈者往往不善倾听，巴布见过太多第一次出国参赛的丑陋美国人，觉得自己只要大声嚷嚷就行，而不是学习当地的语言。

“你经常会看到选手们大声叫嚷，各种聒噪的声音，但你发出的声音越多，驴子就越容易感到迷惑，”巴布告诉林兹，“你需要做的只是几个安静的命令。驴子会给你发出很多信号，所以你必须配合好它们。哈尔掌握了这个诀窍，柯蒂斯也是。驴子的胸怀很广阔，这就是赛驴跑如此有魅力的原因。一切都是为了产生共情。”

有一次，两位世界上最优秀的超级越野跑者来到菲尔普雷，想要一展身手。他们曾跑赢了地球上最艰难的越野赛，是时候来完成他们愿望清单上的赛事了。马克斯·金（Max King）赢得了世界山地跑赛冠军和 100 公里世界锦标赛冠军，而他的搭档瑞恩·桑兹（Ryan Sandes）几乎征服了所有的顶级越野跑赛事：莱德维尔 100 英里、美国西部 100 英里、所有顶级沙漠赛，甚至还穿越了大喜马拉雅山脉。

马克斯和瑞恩选了速度最快的驴子，而指导他们的不是别人，正是梅雷迪思·霍奇斯（Meredith Hodges）。霍奇斯是驯兽师中的驯兽师，是驯服骡子和驴子的专家，她精通各种马类动物，甚至连哈尔也会向她咨询。

“如果你太过自以为是，它们肯定会羞辱你，而且它们还会挑一个人最多的场合羞辱你。”梅雷迪思警告马克斯和瑞恩。她教了他们一些与驴子沟通的基本常识，然后让他们去参加赛驴跑世界锦标赛碰碰运气。“如果他们真的和驴子认真训练过，如果他们真的以积极的态度尝试培养和驴子之间的关系，他

---

① 即维纳斯·威廉姆斯（Venus Williams）和塞雷娜·威廉姆斯（Serena Williams）。——编者注

们会和驴子一起并肩奔跑的，”梅雷迪思预测道，“如果你参与到这种搭档关系，礼貌客气、考虑周到、充满尊重地向对方索取你想要的一切，并且保持幽默感和兴奋感，它们会喜欢和你一起做任何事情的。它们喜欢新鲜的刺激。它们会觉得这很酷。”

理论上，这个阵容是动物和人类的完美组合。但比赛当天，简直是一场灾难。瑞恩和马克斯整个早上都在拽着他们的驴子爬坡，像苦役一样肩上勒着绳子艰难跋涉。瑞恩以第 6 名成绩完赛，远远落后于凯特琳·琼斯（Caitlin Jones）、劳拉·霍尼克（Laura Hronik）等经常周末来比赛的选手，以及符合美国退休标准的 57 岁哈尔。马克斯甚至被甩得更远，排在第 16 名——参赛选手总共 16 人。职业选手可以像风一样奔跑，但和不合适的搭档一起比赛时却很糟糕。

一鸣惊人，林兹正式出道

在巴布与林兹相识的 3 个月后，林兹正式出道了。

最后一课，巴布教林兹如何在达科塔的背上挂驮鞍，并把它紧紧地绑在一起（既要足够宽松舒适，坐上去又要足够安全），还教她如何绑好所需的镐头、铁锹和采矿用的沙盘。之后，巴布送她去参加了 2014 年赛季的第一场比赛：在丹佛西部乔治城举行的 12.8 公里预赛。枪声一响，林兹瞬间被蜂拥出发的人群淹没了。90 分钟后，她出现了，以中间的名次完赛，但她笑容满面，轻松愉快，显然她还未发挥出自己的真正实力。

“她引起了大家的关注，”巴布说，“他们问，‘哪儿冒出来的这个年轻可爱的女孩？’”

他们很快就知道了她的厉害。就在菲尔普雷比赛之前，巴布做了一个战略性的调整。她知道林兹一辈子都未跑过 25 公里，更别说和驴子一起了，所以巴布决定让她和查格斯，而不是和年轻、快速、活跃的达科塔搭档。达科塔的速度足以让林兹全力奔跑，但查格斯身经百战，已经从野性难驯的霹雳猛兽变成了聪明可靠的战斗伙伴。巴布无法想象能有什么事情让达科塔突然失控，特别是当林兹在山上的时候，可能孤独、疲惫、伤痛。巴布自己也曾经历过：在一次赛跑中，达科塔陷在了齐胸的大雪中，巴布差点没能把它挖出来。她希望查格斯足够精明，能让林兹避免遇到麻烦。林兹和查格斯挤进了嘶鸣不安的驴群中，她有些反胃。她握紧了查格斯的缰绳，尽量放松下来。

林兹第一次参加赛驴跑，正在和男选手们争抢领先位置，并登上了报纸的头版。
（图片经 Chancey Bush/Evergreen Newspapers 授权使用）

就在最后的倒计时开始前不久，两位全美最不可能成为赛驴跑选手的选手注意到了林兹，他们是瑞克·佩德雷蒂（Rick Pedretti）和罗杰·佩德雷蒂。这两位威斯康星州的中年牧牛人，每年都要拉着他们的驴子往返近 5000 公里去菲尔普雷参加比赛。15 年前，佩德雷蒂家族还赢过一次世界冠军。当时罗布·佩德雷蒂离开了家族经营的农场，来到科罗拉多州当狩猎向导。他并不知道这个比赛，但其实他一生都在为此准备着。他的三大爱好是动物、山峰和跑步。当他发现某个天才竟然把这三件事结合在一项运动上时，他欣喜若狂。他准备了一段时间，到了 1999 年，罗布已经厉害到击败了上届冠军哈尔，赢得了世界冠军。5 年后，罗布回到威斯康星州的家中，在雪地中踩出“我爱你们”几个字，然后朝自己的心脏开枪。

从那时起，每年 7 月，佩德雷蒂一家都会包下这座古老的汉德酒店的所有房间，以备比赛之用，并借着参加世界锦标赛的机会与家族成员团聚。佩德雷蒂一家之前完全不是跑者，但毫无疑问，他们现在是了。兄弟俩轮流带着罗布的小驴斯莫基奔跑，旁边总是跟着一群从罗布的老朋友那里借来的不同年龄、各种各样的小驴。比赛已经变成了这样一种仪式。如果哪个男朋友满心想获得女方父母的认可，他都知道要想给这家人留下深刻印象，最好的办法就是在比赛当天抓起驴子的缰绳，向罗布叔叔表达敬意。所以，在 2014 年那届比赛的发令枪响前，当罗杰和瑞克看到一名惊惶的少女时，他们很清楚换作是罗布会怎么做。“让查格斯待在我们的驴群之间，我们会陪你一起的。”他们对林兹说。或者说至少他们努力尝试过。当他们三个跑过半程折返点，调头往回跑时，林兹看起来神采奕奕，兄弟俩甚至怀疑他们是不是拖了她的后腿。“别压着啊，”罗杰说，“如果你还能往前冲，那就冲吧！”林兹像颗子弹一样冲出去了，她和查格斯见缝插针，一个接一个地超过其他选手。她全速冲过了终点线，以女子第一名、总成绩第四名的成绩完成了她的世界锦标赛首秀。

“那个女孩子真的是太厉害了！”柯蒂斯对此记忆犹新。

“最近这项运动中出现了很多这样的女性，她们极其健壮，非常厉害，并且还掌握了训练动物的秘诀。她们怎么不去打败所有的男子选手呢？”柯蒂斯有一句喜欢对新手说的话：“在你面前有一段美好的过去。”但是对于林兹，他看到了一个崭新的未来。“她有机会重新定义这项运动，”柯蒂斯说，“就像巴布那样。”

也许她确实会重新定义。也许巴布自己还没定义完呢。

因为几周后，围观在布埃纳维斯塔大街的观众，听到了拖车门打开的声音，两大传奇出现了：巴布，以及罗布的冠军驴子斯莫基。19 公里的布埃纳维斯塔赛道相对较短（柯蒂斯称其为“田径运动会”），所以巴布认为林兹和达科塔组队比较靠谱。对她自己来说，斯莫基是完美的搭档：一头奔跑的恶魔，渴望抓住在它前面的每一头驴子。枪声一响，巴布和林兹就一起飞奔出去，咔嗒咔嗒地穿越过了小桥，冲上惠普尔小径开始爬坡。

她们肩并肩跑上顶峰，在转弯处折返，林兹深吸一口气，这时巴布给她上了一堂大师课，告诉她如何教训讨厌的人。前方是第一集团，由一位臭名昭著的加利福尼亚越野跑高手领衔。他大声嚷嚷着，就像在赶牛一样，他知道只要他租的小驴能跟上节奏，他就能获得 500 美元的现金奖励。巴布瞪着他，很恼火，却自顾不暇。接着，她看了看林兹和达科塔是如何处理这场骚乱的，并目睹了柯蒂斯所谓的“未来”。

林兹迈着梦幻般的脚步，轻盈且流畅，好像大地在她脚下旋转。她紧挨着达科塔的屁股，那儿正是巴布教过她要站的地方，她的站位比她的声音更能鼓励到它。每隔一段时间，林兹就会发出一道命令。达科塔抽动了一下耳朵，听了听，照着做了。看到林兹的表现，巴布跑回到那位加利福尼亚越野跑高手那里。“我不是存心要骂你，”她说，“但你还是闭嘴吧！小声点，好吗？”

她对林兹说的话则简短得多：“冲吧！”

林兹冲刺了。她在漫长的下坡路超过了巴布，紧随领头部队的后面，他们正气势汹汹地冲向终点。林兹全速超过了前冠军鲍比·刘易斯和乔治·扎克（George Zack），就快要追上哈尔和马拉松成绩 2 小时 29 分的选手贾斯廷了。她跑过终点线。这位九年级的学生再次拿到了女子第一名和总成绩第四名的成绩。

“她跑得怎么样？”巴布问道，几分钟后她气喘吁吁地赶到。她听到比赛成绩时笑了起来。“非常棒！这非常棒了！”巴布知道，有朝一日，她还会再次超过那个吵闹的人以及其他选手的。林兹的“超越之旅”正式拉开帷幕。

22

那些奇奇怪怪的训练策略

埃里克教练从不慌张。塔尼娅出事后，我惊慌失措地给他打电话，我能预感到他很快就会想出应对策略。我还是不知道怎么把这三头驴子从宾夕法尼亚州运到科罗拉多州，但至少我还有两个多月的时间来处理这些乱七八糟的事情。现在我们最关心的三个问题，彼此之间有密切的逻辑关系：

- 如何在山谷平原地带中为一场山地赛事做准备？
- 如何在和驴子一起训练的同时，却比驴子还要更强一点？
- 米卡、齐克和我这三个完全不同的运动员，该如何学习作为一个团队一起跑步？

埃里克只用了一晚上就找到了解决方案。第二天早上，他告诉我："我有个办法，只需要 30 秒就可以解决你所有问题。其实你也知道答案是什么。"

我也知道？我有点迷惑……然后一个画面突然又浮现在我脑海中。"啊，不！"我哀叫道，"不要！"

"没错！"埃里克说，"不要抗拒经典的魅力。"

30 秒魔鬼训练——这是埃里克 10 年前教我的第一件事。当时，我们在丹佛的一个城市公园里。当年我正在为《男士杂志》采访他。“嗯，你所说的关于跑步的一切，只对某些人来说是有好处的，”我说，重复着足科医生以及为我治疗过各种伤病的运动康复医生的建议，“但像我这样的人天生就不适合跑步。”

埃里克长出了一口气，颇有禅宗“忍耐”的风范。他又开始唠叨这句话了。“是这样的，并不是跑步让你受伤，”他解释道，“而是你跑步的方式。让我们试试别的。”埃里克让我脱掉鞋子，然后我们一起赤脚绕着公园慢跑。“魔法即将上演，”他说，“当我们跑到前面那棵树时，再全力向下一棵树冲刺。”

“你的意思是，像——”我结巴起来，被这些简单的指令搞得莫名其妙，我想起来上次有人对我下达这样的指令还是 40 年前的高中篮球训练。从那以后，我侧身翻跟头的次数都可能比我冲刺跑的次数多，而我根本不会侧身翻跟头。现在谁还冲刺跑啊？任何一名与 9 岁侄女跑步时抽过筋的人都知道，世界上只有一种完美的跑步方式，那就是找到自己的最佳状态并坚持下去。有时我们跑得快一点，有时慢一点，但大多数情况下，我们会以自己能跑完 5 公里的舒适配速跑步，当然，跑不完 5 公里的人另说。总之，没有人会冲刺跑，这就好比是没有人会研究如何制造一场灾难的技巧似的。

“跑得越快越好，”埃里克坚持道，“让身体先痛苦 30 秒吧。然后再恢复成慢跑。”

20 秒后，我就跑不动了。我只好停下来，一边走路一边喘着气，像一个要在浴缸里溺死的人。我已经很久没有冲刺跑了，都忘了怎么冲刺了。我觉得有些尴尬，又有些沮丧，但埃里克没有给我闷闷不乐的时间。我一恢复过来，冲刺就又开始了。到了第四次或第五次，我有种奇怪的感觉，好像是手肘麻筋遭到重击，手臂发麻后又恢复过来的感觉：我的双腿不再疲惫，反而觉得比刚开始时更放松、更强壮、更有力量了。我跑得越快，感觉就越棒。我挺直了后背，驾驭着双膝，深呼一口气，双腿往臀部摆动。

“感觉不错，是吧？很爽吧？”埃里克问道。他解释说，从生物力学的角度讲，快跑可以自动修正你的身体功能，而跑得慢则会让你有种惰性。这就是我经常受伤的重要原因。我缓慢的配速使得我每条腿的平衡时间过长，而像我这么一大坨摇摇晃晃的时候，整个身体组织和肌腱都会严重地扭矩。相反，我应该让我的脚“砰、砰、砰”地弹起来，让它们尽可能快地离开地面。

“不是说你必须一直冲刺。”埃里克说。但跑起来的技巧是一样的。放慢速度之前，要先学会快跑。这个30秒魔鬼训练的方法堪称完美：它集训练、生物力学反馈设备和健身追踪器于一身。方法很简单：首先，你要做个简单的3公里热身跑，然后冲刺30秒，最后慢跑来恢复。重复，交替冲刺和慢跑，直到你跑得差不多了再停下来。别担心“差不多”不好把握，等你的双腿失去弹性，几次循环之间勉强恢复，你就知道那是结束的时候了。

在接下来的9个月里，埃里克用魔鬼训练和速度训练来帮我为80公里铜峡谷超级马拉松做准备。他的训练方式改变了一切。但是在那个夏天结束之后，我训练挑战的巨大动力也随之结束。我不再遵循锻炼计划，慢慢地，又回到了缓慢舒适的状态。在接下来的10年里，我的码表都没动过。冲刺跑？算了吧，没有人闲得去冲刺跑。

埃里克的智慧训练策略

虽然笼罩在30秒魔鬼训练的阴影中，但埃里克的新训练策略看起来相当不错。

这是一个“四二一”制度：四天训练驴子，两天独自训练，一天休息。每次我们和驴子一起奔跑时，埃里克都希望我们朝一个方向跑：向上跑。只要开跑，就要上山。这样不仅能增强我们的意志力和腿部力量，同时也可以让驴子忽略我们的喘息声。与其我们憋气憋死，不如让驴子尽量适应。大部分时间，在后面奔跑的男人都像小发动机一样冒着蒸汽，不能对花儿抱太多幻想，它需要习惯这种情况。等到了科罗拉多州的时候，我们要身处海拔 3600 米的地方，就连走路也会气喘吁吁，所以驴子必须知道，大口喘气并不是要停下来的信号。

独自训练的时候，我都在超负荷奔跑。几个月前，埃里克为我做了一套训练计划，核心是短距离和快速重复。但齐克加入团队。我们开始认真地训练驴子后，我就没有再执行这个训练计划。这真是个失误，因为我们失去了领先“三驴帮”一步的好机会。但埃里克相信，只要我们在独自训练时加快点速度，就可以弥补这个错误。我们跑得越快，就越能降低静息心率，提高在高海拔时的表现。这是一个不错的训练，虽然我们不会因此完全适应落基山脉的海拔高度，但有类似的感觉，可以让我们为缺氧的压力环境做好准备。

埃里克的大智慧不止于此，还有关于山的哲学：山，是自然母亲对人类骄傲自满的最好治疗手段，功效仅次于驴子。山是万能的均衡器。这就是为什么在比赛中，连经验丰富的超级马拉松越野跑者在任何迫使他们抬头仰望的地形上，也会选择徒步。当然，跑步者会比徒步者更先到顶峰，但徒步者会走得更远、更久。在一场 50 公里的越野赛中，经历三四次大爬升，跑步者的双腿就不行了，而徒步者还能储备足够的能量，在下坡和平地上行走自如。与其说山峰考验的是耐力，不如说是策略。你必须积累丰富的经验，才能意识到自己的最快攀登速度并不比别人快多少，并且要谦逊地接受这个事实。

埃里克清楚，如果米卡、齐克和我一起频繁地进行爬山训练，我们会发现我们三人三驴团队——男人和女人、年轻的和年老的、动物和人类，常常会有各种不可调和的问题。但我们不必担心团队节奏的不一致性，因为山将为我们解决这个问题。

燥起来吧，迷失在这片森林中

米卡和齐克喜欢埃里克的训练计划。驴子也爱死这个计划了。

在埃里克为我制定好训练策略的第二天，我们三人帮就用绳子系好驴子，开始了第一次爬山训练。我并不期待在我一开始就拖后腿的情况下，还能说服花儿继续往上爬。但当我们走向碎石路的时候，我忽然有了一个主意。我向右转，把花儿带向小溪处。它在岸边停了下来，这时米卡和玛蒂尔达也赶了上来。“让它们从这里穿过去，”我建议道，“我想试试河对岸的一样东西。”

玛蒂尔达以前从未来过这条小溪，但这不重要了。它径直冲下河岸，像小孩蹚水一样溅水而过。谢尔曼很快就跟上了，这意味着轮到齐克躲避这块300多公斤重的“陨石”砸进水中，这时花儿发现自己落在后面，于是也一跃而起跟了上去。三头驴子爬上岸，从一丛稀疏的野草中探出头来，走向那条它们以前没见过的小路。花儿像雷达探测仪似的旋转着头，耳朵处于最高警戒状态，嗅着危险的气味。它的鼻孔似乎发出了一道命令：

燥起来吧！

花儿陡然加速，突然从静止状态向前飞奔了六步。绳子“嗖”地从我手中溜出，我紧跟在它后面才及时抓住了绳结。三头驴子像羚羊一样狂奔起来，快得让我完全顾不得躲避树枝，只好在兽群之中一路飞奔。谢尔曼和玛蒂尔达尾随着花儿飞奔，但我已经快累垮了，我甚至不敢回头看齐克和米卡怎么样了。

“大家都还好吗？”我大声喊道。

“呀——呼呼呼呼呼！”齐克从附近的什么地方喊道。“哟——喔喔哈啊啊啊啊！”米卡也在远处喊道。花儿“轰轰隆隆”地向前跑着，七扭八拐，酷似一名滑雪选手在蜿蜒的小道上回转滑行，导致我还没来得及看清那些沟壑，就必须疯狂地跳来跳去。花儿终于在泥泞的上坡路上放慢脚步，我才有片刻时间回想，为什么20年来我从未听过米卡的号叫呢？再进一步想想，玛蒂尔达就凑在我身旁，但米卡怎么会在我身后那么远呢？我回头看到了米卡的绳子，却没有看到米卡。

所以……那一定不是号叫，而是痛苦的尖叫。我扔下花儿的绳子，飞快地冲下山，却发现米卡正向我走来。“等等，等我过去！”我叫道，“是你的脚崴了吗？”

“不，我没事儿，”她说，“我是在说，‘你快去吧！’”

玛蒂尔达跑得太快了，米卡明智地松开绳子，否则就有被拉倒的风险。虽然玛蒂尔达的个头只有花儿的一半大小，但它也能火力全开。一旦它拼命跑起来，你千万不能挡在它前面。“天啊，它太兴奋了，”米卡说，“谢尔曼和玛蒂尔达又跳又踢，就像去游乐园似的。”

这就是我的计划，虽然最终效果大打折扣。早上出发的时候，我发现埃里克的训练策略中最棘手的部分就是，当我们跑不动的时候，却还要推着驴子向前走。不幸的是，花儿就是其中的关键：它是领跑者，所以要想计划成功，需要有束灯光在这个躁动巨婴毛茸茸的双耳之间闪来闪去，好让它知道这一切是一场有趣的“你追我赶”游戏，而爬坡则是它大放异彩的时候。我们必须让爬坡变得必要又乐趣十足，就像南希那样，让她的山羊布巴追着鹅满院子跑。或者就像上次我们带谢尔曼在马场的土路上跑，它突然像匹宝马飞奔起来一样……①

泥土。就是这个。这就是我们一直在寻找的，能让驴子一飞冲天的秘诀。

不知怎的，我忽略了驴子的奔跑方式与奔跑场景这两者之间的联系。我一直不停地向埃里克抱怨，抱怨花儿跑在通往林中迷宫的柏油路上时多让人恼火，却忘记了它跑进林中迷宫后有多兴奋。我们一直在寻找的秘诀，那电光火

① 如果你瞧不起那种摇头晃屁股的车顶狂欢派对，觉得那是一种粗鲁、不科学的锻炼方式，那么试想一下：南希连续 15 年参赛，一场比赛不落，成为三届总冠军并将继续捍卫她的至尊王位。

石间的激励，能让花儿顾不得自己小心谨慎的天性，使它蜕变成一头在山间奔跑的怪兽，这个秘诀其实就在我们的脚下。我一直在想，为了增加跑量，我们必须多在平路上跑。但那天早上，我忽然灵光一现，既然我们在山里训练，那最好就迷失在这片树林中。

完美搭档的不同想法

5 月余下的日子，我们几乎像是搬到林中迷宫里住似的。

花儿很快就习惯了我们的新训练行程。我甚至不用再领它到小溪那儿了。在尝试那条新训练场地后不到两天的时间里，我们刚沿着碎石路走了不到一公里，它就迫不及待地要开跑了。就像它怕水一样，它也很喜欢另一头的游乐场。蹄子连接着脚下的泥土，这种触感一定唤醒了它们身上沉睡已久、始于非洲大草原祖先的基因，因为它们一爬上河岸，就变得狂野起来。我们和驴子一起拼命冲刺，有时能跟得上，有时放下绳子，让它们放飞自我。我们发现，它们总是在前方的某处等着我们。

我们从一座大山脚下的树林中冲出来，这是斯莱特山漫长的爬坡路，一条通往林中迷宫的小径。我马上能感到重担落在肩上。花儿和我在前领路，谢尔曼和齐克紧跟着。我几乎能感觉到它们在我脖子后的呼吸，我知道原因：谢尔曼想待在花儿附近，而齐克拼命地想往前冲。在过去的几个月里，他和谢尔曼成了完美搭档，主要是因为齐克已经成了一名能解读谢尔曼语言的巫师。有时在休息日的时候，我会发现齐克的车停在我们家门口，却找不到他。他会和谢尔曼一起到牧场的某个地方，要么是带着谢尔曼去找朋友，要么就自己带着它去玩，坐在草地上和它一起吃苹果片。齐克的妈妈以前经常偷偷跟踪他，好确保他真的去接受治疗了，但齐克来找谢尔曼的时候，她就松了口气，因为她知道齐克总是迫不及待地要来这里。齐克比我们任何人都更了解谢尔曼，但说到这座需要漫长爬坡的大山，反而是谢尔曼必须先搞定齐克。

我知道背后的缘由，因为我特意研究了一下这件事。这些天，我们在这座大山上跑得流畅多了，一部分原因是埃里克的速度训练，但也有一部分原因是花儿现在知道了，它越快跑到山顶，就会越早回到树林里。谢尔曼的耐力越来越好，它必须加倍努力才能留在花儿身边，因为对它来说，这个世界上再没有其他地方更值得它留恋的了。所以，谢尔曼不禁会想，为什么旁边这个金发小孩会为了超过花儿而不断地撞我？谢尔曼想不通，其实齐克不是在针对它，而是在针对我。我不用回头就能猜出齐克到底在想什么："得了吧，老哥！我可是全美都排得上号的游泳运动员。我以前游仰泳的距离都比这个远，甚至还更快！而现在，我却被一位挡在路中央的 54 岁老家伙堵在路上？"对于齐克来说，这座大山的爬坡，是最容易超车和展现他实力的地方，除非他那毛茸茸的搭档心中另有打算。

真不走运啊，小兄弟。欢迎来到赛驴跑的世界！

齐克总是假装不想超过我们，而我总是假装没注意。我是费城人，从小就打篮球，所以我说脏话跟说母语一样顺溜。但对于这场较量，我从来没有捅破这层窗户纸。他和谢尔曼相处得不错，我不想破坏这种关系纽带。每一天，他们都觉得自己有能力、有勇气追上我和花儿。这让我们每天都过得很惬意。

齐克的跑酷训练法

时光飞逝，5 月眨眼间就变成了 6 月，6 月又变成了户外桑拿天。幸运的是，即使是在炎炎夏日，迷宫里仍然凉爽，这对我们来说是件好事。为了躲避炎热，我们一直走在树荫下，探索林中迷宫里蜿蜒曲折的小路。两周后，花儿比我还熟悉这个地方。每当我们遇到小路上的岔路口时，我往往会犹豫不前，但花儿却径直往前走，从不怀疑该走哪条路，也没有选错。鲍勃·迪伦的歌词教会我，这种事情是会发生的（"如果一块石头或一根树桩让它们惊惧，相信我，一年后它们会记着这件事"），我之前一直不相信，直到眼见为实。

我们的跑量与气温一起增长。随着天气回暖，我们长距离跑的次数也在增加，距离也越来越远，直至可以舒服地跑完 16 公里。也有不太舒服的时候：一天早上，齐克第二顿早餐吃得太慢，我们的第三杯咖啡喝得太久了，最后将近中午我们才出门。上次米卡给齐克和我上了一课，这次我们都带着水壶，但天太热了，像蒸笼似的，跑到一半的时候，我们仨都被“晒化”了。

“一遇到毒辣的阳光，大家就不行了，”我们停下来休息时，齐克说道，“就像在看慢动作版的《兴登堡遇难记》(*The Hindenburg*)。”

“等米卡过来时，我们就冲出去直奔瀑布。”我说着，却不见米卡。过了一会儿，玛蒂尔达独自小跑过来。我让齐克看着驴子，然后沿着小路慢跑回去，看看她有没有事。在几百米外，我发现米卡正双手叉腰低着头。“我今天跑得差不多了。”她说。我们慢慢地走回驴子那儿，但由于天太热了，又没吃午餐，她还是觉得头晕目眩。

“你们先向前跑吧，”她说，“我和玛蒂尔达慢慢走。”

我还没来得及回答，齐克高声说道：“没门！”他摇着头说：“不，不，不。我们一起开始，就要一起结束。”他说的这番话发自内心，但这些话术源自周三晚上的业余活动。埃里克教练让我们在休息日时增加速度训练，而我们三个虽然认可速度训练的方式，实际却减少了跑量。齐克的方法是模仿布巴追山羊的训练方式，说白了就是在后院暴走，在车上跳舞。他成了跑酷帮的一员，每周三傍晚在兰开斯特郡中心训练。齐克热爱跑酷，他把城市当作健身房，在小巷里训练，扒上车库的外墙。他虽然是名新手，但已经发现跑酷的动作能极大提高他赛驴跑时的灵活性、耐力和上肢力量，如盗贼跳、双立臂、猫挂和双猩猩跳。跑酷比赛看重技巧和团队甚于竞技性。作为一名笨拙的新手，齐克有时会落在后面，这时经验丰富的跑酷爱好者总会折返回来，永远不会让他独自完成训练，这让齐克很感动。①

---

① 在 *Outside* 杂志官网，你能看到我写的关于兰开斯特跑酷爱好者的故事，链接为 https://www.outsideonline.com/1928031/concrete-jungle-worlds-best-gym。

“冰人”维姆·霍夫的冰水训练法

夜晚，齐克在城市里像蜘蛛侠一样跑来跑去。白天，只要是齐克不跟我们在一起的时间，那他一定在树林深处，自己蹲在小溪里。为了发展他的第二副业，齐克已经拜荷兰冰水宗师维姆·霍夫（Wim Hof）为师。维姆被称为“冰人”，齐克对他治疗抑郁症的奇特方法很感兴趣，但真正吸引齐克的还是其中的科学原理。如果维姆的理论合法，齐克就能用连“冰人”自己都没想过的方式浸在极寒之中。

维姆是一位鲜为人知的怪人，大半辈子都生活在阿姆斯特丹的一艘游艇上。直到有一天，有人拍到他跳入结冰的运河中救了一名掉进冰层下的男子。这名男子被紧急送往急救中心，但秃顶、大胡子的维姆却显得轻松而又精神，就好像刚在游泳池里泡了个澡似的。原来，他的日常是这样的：即使是在隆冬时节，维姆也要在冰面上凿个洞，然后每天跳进冰洞游泳。在极寒的环境中，他也会觉得非常舒适，于是开始接连打破世界纪录：游到将近 60 米深的刺骨冰层下，创造一项世界纪录；在芬兰 0℃以下的天气里赤脚甚至几乎裸体跑马拉松；光着脚，只穿条短裤，爬上比珠穆朗玛峰死亡线还高的海拔高度；而且不知怎的，在冰封 90 多分钟的时间里竟然还提升了他的核心体温。

维姆在一生中不断研究、测试，他开始相信，跳进冰水是一个能让人变得非常健康的“秘密”。他提出的理论很有说服力。维姆指出，我们的祖先总是感到寒冷彻骨。古人的房子都是潮湿、透风的，他们都是在户外活动，防水服像是天方夜谭。只要还活着，就总会冻得瑟瑟发抖，但我们做了一件有价值的事：在这种可怕的循环进化中，身体逐渐适应了寒冷，因此，可能置我们于死地的极寒，也能让我们更平静、强壮和健康。这一切都要归功于氧气：就像你通过吹气来生火一样，你也可以通过吸入空气来点燃你身体内部的火炉。这就是为什么当有人把你推进游泳池里时，你会气喘吁吁又会大声尖叫。骤冷会使你的呼吸系统进入超光速状态，加速你的体内循环。血液汲取大量氧气不仅能让你暖和起来，还能让你平静下来。而且清醒的头脑可以让你在困境中生存，大脑会迅速释放舒缓的激素来帮助你“冷”静下来。

维姆宣称，把这些理论放在一起看，你就会明白为何我们应该珍惜时不时遭遇到的寒冷，而不是回避它。我们继承了一份巨大的礼物，但我们变得如此专注于保持舒适，以致忽略了暂时的不适和终生的健康两者之间的联系。我们不仅没有让身体适应寒冷，反而让自己置身于调节温度的温室中。我们离开温暖的家，坐上装有加热座椅的汽车，来到恒温控制的办公室上班。就连我们去运动的时候，也一定是在闷热的健身房，那时，就算做个简单的婴儿式瑜伽姿势也能让你出汗。

但是维姆说，跳入冰水中就是一剂万能药。为了证明这一点，他亮出手臂接受挑战，随意让医生摆弄他。2010 年，维姆让荷兰医学研究员给他注射一种能引起发热、呕吐和头痛的大肠埃希菌菌株。维姆相信，他可以用自己控制零下温度环境中呼吸时的专注力，同样来控制自己的免疫系统。他接受了注射，却感觉很好。因此，荷兰内梅亨大学医学中心的研究人员加大了赌注的筹码，招募了 24 名志愿者。其中 12 人接受了维姆的训练，另外 12 人没有，最后 24 人都被注射了同样的有毒菌株。整体情况是，维姆的学生感觉良好，他们几乎没有任何反应，而且抗炎蛋白水平较高，但另外 12 人则出现了症状。

“冰人”很快成为全世界科学家最想研究的太空猴子。他穿上了一套特制的冰水服，接受了核磁共振成像以绘制他的大脑功能，然后接受了 PET 扫描以研究他的身体组织和毛细血管。研究人员分析了他的棕色和白色脂肪比例，绘制了皮质醇水平，测量了激素分泌。《哈佛商业评论》甚至也注意到了维姆，想知道为什么洗冷水澡的上班族反而不太可能请病假。所有研究都从不同视角剖析这个谜题，但它们的结果在本质上都指向了同一个结论：如果你想燃烧脂肪，缓解抑郁，变得更强壮，增强运动能力，保持健康，一切要先从冻紫的嘴唇开始。

研究人员推测，其中的秘密可能在于呼吸：维姆带领他的学生们进行了20分钟的超呼吸吐纳大法，这有助于他们防寒，但也可能触发他们的交感神经系统和免疫反应。10年多来，“冰人”的自愈疗法已经被人们广泛接受，应用在治疗肥胖、糖尿病、严重的关节炎，甚至致残的痉挛和颤抖的帕金森病，反响十分热烈。即使是顶尖运动员——传奇冲浪者凯利·斯莱特（Kelly Slater）和莱尔德·汉密尔顿（Laird Hamilton），也成了它的拥趸。

“氧气会刺激你体内的每一个细胞，”莱尔德说，“呼吸决定了成败。看看任何一位拳击手、运动员，只要他们开始张口呼吸、喘气，他们就败了。你可以数周不吃东西，数天不喝水，但如果没有氧气，你几分钟内就完蛋了。呼吸是力量的源泉。”

齐克摸索出“交叉适应法”

一天下午，齐克在树林里发现了属于他自己的“宝藏”，当时他正在为自己的冰人训练寻找物料。他独自一人在山间的树林中跑步，在跑到一条在高耸石崖下流淌的小溪边时，发现了一处深水池。齐克脱下鞋，用脚测了测水温。这处池塘被树木和大石遮掩得很好，即使在暖春时节，水温也像刚融雪一样寒冷。

“天啊，这简直是一种酷刑！”齐克心想。太完美了。

齐克冷得嘴都咧到下巴了。他尽可能地多泡在水中，然后热热身跑过树林，来到阳光明媚的山顶观景台，也就是“南方边境”的最高点。那天晚上，他从网上找到了维姆呼吸吐纳大法的三步口诀（30 ~ 40次深呼吸；深呼一口气，屏住呼吸；深吸一口气，屏住呼吸；重复3遍以上），并背诵下来。第二天下午，齐克回到树林里。他躺在河岸上训练呼吸吐纳大法，然后浸入冰浴中。太生猛了！他不确定这样长期训练会不会有效。但从短期来看，他真的相信了一件事，如果灵魂尖叫着要离开这个该死的人体储藏柜，这个想法便不会再停留在黑暗之中。

齐克还知道，大约在冰人出生的300年前，伦敦城里的裸游亚文化就早已悄然揭开了冰人的秘密。早在18世纪，泉水池就已在伦敦的汉普斯特德公园建造出来了。从那时起，即使是在英国最寒冷的冬天，游泳者也会在雪地里打闹嬉戏。“即使游了一小会儿，我也能兴奋好几个小时，神清气爽好几天。”克里斯·凡·图勒肯（Chris van Tulleken）医生解释道。他像一头北极熊似地跳入冰河中，心情异常激动，于是便不再用药品治疗自己的抑郁症患者了，而开始尝试用游冰泳的方式治疗。比如，24岁的萨拉从17岁就开始服用抗抑郁药，但她讨厌活在“化学灰雾”中的感觉。

“每次游泳后，她的情绪会立刻好转，几周后，她的症状减轻了。”图勒肯医生说。两年后，她仍然坚持不服用药物治疗。图勒肯医生向两名研究“极限环境中运动表现能力”专业的科学家分享了他的发现，和他们一起在《BMJ病例报告》（*BMJ Case Reports*）上发表了一项研究。研究表明，在冰冷的泳池里游上几圈也许是治疗重度抑郁症的有效方法。这也说明那些维多利亚时期的怪人每次脱掉衣服钻进汉普斯特德水池的冰层时，都觉得胃里有点冒酸水，但他们的心理有可能比我们更健康。事实上，研究员采访的许多户外游泳者都说，他们“在悲伤或失去至亲之时，能在水中找到安慰，甚至快乐”。

齐克被另一个诱人的细节吸引住了。这项研究的核心是，洗几分钟冷水澡就能治好这种致命且令人费解的疾病，同时也有一个辅助的效果。这在研究报告中几乎是后补充进去的，研究员表示遗憾，因为这个真的与抑郁症无关，但对他们个人很有吸引力，因为他们都是极限环境中运动表现能力方面的专家。“对高海拔运动压力的反应也减弱了，”图勒肯医生指出，“这被称为‘交叉适应’，即一种形式的压力迫使身体适应另一种压力。”他推测，也许学会习惯冷水的冲击还会“减弱你对其他日常压力的反应，比如路怒症、考试焦虑或被炒鱿鱼”。

但这只是小试牛刀而已，齐克想得更长远。他认为，交叉适应不仅仅是一种疗法，它简直是火箭燃料！难怪维姆能同时训练数十名业余登山者，并带领他们赤膊上阵，以极快的速度登上乞力马扎罗山。维姆训练的这些人登顶的成功率非常惊人：尽管其中许多人来找他是因为身体虚弱或长期患病，但年复一年，超过 90% 的学生都能登顶。在这里，他们脱下衣服，穿着短裤，在海拔将近 6000 米的地方奔跑，攀登非洲最高峰。他们不仅没有高原反应，而且能拥抱、击掌庆祝，打破了集体攀登的世界纪录。你永远不知道大山会带给你什么，但通过学习深呼吸，人们找到了一种克服稀薄空气、自我怀疑、困惑和疲惫的方法。

维姆不知道，齐克在小河里颤抖着自言自语，但他也思考出了如何成为一名优秀赛驴跑选手的训练计划。

克莉丝的“乐在其中”跑步法

也许对齐克来说，池塘底下可能有海盗的宝藏，有银行铂金卡。但在米卡看来，她仍然没有办法下水。她愿意做任何事情来帮助谢尔曼，但由于在瓦胡岛的热带海滩上长大，她的底线就是坚决不跳进宾夕法尼亚州的小河中。此外，她已经找到了自己的指路明灯。米卡迷上了克莉丝・梅尔（Krissy Moehl），一名不再像男性那样思考后，便开始打败男性的超马越野跑冠军。

22 岁的克莉丝大学毕业后在西雅图的一家跑鞋店里工作，她开始和同事斯科特・尤雷克（Scott Jurek）一起探索城市周边的越野跑路线。尤雷克是一名超级天才，后来几乎赢得了越野跑运动领域里所有赛事的冠军。克莉丝那时并没有太多越野跑比赛的经验。作为一名大学 800 米跑选手，她习惯了在两分钟内结束比赛。但她发现自己很享受跑在奥林匹克国家公园的高山湖泊周边，所以没过多久，尤雷克就说服她开始了第一场 50 公里越野跑比赛。但在发令枪响之前，克莉丝就意识到自己犯了一个大错误。赛道让她明白了，比赛是痛苦的、无情的，摧残着你的自尊心，前一天折磨你的精神，后一天还会折磨你的身体。她甚至都不敢想象自己在山中的5小时里将要遭受怎样的痛苦。

克莉丝再也不想感受这种痛苦了。这是她人生中第一次不再为学校、教练或球队而竞赛。她只是为自己而跑。所以她应该乐在其中，不是吗？但是，是否有可能在把自己逼到极限的同时又获得乐趣呢？克莉丝想了很久，认为自己能坚持这项运动的唯一可能，就是先对自己约法三章。

第一：从发令枪响一直到终点线，始终保持微笑。

你在这项运动中越快乐，你就越能得到快乐反哺给你的益处。另外，这也是说服克莉丝妈妈的最好办法。她的妈妈曾发誓，如果她看起来不享受这项运动或没有“乐在其中”，就会想办法让她别玩了。

第二：让其他人保持微笑。

当你为别人着想的时候，你才会忘记自己当下的感觉有多糟糕。

第三：像魔鬼一样赛跑。

独自闷头向前冲没什么意思，是吧？“我会全神贯注盯死前面的马尾辫，”克莉丝说，“但这是在保证第一条和第二条的前提下。”

所以在跑步圈知道克莉丝的名字之前，他们就已经认得她的面孔了。当她飞奔进补给站时，观众指着她，互相询问：“那个微笑的女孩是谁？”克莉丝爬上了贝灵汉市周边的小山，俯瞰着连绵的苔绿色冷杉树海蔓延向太平洋，甚至当她在瓢泼大雨中跑到35公里，艰难地爬上一座叫钦纳摩特的山坡上时，她还是兴高采烈的样子。她想，这是我的地盘，这就是我的心归属的地方。

克莉丝的约法三章更像是物理定律：只要遵循这些原则，她就势不可当。在接下来的几年中，她就像脱笼之兽在山上狂奔。在2007年的“硬石100英里耐力跑"[1]中，只有两个人能击败她。在著名的"夏威夷100英里耐力跑"中，跑在她前面的只有一人。到最后，在俄勒冈州的100公里越野赛中，她无人可敌。不过，克莉丝早期最伟大的成就或许是对大满贯的冲击：在11周内，她跑完了美国四场经典的100英里越野赛，成为完成大满贯最年轻的女选手，也是史上第二快的选手（如果你仔细算一下，换个角度再看：在不到3个月的时间里，克莉丝跑完了16场山地马拉松赛事）。当然，福无双至。克莉丝甚至成为一种真正意义上的浪潮，她开始意识到自己可以在这项运动中谋生。她的重大时刻很快就到来了：2009年美国西部100，这是美国顶级越野跑者展示自己天赋的最好场合，也是克莉丝成为这场赛事中第一位女性冠军的绝佳机会。她感到自己的力量和状态都达到了巅峰，两个跑得很快的人愿意做她的配速员。是时候严肃对待并拿下这场比赛了。比赛当天，她一改脸上的笑容，迎面而战……

结果她却恨透了这场比赛。最终她在女子选手中排名第二，总排名第十三。最让她失望的并不是成绩，而是她一整天都像僵尸一般，觉得眼酸和焦虑。她跑了160公里，每一公里都跑得不爽。她太专注于比赛最后会得到什么，以致错过了沿途的每一件事。"我错过了美丽的日出，"她后来才意识到，"我没有保持微笑。"她想告诉配速员，她和他们一样强，所以她冲进补给站抓起自己的饮料瓶时，几乎都没有哼一声。她比以往任何时候都更努力、更投入，也更慢。

接下来的几天里，克莉丝躺在沙发上，浑身酸痛，不知之后该如何是好。显然，比赛已经结束了。她暗下决心，如果要成为这项运动中的顶尖选手，就要经历一些磨炼，这无可厚非。她在脑海中回放着从发令枪响前的最后一刻开始的所有比赛画面。克莉丝还记得在黎明前的黑暗中，她和选手们挤在一起，透过黑暗望向前方巨大的山峰：在海拔900米的地方，6.5公里长的山路远在天边，让人心生绝望。在那之后，还有154公里要跑。

---

① 这里的100英里因在赛事名称中不做换算，约等于160公里。——编者注

克莉丝心想，这真的很让人绝望。跑步时可能是生命中唯一不被收入、出生地、发型所定义的时刻。“我们身上都只穿短裤和T恤，”克莉丝反思道，“剥去外表，展现本我。”就拿她的朋友尤雷克来说，他是世界上最温文尔雅的超人克拉克·肯特。超马越野跑圈一直想知道尤雷克真正的秘密，在比赛当天他到底在喊什么神秘的巫毒咒语，他会甩掉眼镜，突然变成拥有可怕力量的超人，一一击败世界上最生猛的选手。克莉丝回忆道：“在起跑线上，尤雷克总会跃到空中，像《勇敢的心》（*Brave Heart*）中的男主角一样仰天长啸。”

克莉丝意识到，那不是一种表演。那就是尤雷克，就是他的本我。

那么，她的本我是谁呢？克莉丝从沙发上爬起来，甩了甩她酸痛的双腿。只有一个办法可以知道。

克莉丝在加利福尼亚州遭遇了惨痛的失败，8个星期后，她飞往法国参加世界上规模最大、最负盛名的超马越野赛：残酷暴虐、摧残灵魂、长达170公里的环勃朗峰耐力赛（UTMB）。从没有一位美国人赢得过UTMB，甚至也很少有人能完成比赛。当迪安·卡纳泽斯（Dean Karnazes）、尤雷克、杰夫·罗斯（Geoff Roes）、扎克·米勒（Zach miller）尝试UTMB的时候，均处于巅峰状态，然而他们都跑得屁滚尿流。哈尔·科尔纳（Hal Koerner）是过去十年来美国顶尖的超马越野跑运动员之一，他曾三次尝试UTMB，只有一次完成了比赛。即使那次完赛了，他也跑了40个小时，私处还擦伤了。所有的超马越野赛都自有其残忍之处，但UTMB在各个方面来说都很残酷：在夜晚会被冻僵，在白天会被晒晕，在崎岖的岩石上会被绊倒，在将近总爬升1万米的赛道上会喘到死，就像刚刚攀登过珠穆朗玛峰，又去爬了卡塔丁山。

克莉丝摒弃脑海中所有负面的声音。6年前，她赢得了一个UTMB比赛的短距离组别的冠军，但这次在正式赛道的竞赛中，她决定一雪前耻。妈妈说得没错：如果你没有投入进去、乐在其中，你可能就不跑越野跑了。于是，克莉丝找了一帮朋友做她的后援团，她没穿那种硬核的越野跑赛短裤，而是在衣橱里翻出来一条可爱的短裤，这条短裤可爱到让克莉丝在比赛中听见山中乡村里的观众们喊叫："那名选手穿着一条裙子！" 当她跌跌撞撞地跑出树林来到补给站时，她一定要停下来和朋友们吃意大利面，并提醒她们一大帮人，一定要注意多多休息。太阳升起又落下，而当太阳再次升起的时候，克莉丝还在狂奔，仍然领先。她冲过终点线时，创造了新的赛道纪录，成为第一位赢得 UTMB 冠军的美国人。

克莉丝"裙子搭配微笑"的个人风格太让人兴奋、太夺目、太鼓舞人心了，萨克拉门托市的一名儿科护士想知道，这招对自己来说管不管用。罗莉·波西奥（Rory Bosio）在儿科重症监护室轮班工作了很久，照顾那些有夭折危险的婴儿。在她的生活中，最不需要的一件事就是更多的压力，所以每当她下班后，就迫不及待地到户外去，到树林里玩。罗莉整个冬天都在北欧滑雪，整个夏天都在越野跑。她独自在布满岩石的崎岖山地玩了很久，家人都叫她"山羊比利"。她尝试超马越野跑只是顺其自然的结果，但就像克莉丝一样，她一旦参加大型赛事总会磕磕绊绊。为了参加美国西部 100，罗莉刻苦训练，比赛时冲得非常猛，在赛后的几个月里，她连上楼都要歇会儿喘口气。医生发现她有贫血症状，建议给她输血。

罗莉心想，你是在逗我吗？她陷入了伊索寓言中的困境。她可以喜欢跑步，但不能热爱跑步。如果她过于热爱，就会完全失去这份热爱。"山羊比利"短暂而辉煌的赛跑生涯在真正开始之前就结束了。

除非……

也许是时候尝试些新花样了。她试过"规律训练小护士罗莉"，也试过"残暴爬坡山羊比利"两种比赛风格，结果她都老老实实地进了医院，胳膊上扎针输血。她所剩下的只有渺茫的希望，所以不妨赌一把，切换成另一个"本我"，她的另一面，自从她日日夜夜参加大学派对后就消失隐藏起来的那一面：欢迎切换回来，笨蛋波西奥。

你觉得是笨蛋波西奥会训练吗？做梦吧。笨蛋波西奥只会玩。每当下雪的时候，罗莉就会背着一副小雪橇，跑上离她家不远的加利福尼亚州的高山小镇特拉基附近最高的山峰，然后趴在小雪橇上滑下山。天气暖和的时候，她会站在桨板上在湖面划水，或者到公园里玩呼啦圈。每周，她都会和亚雷汉德罗定期“约会”一次，亚雷汉德罗是她的一辆敦实但钟爱的“沙滩巡洋舰”胖胎自行车。她一次蹬一下单挡踏板，一路骑行 29 公里到达唐纳垭口的山顶。一路上，她会犒赏自己一些零食，从运动内衣里掏出她藏着的蒸红薯和牛油果酱。罗莉开始按照一位好朋友建议的方式生活：每天都应该是一场大冒险，每天都应该在荒野里做些自己喜欢的事情。

在罗莉被美国西部 100 虐惨了的 3 年后，笨蛋波西奥挤进了来自近 100 个国家、2500 名选手的人群中，等待着 2013 届 UTMB 的开始。到了第二天早上，他们中有 2493 人还在山里遭罪，而罗莉已经疯狂地跃过终点线，接着，在观众的欢呼声中，她旋转着以芭蕾舞般的屈膝礼感谢每一个人。她的表现令人震惊：罗莉是女子第一名，也是总排名第七的选手（天啊！），她以 22 小时 37 分钟的成绩将克莉丝的赛事纪录缩短了两个多小时。相比之下，罗莉比科尔纳的最快成绩快了整整半天。

罗莉把她的奖杯塞进行李回家了，回归她 24 小时轮班制的医院工作中，回归到她和亚雷汉德罗每周固定的约会中。一年后，她重返 UTMB 赛场，但这一次她成了众矢之的。她不会再默默无闻地成为一匹黑马。她成了标靶，所有的目光都锁定在她的后背上。但没过多久，罗莉二度在国际赛场上技压群雄，成为首位蝉联 UTMB 冠军的女性。“裙子搭配微笑”的风格再次让她坐上了冠军的宝座。

训练极富成效，我们战胜了宿敌大爬坡

那么，为什么像克莉丝、罗莉和 2007 年冠军尼基·金贝儿（Nikki Kimball）这样的美国女性能够碾压 UTMB 赛道，而美国男性却在后面一瘸一拐、用装

三明治的塑料袋裹着私处呢？

我和齐克第一次穿过林中迷宫跑到塔尼娅家时跑崩了的原因，可能和这个在本质上来说差不多。我们比米卡更强壮，也更快，但当情况变得更复杂时，我们也就会摔得更惨。与其说我们害怕失败，不如说害怕别人觉得我们软弱，因此，我们没有相信她的选择，没有随机应变，而是坚持靠蛮力，最终陷入麻烦之中。克莉丝总是遇到同样的事情。在比赛中，她会在窄道追上速度较慢的选手，并尝试超过他们。从赛道礼仪上讲，这些选手应该让路，但正相反，他们担心显得自己很弱，往往会加速，所以就较上劲了。这条路越来越挤，直到，必然地，他们跑崩了，克莉丝一骑绝尘地跑了。如果这些人足够理性的话，他们应该立即闪到一旁，然后跟在后面伺机行动，但是男性的激素并不会理性行事。

然而米卡是理性的。她拿到了克莉丝出的一本训练书《超级马拉松训练完全手册》(*Running Your First Ultra*)，这本书成了她的越野跑圣经。米卡仍然觉得自己是一名舞者，而不是跑者，按照克莉丝的理论，这基本上就是完美！就要这种态度。米卡向克莉丝寻求个人训练的指导，很快，她的跑量和配速渐渐提高了。米卡越强，就越自信，这种自信顺着绳子传递到玛蒂尔达身上。这头专横的小驴知道，现在她的搭档才是老大。在我们跑步的过程中，我看到它的眼睛转向米卡，随时待命。

到了 6 月中旬，大家还在揣测我们各种奇怪的训练策略——冰水训练、跑酷训练、“乐在其中”训练和 30 秒魔鬼训练是否真的能奏效，但留给我们的时间已经不多了。距离比赛还有一个多月，我们还没有找到司机。在我准备集中精力开始找司机之前，我想知道这种投入是否真的值得。在一个周六的清晨，我们准备最后再测试下。把驴子集合到一起，走向我们的宿敌：那处终极大爬坡。

四个星期前，我们曾努力搞定这个大爬坡，但失败了。这次我们要算个总账，并且还要连本带利地赢回来。我们的目标是在大爬坡跑上跑下六轮，然后绕着林中迷宫跑一圈。如果我们成功了，那我们就搞定了25公里多，其中将近一半都是陡直的上坡。幸运的是，早上起了雾，所以在天气还没变热之前，我们已经在跑第三轮了。我们爬了一次又一次，不知不觉地，我们已经站在山顶面面相觑了。

"简直不敢相信！"米卡说。她涨红了脸，气喘吁吁，但更像是刚刚中了彩票，而不是在海难中幸存。"我们刚刚跑的还是林中迷宫吗？"

"准备好参加赛驴跑了吗？"我问道。

"我……"米卡停顿了一下，打量着自己的身体，寻找着身体有没有什么不对劲的迹象，却怎么也找不到。"当然准备好了！"

齐克半跪在地上。"你还好吗？"我问道，然后才意识到他正在整理跑步时穿的自制凉鞋上的皮带。齐克对自然运动和早期美式工匠的精神非常着迷，他学会了自制越野跑鞋。

"当然，"齐克说，"我们别再让谢尔曼站在太阳下了。"

我们为自己的逞能付出了代价，拖着酸痛的双腿，像过山车般挣扎着在林中迷宫里上上下下，但这都是值得的。终于要回家了。我们跑下那处大爬坡，沿着大瀑布缓缓而下，到瀑布下的池塘里泡一泡。我们热得汗流浃背，于是把驴子拴在阴凉处，一头扎了进去。米卡和我在池塘里休息，而齐克，不愧是齐克，在堆砌池塘的粗糙岩石堆上发现了一处结构缺陷，并开始按照欧几里得几何学的正确原理重新铺设它们。

出于对培根番茄鸡蛋生菜三明治的极度需求，饥肠辘辘的我们终于离开了小溪。我们带着驴子走了最后一公里，直到回家后也没从早上的跑步中回过神来。我们不再感觉很轻巧了。太不可思议了！完全进入状态。这就是我们想要的感觉。

直到某天，什么东西突然断裂了。

齐克和谢尔曼在林中迷宫中稍作休息。注意齐克的自制凉鞋。（图片经 Christopher McDougall 授权使用）

23

除非一起跑，否则就不跑

“你觉得我的手严重吗？”我伸出左手，问一名叫内特（Nate）的人。

大约一个月前，在埃里克教练制订的速度训练计划中，我也加入了自己的副业。我听说每周三晚，都有一帮人在女儿的学校体育馆里打两个小时的篮球。我已经30年没碰球了，在上次打球不久后，我就辞了那份在葡萄牙报道的工作，因为我太想留在费城老家了。那时算是我的人生低谷，觉得自己做出的所有决定初衷都是错的，我觉得恶心。我已经54岁了，而在我上次打球的时候，周三那天晚上来打球的大多数人都还没有出生呢。在决定去之前，我特意咨询了一下埃里克教练。

“是个好主意，”他说，“横向运动，爆发力，瞬间爆发的速度，上半身的体能训练——所有这些正是你需要的。只是别受伤就好。”

“不可能受伤的，”我向他保证，“我就是去球场跑跑步。双脚都不会跳离地面。”

意外频出，我的手指将与钢钉和金属板为伴

“你觉得我的手严重吗？”我问内特。

我一直在篮下防守，这时另一名球员朝我身后靠过来。我用手挡住他，结果一根手指被杵到了。我用力把这根指关节拉正，然后就忘了这件事——我后来抢到篮板球的时候，突然感觉像是一百万枚燃烧的弹片贯穿我的手臂。我走出球场，做了个鬼脸，抓着自己的手腕，走向正在边线休息的内特，咨询他的意见。

“你知道我不是，呃，确切地说，我不是医生。”内特说。他其实是当地一家牙科诊所的客服，但他还是检查了我的手。他用一根手指小心地试探着。“我也不确定，我觉得你身体里的任何部位都不应该发出咔嗒一声。刚刚我就听见咔嗒一声。”

“可能只是有点，像是……脱臼了。”我说，与其是对内特说，不如说是自言自语。这天是 6 月 22 日，距世界锦标赛还有 41 天。我们克服了这么多困难，刻苦训练，和驴子建立了如此亲密的关系，我不敢相信自己会突然毁掉这一切。不可能。我的手指肯定没事。

几小时后，当急诊科医生带着我的诊断结果走进诊疗室时，我也是这么对她说的。“感觉好多了。”我说，举起我那肿胀着的、青一块紫一块的手，“看到没？就是擦伤而已。”

她盯着我。“你知道我这儿有你的 X 线片，对吧？不要在这里白费口舌了。”她把 X 线片投放到大光屏上。

“手指是出了问题。”她宣布。

“严重吗？或者，只是一个小毛病？”

“你仔细看一看。”

她指着屏幕上某处看起来像炸开的鞭炮似的地方。我左手的一根骨头中间断开了，骨头两端碎得无法连在一起。她解释道，我需要动手术。他们应该能够用六颗钢钉和一块金属板让骨头重新生长，但也有好的一面：如果我很快痊愈，并真正愿意配合物理治疗，我应该能尽快恢复全部的力量和运动能力。

“最晚可能不会晚于夏末。”她总结道。

无兄弟，不跑步

米卡和齐克没有放弃比赛。我们没有抱太多希望，但我们有一个计划。

两天后，我接受了手术。手术后第二天早上，我裹着厚厚的绷带向窗外望出去，米卡和齐克用绳子系好了花儿和谢尔曼。他们要同时和两头驴子一起跑，再交换组合，每天跑两次，这样在我恢复期间，他们还都能保持住体能。玛蒂尔达站在门口，都惊呆了。它不敢相信自己竟然被丢下了。它开始沿着栅栏来回奔跑，惨兮兮地大叫着，好让我们知道它此刻的感受。与此同时，我的任务则是单只手用手机，开始找越野车司机，还有一辆可以运载牲口的拖车。还有，哦，对了，等我们到了科罗拉多的时候，还要找一个可以卸驴和拴驴的地方。如果我们最后真的能去科罗拉多的话。

也许哈尔和柯蒂斯能帮上忙。哈尔和柯蒂斯总是陷入看似不可能摆脱的困境，然后又灵机一动想出解决方案。有一次，柯蒂斯受邀在汽车广告中扮演一名牛仔，作为回报，他可以暂时开一阵崭新的庞蒂亚克跑车。所谓“暂时”，只是相对于旁观者而言，柯蒂斯决定留下这辆跑车，谁跟他要钥匙，他就朝谁竖中指。多年来，柯蒂斯躲过了通用汽车公司的回收队，躲过了汽车返厂检修服务，把这辆车从一处转移到另一个处。他活生生地把哈尔这样的朋友变成了不法分子的帮凶，因为他把车藏在哈尔家谷仓后的一层油布下。直到最后，通用汽车公司终于认命了。我相信，凭借这种敢想敢做的精神，再加上他们长途运载驴的经验，哈尔和柯蒂斯一定会有办法的。

最好找一处安静的地方打电话，我想。假如我跟哈尔说话的时候，一头驴子在旁边嘶吼发泄，多少让我有点尴尬。但我意识到，玛蒂尔达突然没动静了。我向外瞥了一眼，想看看它怎么了，却发现米卡和齐克已经回到了车道上。“落了什么东西了？”我问道。

米卡猛地抬起头，那神情有些陌生，但很快就辨认出来。那是一种愤怒。齐克看起来也很生气。另一头，谢尔曼和花儿却很高兴。它们摇摇晃晃地向栅栏跑去，很高兴能和玛蒂尔达团聚。

“我们哪都没去成。”米卡说。

“它们把我们耍了。”齐克补充道。

米卡和齐克走了大约一百米来到泥土路上，觉得非常沮丧，也非常生气，就像走了 8 公里一般漫长。米卡说感觉就和谢尔曼来的开始那几天一样糟糕，甚至更糟。花儿已经从谢尔曼那里学会了如何在原地打转，而塔尼娅却没有在身边帮我们摆平这些问题。我们把谢尔曼安顿得过于舒适，身边总有朋友围着。这三头驴子已经变成了一个紧密的团队，无法分开。

“除非它们一起，否则是不会跑的，”米卡说，“什么招儿都不管用。”

但想了一个晚上后，第二天早上米卡和齐克又卷土重来。米卡已经认识到了自己的错误，重新制订计划：问题不在于驴子，而在于阵型。花儿是最佳领跑者，谢尔曼则是天生的辅佐者，但即使对于驴子这种动物来说，它们也需要情感上的支持。玛蒂尔达是其中的关键。它无法忍受被抛下，但又足够独立，完全可以上场，所以不管怎么配对，只要不把玛蒂尔达留下来，双驴阵型就有可能行得通。如果玛蒂尔达在门后面叫喊着要它们回来，那另外两头驴子哪儿也去不了。

齐克喜欢玛蒂尔达一贯以来的行事方式，但他也有自己的思考理解：如果让花儿和玛蒂尔达在一起，玛蒂尔达可能就会冷静下来，所以齐克建议自己和谢尔曼先出发，让米卡和玛蒂尔达紧随其后。他分析道，在比赛当天，那么多驴子，要跑那么长的距离，曲折蜿蜒的赛道，我们肯定会走散，所以有必要让谢尔曼提前准备，这样到时候它就不会惊慌失措了。齐克的小算盘打得不错，只是他没有考虑到一个因素——

谢尔曼的“野性”。

齐克打开了结界的大门，完全意识不到他将释放出一个混世魔王，这个魔王的毁灭能力在被冰雪封埋的时候就已经大大增强。谢尔曼不再是一个康复中的病人。在过去的几个月里，所有的朋友关系、树林里的疯狂奔跑以及新鲜的青草，都大大增强了它的力量和信心，它不再有往日恐惧和脆弱的迹象。谢尔曼成了一头全新的驴子，但在内心深处，这只动物的野性生存本能仍然被压抑着。谢尔曼的精神和以前一样可怕，现在它拥有了更加强大的肉体。齐克毫无胜算。

米卡往窗外望了一眼，便不忍再看，怕伤了齐克的自尊心。整个过程惨不忍睹，她不想让齐克知道还有人目睹这一切。谢尔曼佯攻、闪避、后退、诱敌，预判出齐克所有的哄骗技巧，让齐克的心碎满地。玛蒂尔达和花儿安静地在牧场上吃草，谢尔曼没有跟着齐克到任何地方去。米卡等了将近半个小时，然后出来结束这场战斗。谢尔曼和齐克还待在大门口。

驴子们已经下定决心：无兄弟，不跑步。

把劣势变成优势，与驴子建立联结

手术四天后，手部治疗师拆开了绷带，我们看了下伤口。从手腕缝针处到指关节都肿起来了，我的手就像个漏气的足球。五指冻得像爪子似的，太僵硬了，治疗师让我抓起一些彩色珠子时，我能感觉到缝针处在拉扯，手部肌肉中的金属在抗议示威。

“完全看你自己，”治疗师警告说，“你必须每天活动活动这只手，否则它就永远都动不起来了。我见过很多人休息太长时间，最后他们的活动能力永远消失了。”我张开嘴想问一个问题，又赶紧止住。如果她没告诉我什么时候可以开始跑步，我早点恢复训练也没关系，是吧？这么想多少有点自残和妄想的感觉，但这种想法忽略了治疗师已经清楚声明的一点：如果我把手部缝针处震松了，医生只好重新切开我的手，移除金属部分，然后再次固定骨头。

但就我自己而言，那天下午我还是小跑了一下。我戴着塑料夹板，笨拙地端着我的手臂，尽力护住它。“感觉还行。”我想，但并没有什么用。和花儿一起跑的时候，我要把左手当作锚点，握住那条缠绕着的绳子，用右手把绳子收放自如。如果我突然要拉住绳子，左手会第一个反应制动，但我不可能只用一只手就让一头300多公斤重的驴子停下来。

但如果我不这样操作呢？

多年前我在莱德维尔参加赛驴跑的时候，有件事一直困扰着我，那就是最厉害的选手比赛时就像在跳交际舞一样，他们紧贴着驴子，身体蹭来蹭去。索巴尔、卡伦以及巴布似乎研究出来了某种心灵相通术，他们不需要用绳子操作控制，而是通过一波一波的手推，以及一股一股的助力来交流沟通。这让我想到：既然我们的驴子必须结伴才能跑，也许我们可以把这点转化为我们的优势。

“让齐克过来，”我对米卡说，“我想试一个新招儿。”

我以为她会为我着想，拒绝让我尝试新花样，但我猜错了。类似于与谢尔曼在一起的这段日子，米卡和我从未经历过。我们把自己的光辉事迹总结为“不知所措”和“不计后果”，有一次米卡听到外面打雷了，就把女儿们带到地下室让她们躲着。而我曾在一次开往萨斯奎汉纳的大雨中，车轮陷在泥地里了，我下来推车，并把6岁的马娅放车后，她的小妹妹和小表弟正坐在车后座上教她怎么开车（我们到家后，米卡的第一反应是问我："你教她怎么刹车了吗？" 我："呃……"）。然而在这几个月里，我们把一头活生生的驴子装了小货车，把谢尔曼私处里的"豆块"洗干净，在森林里狂奔，丝毫不去想如何走出这片林中迷宫，我们对彼此的了解远超出了自己的想象。透过表面看本质，我们俩比表现出来的还要更加坚强和谨慎。如果米卡担心我，我知道她一定会有自己的考量。如果我想碰碰运气试一试，她知道我有分寸，大可放心。

她打了个电话，齐克立刻把车开进车道，跳下车来帮米卡召唤那三头驴子。我没有选择常用的3.6米绳子，而是选择了一根1.8米短绳。"嘿——呀！"我叫道，花儿跃跃欲试整装待发，一路欢快地小跑向大路。通常我会跟在后面几米远的地方，留出足够的空间来观察，并预判花儿的随机反应。但这一次，我紧靠在它身边，近到在我们奔跑之时，它的尾巴会拂过我的腿。我只用右手抓着绳子，也就是说如果它一跑了之，我也没法阻止。我唯一能做的就是让它知道，我就在这里，我们要一起并肩作战。

当我们跑向那条它最喜欢的小路时，花儿转向了我们常去的十字路口。我还没有准备好在那种湿滑的崎岖地形跑，所以我轻轻地往后一拉，一旦它有抗拒的表现，我好准备立马松松绳子。但它就像训练有素的运动员一样接受了我的指引，毫不犹豫地调头转身就走。在碎石路的尽头，它又一次被打了个措手不及，本想向右朝那条大爬坡跑去，但当我转过身，用臀部推了推它的左肋时，它马上明白了我的意思。

在小路上越野跑了这么长时间后，再回到平坦的路面上，我有种快乐而惊异的感觉。我已经忘记了和花儿一起奔跑是什么感觉。在树林中，这更像是一场双赢般的混战，我们六个既能自娱自乐，又能同甘共苦。但今天，花儿和我心灵相通。我们的身体挨得如此近，不知不觉中，我的迈步和喘息都融入了它的节奏。我们双脚的步频、呼吸吐纳都达到了完美鼓点般的节奏状态。它一眨眼我就知道接下来要做什么，我不知道是深谙地形还是感觉到了它身体的颤动，但在它转向一侧之前，我就能感知到它的动作并闪开了路。

近则化于无形：米卡和谢尔曼正在精进驴之道的艺术。（图片经 Christopher McDougall 授权使用）

我和花儿是如此契合，好像我还没开口，它就知道我想要什么似的。就好像我从没有——

啊！我太投入了，一只脚不小心绊在了石头上，差点被绊倒。跑步的一大好处是，即使是和头驴子一起跑，你的思想也会达到任何时候都不曾会到达的境界。那天早上我突然顿悟，从近 20 年前第一次遇见米卡的那天晚上起，我第一次发现自己曾笃信的“史蒂夫之道”错得有多离谱。每当有人问我，我们是怎么认识的，我都要讲一遍这个梗：“这个理论的三步分别是：‘没有欲望，表现优秀，然后离开’，”我会这样解释道，“我太相信这个理论了，当时我真的抓起外套离开了，还拒绝了在冰天雪地的暴风雪中米卡要开车送我回家的好意，因为‘道’告诉我，知止不殆，可以长久。”

花儿却让我意识到，关于道，我其实什么都不懂。一瞬间，那些记忆碎片以一种我从没有见过的方式黏合在一起，就好像我的大脑已经认定，这条通往罗伊·贝勒山羊农场的小路是奈特·沙马兰电影[①]的完美片尾场景："花儿喜欢跑步，"我想，"我也是。当双方的诉求达成一致之时，自己的欲望反而不重要了。你无欲无求！"我们一起训练，效果不错，几近完美，真的！但有一件事还没有做到位：那天早上，我发现花儿需要一点抚慰。它想要的不过是一下轻抚，或是玛蒂尔达的一声轻哼，好让它知道，当它向前奔跑的时候，自己并不孤单。当我与它保持一定距离的时候，我们失去了那种联结。但是只要花儿知道我就在它的身边，那么它看不到我也没有关系了。

我消失不见。我无欲无求。真棒！

何其幸运，找到拉驴司机卡琳

现在，"驴之道"版本已经升级成了花儿的版本，并重新恢复上线，我们很快便会流畅地跑上几公里。我们远离树林，跑在偏僻的道路上，为了护住我的手，我们尽量避开危险的小溪或小路。我想，在比赛前的最后几天，我们还有时间突击训练一下过河技巧，还有越野跑的步法。目前，当务之急是增强体能，避免再次骨折。

我们还有一个让人头疼的大问题，突然间一道闪电击劈下，还飞舞着一张小纸片。

这道"闪电"看起来很眼熟，很快在我的脑海里闪现出来：正在我家门口的女人从车窗里喊着让我过去，她是塔尼娅的朋友谢莉，就是那个跑来通知我们塔尼娅出事的人。一阵内疚感刺痛了我，我已经有段时间没去看望塔尼娅

① 奈特·沙马兰（Night Shyamalan）是美籍印度裔导演，其电影多以惊悚片为主，代表作《精灵鼠小弟》《第六感》《分裂》。——译者注

了，接着我的五脏六腑如翻江倒海。啊！谢莉来得太突然了，她甚至都没下车。可能不是什么好事。

“我，有件事儿，要告诉你，”谢莉一字一句地对我说。她想用一只手打开车门，另一只手在空中挥舞着一张纸片，但是她忘了解开安全带。两只手又伸了回去，车门打开，她跳了出来。

“看我手里拿的是什么！”她得意地说，“你们是不是还在找去科罗拉多州的司机呢？”

“别告诉我你找到了司机！”我问过所有的牛奶厂和养猪的邻居，愿不愿意拉上我们的驴子，但没人有这样的拖车，也没人有时间在那儿干等着，并愿意等到比赛结束后开车送我们回家。我一直在想办法，心里暗想，实在不行我就去乞求哈尔，问他可否愿意和哈里森来一场父子与驴的公路旅行，只是我还一直没敢问他对和驴子一起公路旅行感不感兴趣。

“好吧。到底想不想知道？”谢莉讥笑道，“因为你刚说‘别告诉我’——”

“快点吧，快告诉我你得到了什么消息？”

她递给我一张从马展日程册上撕下来的纸片。上面潦草地写着“给卡琳打电话”，还有一串电话号码。仅此而已。

“我当时正在弗吉尼亚的一场马展会，不记得怎么说起这件事的，反正我对这个女人说起塔尼娅的事故，还有她要做的事情不仅仅关乎自己，还有你们，突然她就答应了：‘没问题，我加入。’”

“哇。你确定她靠谱吗？”

“嗯，没问题。”谢莉点点头，“我在所有的大型马术演出中都看到过她。她从欧洲带来了漂亮的马车。她是个很靠谱的人。不过我对她的驾车技术不太了解。”

谢莉前脚刚走，我就赶紧拨打这个电话号码。一个女人用一种奇怪的口音接通电话。口音奇怪地混杂了各地的方言，听起来有些像南方腹地的口音，但又不是那么真切。她那慢吞吞的腔调不会错，但她把“那个”说成“呢个”的奇怪口音又像是德语。我和她闲聊几句，想探探她到底是哪里人，但在跟我说住在“胡”吉尼亚之后，卡琳就直接进入正题了。

“听说你们在找人帮你们拉骡子。”

“事实上，是拉驴子——”

“差不多。我和我的朋友可以帮你搞定。你们从哪里出发，拉到哪里去？”

“好吧，你们是怎么收费的？”

“我们会再算一下价钱，”她说，就好像她很享受艰难地驾驶 80 个小时，拖载着两吨重的牲畜拖车似的，“不会收你很多钱。我们就睡在拖车里。”

不。这一定有诈，难道还有什么我不知情的隐情？这位陌生人不是为了钱。我们要交给她的，只是三头不太合拍而且性情不定的驴子。也许她想把它们都拐走？谢尔曼肯定会让她后悔的。再说了，何必如此呢？在我看来，驴子可不是什么抢手货。在一年之内，我免费得到了三头驴子，我甚至都没有主动找过。

“你开车拉过驴子吗？”我问道，苦苦思索着其中的原因。

“拉过很多次马，但没有拉过驴。”卡琳回答，“不过，总想去科罗拉多州看看。”

沉默。我该说点什么了。我绞尽脑汁，想在两个不明智的选择中，挑一个相对不那么糟糕的：我是该相信一位能让谢尔曼、花儿和玛蒂尔达参加比赛的陌生人，还是因为不信任这位陌生人而让它们错过了比赛？“让我考虑一下再答复你。”我提议道。

“我们没有多少时间了，”卡琳说，“所以如果你想如期送到，一定要提前告诉我。”

这句话把我点醒了。天啊，比赛就在三周后举行！

我还有别的选择吗？

“好吧，当然，”我答应了，“就交给你了。”

卡琳答应给我画张驾驶路线图，然后召集她的朋友们，在周日出发前到我家门口集合。如果她们直接开车过去，会在星期二抵达。这刚好够驴子休整的时间，也够我们勉强适应好高海拔的时间。

“很好！”我说，“我会跟你讲——”

挂了。卡琳，不管她到底是谁，说完话了。

又一次出现意外

接下来的两周里，每当我们去训练的时候，我都会盘算出一份检查清单。我知道自己忘记了一些重要事情，但我不知道具体是什么。我都快疯掉了，倒计时 14 天，不管我搞砸了什么事情，都已经没时间发现和调整问题了。

那么，我到底忘记了什么呢？我们又有了三名体能及格的跑者。好吧，体能勉强及格。阿莫斯的哥哥刚刚修剪好了驴蹄子，为了旅途方便起见，我们甚至还请兽医来给它们验血。“我已经见惯了水肿的驴子，尤其是那些在谷仓里待了一整个冬天的驴子。你的驴子真是要线条有线条，要身材有身材。”他惊叹道，“真的很赞。”让齐克松了一口气的是，三头驴子都拿到了健康证明。“你能想象万一谢尔曼得了狂犬病怎么办吗？”他说，“那就彻底完蛋了。”

我们现在有了一个司机、一辆拖车、三套驮鞍，那天早上，我们还预订了住的地方。多亏了伟大的爱彼迎（Airbnb），给我们和驴子找到了住处。在距离赛道不到16公里的地方，有一处三室的“大地之舟”。仔细看了照片后，我们决定住在这里。这处住宅建在山坡上，用天然回收的材料搭建而成。足够完美！甚至在离小镇更近的地方，一名副警长租用了一处谷仓和牧场当作她自己的农场。也就是说，三驴帮在科罗拉多的时候，他们每时每刻都在警察的庇护之下。

也许是该松口气，不必再担心了。这一年真疯狂，一件事接一件事。但每一次，我们都会比之前更坚强一点，更厉害一点，更团结一点。事情可能永远不会变得顺利，但我们不再慌张无措。

直到某一天，齐克的妈妈突然打来电话。啊！这就是我一直想不起来的事情。我应该和包下整个汉德酒店的那家人核实一下，看看是否有空房给齐克一家住。我完全忘记这件事了，现在安德烈娅的名字闪现在我手机屏幕上的时候，我才想起来。我太傻了。到这个时间节点，汉德酒店的房间一定都订满了。

“嗨，安德烈娅，”我开始说道，“我知道你为什么打电话来。真的很抱歉。”

“哦？”安德烈娅听起来很吃惊，“所以，你是说齐克已经跟你说过了？”

“齐克？没有。你打电话是想问酒店的事，不是吗？”

“不是，不是酒店。”安德烈娅停顿了一下，“齐克本来要打电话的，但他现在还在处理。”

“处理？”

“是的，齐克的脚骨折了。”

RUNNING WITH SHERMAN

第四部分

为自己而跑

剎那间，我恍然大悟。我终于知道，从谢尔曼站起来重获新生的那一刻起，它到底在想些什么——相信我，我可以的。

24

必须给谢尔曼一次奔跑的机会

米卡和我匆匆赶到安德烈娅家，发现齐克正瘫在躺椅上，脚上绑着石膏，旁边放着一副拐杖。电视开着，但齐克的妈妈和两个姐妹已经不再鼓励他多看看电视综艺或访谈节目。齐克正沉浸在自己幽怨的世界里。

“干得好，笨蛋。”我说，然后观察他脸上的表情，发现这招儿没用，“发生什么事情了？”

齐克说，前一天跑步之后，他在“南方边境”游泳池当了两班救生员。太阳还没完全落下，他就已经开始工作了，吹着口哨，在椅子上坐了 8 小时之后，他非常想活动活动身子。趁着日落前的最后一个小时，他在场地上练习跑酷，在野餐桌上跳跃，在秋千架上做引体。天黑时，他感觉棒极了，但饥肠辘辘。他小跑到车旁，盘算着要不要释放掉一晚上的生酮，吃一个双层汉堡，就在这时，他的脚踩在了马路边，感觉有些异样。他一路跛行着回去，到家后，对妈妈轻描淡写地说自己只是扭伤了。

“但是当我今早起床的时候，都快晕过去了。”齐克说。安德烈娅拉着他去看医生，做了 X 线检查。诊断结果证实了她的疑虑：第五跖骨骨折。齐克的脚受伤严重程度和我的手一样，不同的是，驾驭驴子一只手就够了。“所以，”我开始说，不确定现在问这个问题是否有些残酷，“虽然不太可能，但也许，一两个星期后——”

齐克抬起头，和我一样焦灼地等着他妈妈的回答。“也许什么？也许他能参赛？”安德烈娅说，“绝对不可能。石膏要打一个月，至少一个月。”她补充道，低头盯着齐克，确保他明白了自己想表达什么。

“我们到时候再看吧。”齐克喃喃道。

团队遭遇最大打击

在回家的路上，米卡和我在车里都没怎么说话。一件必然会发生的事情在我们脑海中盘旋，我们想要说点什么，却又不由自主地想起这件我们想极力回避的残酷现实：这次是将了我们一军啊。我们终于受到了最大的打击，被打得体无完肤。

“总得有人去参赛吧，”米卡终于大胆地开口道，“你在科罗拉多不认识什么人吗？”

“谁都没法和谢尔曼一起跑，”我说，“没人可以。你觉得除了齐克，谢尔曼还会听其他人的话吗？”

只有当这些话从我嘴里说出来时，我才知道现实有多残酷。这一刻，我终于意识到齐克和谢尔曼已经变得有多密不可分。我意识到，无论我再怎么扩大范围，我都找不出任何人，无论是朋友、亲戚，还是其他跑者，没人能够取代齐克的位置。谢尔曼现在是齐克的驴子了，谁都不可能配合出那样的化学反应。每当我和花儿一起跑在前面的时候，齐克却被堵在后面，但其实他跑得比我快得多，却还让谢尔曼别再磨磨蹭蹭，不让它和玛蒂尔达嬉戏。每想到这里，我都会感到内疚。

齐克退出了训练计划，这时马娅前来辅助训练谢尔曼。（图片经 Christopher McDougall 授权使用）

但随后，我又回忆起了几个片段：我记得，用牙齿把铁链从农场大门上晃下来，并策划了一场动物大逃亡的，不是花儿。想出用头撞开木棚大门盗猫粮这个办法的，不是玛蒂尔达。如果你爱抚另一头驴子稍多一些的话，温柔且又严肃地用嘴咬住你的胳膊并把你拉开的，只有谢尔曼。谢尔曼有自己的主见，有一种永不放弃的意志，就像那个小孩一样。这个小孩整个春天都在与抑郁症战斗，坐在冰冷的小河里，努力成为更优秀的赛驴跑选手。他们俩是天造地设的一对，他们也知道这一点。

“你说得没错，”我对米卡说，“我们必须要找个人替他参赛。”这一年，谢尔曼和齐克都承受了太大压力，所幸他们俩都挺了过来。齐克卷进了一场疯狂的挑战，他以极度的耐心和非凡的激情准备着。他从不抱怨，从不放弃，从来没有失去冷静——除了有一次我们都饿疯了，齐克像超市手推车一样，用双手去推谢尔曼。我只能寄希望于每次齐克和他的治疗师聊聊，然而她对齐克的关心和专注，只有齐克对那头驴子的一半。

米卡说得对。我们得找个人参赛，好给谢尔曼一次奔跑的机会。这是齐克应得的。

一周后，我从厨房的窗户向外望去，目光游走于夕阳和空旷的马路之间。前一天，米卡、齐克、我的小女儿苏菲和侄女萨拉一起乘飞机去了科罗拉多。他们四个要在“大地之舟”上建立我们的大本营，而我本来要留下来帮助卡琳和她的朋友拖运驴子。

本来是这样计划的。因为一直等到黄昏，也没有任何马车出现的迹象。事实上，自从几天前我们在电话里来了一场小小的“唇枪舌剑”之后，我和卡琳就不怎么说话了。我已经决定好了，即便是我们找不到司机开车，也不能把三驴帮交给一个完全陌生的人，况且还没有人照顾它们。当我告诉卡琳想和她一起开去科罗拉多的时候，最开始她听起来很生气，后来又变得尖酸刻薄。

“可能没地方啊。除非是把你安排住在拖车里。”她抱怨道。

“我没问题。”我回击。

“你最好别有问题。”她讥讽。

在那之后，一片沉默。我最不希望看到的就是惹恼她，怕她一怒之下不干了，所以我先让她冷静冷静，且等她周日早上出现在我家门口，等到了周日下午，周日晚上——

叭——喇！叭喇！叭喇！叭喇！喇叭在尖叫，搞得我好像必须在五分钟之内上车似的。外面，有人驾驶着一辆巨大的柴油皮卡车，同时操控一辆我所见过的最大最长的运马拖车，穿行于两棵大树之间，驶上了我家门口的车道。司机终于把手从车喇叭上挪开了。前门突然打开，两个穿着裙裤和人字拖的女人跳了下来。我往她们身后看了看，屏住呼吸，以为后座上还坐着一位更大个、更壮实、更年轻的。这两个女人都和我 11 岁的女儿一样高，但如果要我说，那个穿粉色 T 恤的女人得有 60 岁左右。

猜错了。“琳达 72 岁了，你能相信吗？”卡琳说。通过奇怪的口音我分辨出哪位才是卡琳，显然她并不是琳达。

“大家都到齐了吗？”我问，觉得还有其他人，“你说过还有其他人？”

“没啦，凯瑟琳来不了，”卡琳说，“看来最后我们还是需要你。我们出发晚了，咱们赶紧走吧。我们去把驴子拉上车，你去拿上自己的行李。”

“你最好让我来处理，”我警告说，“可能会很棘手。”

“呵呵！”琳达哼了一声，手指向卡琳，“我们还遇到过更棘手的事情呢。去吧，去拿你的行李吧。”

随便吧。她们大可一试谢尔曼的厉害，让她们知道自己面对的是什么。我跑进屋，迅速关掉灯，给亚伯写了一张便条，我们不在的这段时间，这位年轻的邻居会帮我们照看猫、山羊、绵羊、鸡、鸭和鹅。我抓起包，锁上门，不到 20 分钟我就回到屋外，发现卡琳“砰”地关上了拖车的门，而 72 岁的琳达，11 岁女孩大小的琳达，正在把 20 多公斤重的干草扔进皮卡车的后斗里。我环顾四周，目光搜寻着三驴帮。没看见。

“等等，它们已经上车了吗？”我说。

卡琳挥手让我到拖车后面去，“看看吧。”车内，三头驴子都安坐在各自的厩棚里，每头驴子之间都隔着一道低得足以让驴子们互相依偎的半栏。花儿和玛蒂尔达面朝着窗户，安静地咀嚼着一袋袋新鲜干草。谢尔曼，不愧是谢尔曼啊，屁股对着窗户，死死地盯着后墙。“它是你这里最容易紧张敏感的一位，对吧？”卡琳说，“别担心，会让它信任我们的。”

我去帮琳达搬干草，但她已经弄完了。在不到30分钟的时间里，我一直担心干不了这活儿的两个女人，已经装满了水箱，搬完了半吨干草，逮住并拉着三头疑神疑鬼的驴子上车，我相信她们还在车后面撒了泡尿。卡琳和琳达爬进了卡车前面，而我则钻进了车后。在我知道驾驶路线之前，或者说，如果真有所谓“路线”的话，两位弗吉尼亚女士就已经轰隆隆地开上了从兰开斯特去往科罗拉多的途中。

卡琳和琳达的故事

大约午夜时分，琳达和我在西弗吉尼亚州给车加满油，卡琳进去喝瓶魔爪能量饮料休息一下。“你应该知道些卡琳的事，”琳达对我说，“她自己是不会告诉你的。几年前，她过得挺艰难的，得了癌症，不是在这儿——”她在胸前摆了摆手，“而是在这儿，”她指着自己的胯部。卡琳与子宫内膜癌战斗了两次，她的肿瘤被切除了。用琳达的话说，肿瘤有“婴儿的脑袋那么大”，差点让她死掉。卡琳无法生育，她的婚姻也几乎因此结束。在她生命中的至暗时刻，她发誓，如果能回归到自己的生活中去，她定要珍惜生命中的每一秒。

“后来，就没有什么可以阻止她的了，”琳达说，“她常常会一时兴起，说走就走。我和凯瑟琳经常和她在一起玩。如果她招呼我们来一场冒险，我们会拎上钱包就走。有一次在新泽西州，卡琳发现了一艘待售的喷气快艇。你坐过喷气快艇吗？太疯狂了！我们开着我老公的拖车，走到半路才想起来告诉我老公我已经走了。”这差不多就是弗吉尼亚女士们决定参加这次旅行的唯一原因：

当卡琳听说，她这辈子终于能去科罗拉多，还会看到一群怪人带着驴子到处跑时，她又回到了乘坐喷气快艇的时光。

琳达自己也经历过一些人生中的黑暗时期。“我母亲生了4个孩子，每年6月都生一个，她承受了太多痛苦，”她说，“她结束自己的生命时只有43岁。你能想象在这么年轻的时候，觉得整个世界都没有什么值得为之而活的感觉吗？”琳达当时21岁，她一直都没有从这种失落感中恢复过来。她不停地搬家，想通过这种方式来自我疗愈。她为一家拖车公司做长途司机，在中西部地区来回奔波。她做着72小时送快递的工作，几乎从未停歇过。婚后，她必须养活自己的家庭，便找到一种巧妙的方式，帮她抑制这种到处流浪的冲动：她成了一名马科动物助产师，这意味着每次她接到母马艰难分娩的紧急电话时，就要马上冲出门，哪怕是半夜。

“茜茜·斯派塞克①、特德·特纳②、简·方达③……，我帮助各种各样的大人物接生过小马驹。”琳达说。琳达和卡琳就是这样认识的，她们都是弗吉尼亚的赛马爱好者，在一条偏僻的小路上邂逅。不久后，她俩就一起相约沿着詹姆斯河骑马漫步，偶尔也会听从内心的召唤，策马狂奔，纵情山野。

不一样的卡琳

卡琳从加油站溜达出来，手中的钥匙串在空中晃荡叮当作响，就像把玩游戏节目中的奖品。“该你了，小伙子。准备好开车了吗？”我吓得吞了一大口唾沫。“这个拖车太大了啊！”我大声说，同时我内心在尖叫，你们疯了吗？凌晨两点，在西弗吉尼亚州山区的蜿蜒山路上。大灯刺痛着双眼，后面还拉着

① 茜茜·斯派塞克（Sissy Spacek）：美国20世纪80年代当红女影星、老牌演技派影后。——编者注

② 特德·特纳（Ted Turner）：美国有线电视网（CNN）创办者、企业家。——编者注

③ 简·方达（Jane Fonda）：美国女影星，2021年获第78届全球奖终身成就奖。——编者注

活生生的动物。我就在这样的环境下第一次开大拖车？“我从来没有开过这么大的拖车。我可不想开不好把驴子弄伤了。”

“开不好，我就废了你，”卡琳说，“你知道这东西值多少钱吗？”她仍然在我面前把玩着钥匙。“好了，会没事的。我们在车后吃点东西，有好听的音乐。会没事的。”

我不情愿地爬到驾驶座上，琳达则舒舒服服地睡在车后座的毯子里。卡琳在小冰箱里找夜宵吃。她和琳达两个人，可能和任何一位卡车司机一样强壮，但她们却不像卡车司机那样随便吃点东西。我原以为在横穿美国的路上会吃些快餐，但她们却带了一顿豪华大餐：烤鸡，鳄梨酱配意大利面包，甜椒和苹果片，煮老一点的鸡蛋，小袋沙拉。卡琳怕自己睡着后我开错路了，反复检查了导航，确保我们是在开往印第安纳州的路上，然后她又坐回去聊天。

“你知道我是荷兰人吗？”她开口说道，终于点破了她口音的神秘之处。她的家人还住在荷兰。她从小就是一个乡村女孩，在山野中长大。甚至在她还是个孩子的时候，就喜欢用自己的双手制作东西，她对机械极有天赋，毕业于电气工程专业，成了美国顶级复印机的工程技术员。“我在五角大楼和国家卫生研究院研制机器。”她告诉我。她从华盛顿市中心回到弗吉尼亚的家，一路畅通无阻，但卡琳太喜欢农场了，所以她在城里的每一个小时，都感觉像是浪费了一个小时似的。卡琳的丈夫布奇是一名蹄铁匠，这让卡琳结识了很多在周末去骑马的人，他们的马儿多得都骑不完。卡琳开始受雇为驯兽师。她坚定而温柔的触感，对肢体语言的敏锐感，让她成为人们眼中的“巫师”。就算是最难搞定的动物，她都可以释放它们的潜能。

“怪不得你能把那头野性难驯的驴子拉进拖车里。”我说。

“哪一头？谢尔曼吗？”她问道，“啊，它可是个乖宝宝。”

乖宝宝？我无法分清“在路上的卡琳”和“在电话里讥讽我的卡琳”这两者之间的区别，也开始怀疑这是不是我的错。她突然出现，紧急时刻主动提出帮我一把，她自然觉得我会感激涕零。正相反，我在怀疑中徘徊着，在她看来，这一定是个满嘴大话的男人在挑战她的专业知识和独立性。一旦看到我乐于听从她的指导，她就非常支持我，相信我能驾驭她心爱的拖车，甚至当我询问她的病情时，她也放松警惕。在我开车的第一个小时里，她一直在指导我，直到最后给了我一句终极鼓励："我不用再在你耳边唠叨了。"她说，然后就把外套垫在头底下睡去了。

我们如此不同，却又如此喜欢彼此

黎明时分，我们开到了印第安纳州的泰瑞豪特郊外。我小心翼翼地把车开下高速公路，驶进了一家美国饼干桶连锁店的停车场。每当我们进去吃饭或上厕所之前，卡琳都会确保我们照看好了驴子。我们拉开拖车门，看到了谢尔曼——仍然朝后站着，面对着墙壁，无视它的干草和敞开的窗户。

"那家伙真是个呆瓜。"我说。

"不，你不能这么想，"卡琳说，"动物行事并非出于恶意。它们不是想给你点颜色看看。这是人们在与动物相处时所犯的最大错误，总觉得它们的行为针对你。你必须跳出来思考问题，然后你才能明白到底发生了什么。"

我们在清理拖车，耙出旧的松木碎屑，在驴子脚下铺上新鲜木屑的时候，卡琳向我打听谢尔曼的故事。我告诉她我们是如何碰到这头野性难驯的驴子，如何把它从动物囤积者的驴棚里救出来，带回到我们的住处的。在我们那儿，它的眼神一直死气沉沉，沉默寡言，直到后来那只傻乎乎的山羊劳伦斯成了它的朋友。"你看，这还不够说明到底发生什么事情了吗？"卡琳问道。花儿、玛蒂尔达和塔尼娅住在圣诞愿望农场，它们在那儿总是有很多朋友，也有很多时间在户外嬉戏。谢尔曼像关禁闭的犯人一样被关起来。它必须想出一个应对办法，而结果正是我们现在所看到的：谢尔曼已经学会了让自己在有限的空间里走神，直到一切都结束。

“它并不是犟，”卡琳总结道，“它只是害怕。所以我们要继续照顾它，抚摸它，让它知道自己并没有被抛弃。”

琳达开始给驴子拌一桶电解质饮料，卡琳和我提着桶到后门，问洗碗工借了根水管。她转身消失，过会儿和经理一起回来。经理干练地接水管，并热情地把水管拉到我们的拖车里。我甚至都有点怀疑，在饼干桶餐厅停车场的早餐高峰时期为驴子上门服务，难道是这家餐厅的日常工作？“亲爱的，还需要什么，尽管找玛丽莲就行了。”她对卡琳说，然后匆匆离开，去收拾那些堆满餐后垃圾的桌子。

“那还不能说明问题吗？”卡琳说，“动物能激发每个人最好的一面。”

我们终于坐下来用餐了，这是第一次我们大家都同时清醒且没有集中精力开车——我顿悟这个时刻意味着什么。食物端上来时，琳达给了我第一个暗示。我伸手拿叉子，她抓住了我的手。“等一下再吃。”她说。她和卡琳手拉着手，低下头。“谢谢，但我不信这个。”我开始说道，但女士们一直闭着眼睛，等着我的餐前祈祷。好吧，讲点规矩，我对自己说。她们是主，我是客。更何况我们还在饼干桶餐厅里。

话匣子打开之后，辩论开始了。命运吊诡地把美国最红、最蓝阵营的两派人士，锁在一个钢舱里整整 30 个小时。我们驱车离开印第安纳州，前往堪萨斯州，无所不谈，但从没有达成一致过。我们在邦联旗帜、学校祈祷和“黑人的命也是命”等问题上交锋。当我说自己支持更严格的枪支法案时，卡琳告诉我她腿上绑着手枪。我们最能达成一致的事情是，我们在广播上听到特朗普说了一名阵亡士兵父母的坏话。“共和党人搞砸了，”卡琳表示同意，“他们本可以选萨拉·佩林的。”

我们穿行于各个牧场之间，和女士们一起吃着三明治，看好毯子不会从后座睡觉的人身上滑落。这很奇怪，我们三个看待事物的方式如此不同，却又如此喜欢彼此。卡琳和琳达在中西部吃得很开，我们所到之处，都能找到新的“玛丽莲”，我们还会邀请孩子们来摸摸驴子的鼻子。卡琳嘲笑我对多力多滋玉米片的喜好，但每次我们加油的时候，她都会给我买一包。琳达看到我的老花镜后，要我把眼镜交给她。“你这副眼镜看上去像泡在猪油里了。”她说着，用纸巾把眼镜彻底擦了一遍。我们行驶在堪萨斯州的日落中，琳达想知道，为什么我们在堪萨斯州这里竟然没有发现任何一头牛。“肯定是基督再临了！”她断定，便开始自我感叹道，“上帝带走了我们当中最无辜的人。”

开到第二晚午夜时分，我们驶进了科罗拉多州，车内的气氛变得严肃起来。白雪皑皑的群山耸立在我们面前，正好挡住了我们去菲尔普雷的路，浓雾从山坡上席卷而下，笼罩着公路。“欢乐时光结束了。”卡琳说。柏油马路上结了一层冰，车开在上面发出嘎嘎的声音，能见度很低，我们根本看不见对面驶来的车辆，直到它们的前灯突然从黑暗中射出来，照进我们的眼睛。我们以时速 60 多公里的速度爬坡。后来变成时速 50 公里……时速 30 公里……

凌晨 4 点，我们的手机都没信号了，导航也无法定位“大地之舟”的位置。“也许是这条路？”我指着一条通向平顶山的孤零零的土路问道。“最好是这条，”卡琳说，“一旦开进去，就没有办法调头了。”我的手机上突然闪出一条消息，我迅速给米卡发了一条求助信息，告诉她我们正在黑暗中游荡，这条路是最后的尝试，所以如果她碰巧还没睡，请出来打个灯晃一下我们。

我们轰隆隆地往前开着，地平线延伸到星光灿烂的夜空，我们沉醉了，但还希望能看到有人类活动的迹象。卡琳突然停了车。“我有种预感，”她说，听起来不像是好事。她却让我和她换个座位，让我坐到方向盘后面。“如果我猜得没错，”她解释道，“你可以给你老婆秀秀车技。”我的预感一向很好——这条道路只会让我们在混乱中越陷越深，但我还是按照卡琳说的，坐上驾驶位，把车调到低速挡。过了一会儿，米卡从黑暗中冲进我们的视线，她在车灯中挥着手，在路上迎着我们。

25

“害怕什么，就去做什么”

“看到女士们了吗？”那天早上10点左右，我才从床上爬起来，脑袋依然昏昏沉沉的，几乎睁不开眼睛。

“早就走了，”米卡说，“她们8点左右来的，和齐克喝了咖啡，就开着卡车离开了。”

“啊，去哪儿了？”

“她们只是对我说，‘我们终将抵达之地，即是我们即将前往的方向。’”

女士们的战斗力绝对是惊人的。我们从星期天的日落一直开到星期二的日出，接着在寒冷的黑夜中工作了一个小时，以确保在长途奔波后驴子依然健康无恙，之后用大量的干草、淡水和电解质饮料引着它们离开草地。在那之后，女士们必须清理杂物，装好行李，爬上拖车前方阁楼里的特大号床垫。3小时后，她们要再爬起来，为即将到来的冒险而兴奋不已。

“那驴子呢？有人检查过它们了吗？”我问。

我们终于到了！谢尔曼早上醒来，这是它在科罗拉多州的第一天。（图片经 Christopher McDougall 授权使用）

“是的，齐克现在正在那里，”米卡说，“他等不及要见谢尔曼了。”

我环顾四周，第一次直观地领略大地之舟的全景。我们昨晚到的时候，我累得昏天暗地，直接上床睡着了。米卡告诉我，其实我们是住在大地之舟的卫星舱里。这是一所漂亮的麦秆屋，温暖舒适，阳光充足。屋子是由稻草捆裹上一层厚厚的土坯泥建成的。墙壁的厚度和平滑的沙土砖让这里看起来十分牢固，难以置信地舒适，同时也像一个由综艺《粉雄救兵》（*Queer Eye*）中的五人组打造的洞穴。透过前面的窗户，我可以看到大地之舟的其他舱室：

一栋又长又矮的建筑依偎在平缓的斜坡上，与人造山丘映衬得如此完美，连玛莎·斯图尔特[①]本尊也无法设计出比它更酷炫的终极堡垒。

① 玛莎·斯图尔特（Martha Stewart）：美国女富豪，传奇家政女王，玛莎·斯图尔特家居用品公司创始人。——译者注

小曼曼正在巡视它的科罗拉多州住所。(图片经 Christopher McDougall 授权使用)

米卡和我决定去看看驴子安顿得如何。我们走出门,漫步在悠长的土路上,发现女士们正在朝我们走来——

还骑着马!

“原来是睡美人啊!”琳达大笑道,“睡美人终于起床了。”

“我们早就起来了,有充分的时间拐来这两匹漂亮的小马,”卡琳插话说,“快点打开拖车门,我们要趁警察来之前把它们都藏起来。”

女士们等待着我的反应。看到了我松弛的下巴和彻底迷惑的眼神后，她们才意识到，是的，据我所知，她们完全有能力轻松愉快地顺出几头牲畜。“不，我们是借来的。”卡琳说。早上她们开车去到处转转，熟悉下地形，像往常一样，没过一会儿，她们又认识了另一个“玛丽莲”。她们看见两匹漂亮的小马，正悠闲地驻足在一所房子附近的草地上，女士们上去敲门，问能不能带它们出去遛几个小时。不管是出于什么原因，小马的主人让两个完全陌生的人给马儿套上马鞍，然后沿着小路骑走了。

卡琳（左）和琳达（右）挽救了大局，之后又“偷”了几匹马。（图片经 Mika McDougall 授权使用）

“我们只是回来喝点啤酒。”琳达说。

“还有我的淘金沙盘。”卡琳补充道。在离开弗吉尼亚之前，她带了一个探矿盘，以备她们发现小溪中有金沙时使用。谁不想碰碰运气呢？两位女士从马背上滑下来，消失在拖车里，过会儿又拿着卡琳的淘金盘，以及装满啤酒和三明治的驮袋蹦出来。“如果我们没回来，”琳达坐在马鞍上说，“就当我们没来过这里。”女士们喝了杯啤酒，便策马扬鞭远去了。

看到两名骑在马背上的女豪杰，早上 10 点就在自家门口喝着啤酒、“大地之舟”的主人兼建造者克莉丝汀和基普·奥特森当然想出来看看到底发生了什么事。很高兴能碰到他们，因为我终于有机会问了那个困扰我很久的问题：大地之舟到底是怎么回事？基普一边同我在牧场上漫步，一边解释说，本质上，这是一种被动式太阳能住宅，通过巨大的窗户和自然绝缘材料来实现自热或自冷。

“在这里也能实现吗？”在 7 月，这里还是很冷，所以我可以想象冬天的时候该有多艰苦。

“这是我拥有过的房子中最好的一栋。”基普说，这句话别有深意。基普以前在加利福尼亚州南部玩冲浪，后来搬到了北方。他想，先在这里小住一段时间吧，去华盛顿的塔科马读大学。他在那儿遇到了克里斯汀。毕业后，他们一起去阿拉斯加的一个小村庄教书，那里只有乘丛林飞机才能飞到。“村庄里一共住着 200 人，其中 100 人都是孩子，”克莉丝汀说，“一切都围绕学校而建。我很喜欢那里。”冰原上的生活非常狂野原始，每次基普带着越野跑队出去跑步时，他都必须要在胸前挂上一把 0.357 口径的马格南手枪。“在我们到那儿的前一年，一个男的和他女朋友在街上散步时，一只熊跳了出来，”基普说，“女朋友跑去求救，17 分钟后回来了。他的男朋友已经被啃得只剩一半了。”

基普和克莉丝汀以外来者的身份住在这里，但从来没有觉得自己是个外人，因为这个紧密团结的社群从一开始就接纳了他们。他们在阿拉斯加住了三年，生活十分幸福，所以他们出发去泰国进行下一场冒险时，还颇不情愿。他们很快发现，在亚洲和北极圈，都有一种团结的精神，而这种精神在美国大陆上似乎正在消失。克莉丝汀说：“现在很少有美国家庭四代同堂。”因此，当她的姐夫提出要去拓荒之处定居的疯狂梦想时，他们也加入其中。克莉丝汀的姐姐嫁给了一位有梦想的泰国环保主义者乔恩·詹代（Jon Jandai）。他教授那些环保卫士用环保材料建造房屋。有一次，他们去科罗拉多州的洛夫兰拜访克莉丝汀的父母，乔恩·詹代发现了这片16公顷荒地正在出售，他兴奋得都快要跳起来。

“我们可以把麋鹿圈起来，必要的时候再把它们带进坑里杀死它们！”他对基普说。

“好的，”基普答道，“你知道这是违法的吧？”

但当他们把乔恩·詹代的思维代入21世纪《美国鱼类和狩猎法》的语境中时，他又激发了整个克莉丝汀家族的热情。他们一起买下了这套房产，之后在乔恩·詹代的指导下，一个家庭社区开始在这处偏僻的宽阔山顶中发展起来。“他是一位了不起的工人，”基普说，“他会把轭架扛在肩膀上，从池塘里提水给我们做土坯砖。他逼着我们去做一些我们自认为做不到的事情。”基普、克莉丝汀和他们的两个孩子，还在泰国和科罗拉多两地之间来回奔波，但现在他们已经盖完了其中两套房子。他们准备在这里定居下来，并开始为克莉丝汀的弟弟一心打造第三套房子。

“现在我知道这里到底需要什么了，”基普说，“驴子。它们在野外的时候看起来太酷了。”我们来到了牧场，齐克穿着靴子躺在草地上，和谢尔曼一起沐浴着阳光。基普没有把我们这帮人扭送到几公里之外的警长那里，而是和马路对面的邻居协商好，让我们在他家的草地上玩耍。基普是对的。驴子们在大草原无边无际的地平线上摆好姿势，冬天的绒毛已经褪去，闪闪发光的肌肉在微微颤动，看起来漂亮极了——尽管它们还有点不知所措。

从“南方边境”跋山涉水来到此地，齐克和谢尔曼终于团聚了。
（图片经 Ardrea Cook 授权使用）

“谢尔曼一直黏着我，”齐克笑道，“感觉他在说，‘感谢上帝！在这个陌生的新世界中，你是我唯一的依靠！’”齐克已经不是原来的齐克了。虽然回到兰开斯特后，他固执地觉得还有参加比赛的可能。然而经历了过去几天的公路旅行，腿上的阵痛终于让他确信，参赛完全不可能。不过，他却像一名职业运动员般调整自己失望的心情。齐克的角色已从谢尔曼的队友，转变成后援团，这件事让我很感动。如果换作是我穿着他的石膏靴，闷闷不乐，对周围的每个人抱怨，对我来说是绝对忍无可忍的事情，但齐克的新角色真的让他很兴奋，因为他是唯一能帮助他的接替者熟悉谢尔曼，并尽量让谢尔曼理解到底发生了什么事情的人。齐克，不仅仅是一个全新的齐克，他还是一个全新的塔尼娅。

“那么这个比赛是怎么比的呢？”基普问道。尽管基普和克莉丝汀都是本地人，但他们大部分时间都在海外工作，其实并未体验过菲尔普雷的赛驴跑。我很乐意地让齐克回答这个问题，而我则放松地坐了下来，准备再小睡一会儿。齐克讲了我们的战术和训练，米卡则解释了谢尔曼当初是如何来到我们家的。突然间这里变得非常安静，感觉每个人都屏住了呼吸。我眯着一只眼睛看发生什么事了，发现克莉丝汀和基普的脑袋从谢尔曼转向米卡，心无旁骛地听着米卡的讲述，谢尔曼如何从一头病恹恹的、孤独的跛子，变成一个充满爱的傻瓜，而且正准备参加赛驴跑世界锦标赛，但愿一切顺利。

“哇！”基普终于叹了口气，“这可真有摇滚朋克精神啊。”基普从小就在硬核的摇滚氛围中长大。他永远记得有一次，一名为弗格齐乐队开场的歌手鼻子被人用玻璃烟灰缸砸了，但还在血泊中不停地唱歌。“扔那个东西的人是傻瓜，不是朋克。”弗格齐乐队的主唱走上舞台时怒吼道，“被你打中的那个家伙，他才是真朋克。和他的乐队坚守在一起，永不放弃，忍受痛苦。这才是朋克精神。”

说得太对了，我躺在阳光下想着。还有什么运动比赛驴跑更朋克吗？美国的其他运动都是“扔烟灰缸”式的。他们教你要用力击球，要有侵略性，永远不要放弃球。权力和控制、力量和统治：这就是美国体育运动的核心。然后出现了一群邋遢的家伙，他们对这一切指手画脚。赛驴跑受到勘探者和蠢驴们的启发，参加赛驴跑的人是真正与美国格格不入的人，它彻底颠覆了现代体育运动中的一切。带着“没有付出，就没有收获”的心态和驴子随便一试，你便会陷进一个失望的世界。你只有抱着一个希望才能到达终点，那就是忘掉控制、忘掉自我，认识到分享、关爱、同情和合作的力量。这并不是说参加赛驴跑的都是“娘娘腔”，它更适合如黑豹般的、渴望激烈竞争压力的人，但男人们仍会向击败自己的女人致敬，女人们则会带着勇气前行，但仍尊重那些中途稍事休息的姐妹们。“从没想过把竞争对手独自一人留在山上，”巴布·多兰解释道，“所以如果其中一位女孩要小便，我们都会停下来等着她。只有这样，我们才会赛出士气。”忍受痛苦。和你的乐队坚守在一起。

基普立刻就发现了。赛驴跑，是对被我们遗忘的先祖们发出的反抗式呐喊，提醒我们，过去和现在曾是如此不同——那么，现在回到过去为时未晚。

峰回路转，柳暗花明

“那么谁来接替齐克呢？”基普问。

我睁开眼睛。在齐克脚伤后的第二天，我开始给所有能想到的在科罗拉多的人打电话，寻找一个厉害的家伙。结果发现，我们并不是那个夏天唯一遭此噩运的赛驴跑选手。几乎和我聊过的每个人，都在饱受伤病、灾祸或是一级伤痛的折磨。林兹在这个赛季臀部受伤，需要手术治疗。巴布的膝盖有些不适，再加上她的一个好朋友突然死于动脉瘤，她十分震惊。巴布觉得是时候要后退一步重新审视一下了，所以她决定第三次退休。与此同时，哈尔对泰迪束手无策，他以为这头新来的半野生驴子会成为一个狠角色，结果却变成了一碰水就受惊的疯子。

但我还有沃恩家这张牌可以打：布拉德，这位灰熊般强大的爸爸，为了他的癫痫儿子而参加赛驴跑。布拉德是一位高大威猛、充满能量的男人，总喜欢寻找阻碍他前行的石墙，这样他可以在墙上撞出一个布拉德形状的洞。要不是大部分选手都来自西南地区，他定会成为所有人的好朋友，所以我确信他会接受这个挑战，并会接替齐克成为完美的候选人。布拉德没回我的前两条信息，我正觉得奇怪，准备发第三条的时候，收到了他妻子安布尔的信息。她告诉我，一周前，布拉德得了一种奇怪的病，住进了重症监护室。他的医生不知道是什么导致他发烧和肺部积水，他现在要靠输氧以及 24 小时不间断抗生素点滴维持生命。安布尔告诉我：“看到我的大块头日渐消瘦，又不知道他的精神有多煎熬，我的心都碎了。”他们的儿子本经历了四年的休养之后，再次癫痫发作。为了她生命中最爱的两个男人，安布尔整天活在惊慌和无助之中。幸运的是，布拉德体重掉了四分之一，接受了一连串器官和病理学测试后，开始渐渐恢复，最终能回家了。安布尔仍然担心本的癫痫发作，但至少她的男人已经脱离危险了。

我甚至不敢对安布尔提及我的困扰。我走到了路的尽头，才发现我一直都走错了路。几乎所有活着的赛驴跑选手都在科罗拉多州，但也有一个荣耀般的特例：佩德雷蒂家族。十多年来，各个年龄段的佩德雷蒂家族成员，每一年都会从威斯康星州赶来参加世界锦标赛，以纪念已故的罗布。在这么多的侄女、兄弟、表兄弟中，他们至少可以匀一个佩德雷蒂家族成员给我，是吧？我给罗布的哥哥打了电话，我所要做的就是告诉他齐克和谢尔曼的基本情况，他却打断了我。

“罗布也遇到过同样的问题，”罗杰说，“他在学校成绩全优，是一名优秀运动员，还是全州最好的美洲狮向导，甚至可能是全美最好的……”罗杰的声音渐弱。突然，他随即恢复了语调。“而你的驴子！我们不能让它失望。不能。”罗杰想了一会儿，“你知道吗，可以让我嫂子出马。算她一个。”

“你真是我的救星，罗杰，”我说，“但我们不需要和她商量一下吗？就是再确认一下？”

“不用，”罗杰说，“这会把我哥哥也卷进来的。就交给我吧。”

第一次高海拔训练，情况不妙

“这就是我们现在的处境，”我告诉基普，“我们正等着佩德雷蒂过来，见见我们的神秘队友，看看她是否真的准备好了。时间很紧张啊！”

“如果你愿意，我可以先和你一起练一会儿。”基普自告奋勇道。他骑过山地车，身体素质不错，虽然他已经有段时间没跑步了，但还能跑个几公里。我欣然接受了这个提议。我想看看谢尔曼对新搭档会有什么反应，而米卡和我至少得先试着适应高海拔。四天的时间不足以让我们适应海拔 3000 米的高度，但愿夏天的跑山训练能减轻一点我们的高原反应。

我们匆匆赶回去换上跑步装备，拿上绳子和安全带，把三驴帮从草地上召唤过来。驴子们慢慢地走到大门口，我们把它们拴好，它们听话地抬起头。基普已然具备了天生驾驭动物的气质。在阿拉斯加的那段时间里，他玩过相当多的雪地运动——狗拉雪橇、越野滑雪，所以他会和动物之间形成一种轻松而安静的气场。有一次，齐克教他怎样舒服地揉谢尔曼的耳朵，看来基普和这只野性难驯的驴子会相处得不错。

“嗨——”我刚要说话，但话还没说完，花儿就已经出发了，它沿着一条漫长的土路小跑着，这条土路从大地之舟通向山顶平台，一路延伸到山脚下。在长途旅行之后，玛蒂尔达也一定同样渴望活动活动。它和米卡就紧跟在我身旁，而谢尔曼却——

消失了。取而代之的是，一尊驴子石像矗立在大地之舟的车道尽头。基普想尽一切办法催它往前走，可是谢尔曼仍然我行我素，岿然不动。齐克拄着拐杖一瘸一拐地过去帮忙。他试着带谢尔曼往前迈几步，让它开跑。或许只是我自己的想象，但我敢发誓，谢尔曼看了齐克一眼，心里在说：“当真？你以为那个家伙能把我拐跑吗？”谢尔曼和齐克的心终于再次连在了一起。如果我们认为谢尔曼会和从没见过的人一起走掉，那就说明我们还不够了解谢尔曼。

“我们交换一下，看看它跟不跟你走。”我对米卡说。她带着谢尔曼，我让花儿跟在它身旁，基普和玛蒂尔达跟在后面。我们再次开跑，这次先慢走一会儿，让三头驴子有充足的时间待在一块。过了一会儿，我小心翼翼地让花儿慢慢小跑。玛蒂尔达立即跟上。谢尔曼抛下那种小驴屹耳的扮相，哼了一声，便跟在玛蒂尔达后面。在车里窝了两天后，运动的热量和夏日的阳光便温暖着我的全身。这是一种幸福——这种幸福只持续了3分钟，我便举手投降了，因为喘不过气，连说暂停的力气也没有了。我的头晕得太厉害了，差点儿一头栽倒地上。

赛驴跑这项运动太朋克了！基普带我们在他的大地之舟附近进行赛前热身跑。
（图片经 Mika McDougall 授权使用）

“谢天谢地！”米卡喘着气，“我快死了。”

基普耐心地等着我们，而米卡和我则手拄着膝盖，努力放平呼吸。我曾听驾驭过巨浪的冲浪冠军佩奇·阿姆斯聊起过在这个海拔高度训练的事情，感觉就好比是被12米高的海浪击沉到海底一样。即使对于一名巅峰状态的职业运动员来说，这感觉也是极其痛苦的。“我做过的最艰难的一件事，就是在海拔3000米跑步。”佩奇说，这甚至比她惨遭职业生涯滑铁卢，多次被提名为“年度最失败的运动员”还要痛苦。佩奇提醒我们，这对你们来说是一种运动，对我来说是一种酷刑。

甚至是死刑。在离这里不远的地方，一名 20 岁的宾夕法尼亚州女子正在阿斯彭附近徒步旅行时，突然得了高山病。它乍一听就像肚子疼，但你要知道高山病其实是“高原肺水肿和脑水肿”的简称。这名年轻女子爬到海拔 3000 米的高度时，嘴唇变紫了，还咳出了血沫。她急迫地想呼吸新鲜空气，还因头痛而失明。她必须躺下，但是这个行为将改变她的命运。她的肺部积满液体，最终导致她在干燥的陆地上溺亡。在那一时刻，我们正处于她遇难时的海拔高度。

我们又试了一次，这一次甚至跑得更保守，但我只跑了 50 米，剧烈的头痛就迫使我停下来。米卡在我身后已经开始走起来了，她低着头，双手叉着腰。我真的忍心让她遭这种罪吗，就为了一场赛驴跑？我们还得再爬升 600 米。我们是如何准备高海拔的？当然了，团队中唯一真正为高海拔做交叉适应性训练的人，此刻正坐在房后，一只脚裹着石膏靴子。

我对基普说：“这看起来是个坏主意。说实话，我害怕山上会发生什么事。我们真的可能出事。”

“你说得没错，”基普说，“但你可能要记住这个。”他犹豫着，掂量着要不要继续说下去。“听着，我不喜欢搞得神秘兮兮的，”他继续说，“但有句让我印象深刻的缅甸谚语说：‘害怕什么，就去做什么。’”

“是啊，”我尽量装出一副很感兴趣的样子，“挺酷的。”他是在逗我吗？我需要的是布洛芬和输液，而不是什么鸡汤和幸运饼干。我的愤怒达到了极点，话脱口而出，就像拔开水槽塞子一样。问题不是我做了什么，而是花儿做了什么。6 个月来一直和驴子们保持交流沟通，花儿已经习惯疏导我即将达到临界点的紧张状态。我心想，好吧，消停一点吧。我想起柯蒂斯对我说过的一句话：“还未开爬呢，就已先自暴自弃。”米卡追上了我们。她扑倒在谢尔曼的背上，把它当作抱枕休息。“你觉得怎么样？”我问她，“今天到此为止？”

“我要慢点跑，但我还能继续跟上，”米卡说，“也许状态会好点儿。”

“就要这种劲儿，”基普笑着说，“总不会更糟了，对吧？”

我深吸了一大口空气，希望能有用，我想起了柯蒂斯的另一个建议：“找到自己的节奏。”驴子看起来可能不像舞蹈家，但如果你仔细观察，会发现它们做的每件事都有自己的节奏。只有随着华尔兹般的节拍小跑和呼吸，它们才会轻松愉快地前进，在太阳炙烤的峡谷中奔跑数公里。

所以这次我试着让自己和花儿保持统一节奏。我把注意力集中在它的奔跑节奏上。我们一边跑，一边数着节拍。

一，二，三……

一，二，三……

我们跑了50米，然后又跑了50米，后来我发现那些数字已经变成了文字：

怕什么……

就去做……

怕什么……

就去做……

不管怎样，每个人都会找到自己的归宿

两天后，一辆面包车停在了大地之舟的门口，从里面走出了一群佩德雷蒂家的人。

“你找对了人，”瑞克说，“我弟弟能说动我妻子去做任何事。她总是带一堆买来的东西回家，无奈地说：‘我还能怎么办？我是和罗杰一起去的。’”

我们很快就喜欢上了塔米。她很欢乐，人也很热情，虽然她总戴着一副易

碎的眼镜，还提前表达了歉意，“真的，我跑得很慢”，但当她脱下巴塔哥尼亚的外套时，我发现如果说这次比赛中我们团队有什么弱点的话，很明显，那也绝不会是塔米。她看起来比我们任何人都健壮，也许除了齐克，她肩膀上青筋毕露的肌肉，明显不是瘦出来的，而是练出来的。塔米几年前才开始跑步，作为她的 40 岁生日礼物，她第一次报名参加了半程马拉松。和大多数人一样，她跑得头昏脑涨。多年以来，塔米多次见证了佩德雷蒂家族在赛驴跑时经历的恐怖故事，但她随即向我们保证，不管怎样，每个人迟早都会找到自己的归宿。她的丈夫第一次跑长距离组别时，在崎岖的山坡上平躺了一个小时，困倦地闭上眼睛，后来轰炸机般的蚊子才把他轰起来。第二年，瑞克又被困在寒风中一个小时，因为他的驴子不想过雪地。有一次，他的弟弟罗杰曾被驴子达科塔拖在地上导致肋骨骨折，其实相对来说，这还不算太糟糕，毕竟罗布曾被踢得肺都萎缩了，但还是跑完了莱德维尔的后半程赛道才被直升机紧急送往丹佛市。

“他们怎么说的来着，‘永远都不算太糟？’”瑞克说，“这就是扯淡。”

“别听他的，”塔米说，“如果我能做到，你也能。”瑞克听到后沉默了，但更重要的是，我们知道了一件事，塔米以前确实拿到过世界冠军，而且还是两次。我不记得罗杰曾说过这事儿，但这立刻又给了我们希望。说到跑山训练，威斯康星州并不比宾州强多少，对吧？

三驴帮在栅栏边上好奇地望着我们，于是米卡和齐克领着塔米和她的孩子们走过去和它们熟悉熟悉，瑞克和我则走回大地之舟拿马具。“我能问一下罗布怎么了吗？”一走到没人的地方，我就问道。我听过一些小道消息，但自从罗杰那么评论齐克之后，我就想知道更多细节。

“没关系，我喜欢讲讲他的故事，”瑞克说，“我们的哥哥是这个世界上最独一无二的。”

他说，罗布是真正的天才，一个学习能力超强、精力充沛的人。他小时候就表现出了对动物的娴熟驾驭能力，他的祖父和外公甚至都让他来帮忙训练猎犬。当其他孩子还在床上睡觉的时候，小罗布却在林中穿行，在黑暗中紧跟着他的猎犬追赶浣熊。罗布上大学时练过越野跑，毕业后他对耐力运动非常着迷，于是搬到了科罗拉多州，加入了不断壮大的超马越野跑圈。很快，罗布马上给自己弄来了两只狗。他那时的职业是护理员，但很快成了一名狩猎向导。“他是我们见过的最厉害的小屁孩，”罗布的一位狩猎伙伴说，“对于一位矮个头的人来说，他太健壮了。他能把一头 70 公斤重的美洲狮过肩摔飞。他是追逐狮子的天生好手，他的狩猎最后往往会演变成一场马拉松。一个哥们儿曾说过，‘我最好的猎犬是罗布。’”

罗布的智慧、坚韧和对动物的同情心，都是成为一名优秀赛驴跑选手的最佳条件。只要他尝试一次，就会迷上这项运动。在接下来的 5 年里，他和他的驴子“撒马利亚人”，与哈尔和索巴尔展开了生死对决，他们往往以不超过一个驴鼻子的距离先后冲过终点线。哈尔和罗布本是生死对手，后来成了亲密朋友。哈尔第一个发现了罗布的行踪有些奇怪。“罗布总是忙忙碌碌，”哈尔注意到，“他的所有休息时间都用来照顾其他人了，比如辅导一支少年棒球联盟球队，或者在养老院做一名轮班护士。罗布很少宅在家里，我想知道为什么。”

然而，当听说罗布突然卖掉了猎犬，关停了装备店，搬到圣路易斯州去做脊椎按摩师后，哈尔还是感到震惊。罗布解释道，他已经 36 岁了，决定不再像个孩子一样到处乱跑，而是去找一份稳定的工作。“突然间，他出了山，来到了城市，”他的朋友肯尼告诉我，“他唯一的目标是学习，而这对他来说根本不是什么难事。”罗布轻松地完成了学业，他有大把的课余时间，但没有可以深入探索的荒野，也没有可以陪伴嬉戏的狗狗。然而，坚强的小屁孩从不会自怨自艾，即便是罗布陷入抑郁后，他也只是在日记中记录自己的绝望感。

“他把最后几个月的痛苦写下来，当你读到这些文字的时候，你会想，天啊，他是怎么走到这一步的？’”瑞克说。2004 年 2 月的那一天，瑞克听到枪声，他抱着死去的哥哥走出树林。“你永远不知道我们要面对的心魔会是什么，”

后来，罗布的朋友肯尼哀叹道，“因为如果有什么是罗布都战胜不了的，那就没人可以了。”

罗布终于安息了，但他的母亲卡罗尔（Carol）却没有。卡罗尔讨厌所谓“罗布心爱的赛驴跑还等着他回来”这个说法，他们永远不知道罗布会不会回来。罗杰想去接“撒玛利亚人”回来，他没开卡车，没拉拖车，也不知道如何操作，但这些反而是最不重要的问题，因为“撒玛利亚人”的现拥有者不想出让它。在“撒马利亚人”最终被交出来之前，佩德莱蒂家花了整整三年时间反复谈判。罗杰想过要接替罗布的位置继续参赛，等他和“撒玛利亚人”第一次以罗布的名义参加世界锦标赛时，这家人回归菲尔普雷的阵势之大，大到来比赛现场的佩德莱蒂家人甚至比参赛的选手还多。

佩德莱蒂家还另有一层目的，他们也是来还债的。罗布的妈妈花了三年时间，只为争取一头驴子应得的权利，但这只是一点皮毛之事，她想表达自己对这个圈子的感激之情：她的儿子独自一人远离家乡，暗自消沉，苦苦挣扎于致命的疾病，这时她的儿子得到了他们的帮助。罗布不知道，他还意外地发现了一种治疗他抑郁症的方法，每当自己的血清素和催产素激增时，这都能救自己一命。他只知道自己突然被一个由兄弟姐妹组成的赛驴跑圈所吸引，是他们给了自己一个机会，让他尽情奔跑，呼吸着雪地里的空气，照顾着那种毛茸茸的大动物，这让人类自始至终都感到安全和满足。

“你的朋友齐克，”当我们带着驴子的装备，看到走到牧场上的那群人时，瑞克急急忙忙地讲完故事结束了谈话，“这对他来说可能是最幸福的事情。”

我们看到齐克在牧场的另一头，被孩子们围拢着。齐克的手腕一直贴着谢尔曼的耳朵，他正向大家展示，如何给谢尔曼做它最喜欢的深层组织按摩。谢尔曼非常享受这种众星捧月的感觉。这些天来，它看起来是如此快乐，如此强壮，如此自信，这让它有时也很容易忘记一点，齐克对它投入了相当多的精力，它同时也回报给了齐克同样多的治愈。

卡琳和琳达的冒险

“有人看见那些女士吗？”我问道。我们和塔米结束了热身训练后，佩德莱蒂一家已经返回了汉德酒店。

大家都没看见。早餐后就没人看见过她们——等等，那不是昨天的事吗？她们似乎在夜里消失了，很有可能在黎明前就消失了，现在天又黑了。我和塔米的热身跑让我心烦意乱，我一整天都没功夫想起那几位女士。我们让塔米和玛蒂尔达开始先跑一会儿，她立马一展身手。塔米站在玛蒂尔达一侧的“黄金位置”上，不断发出啾啾声和咂嘴声，催促玛蒂尔达往前跑。玛蒂尔达喜欢和人并行，所以它和塔米一见如故。就连谢尔曼也异常有活力。也许在草地上那些爱抚耳朵的行为，已让它倾心于佩德雷蒂一家，因为它现在似乎能接受离开齐克一小会儿，可以同米卡和一群佩德雷蒂家的孩子在土路上小跑。我们稳稳地跑了 5 公里，感觉还不算太糟。在高海拔呼吸还是种折磨，但是那个想用枕头闷死我们的人，终于不再闷得那么使劲了。

“你们一定会玩得很开心，”瑞克保证道，随即话锋一转，“其实刚开始会有点难。太变态了。有一个土坡，非常陡，猛然间会有 60 头驴子从山上俯冲下来，马鞍上的东西都会甩出来……”好在，佩德莱蒂家那个最小的孩子饿了，把爸爸拉回车里，我们也免得再听到将要面临的血肉模糊的细节。我们和塔米约定在比赛日的早上见面，便挥手告别。我们回到大地之舟，与基普、克莉丝汀一家吃点便饭。

我看了看手机，还是没有女士们的消息。我有些害怕。自从我们来到科罗拉多后，女士们就总是逛来逛去。到目前为止，她们倒还没有遇到过什么麻烦。有那么两次，她们从一些怪人那儿借来马儿骑上山；有一次，她们开车穿过大半个州，回来和琳达的女儿吃午饭，她住在离怀俄明州边境几个小时车程的地方。她们总是会讲很多有趣的故事——看到过的奇怪爪印，越野自驾时发现的神秘垭口，或是在菲尔普雷找到的免费文身工作室（这些都是套路：你要自己动手文）。

这都是在她们提出要带孩子们出去，并教她们用卡琳的手枪射铁罐之前。

但她们经历的冒险越多，我就越想知道她们的好运能持续多久。她们是如此聪明、如此坚强，我简直无法想象哪天她们真的会出事时的样子。但是，对科罗拉多州警说把罚单有多远就丢到多远之后，被关到了牢房里？在阿斯本山顶的四驱车对决赛中开断两根车轴？拉上一个被家里虐待、逃出来路上搭车的少女，并帮她策划逃到波特兰的藏身之所？如果这些事情都没发生，这反而是故事中最令人震惊的部分。那我们其他人怎么办呢？困在孤零零山丘上的大地之舟里，没法把驴子送回宾夕法尼亚州，更别提去菲尔普雷参加比赛了。虽然我很喜欢女士们“珍惜每一天”的生活方式，但我不希望在我们离岸边这么近的时候，她们却把独木舟打翻。

最终，晚上 8 点的时候，我不能再等了，于是我打了卡琳的电话。没有人接。没有语音消息。我查了下电子邮件，因为卡琳知道我不怎么发短信。还是什么都没有。

吃完晚饭，孩子们正在玩 Uno 扑克，这时车灯终于照亮了车道。我们准备好食物，觉得女士们冲进门的时候一定饿坏了，但她们却始终没有进来。我走出去，发现她们正静静地坐在我们的土坯小屋里，分着喝一瓶伯德狗威士忌。

“你们不饿吗？”我问。

“不饿，今晚不饿，亲爱的。”琳达说。声音遥远而缥缈，我以前只听到过一次这样的语气：那天晚上，在西弗吉尼亚的一个加油站，她告诉我她们差点失去卡琳。

“我们就在这里安静地坐会儿，”卡琳说，“你先回去。我们没事。”

这句话中的每一个元素都是危险的信号——坐着，安静，以及她们俩自己，但三者同时出现意味着情况远没有好到哪里去。卡琳说，她之所以没有接电话，是因为她在和警察打交道。“我们开车回来的时候碰到一辆野马车，开得飞快。”她说。几秒钟后，一辆摩托车呼啸而过，紧跟在野马车的后面。摩托车手想切到卡琳的车道上，但他转弯转得太猛，脚踏板刮到路面。摩托车猛地弹了起来，把骑手甩了出去。他飞到空中，摩托车在他身边旋转，琳达的心狠狠揪了起来：“他没戴头盔。他飞在空中，我想，‘啊，不，天啊，不要摔在地上。’”卡琳重重地踩了刹车，车冒着烟停止，并把卡车侧身一滑，挡住了两向车道。她踹开门，又停下来掏出手机，而琳达，是的，72 岁却有着 11 岁女孩般身材的琳达，冲到迎面而来的车流中，用身体掩护受伤的男子。他似乎已经没有了呼吸，但琳达跪在他身边后，他却倒吸了口气。“我的妻子在那儿吗？”他问道，“我的妻子在野马车里。”

他想追上他的妻子。“她来了，”琳达说，“她会来的。”

骑手安静下来。“亲爱的，继续呼吸，”琳达哀求道，她把手放在他的胸前，“亲爱的，保持呼吸。”野马车的司机一定是从后视镜里看到了车祸的过程，不一会儿，摩托车手的妻子就跑到他身边。在他还有最后一口气的时候，她来了。

“警察来的时候，他已经离世了。”卡琳说。

她看到了我脸上的表情，给我倒了一口威士忌。“你们可能也会害死自己，”我说，“你们很幸运，没有被撞到。”尽管女士们一萌生出去远方冒险的心，就会抓起钱包出发，但我始终不能忘记卡琳和琳达来这里的真正原因。在我们遇到麻烦时，她们是唯一挺身而出的人。她们从未见过我们，但不管怎样还是允诺我们赶赴这场疲惫的旅行，还要在拖车里住上一周。我知道她们喜欢冒险，但我也不愿她们因为我，死在离家数千公里的高速公路上。

“你一直都待大家很好，”我说，“发生这样的事，真的很遗憾。”

卡琳站起来，放下杯子。“我从大病中悟出了一些道理，”她一边说着，一边开始摇晃胳膊，好像在把喝的水排出去似的。“被厄运缠身时，必须摆脱厄运，继续向前看。这次旅行我们经历了很多。在回家之前，我们要确定这趟旅行来得值得。”

26

相信我，我可以

2016年7月31日，早上8点45分，这将成为谢尔曼一生中最伟大的时刻。就在这时，它向外面一看，发现驴子已经占领了这个世界。

我们刚在菲尔普雷镇上唯一的红绿灯处右转，来到了到处都是蠢驴的小镇。感觉就像是召集了一支毛茸茸的强大而激烈的野蛮军团，迸发出的战斗呐喊声响彻人心，在街道上回荡。我瞥了一眼侧视镜，看到在拖车里，谢尔曼就像是被电击一般：一改往日后仰的姿势，屁股转向了墙里，脑袋往窗外探了出去，鼻孔张开，耳朵高高竖起。它张开嘴唇，像一名男高音歌手放松下来，然后爆发出一曲振聋发聩、深情脉脉的约德尔唱腔，歌唱着自己一生的故事。它的族群就在此处，聚集过来迎接它。这一刻终于来了。

“我们只能骑到这里了。”我告诉卡琳。米卡、我以及女士们一起骑马来到菲尔普雷，而我们所有的后援团，包括齐克和基普一家，都在后面的大篷车里。距离发枪开赛时间只有一个多小时了，牲畜拖车挤满了会场的每一寸土地，堵住了两旁的小巷。“等我们一进镇中心，就没有地方调头了。”

“没关系的，”卡琳说，“我们有 VIP 停车位。”

“VIP 停车位？”车外，我们正经过柯蒂斯的拖车，车上用漆涂着红白蓝相间的星条旗，上面印着他的座右铭：驴子、戏剧和民主。“连柯蒂斯好像都没有 VIP 停车区，”我指出这一点，“而且他在这行已经 40 年了。”

“别让她分心。”琳达责备道。卡琳驾驶着庞大的拖车。穿过狭窄的街道，直奔历史悠久的汉德酒店前的赛事登记注册处。我们离起点大约十步远的时候，她一打方向盘，小心翼翼地把车停在一处巨大的手绘标志牌前，上面写着：比赛日禁止停车，小心车会被拖走！

“我觉得吧，我们的车可能会被拖走。”我说。

“不会，我们和那位女士聊过了，她说我们可以停在这儿。”卡琳说。

“哪位女士？”

“真是个好人哟！”琳达说，“我们在意大利餐厅碰到她的，她说，‘随便停！’”

感谢生命中的美好与神秘。都到这个时候了，还能让我觉得惊喜的事情便是，这些女士总是会想方设法地给我制造惊喜。如果就因为下午想吃馅饼，便幸运地在熙熙攘攘的市区找到了最好的停车位，这正是她们的行事风格。“我们必须继续往前点，驴子适应这种环境的时间越长越好。”卡琳说道，结束了这场讨论。我们跳下卡车，拉开拖车门，看着谢尔曼、花儿和玛蒂尔达慢慢走出来，满怀敬畏地加入了这场驴界的盛大聚会。

谢尔曼太激动了，毛都竖起来了。自美国内战以来，全美驴子最集中的地方可能就是这里——科罗拉多州一年一度的赛驴跑。对于那些从不知道自己有表亲的生物来说，这已经演变成了一次家族聚会。街上到处都是驴叫，彼此嗅来嗅去，互相打量着对方。谢尔曼把头往后一仰，又发出了一声震耳欲聋的约德尔唱腔，花儿和玛蒂尔达也加入了合唱。卡琳捂着耳朵。“啊，天啊。这儿就像是重金属摇滚乐现场一样。”

世界锦标赛的这天早上，菲尔普雷镇成了驴子的世界。(图片经 Andrea Cook 授权使用)

米卡和女士们为三驴帮准备了一桶桶食物和淡水，而我则去找塔米了。我发现佩德雷蒂一家子正聚在酒店里吃早餐，许多人还穿着睡衣和威斯康星州的红色卫衣。唯独罗杰和瑞克没吃早饭。他们穿着运动短裤和热身训练用的上衣，刚刚慢跑去了会场检查他们的驴子。

“它们看起来很急躁。”罗杰说。

“它们知道今天是比赛日。”瑞克同意道。

“这是一年中最糟糕的两个小时。”罗杰一边说着，一边用手捂着肚子，好像生病了似的。

“突然之间，空气变得更稀薄了。”

是的——空气。昨晚，我一次又一次地醒来，想起了宾夕法尼亚州的那个女孩，她在这儿附近徒步旅行，最后在海拔 3000 米的地方死了。高山病很可怕。在死之前，意识会变得模糊，就在大脑中的危险信号越来越强的时候，大脑却因缺氧而无法感觉到危险已经来临。我认识卡罗尔护士，她也是佩德雷蒂家族的大家长。截至目前，她已经见过太多来自平原地区的新手参加这个比赛。

“我应该为此担心吗？”我问她，“在嘴唇发紫之前，有没有一种方法能提前知道大事不妙了？”

“我有个东西。”卡罗尔说。她在包里翻了翻，掏出一个指夹式脉搏血氧仪，然后伸向我的手。卡罗尔的朋友蕾妮（Renee）也是一名护士，她和卡罗尔一起俯身看了看血氧仪上的读数。“全美民众都在跑马拉松，跑的时候都在大呼小叫。但再怎么叫唤，也都不如这个更能说明问题。这帮人跑起来都很猛。所以，如果你觉得自己跑不过他们，”蕾妮把一只手放在我的胳膊上，安慰道，“也不要觉得难过。”

“血氧饱和度 91%，心率每分钟 77 次，”卡罗尔说，“还行，你没问题的。”

“这真的管用吗？”我问。佩德雷蒂家的两个小伙子面面相觑，耸了耸肩。“反正我们还站在这儿。”罗杰说。

正当我把手指从指夹中抽出时，塔米来了。卡罗尔警告我说，如果你的团队中有人觉得头晕目眩，要立即停下来。不要躺着，要靠在驴子身上，一直站着，直到有人来帮忙。“你已经来了一个星期了，应该不会有事的。”她总结道。“但你不能冒任何风险。如果有反应了，就要严肃对待。”临别时的话语在我们耳边回响，塔米和我回到拖车里收拾马鞍，并去一一称重和登记。

每名参赛的驴子鞍上都必须配备传统探矿者的三样工具——锄头、淘金盘和铲子，像花儿大小的驴子必须至少携带 15 公斤重的行头。齐克的父母在前一天晚上赶到。齐克的爸爸安迪，刚好来得及和基普在车棚里拆装我们的装备。我听过一些可怕的故事，有些选手在暴风雪和冰雹中艰难奔跑了 46.7 公里，快到终点线时，才发现驮的工具掉在半路上了，只好调头取回来。安迪和基普确保我们的装备能牢牢地固定在马鞍上后，他们又把一对 6.8 公斤重的杠铃紧紧地绑在花儿的锄头和铲子上，以达到赛事规定的 15 公斤重量。我们的这套行头都是防弹级别的了。

正当米卡、塔米和我扛着绳子和马鞍去称重时，哈尔突然出现了。他穿着黑色跑步紧身裤和黑色夹克，缓步朝我们走来。哈尔耷拉着脑袋，满脸胡茬，看上去有些不爱说话，又有些心不在焉，和 10 年前我们在莱德维尔镇第一次见面时一个样。

“嗨，哈尔。”我喊道。

他猛地抬起头，勉强挤出一丝微笑说：“很高兴见到你。”

“你还好吗？”我问。

“真是糟糕的一周，”他做了个鬼脸，“我真是受够了。真的太累了，感觉被掏空了。另外，还有胸口突然蹦出来一条奇怪的血管。我昨天洗澡的时候注意到的。我想把它按进去，但又弹了出来。我不知道这是什么。昨晚在网上查了一些资料。顺便问一下，”他突然换了个话题，说道，“他们在测绳子长度吗？”我猜，除了突然出现的静脉曲张，哈尔还在担心他的新驴子泰迪。泰迪一到水边就变得很顽劣，在过河的时候，它咬下了哈尔肩膀上的一大块肉。“它像蛇一样迅猛，嗜血似的，”哈尔说，“咬得太狠了，鲜血直流。伤口有些深，真的。我觉得咬断了我几根肌腱。”他叹了口气，“我干这行多久了？37 年？为什么从来就没有过一帆风顺的时候？”由于泰迪的不可控因素，哈尔想知道他能不能在不被处罚的前提下，用一根比赛事规定还长 4.5 米的绳子，以此来减少被驴子拽跑的危险。

“我不知道，”我说，“我们还没登记报到呢。”

“好吧，没关系。一会儿见。也可能见不到了。我不知道。”

在登记处，我把马鞍挂在秤上，弯下腰签署免责协议。至于比赛的组别，我们决定选择24公里组。这比我们训练时跑的距离还要远。在经历了这个夏天之后，比赛时妄图把这个距离再增加一倍不仅疯狂，而且毫无意义。我们从一开始就有一个目标：给谢尔曼一份它喜欢的任务，交一些能同甘共苦的朋友。如果我们能逼着自己跑到对面半山腰上，再把它带回来，并且它还能健步如飞，那我们就赢了。

“哈尔说他去哪儿了吗？”赛事总监问，“我们就要开赛了，他还没登记呢。”

“我觉得他不一定能跑了，”我说，“他不太舒服。”

“他当然会跑，”赛事总监说，“我们都叫他‘紧张的内莉’。哈尔在这个比赛上夺冠的次数比谁都多，每年他都觉得自己不舒服。看吧，他会忘掉什么身体健康，立即投入战斗。”

果然，我还没签完免责协议，哈尔就没精打采地走过来了。推着他走来的是柯蒂斯。“看看我找到谁了，”柯蒂斯说，“最好给哈尔打上烙印，免得他一会儿又挣脱开逃进驴群中了。”柯蒂斯瞅见我，便离开哈尔，给了我一个大大的拥抱。“你做到了！”他说，“你终于解决了所有的难题，决定参与这项运动。准备好接受狂风暴雨吧。”

“你今天还比吗？”我问道，注意到柯蒂斯膝盖上安了一个大铰链支架。

“必须比。这是我自找的麻烦。我认了。”

倒计时钟正在滴答作响。我们匆忙回到拖车里，在女士们的帮助下，给驴子上了马鞍，并再次检查了缰绳。我穿上一双跑步凉鞋，这是《天生就会跑》中的朋友，光脚泰德送给我的。不知道这双鞋适不适合这种地形，但我觉得用魔法和护身符护住自己的行为很机智。米卡穿着她的快山羊农场T恤，以彰显自己的身份归属。谢尔曼则戴着一条特殊的棕绳，边上系有流苏，那是我们在齐克生日时送给他的。

苏菲和我的侄女萨拉围在谢尔曼身边，挠着它的脑袋祝它好运。“希望你能喜欢这份生日礼物，苏菲。”我说。我们第一次看到塔尼娅骑着小驴松饼从树林里冲出来的情景，似乎都是上辈子的事情了，苏菲当时就想要一头驴子。“要不是你，谢尔曼现在还关在那个驴棚里呢。”突然，我的胃剧烈抽搐，几乎无法呼吸。哈尔已经赢过 7 次了，他还会觉得害怕。谢尔曼真的准备好了吗？我们这些人有谁真的准备好了吗？

“就是现在了，”我用沙哑的声音说，“大家都准备好了吗？”

“等等！”齐克走上前揉了揉谢尔曼的耳朵说，“再感受下爸爸齐克最后的爱。”

“如果没有你，它都不会在这里，”米卡说着，把齐克拉过来抱了一下，“我们谁都不会。”

齐克眼睛有些湿润。他快速地眨了眨眼睛，望向别处。“你们是在感谢我，还是在怪我呢？”正说着，他的妈妈走过来搂住了他的肩膀。

“我们最好现在就赶紧走。”我对米卡和塔米说。我们牵着驴子的缰绳，向聚集在浦路尼斯纪念碑前的人群走去。浦路尼斯是菲尔普雷小镇人民最钟爱的驴子。相传19世纪60年代，浦路尼斯从采矿工作中退役后，便开始四处流浪。但它并没有消失在山中，而是一直在小镇附近的街道上绕来绕去。通常，住在菲尔普雷小镇一头的居民，会把纸条贴在它的笼头上，捎给镇上另一头的朋友。浦路尼斯于1930年离世①，但它已经成为菲尔普雷小镇精神的一部分。为了彰显这种荣耀，浦路尼斯纪念碑一直被保存到今天。

“克里斯！”有人喊我。“我们来了！”在我们周围，驴子和参赛选手如波涛汹涌的大海一般。我环顾四周，最终在人群中的最远处，发现安布尔在跳来跳去。她的丈夫布拉德站在身旁，经历了医院的噩梦后，布拉德的脸颊深深凹陷，但仍然笑容满面，很高兴能回归到这个大家庭中。安布尔指了指，我看到他们 13 岁的儿子本，正紧张地抓着一根牵驴子的缰绳。

① 驴子的寿命一般为 20 年，此处不合常识，但为保持原书风貌，这里未作修改。——编者注

“看好他！”安布尔喊道，满怀祈求。这是本第一次独自参赛。由于布拉德的病情，本来安布尔已经决定他们这一年不比赛了，但本却很固执：不管得没得癫痫病，他都要去跑，好让大家知道沃恩一家多勇敢。安布尔问过柯蒂斯的意见，其实她应该能猜出柯蒂斯的答案。“总会有些人既年轻又勇猛。这次最好是本。不能总是我啊！”柯蒂斯说。然后他悄悄地补了一句：“沃恩夫人，你要知道，山上的每名选手都会像照顾自己孩子一样照顾本的。出发时跟住我。”

我们想凑到本的身旁，但驴子越来越焦躁，把绳子绕来绕去，互相扭作一团，驮鞍晃得叮当作响。瑞克挤过人群，想给出最后一点建议。“这个地方就要炸开了——”他开始说。

“选手们！你们准备好了吗？”赛事总监喊道。瑞克提高了嗓音：“不管你怎么做——”

沸腾的人群开始高喊：“十……九……”

“一定拉住它们！”

“六……五……”

“如果你在这场比赛中高原反应了——”

“三……二……”

“你的比赛就结束了！”

嘭！

发令枪响，驴子如潮水般涌出

大坝决堤，驴子如潮水般淹没了弗朗特大街。领先集团疾驰而去。像贾斯汀·莫克和乔治·扎克这样的精英选手，凭着丰富的马拉松经验来稳住配速，而那些被他们堵在后面的普通选手则拉紧绳子，不知道自己还能坚持多久。在我们旁边，一名女选手正在和一头亢奋的驴子搏斗。驴子后腿蹬地直立起来，不停踢甩着。她勇敢地抓住绳子，保持一定距离，打着转，努力让驴子冷静下来。我快速搜寻着本的身影，但他已经在骚乱中消失了。即便是我发现了他，我手上也在忙着招呼花儿。

花儿期待着，颤抖着，渴望加入这场纵情享乐，它的力量大到随时挣脱。我牵着它向后转，这样就能背对着蜂拥的人群，这倒是一个不错的招儿，但它要是不停地转，肯定会再转回到面朝人群的方向。于是我让步了，但求好运吧。我抓住它的缰绳，让它拖着我快步走，尽量不让它跑得太猛。我向后瞥了一眼，看见一头陌生的驴子。野性难驯的谢尔曼，正安静地在玛蒂尔达身边奔跑。它竟然婉拒了一个做梦也想不到的大搞破坏的机会。它们俩挨在一起，就像两位欣赏表演艺术的观众一样。

从后面传来“嗒嗒”的蹄声，瑞克和罗杰带着他们的大驴子和我们并肩奔跑。我牵着花儿跑在他们旁边。我想冒险一搏。花儿的缰绳从我手中滑出，我想松开绳子看看自己能否跟上它们的步伐。这么做其实有些铤而走险。这完全是一种随机应变。融入驴群之中，而不是抗拒它们。我们没有被滔天巨浪击垮，而是像驾驭在巨浪之上，感受它摧枯拉朽的力量，但心中却自有分寸，知道自己会被轻轻带到岸边。我们和佩德雷蒂家的小伙子们肩并肩爬上了弗朗特街的最高处，之后，我们跑进了南方公园城。据说，这座复苏中的采矿小镇，修建灵感来源于喜剧中心频道[①]中的南方公园。

“要收住速度。”瑞克提醒我。他指着前面一名跑者，他带着一头不比玛蒂尔达大多少的迷你小驴疾驰而过。“你可以多向约翰 · 文森特（John Vincent）学习学习。”

---

① 喜剧中心频道：Comedy Central，美国一家有线电视和卫星电视频道，播放各种喜剧类节目。——译者注

“他就是那个被巴布称为‘该死的小妖精’的家伙吗？”

“巴布是总叫他‘该死的……’，至于后缀就千奇百怪了，”瑞克表示同意，“他常常激怒她。但确实很厉害。”

瑞克用威斯康星州人的方式说了“再见”之后，便和罗杰切换到了一个我们无法驾驭的速度，冲向前方。佩德雷蒂家族已然跑得很快了，但兄弟俩再怎么加速，还是被约翰和“小疯马”继续拉开距离。然而，即便是约翰，也无法甩开一位跟在他后面不到两步远的年轻女子。我知道有这么一号人：她一定就是路易丝。和林兹一样，路易丝也在高中时就开始参加赛驴跑，她才 20 岁，在俄克拉荷马大学读大一。她是一名赛艇运动员，可一旦到了山上，就能用可怕的技巧、力量和速度碾压众人。

即便从远处观望，路易丝和约翰的酣战场面也十分赏心悦目：他们的双腿摆动频率与驴子完美同步，他们的双脚“啪啪啪啪”轻快地弹离地面，就像拳击手跳绳一样。他们跑得如此流畅，让我想起了柯蒂斯曾提醒过我比赛时的节奏，而且想起此事正是时候：在比赛开始前一公里的时候，我会饱受高海拔之苦。我缓缓地吸了口气，让自己的配速稳定下来，心中默念基普的咒语：害怕什么……就去做什么……害怕什么……

花儿一驴当先，然后是玛蒂尔达

“花儿又要发作了，”我朝米卡和塔米喊道，“大家都还好吗？”

“目前还好！”米卡说。

这场比赛逐渐让我们认识到，花儿最大的优点，也恰恰是它最让人讨厌的地方。花儿的社交本能超乎寻常。它对每个人都很温柔，对谢尔曼和玛蒂尔达不离不弃。它还是个跟踪狂，会痴痴地盯着前面的任何人。这种本能非常适合训练：在家的时候，我们总是会让小朋友像兔子一样骑车出去，花儿在后面跟得非常紧，紧到它的喘息都能把骑车小朋友的头发吹起来。但在这里，山上目之所及到处都是“兔子”。此时，我们已经跑了大约 1 公里，选手们已经排成长队，朝山上行进。对花儿来说，前方的每名选手，都比刚刚超过的那个人更有吸引力。

塔米带着玛蒂尔达，谢尔曼战队出发，比赛开始。（图片经 Dana McDougall 授权使用）

但我必须承认，我喜欢花儿的勇气。花儿正逼着我去尝试我自己永远不会做的一件事：竞技。两天前，我和米卡正在基普家的门口气喘吁吁，想知道我们能不能在海拔 3000 米的地方跑几十米远的距离。今天，我们的策略就是慢慢地小跑，只要我们能完赛，就会为这种圆满结束而欢欣雀跃。不过，有什么东西在咔嗒作响。每次花儿把目光投向赛道上的另一头小驴时，我就要做好头晕目眩和双腿颤抖的准备。但目前为止，一切安好。我们要么是被肾上腺素以及周围都是动物的氛围刺激得麻木了，要么是已经适应了埃里克教练那一个月跑山的训练成果。

我们一起奔跑的节奏舒服极了，导致我渐渐有些大意，殊不知花儿正把我引向死亡的深渊。“哥们儿！”我脱口而出，“你到底在干什么呢！”赛道从树林中延伸出来，其中有一小段时间是沿着公路跑的。我还没来得及注意到它在干什么，花儿就把我们带离了赛道，径直跑向了高速行驶的车流。我把它拉回来，回到赛道上再次出发，但跑了三米后，它又扭向公路，好像是被一种自杀的冲动所吸引。它条件反射般的跟踪癖短路了吗？不知怎的，吸引它的不再是人类，而是噪声和急速行驶的汽车。我一筹莫展，但幸运的是，我们有应急方案。

“该玛蒂尔达出马了。”我叫道。

塔米和她的搭档立即跟了上来。“看看它能带我们跑出重围吗？”我问。“我不知道花儿出什么问题了。”塔米发出一声巴布式的狮吼咆哮，玛蒂尔达顺从地向前方冲去，绕过花儿打头阵。

谢尔曼急忙追赶，留下花儿自己跟在后面，塔米领着我们跑出危险区。很快，我们又回到了灌木丛中，我又可以冒险让花儿在最前面做领队了。这条路蜿蜒曲折，很难保持统一节奏，到处都是深深的车辙和凌乱的岩石，就像是能扭断脚踝的陷阱。我专注地盯着脚下的路，目光聚焦在赛道上，转过一个弯后，突然间我与基普四目相对。我极度震惊。

“跑了 8 公里了！”他大叫道。

“真的假的？我们已经跑了 8 公里了？”我环顾四周。“其他人呢？”

“那个男孩，本，他的驴子遇到些麻烦，所以女生们都跑回去帮他。”

就在 10 秒钟前，我们还在灌木丛中艰难前行，怨天尤人。现在我们知道已经跑了多远，我不想停下来。“等那个小孩，还是继续跑？”我问塔米和米卡。

“继续跑！”她们俩异口同声。

谢尔曼重获新生

我搞不懂米卡和谢尔曼在我身后上演什么全地形技术秀。谢尔曼被裹挟在驴子队列中行进，开心得都快蹦起来了，但由于还在被绳子牵着走，这还不能算是它最快乐的时候。每次我回头一瞥，发现米卡都在和谢尔曼聊天，不停地说着亲昵的话，催它向前跑。我不知道米卡是肾上腺素升高了，还是红细胞激增，在享受着跑山训练的成果，总之，她正在经历这辈子最享受的一次跑步。突然，我意识到让米卡和谢尔曼沉浸在这一刻的时光有多重要。

一直以来，我们都把注意力集中在齐克的事故上，但直到那时我才意识到，米卡经历了和谢尔曼一样巨大的转变，而这一切的一切都只有一个原因：帮助他人。我、齐克、谢尔曼——我们都参与其中，因为我们每个人身上都多多少少有些问题。米卡一直都很完美。她从来没有太多诉求，她只是看一眼跛了脚的病驴，便站在一辆运草车的后面，暗自下定决心，只要能让这头驴子恢复健康，她愿意做任何事情。在那几个月里，她在 -6℃的酷寒中搬运干草，穿着雪地靴从小溪里拖着一桶桶的水，等着我想出该死的办法带大家跑出林中迷宫。她一直都乐在其中。在过去的一年中，没有人比米卡和谢尔曼更努力，也没有人比她俩跑得更远。齐克无疑是谢尔曼最好的朋友，但米卡的爱，让我们所有的一切成为可能。

1 公里后，我听到一阵低沉的蹄声，马上拉紧了花儿的绳子。领先选手朝我们飞奔，我兴奋地看到路易丝紧跟着上届冠军约翰，二人只有一步之遥。他俩奔跑在蜿蜒的赛道小径上，流畅地玩起“弹球游戏”的步法，在岩石和车辙上啪嗒啪嗒地跳着，没有一丝磕磕绊绊。他们还有 8 公里多一点的距离就到终点了，路易丝看起来势头很猛，随时都可能从他身边超过。

“加油，路易丝！”我喊道。对方报以惊诧的微笑：“谢了，朋友。但你是哪位啊？”

领先选手飞快地超过之后，我们又带着驴子小跑起来，很快就冲出树林，跑在下坡的土路上，开始转弯。我感到有什么东西撞在腿上，还呼哧呼哧地响着，我低头一看竟然是谢尔曼——谢尔曼！它冲上来意欲挑战花儿的领队地位。在此之前，它一直都保持平稳的配速，但看到领先部队的驴子向我们跑来，它便受到了鼓舞，加快步伐，竖起耳朵。就好像它第一次发现，原来生而为驴还可以跑得这么快。我们继续往山下跑，跑到了半山腰，来到一处真正意义上“赛驴跑”式的补给站：一台破旧的冰箱，里面有几瓶水，还有给驴子用的饲料槽。

米卡和花儿一起训练，辅以“裙子搭配微笑”的战术。（图片经 Christopher McDougall 授权使用）

我们六个快速啜了几口水之后，其中五个掉头折返往回跑了。我还没有意识到发生了什么事情，只在折返的路上跑了大约 100 米，就听到谢尔曼心碎的吼声在我身后回荡。我回头一看，谢尔曼还在冰箱那儿。米卡正想尽一切办法让它再动起来，看到我们在看她时，她举起双手，耸了耸肩：现在怎么办？塔米和我转过身，但卡琳的声音此时在我脑海里回响。她一定会说："读懂它的眼神。"那么谢尔曼到底想要干什么呢？它想要花儿和玛蒂尔达陪着它，在饲料槽那里多待会儿。即使我跑回去也无法改变这一点。只有一个方法管用。

"我们走吧，"我对塔米说，"让他们自己待会儿。"

她眨了眨眼睛。"你要把自己的妻子……留在山上？"即便是那些"结伴小便"的好姐妹，她们当中速度最快的姑娘也不会在这里丢下自己的同伴，而我就这么抛弃了自己的妻子？"她会理解的。"我说。希望如此。我把花儿引到正确的方向，又带着它开始跑起来。塔米和我又回到了刚刚的状态之中。这一次当谢尔曼大喊大叫时，我一直盯着前方。谢尔曼又发出了一声令人心碎的尖叫。它残喘着，回荡着，然后一切都归于沉寂。我尽量不回头，刚好能用余光向后瞥一眼，只见那头野性难驯的驴子正朝我们飞奔而来，气势汹汹。米卡手里的每一寸绳子都绷紧了，勉强抓住绳子的末端。

"天啊，这次我们得回去了。"我一边说着，一边让花儿调头往回跑。如果米卡和谢尔曼分开了，她就没办法继续比赛了，除非她能自己抓住谢尔曼，把它重新带回到挣脱开的地方。还有 11 公里多的路程要跑，我们不能冒着在落基山里四处追赶谢尔曼的风险。塔米和我急忙回到下坡处，谢尔曼看到我们跑过来，便慢慢地小跑起来。米卡尽量跟住它，我们又重新聚在一起。我们给谢尔曼一个机会，让它和小伙伴们在一起嬉戏，米卡却上气不接下气。我们又准备开始朝着小镇行进。

我们听到了前方的呐喊和刺耳的汽笛。我看到本和他的驴子"玉米煎饼"正鏖战着。不知从哪里魔法般地冒出一群观众，为他们加油助威。当我们走近后，发现才不是什么魔法，而是基普开车载他们来的：他开着我们租来的面包车，在防火道上硬生生地开出一条路。基普把车门打开，让克里斯汀、齐克以及孩子们都从车里出来，他们想让本知道：无论何时何地，朋友都在他的身边。我们爬上山顶，看到本正往山下跑，和两旁的观众轻轻地击掌庆贺。我们现在还有不到 8 公里了，我们也已站在了海拔 3352 米高的顶峰，高原反应即将来袭。我们就要跑离那条防火道了，我担心之后即将发生的事情。

“我不能再待在林中迷宫里跑了。”我喃喃自语，又猛然意识到自己正瞎想些什么。什么林中迷宫？难道我真的断片了？以为自己回到了南方边境，正在板岩采石场努力训练，跑着跑着又度过一个闷热的夏天吗？我逼着自己回想起那天早上和卡罗尔的对话，努力回想起她说过的关于高原反应的事情。产生幻觉算是一种示警吗？我举手让大家慢下来，之后我才意识到，其实这也可能是件好事。我筋疲力尽，大口呼吸着空气。还记得在林中迷宫里的第一天，我们把驴子带进树林里，不知道是怎么跑出来的。我永远不会忘记那一刻，那种生死攸关的感觉：如果我们真的想要挑战世界锦标赛，林中迷宫就是我们必须克服的恐惧。难怪当我觉得最后几公里可能超出我们能力范围的时候，这部分回忆又闪现出来。

“好了，我现在没事了，”我说道，然后转向米卡，“准备好在林中迷宫里找些乐子了吗？”

“一向如此。”她说。在接下来的几公里中，这成了我们所有人说的最后一句话。我们低着头，紧盯着这条小径，希望思维能保持敏锐，因为我们能感到自己的体能在衰减。漫长的时间过后，我们抬起头，看到前方矗立着一座陡得恐怖的山丘。感觉我们将要上刑场似的。这时，我想起了什么。“这就是瑞克跟我们说过的那个土丘吗？”我问塔米。

“我觉得是这儿。是的，没错，就是这座山。”

那就意味着……

我们所有人都手脚并用地爬上破碎的土丘，双脚陷进沙子一样松软的泥土。驴子向前冲去，迸发出源源不绝的动力，驮鞍上的工具叮当作响。我爬得都跪了下来，眼瞅着米卡就要栽跟头，赶紧把手按在她的鞋子上稳住她。我从来没有像现在这样，如此绝望地攀爬一座小山，因为我有种感觉，等到了山顶我们会发现……

瑞克说得没错。这座山就像是一头野兽，一旦翻越过它之后，我们就看到了最后 400 米的赛道，从弗朗特街一直延伸至终点。“准备好你的胜利大游行了吗，谢尔曼？”我说。谢尔曼抖抖鬃毛，轻咬着花儿，不耐烦地想让这些慢吞吞的人加快步伐。毕竟，它还有任务在身。“我们开始吧，花儿。”我叫道，然后把它拉了回来。如果说今天谁才能真正意义上抵达旅程的终点，那一定是米卡和谢尔曼。我不知道谢尔曼会如何应对观众们的欢呼与骚动，当米卡带着它向前奔跑，我们几个沿着街道小跑时，谢尔曼陡然加快速度。我其实没必要担心让米卡先走的：当谢尔曼看到齐克在终点线等它的时候，它就像子弹一般冲出去了……

但是，玛蒂尔达表示不服。它绕着圈，跳着舞，飞快地超过了谢尔曼，带领我们以 4 小时 2 秒的成绩冲过了终点线，最后我们在 52 名选手中，分别排第 28 名、第 29 名和第 30 名。我双手拄在膝盖上，既疲惫又兴奋。我抬起头，看到了安布尔和布拉德。这一年，我们和谢尔曼一起经历了太多太多，有时会觉得自己在为一个永远无法真正理解的挑战而努力。但和沃恩一家要承受的痛苦相比，这算不了什么。他们把希望寄托在一头驴子身上，现在他们的孩子正独自一人在山里。他们焦急而无助地等待着，希望自己的决定是对的。

正当我竭力想说点什么的时候，安布尔的眼睛亮了起来。在弗朗特大街的尽头，一个小人儿正稳稳地跑过来。人群中开始传出一阵低语，之后欢呼越来越大，最后变成了阵阵嘶吼。本冲过了终点线，喧闹声震耳欲聋，连主持人念他名字的声音都被淹没了。但每个人都能读到本衬衫上的字。刹那间，我恍然大悟。我终于知道，从谢尔曼站起来重获新生的那一刻起，它到底在想些什么——

相信我，我可以的。

尾　声

家，就是和你在一起的地方

几个月后，我去了趟塔尼娅家。她走出鞍辔棚，胳膊上搭着一副马鞍。我赶紧过去帮忙，她却挥手让我走开。“我没事，进去拿你的东西吧。”她说。

距塔尼娅出事已经过去快半年了，从科罗拉多州回来的路上，我们一阵手忙脚乱，之后又要忙着准备孩子们上学和农场过冬的事情。这之后，我们才第一次真正有机会来弥补塔尼娅错过的一切。米卡和我一到家，就和她一起去吃烤肋排庆功，但我们有太多要说的话，太多要吃的东西，我们都还没怎么开始聊呢，塔尼娅就要回家照顾动物了。后来，住在塔尼娅家不远处的一位十几岁的小女孩向她学习骑术课程，我们才有机会再次聚会。这之后，一如既往地，塔尼娅再次在拍卖会上千钧一发之际救了一只动物。这次她们救了一匹又高又瘦的红色母马，它叫辣椒。由于我对学习骑术也颇感兴趣，那天早上，塔尼娅带我出去上了第一课：3 小时长途跋涉，穿越迷宫，循迹铁轨，探溯溪流，穿行于至少六七个农场。这是塔尼娅出事后第一次和花儿团聚，而我则对驾驭辣椒跃跃欲试。

“你能骑驴吗？”我问道，这时塔尼娅已翻到花儿的背上。

“只要是骑着可爱的花儿就没问题，”她说，“驴子比马靠谱多了，我应该没问题。”

在前 1.6 公里左右，我们都默不作声。我笨拙地跟在塔尼娅后面，尽可能记住她教我的技巧，模仿她的姿势，屁股尽量稳坐鞍上，脚后跟往下压。从林中迷宫的一头骑到另一头，我都没真正放松下来喘口气，但过了那段过山车似的上上下下后，我开始适应，能和塔尼娅并驾齐驱了，还能一起聊聊天。让我震惊的是，她又遭遇了一次噩梦般的经历：在一场雷雨中，电线杆撞倒了她农场的围栏。她最喜欢的那匹挽车马被电倒了。她也差点死了。塔尼娅听到变压器爆炸的声音后跑到外面，在最后一秒的紧要关头，她才猛然想起不能触碰金属门。但种种迹象表明，最近这种疯狂不绝的噩梦即将结束。上次事故后，塔尼娅恢复得不错。部分原因得益于她给十几岁小邻居上的马术训练课，她的背部力量大大增强，总在树林中穿行，她的精神也振作起来。她仍在努力运营着自己的农场，但她已经成为当地阿米什社群的中流砥柱。为了维持生计，她发展了一大堆客户。她喜欢听她那些马背上的硬核闺蜜们讲故事，卡琳和琳达两位女士和我们成为非常亲密的冒险搭档。如果我学会了骑马越野，能参加弗吉尼亚州的一个赛事活动的话，我就打算几周后就去看望她们。塔尼娅很想知道老朋友“维齐百克”的近况，“维齐百克”已经和他的独眼猫回到宾大学习时间旅行，还是叫什么纳米 / 神经 / 核之类的主修课程。我很高兴向大家汇报下，齐克不再对物理那么痴迷了，他在和一个正常的女孩交往，当然他是用一贯的齐克式话风告诉我这件事的：“她是一名伟大的数学家。”他告诉我，之后又说了一连串关于她的话，啊，当然啦，她也很可爱、温暖、幽默。齐克的姐姐阿什琳近来也不错，她在宾大的成绩优异，获得了费城一家最权威医院的药理学奖学金。

我给塔尼娅讲了那些参加赛驴跑的年轻姑娘的故事。路易斯在世界锦标赛上被约翰击败，但两周后回到布埃纳维斯塔，并让约翰跟在她的后面吃土。与此同时，林兹，一个死过两次的女孩，现在不想去做下一个巴布了，而是专注于学业和田径。毕业后，她将成为学校最优秀的运动员之一，并成为班里的尖子，之后跟随母亲的脚步踏入护士行业。

然而就在那年冬天，林兹失去了她最忠实的粉丝：柯蒂斯。这位受人爱戴的赛驴跑圈领袖，死于突发心脏病。他当时正带着他的获奖驴子，在丹佛举办的全美西部赛马展上参展。哈尔不知该如何把这个噩耗告诉儿子哈里森。有很多次，都是眼尖的柯蒂斯叔叔迅速觉察出哈里森即将狂躁发作了，他会突然大叫道："又要开始了是吗？小子！我们去外面解决吧！"这名沧桑的老牛仔和在病痛中挣扎的 11 岁小孩冲出门，跌跌撞撞地摔在泥地里，跑来跑去发泄愤怒，直到哈里森内心的波涛渐渐平息下来，最终消失得无影无踪。哈尔和哈里森一起克服了他们自己的"心痛"。跑步治愈了他。等到哈里森上高中的时候，他已经风靡全校。"哈里森现在是校田径队的运动员，"哈尔会自豪地对我说，"他在一场运动会上，同时跑 400 米、800 米、1600 米和 3200 米的项目。没有其他孩子能这么跑。"哈里森戴着一副硕大的降噪耳机，这样他就不会被观众的喧闹激怒，但由于他听不到发令员的枪声，他只能盯着旁边运动员看什么时候迈开第一步。赛道之外，他的队友们极力保护他。"有个叫凯利·马丁的高年级学生，家里养牛，像个女牛仔。"哈尔告诉我，"没有人敢欺负哈里森，就是怕她出来打抱不平。"哈尔已经非常擅长指导哈里森应对田径赛的压力，他被聘为田径队总教练。很快，其他患有自闭症的学生也跟随哈里森的脚步，加入了田径队。哈里森仍然会像火山一样爆发，最近，一名田径队友就不得不钻到桌子底下劝他出来，但是哈尔还无法彻底消化生活中的这些剧变。"圈子、目标、友谊——哈里森也有了自己的社交生活，"哈尔惊叹道，"一开始谁会知道，跑步也能让他的生活找到某种归属呢？"

我和塔尼娅一边骑马，一边沉浸在这些轶事中，度过了一个美好的早晨——

直到我告诉她，有一天谢尔曼的主人来找它了。

一天下午，我正在后院干活，透过树丛中，瞥见一个人出现在房子后面，正要在栅栏旁边鬼鬼祟祟做点什么。我慢吞吞地走了过去，心想说不定又是哪个当地的孩子，路过这里看看山羊，但等我走得近一点之后，一种恐惧感油然而生：那个动物囤积者在这里。他和妻子、女儿从栅栏上探过身子，对着谢尔曼打着响指，把它叫出来。我迅速回忆过去几个月的事情，已经两年了吗？不，还没有呢，但对于一名痴迷动物的囤积者来说，这些细节都不重要。

哈尔和哈里森在田径运动会上。（图片经 Jennifer Russ 授权使用）

“小毛毛！”他们叫，“不想过来跟我打个招呼吗？”

谢尔曼夹在花儿和玛蒂尔达之间，站在它自己的地盘上，离栅栏大约 15 米远。那个囤积者听见我穿过大门时的声音，向四周看了看。谢尔曼绝不可能离开我们的保护，所以我知道这件事最后会有些难看。那名囤积者的妻子首先开口对我说，她丈夫非常喜欢动物，家里人和他去马里兰州的一个小动物园过生日。在回家的路上，他们发现正路过一名教会成员的家，曾交涉过谢尔曼的事情，他们也想起我就住在这条路上。他们开车过来，看见了谢尔曼。他们一边说着话，一边不断地回头看着谢尔曼，想再次引它到栅栏那儿去。谢尔曼只是呆呆地看着，纹丝不动。

“它看起来不错，”囤积者的妻子说，“它看起来是不错吧？”

“我希望它能过来跟我打个招呼。”那名囤积者回答说。虽然谢尔曼当初因他而变得奄奄一息，但他此刻脸上的表情是那么悲伤，那么迷离和失落，我对他全部的责怪瞬间消失了。他那么迷恋动物，那么喜欢和它们在一起，后来他都没有意识到自己的感情已经变成了一种疾病。不过，他和家人也清楚，谢尔曼在新家生活得很好，他们也为它感到高兴。他们不是来接它回去的，而是来告别的。

“幸亏我不在那儿。”塔尼娅嘟囔道，对于那些对动物抱着善意初衷却做了可怕事情的人，她比我更不容易原谅他们。我们骑完最后一段漫长的上坡路，来到她家门口，僵硬地从鞍上滑下来。这一路我俩都浑身酸痛，后悔没有早点闭嘴，早点结束我们那可笑的骑马聊天旅程。我俩都没有把花儿拽进拖车里的力气了，但令人惊讶的是，塔尼娅一打开拖车门，花儿就慢慢地走了进去。

回到家后，在和谢尔曼一起跑步时，我正向邻居招手。（图片经 Matt Roth 授权使用）

“好吧，好吧！”塔尼娅说道，颇为惊讶，“看来你教过它一些真东西啊！”

但几分钟后，我的秘密就被拆穿了。我们翻过小山朝家走去，花儿看见谢尔曼和玛蒂尔达在栅栏旁等它，兴奋地叫了起来。它们仨徜徉而去，三头驴子共鸣一曲爱之歌。塔尼娅笑了笑，瞥了我一眼。她知道，我真正教会谢尔曼唯一的事情就是，它永远都不会孤独了。

和谢尔曼一起奔跑。（图片经 Matt Roth 授权使用）

致 谢

一天下午，我刚把车停在牙医诊所的停车场，就接到了《纽约时报》的编辑塔拉·帕克·波普（Tara Parker-Pope）的电话。塔拉邀请我去普林斯顿大学给她的新闻系学生做演讲。在我挂断电话之前，她问我："你最近在忙些什么？"她希望听到我的写作计划，但我满脑子里想的却是我们努力救活的这头病驴。"那肯定会是一本了不起的书。"塔拉说，我却对她说："不，其实没什么可写的，我甚至都不知道这头驴子能不能活下来。"她回答说："这就是为什么它会是一个伟大的故事。"她继续建议我开个每周专栏，写一写关于动物和人类伙伴关系的话题，这就是《天生就会跑 2.0》的诞生。这也是书名"Running With Sherman"的起源：我不断零零碎碎地给塔拉发去各种备选书名，她只是让我闭嘴，说道："相信你的编辑吧。"

我不确定这本书的效果如何，后来同我的经纪人、墨水瓶经纪公司的理查德·派恩（Richard Pine）聊了聊。理查德是个好人，但也不是那么好，说话总是不留情面。他总会直截了当地指出我错在哪里，我敢肯定他其实很享受这一过程，出本关于驴子的书的想法，让他十分兴奋。

完美。

克诺夫出版社的编辑爱德华·卡斯滕迈耶（Edward Kastenmeier），最终敲定了这个出版计划，他在过去的 13 年中（天啊！）指导我完成了 3 个写作项目。这次，他一如既往地立马就发现了这本书的潜力。这可能是我们一起努力做过的事情中最奇怪的一件了，因为这个故事有很多脉络，涉及很多与我关系亲密之人，我将永远感激爱德华一路以来给我的英明指导。他还很明智地雇来了凯特琳·兰杜伊特（Caitlin Landuyt），她是克诺夫出版社的指定负责人，负责全权处理我所有最后一分钟的修改、校对以及照片图说。不管克诺夫出版社是怎么招来的这些又酷又聪明的员工，简直都太赞了。

不知怎的，在大西洋彼岸，我也同样幸运地遇到职业生涯中的贵人。在人们还没听说过这本书之前，我就已经和 Profile Books 出版社合作了，没有比这更完美的合作伙伴了。安德鲁·富兰克林（Andrew Franklin）和他的团队待我像家人一样，他们热情地鼓励着我，但到了要去上街卖书的时候，他们又会残酷无情地逼我。我会想念出版社的营销主管安娜－玛丽·菲茨杰拉德（Anna-Marie Fitzgerald），她现在请假生孩子去了（哇哦！），但我相信当你读到这段话的时候，他们已经找到了另一个风风火火的营销主管来接手。

我尽量在书中一一点到每个团结起来帮助过谢尔曼的人，但在幕后，仍有许多默默无闻的英雄应获得特殊的点赞。比如唐·科伦基维茨（Don Korenkiewicz）、露比·拉布莱斯基（Ruby Rublesky）和史蒂夫·法拉（Steve Farrah），当齐克和我忙着蹂躏自己的身体，需要紧急替补来帮助我们训练驴子时，他们来了。过去 20 年来，我们的邻居已经把“南方边境”变成了一个神奇的地方，当他们突然发现每天早上我们和三驴帮一起沿着马路奔跑时，他们的眼睛都不会眨一下。当我们需要帮助的时候，布玛斯玛家族和麦茨勒家族总是随叫随到，而我们似乎总是需要帮助。吉妮·沃伊不仅为谢尔曼拍了漂亮的照片，而且她的女儿斯特拉也正认真考虑是否成为职业赛驴跑选手。她一定会成为超级巨星。

我在这里写了很多关于柯蒂斯的故事，但和他给予我的帮助相比，这只是一小部分。当我们失去他的时候，这个星球的一部分也消失了。向柯蒂斯以及赛驴跑圈中的每个人致敬，谢尔曼和我永远感激不尽。

故事还在继续

2019年末，湛庐编辑张伟晶给我推荐了克里斯托弗·麦克杜格尔的作品，问我是否愿意翻译。

当时，我内心在呐喊，翻翻翻！但嘴上却很不诚实，我说先看看。

我当然知道克里斯是谁。他是风靡全球的畅销书作家，赤足跑“圣经”《天生就会跑》的作者，这本书激励了无数跑步爱好者走向越野跑的赛道，间接（甚至直接）推动了越野跑文化、超级马拉松文化在国内的发展。更何况《天生就会跑》的译者与我还算有些渊源。这个我们过会儿再说。

我接过*Running with Sherman : The Donkey with the Heart of a Hero*的书稿，回家读了几天。

我翻看了前三章，哈，还是当年的那个克里斯，还是那位擅长插叙、旁征博引的写作高手，收集奇闻轶事的前战地记者，内心丰富的观察家，充满童趣的中年大叔，“制造悬念”和“预期违背”的技巧依旧用得很溜。读这本书，就仿佛那个身高1.9米、体重100公斤的大汉在你面前滔滔不绝地讲述，唾沫星子都能飞到你脸上。嗯，有朝一日，期待他的单口喜剧专场。

但这次与小驴一起奔跑、成长的故事又有点不太一样。如果说《天生就会跑》比较适合摆在书店一进门的“重点关注”柜台，读者读完之后会如豪饮一碗鸡血一般，恨不得砸了这碗便上山跑个 50 公里，那么这本书则更适合放在读者床头，每天睡前读一两章，它会让人爆笑，给人温暖，让人觉得这世界应该少一些硝烟，多一些和平与爱。

我接了这部书的翻译工作。当时我的本职工作是一家杂志的主编。说白了，就是写稿子和指导编辑写稿子。

媒体的节奏一向很快。早上的突发事件，我要求编辑一小时内就要规划好采访方向，中午就要找到采访对象，下午出提纲，晚上出初稿。快的话当天晚上发布，慢的话修改一晚再发。我还有个“坏习惯”，习惯让编辑把初稿打印出来，然后让他们拉把椅子坐我旁边，一起在纸上批注修改。有的编辑说，节奏太快心脏受不了。我说，我这样的主编你只需要对付一个，而你这样的编辑我要同时对付六个。

我的时间安排得比较满，几乎没有时间。接了翻译的活儿之后，我就必须倒逼自己挤出时间学习。我喜欢学习，也喜欢给自己一点压力。

翻译出版的节奏和媒体写作的节奏完全不一样。媒体要赶时效，翻译必须文火慢炖。这样挺好。在快节奏、信息碎片化的时代，慢慢完成一部完整作品，心平气和地等待它出版，很锤炼我的意志和品性。

就这样，我每天早起一两个小时，骑车到公司楼下的咖啡馆，坐在老位置上。老板心照不宣地递上一杯热美式，我就突突突地开始翻译。等到桌上的热美式彻底凉了，我就该上班了。这本书的故事雏形是专栏文章，作者在每篇结尾处喜欢留下“钩子”，好奇心驱使我一章接一章地翻译下去。很多时候，都已经到点儿该上楼去公司了，为了一睹后文，我只好先打卡，再翻译一段才去公司上班。

克里斯是描写轶事的高手。媒体报道做多了，什么怪事我没见过！但要说为了跑步摘掉指甲的狂人、被动物感化的重刑监狱犯人、穿着短裤爬过珠峰海拔 8000 米死亡线的荷兰冰人、在 21 世纪却过着 18 世纪生活的阿米什族群，确实不是我日常能接触到的采访对象。

但作者从来不会只为了故事噱头而写。这些好玩的素材，只是他引入某个理论的抓手。想想《天生就会跑》的“极简主义”跑法，《天生是英雄》的“英雄”理念，以及这本书中的“动物疗法”“快跑比慢跑更不容易受伤”“时不时地挨冻有益身体健康，增强运动表现能力”……乍一看耸人听闻，但背后都有一套严密的逻辑和充分的实证。读者即便不会完全信服，至少也会将信将疑地做出一点尝试或改变。其实这就够了。一本能让你有一点点改变的书，也会让你对这个世界的理解有一点点不一样。

就这样，每天早上在咖啡馆的一两个小时翻译状态里，我短暂地进入了小驴谢尔曼的浪漫主义世界，到了上班的时间再抖擞精神，跳回到自己的世界，再面对繁杂的现实世界。每天早上“文火慢炖”1000 字，半年后初稿就“炖”出来了。

交稿之后我就没再过问。因为很多图书编辑都对我说过，每本书都有自己的命运。快的话一两年，慢的话，会让你知道什么是“时间的尽头”。我想，与其每天催，总以为快到了时间的尽头，不如自己先忘记时间。

这招还是挺管用的。果然，就在我都快忘了这个项目的时候，前不久伟晶突然告诉我，这本书终于要出版了，名字定为“天生就会跑 2.0”。我说，能出版就挺欣慰的。又咬了咬嘴唇，想起了十年前《天生就会跑》的时代。

在《天生就会跑》的勒口处，作者下面的位置，你会发现这样的几行字：

严冬冬

自由攀登者，自由职业译者。毕业于清华大学。2008 年作为北京奥运火炬接力珠峰传递登山队队员，成功登顶珠穆朗玛峰。2012

年7月9日，在新疆西天山托木尔地区登山下撤途中不幸遇难。

2011年，严冬冬接到了《天生就会跑》这部书稿的翻译工作。

出版社找到这位27岁的年轻译者并不奇怪。据当时的责编回忆，“严冬冬老师在户外运动领域译著颇多，高效且优质，而这本书中的人物白马，本身就是一个追求自由灵魂的人，我们认为严冬冬老师契合户外运动者的精神，就约请到他翻译。”

冬冬的词汇量极大，翻译速度也飞快。“一本《国际登山技术手册》，在阳朔五天时间完工，创下了一天两万七千字的个人纪录，破了之前《黄金罗盘》的两万二千字。”按照《天生就会跑》的体量，全部翻译完也就不到一个月的时间。但书中还有些陌生的元素吸引着他。像美国的硬石100、莱德维尔100、西部100，它们都是什么样的跑步比赛？陌生的人物斯科特·尤雷克、安东·克鲁皮卡（Anton Krupicka）都是谁？当时在国内几乎没有人关注过这些名词。42.195公里似乎是普通跑者能想象到的极限距离。

2011年还算是BBS时代的尾巴。对于中国的跑者来说，市面上常见的跑步书就是《跑步圣经》，经常上的跑步论坛也叫“跑步圣经”。大家还在论坛上新奇地讨论着马拉松的入门装备和训练方法。至于超级马拉松越野赛，国内几乎没有，要参加只能出国。像宁海越野跑和大理100这类最古早的民间超马越野赛事，也是2013年才有的。

冬冬便请教了马德民老师。马老师是最早把越野跑文化介绍到国内的资深户外媒体人。冬冬说，书中人类回归简朴的生活方式让他有些触动。冬冬是出了名地喜欢尝试各种奇怪的运动理论的人，虽然他口中的这些理论总是变幻莫测。

《天生就会跑》中的极简主义跑法及自由奔跑精神，确实与冬冬的理念不谋而合。要说极简的生活，再没有谁比这名常年在房间里睡着睡袋的男孩更极简了。要说自由的精神，他自己的名字都快成了自由的代名词。

那时正值冬冬的翻译巅峰时期。那一年六月，冬冬刚从北京上地蜗居的小阁楼，搬到宽敞的密云小院。“这一年（2011）翻译和深度校对的文字量大约在 80 万～ 90 万之间，跟往年相差不大。一个遗憾是没有翻译任何一本攀登甚至户外运动方面的书，无论教科书还是故事，以超长距离耐力跑为主要话题的《天生就会跑》算沾点边，同时也是一本很有意思的书。”

据我推断，《天生就会跑》就是 2011 年冬冬在密云小院的夏秋时期完成并交稿的。到了秋天，冬冬进山了。那年秋天，也是冬冬攀登的巅峰时期。他和搭档的“自由之魂”阿式攀登组合接连创下奇迹，探索、开辟一座又一座未登峰和新路线。他用翻译的钱补贴登山，登山是他生命的全部。后来的故事，就像《天生就会跑》的勒口处写的，2012 年 7 月，严冬冬在新疆西天山和搭档探索一座未登峰，在下撤时掉进冰裂缝遇难。这件事轰动了整个户外圈。我说的户外圈，包括登山圈、攀岩圈、跑步圈，还有越野跑圈。

越野跑圈当时还不成熟。一个月后出版的《天生就会跑》，加速了国内越野跑文化的发展。那依旧是一本书就能改变一些什么的时代。这本书让很多人为之着迷，赤足跑理念一时兴盛，跑步训练营遍地开花，在崎岖的山路上也会看到很多五趾鞋。在那之后，民间赛事逐渐兴起，专业品牌开始涌现，越野跑领域的垂直媒体才出现，这就有了真正意义上的中国越野跑产业。那时圈子里的大部分人都看过《天生就会跑》。虽然对于冬冬的一生来说，这本书只是一个很小的插曲。当年他自己也想不到，一个小插曲会裂变成今天的一整套文化和产业。

再过了几年，很多事情都有了变化。赤足跑的风潮消退，反而流行极致的缓震中底。像《天生就会跑》里的名将斯科特·尤雷克，后来慢慢退出了国际越野赛的竞争舞台，就连书里一度痴迷裸奔的安东·克鲁皮卡也去玩骑车和攀岩了。

但那些经典的比赛还在继续。在《天生就会跑 2.0》中，硬石 100、莱德维尔 100、西部 100、UTMB 的赛事在作者的笔下轮番登场。如今 UTMB 的赛道上，中国跑者的参赛规模也能挤进前三，国际领奖台上也常常会出现中国的越野跑小将。这在十年前简直是不敢想象的事情。当然这都是在 5.22 白银越野赛事件和疫情之前。每每翻译到书中的这些名词，十年来的记忆和血脉变得温热起来。物是人非的场景让人感慨，但也会给我们强烈的信念。因为我知道，有种精神还会延续下去。在《天生就会跑 2.0》中，你会发现这种延续。

无论是写下这段往事、阅读这本书，还是怀念这位故人，这都是 remember 的一种形式。就像冬冬说过的那样，“要跟他保持连接的方法也很简单，就是记住，remember，就这样简单。不需要做任何形式的东西，或者至少不需要刻意去做。”

这就是从《天生就会跑》到《天生就会跑 2.0》的一些故事——书里的故事、译者的故事、我们的故事。而我相信，无论在地球的哪一端，有些故事还会继续。

宋明蔚

2022 年 3 月 3 日

未来，属于终身学习者

我这辈子遇到的聪明人（来自各行各业的聪明人）没有不每天阅读的——没有，一个都没有。巴菲特读书之多，我读书之多，可能会让你感到吃惊。孩子们都笑话我。他们觉得我是一本长了两条腿的书。

——查理·芒格

互联网改变了信息连接的方式；指数型技术在迅速颠覆着现有的商业世界；人工智能已经开始抢占人类的工作岗位……

未来，到底需要什么样的人才？

改变命运唯一的策略是你要变成终身学习者。未来世界将不再需要单一的技能型人才，而是需要具备完善的知识结构、极强逻辑思考力和高感知力的复合型人才。优秀的人往往通过阅读建立足够强大的抽象思维能力，获得异于众人的思考和整合能力。未来，将属于终身学习者！而阅读必定和终身学习形影不离。

很多人读书，追求的是干货，寻求的是立刻行之有效的解决方案。其实这是一种留在舒适区的阅读方法。在这个充满不确定性的年代，答案不会简单地出现在书里，因为生活根本就没有标准确切的答案，你也不能期望过去的经验能解决未来的问题。

而真正的阅读，应该在书中与智者同行思考，借他们的视角看到世界的多元性，提出比答案更重要的好问题，在不确定的时代中领先起跑。

湛庐阅读 App：与最聪明的人共同进化

有人常常把成本支出的焦点放在书价上，把读完一本书当作阅读的终结。其实不然。

时间是读者付出的最大阅读成本

怎么读是读者面临的最大阅读障碍

“读书破万卷”不仅仅在“万”，更重要的是在“破”！

现在，我们构建了全新的“湛庐阅读”App。它将成为你“破万卷”的新居所。在这里：

- 不用考虑读什么，你可以便捷找到纸书、电子书、有声书和各种声音产品；
- 你可以学会怎么读，你将发现集泛读、通读、精读于一体的阅读解决方案；
- 你会与作者、译者、专家、推荐人和阅读教练相遇，他们是优质思想的发源地；
- 你会与优秀的读者和终身学习者为伍，他们对阅读和学习有着持久的热情和源源不绝的内驱力。

下载湛庐阅读 App，
坚持亲自阅读，
有声书、电子书、阅读服务，
一站获得。

图书在版编目（CIP）数据

天生就会跑 2.0 /（美）克里斯托弗 · 麦克杜格尔著；宋明蔚译 . — 杭州：浙江教育出版社，2022.3

ISBN 978-7-5722-3201-5

Ⅰ . ①天…　Ⅱ . ①克… ②宋…　Ⅲ . ①纪实文学—美国—现代　Ⅳ . ① I712.55

中国版本图书馆 CIP 数据核字（2022）第 039789 号

上架指导：跑步 / 治愈 / 小说

天生就会跑2.0

TIANSHENG JIU HUI PAO 2.0

［美］克里斯托弗 · 麦克杜格尔（Christopher McDougall）著
宋明蔚　译

责任编辑：高露露
美术编辑：韩　波
封面设计：ablackcover.com
责任校对：王晨儿
责任印务：沈久凌
出版发行：浙江教育出版社（杭州市天目山路 40 号　电话：0571-85170300-80928）
印　　刷：石家庄继文印刷有限公司
开　　本：710mm ×965mm　1/16
印　　张：22.75　　**字　　数**：347 千字
版　　次：2022 年 3 月第 1 版　　**印　　次**：2022 年 3 月第 1 次印刷
书　　号：ISBN 978-7-5722-3201-5　　**定　　价**：99.90 元

如发现印装质量问题，影响阅读，请致电 010-56676359 联系调换。